庫

騎虎の将 太田道灌[上]

幡　大介

徳間書店

目次

関東方面の主力武将配置

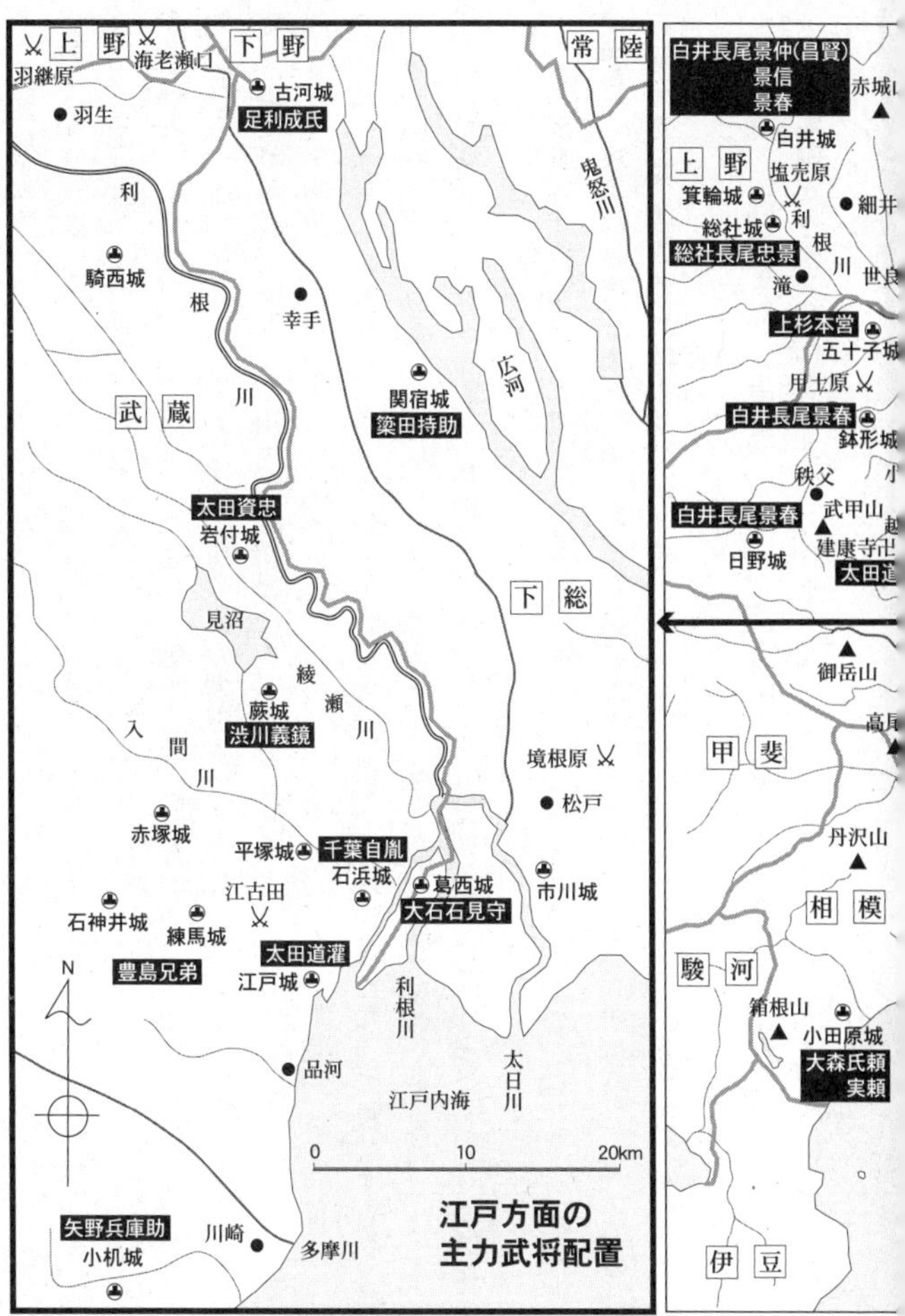
江戸方面の
主力武将配置
上野
下野
常陸
羽継原
海老瀬口
古河城
足利成氏
羽生
利根川
騎西城
幸手
鬼怒川
広河
関宿城
簗田持助
武蔵
太田資忠
岩付城
下総
見沼
綾瀬川
蕨城
渋川義鏡
入間川
境根原
松戸
赤塚城
平塚城
千葉自胤
石浜城
葛西城
大石石見守
市川城
江古田
石神井城
練馬城
太田道灌
豊島兄弟
江戸城
利根川
品河
太日川
江戸内海
0
10
20km
矢野兵庫助
小机城
川崎
多摩川
N
白井長尾景仲(昌賢)
景信
景春
白井城
上野
塩売原
箕輪城
総社城
総社長尾忠景
細井
滝
上杉本営
五十子城
用土原
白井長尾景春
鉢形城
秩父
白井長尾景春
武甲山
建康寺
日野城
御岳山
甲斐
丹沢山
相模
駿河
箱根山
小田原城
大森氏頼
実頼
伊豆

地図／エバンス

〈主要登場人物〉

太田大和守資俊　資清の弟にして鶴千代丸の叔父。

太田備中守資清（道真）　扇谷上杉家家宰。相模国守護代。

足利義教　室町幕府六代将軍。万人恐怖の魔王と呼ばれたが嘉吉の変で暗殺される。

鶴千代丸　足利学校での僧名は**千鶴坊**。後の**太田源六郎資長（道灌）**。太田家の跡取り。

英泰　足利学校の学僧。太田家の陣僧となる。

鮠丸　川の中州にたむろする舟賊。

安王丸　永享の乱で追われた関東公方**足利持氏**の遺児。**結城氏朝**を頼って決起する。

刑部太郎弾正　鎌倉街道で夜盗を働く、幕府に属さぬ武装集団（悪党）の頭目。

山内上杉憲実（長棟）　足利持氏の関東管領だった。管領をひいてからは、伊豆に隠棲することになる。

上杉清方　憲実の弟。隠遁した憲実の陣代。

龍忠丸　憲実の長男。**上杉憲忠**。関東管領職を継ぐ。**足利成氏**に謀殺される。（享徳の乱）

万寿王丸　信濃の佐久は**大井越前守持光**のもとでかくまわれていた足利持氏の遺児。関東公方でのち古河公方足利成氏。

白井長尾左衛門尉景仲（昌賢）　山内上杉家重臣。武蔵国守護代から家宰職へ。

長尾四郎左衛門尉景信　景仲の長子。太田家、特に資長との仲は良くない。

総社長尾芳伝（尾張守忠政）　山内上杉家家宰。長棟とともに政権の座から去る。家督は、景仲の次男**修理亮忠景**が継ぐ。
足利義勝　室町幕府七代将軍。在位八カ月の幼将軍。十歳で夭逝する。
足利義成　室町幕府八代将軍。のちに**義政**に改名。
伊勢貞国　室町幕府政所頭人。
細川右京大夫勝元　室町幕府管領。
扇谷上杉持朝（道朝）　扇谷上杉家当主。
上杉顕房　持朝の跡取り。分倍河原合戦で戦死。
犬懸上杉教朝　謀叛の末に滅亡した**上杉禅秀**の子。結城合戦に勝利し、関東内に所領を得たが、足利義教の暗殺で京に追い返される。
上杉憲秋　上杉禅秀の子。教朝の兄。
武田右馬助信長　禅秀の義兄弟。流浪の末に相模半国を手に入れるが、じきにまた失う。
太田図書助資忠　資長（道灌）の弟。
曾我兵庫助　太田道真の家人。
長尾但馬守実景　鎌倉長尾家。昌賢入道の失脚後、山内上杉家の家宰職に就く。
今川民部大輔範忠　駿河の太守。室町御所に出仕する在京守護。
山内上杉房顕　憲実の次男。八代将軍義政の近臣として仕え、兄憲忠が足利成氏に討たれたのち関東管領に任じられ、成氏征討軍の大将として関東へ下向する。

佐竹右京大夫義人 常陸国奥七郡を領する大名。関東八屋形のひとつに数えられる名門武家の当主。

竹河屋の女主 浅草寺門前町一の土倉。

第一章　万人恐怖

一

「あやつが太田家の継嗣では、この先が思いやられる」

太田大和守資俊は悪罵を吐いた。

目を向けた先には、こまっしゃくれた悪童がいる。母親に似たのか、色白で豊頰、目のクリクリとした美童ではあるが、

「可愛げのなさでは坂東太郎だ」

大和守は常々そう思っていた。

坂東とは、足柄峠と碓氷峠を境として東の地域を指す。太郎は長男、転じて第一番を指した。〝東日本一のひねくれた餓鬼〟というのが、大和守の、その子供に対する評価であったわけだ。

——ただでさえ先が思いやられる世の中だというのに。ただ今の坂東は、麻縄の如くに乱れきっておるのだぞ。

大和守は嘆く。

——東国の武家の棟梁であった関東公方様……すなわち〝関東公方府〟の滅亡した今、東国の押さえとなるのは、関東管領たる上杉一門の他にはない。

管領とは幕府の老臣筆頭のことだ（徳川幕府の老中に相当する）。

——関東管領の上杉様を支えていくことこそが、我ら太田一門の務めじゃ。

関東公方（足利分家）による東国の武家政権が崩壊した今、関東を統べる者は関東管領を担う上杉一門しかいない。その上杉の家臣として今が一番の踏ん張りどころだ。今ここで上杉の家臣団が不始末をしでかそうものなら、東国の秩序は一挙に崩壊してしまう。

その切所にあたって、扇谷上杉家の家宰を務める太田家の跡取り息子に、問題が出てきた。

——あやつが我が甥だとは。同じ血を分けた親族だとは。

頭を抱えたくなる。

——確か、今年で十歳になるのだったな。

その少年、鶴千代丸が生まれたのは永享四年（一四三二）。今年は永享十二年（一四四〇）であるから十歳だ（数え年。満年齢では八歳）。

ここは相模国の糟屋にある太田家の屋敷。敷地の四方に堀を巡らせて、土居をかき上げた方形館だ。

太田家は上杉家の分家に仕えている。主君の上杉弾正少弼持朝は、鎌倉の扇谷に屋敷を構えていることから『扇谷上杉家』と呼ばれていた。

この糟屋の一帯も扇谷上杉家の所領だ。主君持朝が鎌倉に詰めているので太田家が代わりに在領して、経営に当たっていたのであった。

さて、鶴千代丸は太田屋敷の主殿の広間の板敷きに座っている。澄まし顔で手習いに励んでいた。同年齢の子たちよりも小柄で幼げに見える。軒下から差し込んだ陽光がその白い顔を照らしていた。

「姫様のように愛らしい」

「娘に生まれておれば、京の公方はおろか、帝の陛上に入内することも叶うたであろうに」

などと館の下女たちが諷していることを大和守は知っていた。

武士の嫡男をつかまえて「娘に生まれていれば」などという物言いは聞き捨てならない。大和守は叱りつけるのだが、女のお喋りというものは雀の囀りのようなもので、叱っても叱ってもきりがない。際限なく集まり寄っては、また好き勝手な物言いをし始める。

無論のこと、武士であろうとも美貌は大事だ。侍は〝侍る者〟と書く。主君や公方様のお側に侍るのが務めだ。主君や公方様に可愛がっていただくことが第一である。美しいに越したことはない。少なくとも醜いよりはましであろう。

だが、その美しい外貌の奥に、とんでもなくひねくれた本性が隠されていることを、大和守は知っていた。

「なにゆえ、あのような子が生まれ、育ってしまったのか」

父親は太田備中守資清。清和天皇の裔、源三位頼政の末流にして、扇谷上杉家の家宰（執権、執事ともよばれる。江戸時代の家老よりも職務は多岐にわたる）の重職に就いている。大和守資俊にとっては実兄だ。応永十八年（一四一一）の生まれ。この年の正月に三十二歳になった（数え年）。まさに働き盛りの年齢だ。扇谷上杉家の家政を堂々と仕切っている。人格見識ともに優れた英傑だとの評判が、昨今、関東を中心にして高まりつつあった。

――兄者の育て方が悪いのじゃ。

父親の躾けが悪い。度外れて子に甘い――大和守はそう感じている。

あれはいつのことであったろう。大和守は資清と会所（館の主が親しい者と歓談や酒宴をするための建物）で酒を酌み交わしていた。兄弟水入らずの酒宴である。酔いの勢いも手伝って、大和守は鶴千代丸の日頃の行いを諫言した。

「あのようなひねくれた子供は見たことがござらぬ。太田家の行く末が危ぶまれてなりませぬ」

一家の棟梁に対しての憚りのない物言いは、伴類（家来や寄騎）たちには許されない。弟だからこそ許される。ならばこそ大和守は伴類たちの思いを資清に伝えねばならぬ。腹を据えて、丹田に力を籠めて、一歩も引かぬ覚悟で言上した。

「口を開けば屁理屈ばかり。こちらが衷心から教え諭しても口答えばかり。あの曲がった性根を矯めさぬことには、鶴千代丸本人のためにもなり申さず」

兄の資清は「ふむふむ」と頷きながら聞いていたが、やおら酒杯を膳に置くと、

「鶴千代丸を呼べ」

そう家人に命じた。

値の高い油はおいそれと灯せないので、酒宴は昼間の明るいうちに催される。当然、子供も起きている時間だ。

間もなくして、鶴千代丸が会所の広間に入ってきた。

元服前の前髪立ちで、銀糸でもって唐紅の縁取りがされた振り袖を着けている。なるほど、凡百の姫君を遥かに凌ぐ美しさだ。

「父上、お呼びにございましょうか。叔父上様もご壮健にて、なによりのことと存じあげまする」

下座で両膝を揃えると、声変わり前の、鈴の鳴るような声で挨拶した。

親の前でだけは良い子として振る舞うらしい。悪餓鬼にはよくある型だ。

資清は「うむ、うむ」と満足そうに微笑んだ。その顔つきが親馬鹿を絵に描いたようで大和守は呆れた。

「さて鶴千代丸よ。父はそなたを叱りおかねばならぬ。よく聞け」

資清は立ち上がると、部屋を仕切る障子の前に立った。

この障子とは、白い紙を貼った明かり取りの障子ではなく、襖のことであったろう。この時代にはまだ関東には障子は普及していない。襖のことを障子と呼んでいた。ちなみに当時の襖とは衝立のことであった。

資清は腰の扇子を抜くと、その障子（襖）を示した。

「見よ」

鶴千代丸は何が始まったのかと思ったのだろう。興味津々の様子で障子を見ている。黒目勝ちのクリクリした目がいかにも利発そうだ。

父の資清は続ける。

「なにゆえにこの障子が倒れずに立っていられると思うか。障子が真っ直ぐであるからこそだぞ。もしも障子が撓んでいたり、曲がっていたりしたら、立つことは叶わぬぞ。このように——」

資清は敷居の上で障子を滑らせた。

「障子は閉じて部屋を仕切り、人が通る時には開く。縦にも横にも真っ直ぐならばこそ、開け閉てができて、人の役にも立つのだ。よいか。人もまた同じだぞ。性根が直ならばこそ、人として立ち行くことができる。主君のためにも、人間の役にも立つのだぞ」

——なるほど。

大和守は、感服して耳を傾けていた。物にたとえての説教は、幼子にもわかりやすいように、という配慮だ。

——我が兄ながら、備中守殿はさすがの人物。扇谷家の家宰に相応しき才人なり。

障子のように真っ直ぐな人物になってほしいと願う、親心にも心を打たれた。

——兄者も、鶴千代丸の行く末を案じておったのだなぁ。

これで自分も、言い難いことを言った甲斐があった。大和守はそう思った。

ところがである。

肝心の鶴千代丸が、こまっしゃくれた顔つきで首を傾げたのだ。

「父上は、屏風を上からご覧になられたことがござらぬのですか」

しれっとした顔つきで言う。

大和守は、

——こやつは何を言い出したのだ。

と思った。

「あれをご覧なされ」

鶴千代丸は、資清の席の背後に立てられてあった屏風を指差した。六折の屏風で一面に銀箔が押してあった。

「屏風は曲がっているから立っていられるのでございます。真っ直ぐになるまで伸ばしてしまったら、屏風は倒れてしまいます」

父の資清は啞然としている。が、やがて、息子が何を言っているのか気づいた様子で、呵々大笑しはじめた。

「なるほど、お前の申す通りじゃ」

愉快痛快、といった様子で、扇子で膝など叩いた。

鶴千代丸も得意満面だ。

大和守だけが愕然としている。

――いったいなんなのだ、この父子は。

親の説教に口答えする子供も尋常ではないが、一本取られたという顔で笑っている父親も、まともではない。

――我が兄ながら、乱心なされたとしか思えぬ！

弟として、叔父として、一言諫言せねばならぬ――とは思ったのだが、あまりにも異常な事態で口から言葉が出てこない。

——二の句が継げぬとはこういうことか。

などと思っているうちに、鶴千代丸は去ってしまった。おおかた遊びに行ったのだろう。

資清は屛風の前に座り直すと、満面の笑みで美味（うま）そうに酒杯を呷（あお）っている。

一事が万事、この調子なのである。

——わしは、鶴千代丸が憎くて、怒っているのではないぞ。

鶴千代丸と太田家の行く末を大事と思えばこそ、お小言役を買って出ているのだ。

他にもこういうことがあった。

資清自らが筆を取って、鶴千代丸に手跡（しゅせき）指南をしたことがある。

鶴千代丸は、いずれ父親の跡を継いで、扇谷上杉家の家宰となる身だ。扇谷上杉家の発給する文書を書かねばならぬ。主君の手紙の代筆もする。筆遣（ふでづか）いがあまりに拙（つたな）いと、鶴千代丸は元より主君まで恥をかく。

資清は鶴千代丸を熱心に指南した。

鶴千代丸が書いた文字に、自ら筆を重ねて訂正することもある。また、漢籍から取った熟語や故事を手本に選んで、その文字を書かせつつ言葉の意味を教えることで徳育を兼ねることもした。

大和守は部屋の隅に控えて、兄と甥とを見守っていた。大和守も手跡には自負がある。兄に代わって手紙や判形（はんぎょう）（行政書類）を代筆することもあった。扇谷上杉家の家宰として御用繁多な兄に代わり、日頃から鶴千代丸に文字を教えていたので、そこに居合わせたのは偶然ではなかった。

資清は、半紙に大きく墨書した。

奢者不久

そして大声で読み下した。

「奢れる者の久しからず、じゃ。身分の高さや頭の良さ、わずかな勝ちに得意になって、素直な心をなくし、生意気になった者は、油断を招き、他人より憎まれる。すぐにもその身分を失い、敵に負け、領地を追われる身となってしまう。わかるな、鶴千代丸」

大和守は内心で、うむ、と頷いた。

この警句を手習いの手本とした理由は、もちろん、鶴千代丸の生意気ぶりを矯めるためであったろう。

——兄上も、鶴千代丸の奢りを案じておられたのだ。

資清は自らが書いた半紙を、鶴千代丸の机に置いた。

「さぁ、父の手跡を手本にして書いてみせよ」

鶴千代丸は元気よく「はい!」と答えた。筆を手に取り、筆先を墨にたっぷりと浸すと、なんと、父親が書いてくれた手本の上に『不』と『亦』の二文字を書き加えたのだった。

不奢者亦不久

そして大きな声で読み下した。

「奢らざる者もまた久しからず！」

奢っていようが謙虚であろうが、人間なんてものは、久しく栄華を保つことはできないのだ——。鶴千代丸は真っ向から、父の警句に反論したのである。

「こやつめ！」

さすがの資清が色をなした。腰の扇子を抜くと、鶴千代丸の頭を打った。

ところが。

（なんと手ぬるい折檻）

大和守は呆れる思いで見守った。自分なら拳で瘤ができるほどぶん殴っている。

しかし資清はポンと我が子を軽く叩いたのみで、それればかりか、

「道理である」

などと言って、大笑いをし始めたのだ。

——こんな親馬鹿、見たことがない。

鶴千代丸も笑っている。大和守だけが歯ぎしりしている。

その日の一日、鶴千代丸は、馬の鞭を握り締めた大和守に追い回されるはめとなった。

どうあっても思い知らせてやらねばならない。放っておけばこの子のためにはならぬと腹をくった大和守は、きつい折檻を加えてやろうと、さんざん追い回したのだけれども、

鶴千代丸は存外にすばしっこくて、結局逃げられてしまった。

とにもかくにも一事が万事、この調子なのである。

――いったい太田家はこれからどうなってしまうのか。

大和守の悩みは深かった。

二

永享十二年（一四四〇）三月四日――。常陸加茂社に、狩衣姿の武者たちが大勢集まってきた。

神社の神域には『これより先、馬上入るべからず』という立て札がある。そこから先は（神馬を除いて）馬は入ることが許されない。

神社の前に留まった馬は、馬丁や下人たちが預かって主人の戻りを待つ。馬の数だけで五十頭を越えている。『門前市を成す』という謂いがあるが、まさにその通りの光景だ。

馬市が立ったのか、と、近在の百姓たちが顔を覗かせるほどであった。

古社の拝殿の周囲には回廊が巡らされている。回廊で囲まれた境内には白砂が撒かれ、そこが清浄な空間であることを示していた。

境内では武者たちが立ち並んでいる。不浄を嫌う神道では、地面に膝をついたり拝跪したりはしない。

拝殿には二人の若い御曹司の姿があった。神殿に向かって座り、背筋を伸ばし、肩を並べている。この時代の〝正座〟は片膝を立てる。そのようにして座っている。

神主が厳かな足取りで二人の前に進んできた。サッ、サッ、と幣を振った。二人の若御子が拝礼する。それに合わせて境内の武者たちも一斉に低頭した。

神主が祝詞を唱える。

「武運長久、かしこみかしこみも申す～」

文言そのものは、聞き覚えのある、武運を願うそれだ。武士たちは事あるごとに、あるいは事がなくとも、武運を願って御祓いを受ける。生き死にの境目を綱渡りのようにして暮らしているのが乱世の武士だ。当然に信心深い。

と、そのとき、祝詞を拝聴していた武士たちの顔つきが変わった。居並んだ武士たちをして驚愕せしめたのは願主の署名であった。神殿に向かって座る子供の名である。神主の読み上げた名を耳にして、皆、愕然となったのだ。

「源　安王丸、征夷将軍～」

将軍とはなんだ。さすがにその場で声を上げる者はいない。神社の境内で静寂を乱す者には神罰が下る。しかし皆、それぞれに驚いている。狩衣の身を震わせる者もいた。

神主は続いて縁まで出てきて、境内の武者たちに向かって幣を振った。武者たちは畏まって受けた。それによってこの場の武者たちは、征夷将軍の安王丸と一心同体の身となった。加茂社祭神を介して、太い紐帯で繋がれたのだ。

神主は奥舎に去り、二人の若御子だけが残された。若御子は同時に立ち上がると、拝殿の縁の、階の上に立った。

二人とも、まだ元服前の姿である。征夷将軍を名乗る安王丸が十一歳。その横に立つ庶兄の春王丸が十三歳だと伝わっていた。

前髪を伸ばしているので烏帽子はつけない。狩衣も派手な色柄の振り袖だ。

顔には白粉を塗って、置き眉をしている。唇には紅を注している。二人とも可憐で美しかった。

安王丸が、居並ぶ武者たちを見回しながら、朗々と声を放った。

「身はただ今より征夷将軍となった。将軍の名において、関東の天地を騒がす逆臣、山内上杉安房入道憲実、扇谷上杉弾正少弼持朝を退罰する！　亡父、持氏の仇を討つ！」

子供の声とは思いがたい大音声であった。武士たちは威に打たれ、次には拳を突き上げて奮い立った。

「応ッ、上杉安房入道、討つべし！」

「上杉弾正少弼、討つべし！」

「両上杉を討ち果たし、関東の天地を旧に復すべし！」

「言うにや、言うにや（言うには及ばず同意である）」

それぞれに思いのたけをぶちまけたのだ。

一同が気勢を上げるその間にも、蜂起の報せを聞きつけた武士団が次々と常陸加茂社に押しかけてきた。

二人の若御子は加茂社を出ると、勇躍、馬上の人となった。

「両上杉討伐の旗揚げじゃ！」

安王丸の発声とともに一旒の軍旗が立てられた。白地は源氏の印。丸に二つ引両の家紋は足利一族の印であった。

「我こそはと思わん者は、続けーッ」

安王丸が先頭に立って馬を進める。「応！」と太い声で答えた武者たちが競うようにして従った。

征夷将軍を自任する軍勢は、常陸から一路、西を目指した。道々、参陣の武士団を吸収し、総勢二万の大軍となって進軍し続ける。遮る者など誰もいない。

安王丸勢は、小栗、伊佐と、常陸国南部を縦断して、二十一日、下総国の結城城に入城した。

三

永享十二年の春も爛漫。野山の草木の色合いも、新緑の薄緑から濃い青葉へと変わっている。

田畑で働く百姓たちも草取りに忙しい。摘んでも摘んでも雑草は伸びてくる。雑草に勢いがある年は稲の育ちも良い。草取りに追われるのは豊作の報せである。百姓たちは皆、首筋に汗をかきながらよく働いた。

そんな長閑な景色の中を騎馬の一団が進んできた。糟屋にある太田館の門前に立った。太田館の家人たちは、騎馬武者の先頭にいる男の顔を一目見るなり、サッと低頭して館の内に走った。来客の到来を主君の太田資清に報せるためだ。

門扉が大きく開かれた。騎馬武者の一団は太田館に入った。

来客の報せを受けた太田備中守資清は主殿の広間に向かった。そこにはその客人、長尾左衛門尉景仲が座していた。

長尾景仲は、関東管領、山内上杉家の重臣であり、この時は武蔵国守護代の職に就いていた。

双林寺伝記の記述によれば元中五年（南朝の元号。西暦一三八八年。北朝の元号では嘉慶二年）の生まれとある。とすれば永享十二年のこの年、五十三歳（満五十二歳）であったはずだ。資清とは、二十二歳の年齢差があった。

頰から顎にかけて濃いひげをたくわえている。ところが鼻の下のひげは綺麗に剃ってあった。眉が太く、鷲鼻で、耳たぶが驚くほどに大きい。にもかかわらず目は小さい。

景仲は小さな目をショボショボと瞬かせた。人のよい百姓を思わせる表情だったが、この顔つきこそが食わせ者であることを、資清は知っていた。

上杉一門はいくつもの家に分立していたが、この時代は、鎌倉の山内に屋敷を構える山内上杉家と、同じく扇谷に屋敷を構える扇谷上杉家の二家が他の庶流を圧倒する威勢を誇っていた。山内、扇谷の二家をもって〝両上杉〟と称されていた。

家の格では山内上杉家のほうが上である。資清は、山内上杉家の家臣であり年長者でもある景仲を目上と立てて、遜った態度で平伏した。

「お待たせいたした。左衛門尉殿におかれては遠路遥々のお運び、備中守、欣快に堪えませぬ」

景仲も軽く低頭し返した。

「今日は先触れもなく突然の推参。御用繁多の備中守殿には、たいそうご迷惑なことでござったろう。まずはこの通り、詫びる」

床に片手をついた。

「恐れ多いご挨拶にござる」

資清はよりいっそう深く、平伏した。

資清が顔を上げると、景仲は明るい戸外に目を向けていた。まるで隠居の老人のような、長閑そのものの顔つきであった。

景仲はフッとこちらに目を向けて微笑みかけてきた。

「今朝、目を覚ましたら、実に心地のよい晴天でござってな。時候も良い。なにやら居ても立ってもいられぬ浮かれ心地となって参りましてな。そこで、備中守殿を誘って巻狩でも楽しもうかと、左様に考えて屋敷を出てきたのだ。備中守殿の御領地は箱根にも近く、野山には良き獲物も多いと耳にいたしたが、どうじゃな。この年寄りの我が儘につきあってもらえようか」

この時代には、四十代で長寿を賀したほどであるから、五十三歳の景仲が老人を自称するのは不思議ではない。

資清は、一見穏やかな景仲の顔に、なにやら切迫したものを感じ取った。巻狩に誘ったのには深いわけがありそうだ。

「喜んでお供つかまつりましょう」

そう答えると家来を呼んだ。

「左衛門尉殿が巻狩をご所望じゃ。勢子を集めよ。狩りの支度をいたせ」

家来は「ハッ」と承って出て行く。

「年寄りは気短ゆえ外で待つ。備中守殿も早ぅござれ」

景仲は腰を上げて、主殿の広間から出て行った。

なにゆえ急いで出て行ったのか。太田家の家臣にすら盗み聞きされたくない話があるのに違いない。よほどに難しい用件であるらしいと覚って、資清もまた緊張した。


糟屋の地には太田家の所領が広がっている。

太田家は元々は丹波国の地侍で、上杉家が丹波守護となった縁で上杉家の被官となった。太田家の本領は丹波国にあったはずだが、今ではほとんど関東に土着して、糟屋の扇谷上杉家領の一部を与えられている。

糟屋より西方に目を転じれば石尊大権現の鎮座する霊山、大山が間近に望めた。なるほど、長尾景仲でなくとも狩りを楽しみたいと感じさせる光景ではある。

資清と景仲は馬に跨がり、馬首を並べて高台に立った。

長尾家と太田家の郎党や家人たちが、鐘や太鼓を打ち鳴らしながら眼下の原野を押し出していく。野山に隠れた獣を追い立てているのだ。

資清と景仲の周りには限られた近臣たちのみがつき従っていた。主人二人から三間ばかりの距離を置いて後ろに馬を並べていた。

「して、いかなる大事が出来いたしましたのか」

資清は景仲に質した。

景仲は笑みを含んで勢子の働きぶりを見守っている——ように見えた。

「さすがに相模は肥沃な土地柄。我が領地がある上野国とは比べ物にならぬ」

上野国は、平安時代に浅間山の大噴火によって一国丸ごと火砕流と火山灰に埋まった。その復旧が未だに成っていない。土地は火山灰まみれで痩せている。

「備中守殿、ご覧なされ、あの大鹿を」

巨大な角で頭を飾った雄鹿が、勢子に追われて藪から出てきた。

「小面憎き大鹿じゃ。泰然としてこちらを見ておるわ」

焦って逃げる様子もなく、野原の真ん中に立ち止まって、自分を追い立てる人間たちをグルリと見回している。

景仲の馬がブルルッと鼻を鳴らす。巻狩であるならば弓矢をつがえて駆け出す場面だ。馬もそのことを理解している。主人に馬腹を蹴られることを予見して興奮しているのだが、景仲はいっこうに馬を進めようとはしなかった。

「中原に鹿を追う——とは、天下の覇権を求めることの謂いだが、我らの務めは鹿を追うことではなく、山から下りてきた鹿めを追い払うことでござってな」

謎めいた物言いをした。資清は訊き返した。

「いかなる仰せで」

景仲は資清に目を向けた。ショボショボと小さな目を瞬かせた。

「中原の鹿——すなわち天下の公方たらんと欲する者が、日光の山から下りて参った。結城の城に入ったのじゃ」

資清は、半ば予期していたことであったので、さして驚きもしなかった。

「下野国、日光山の衆徒に匿われていた安王丸様と春王丸様が、結城氏朝に迎えられたとの仰せにござるか」

「いかにも左様だ」

「して、与する者は」

「今は亡き関東公方様に奉公していた大名衆はすべて、心を寄せておると考えねばなるまいのう」

「公方様奉公衆が、でござるか。お言葉なれど、先の戦では京都様の命の下、公方様を攻めた皆様方にござるぞ」

「結城氏朝とて、つい先日までは安王様方を攻めておった。それが一転して、安王様を奉じて旗を揚げおった」

景仲は「フン」と鼻を鳴らした。

「関東の大名は、表裏定かならぬ比興者（ひきょうもの）ばかりよ」

それから二人はしばらく無言となって、眼下の狩りを見守った。

資清は、これから関東の地を覆うであろう惨禍（さんか）を思うとともに、扇谷上杉家の家宰としていかに対処すべきか、思案を目まぐるしく巡らせている。

「京都様には、この一件を報せたのでござろうか」

「無論のこと報せた。もっとも、我らが報せずとも、関東の動向から目を離す京都様ではござるまい」

彼らの言う京都様とは、京の室町第（むろまちてい）の足利（あしかが）将軍のことである。あるいは三管四職と呼ばれる重職たちに支えられた幕府政権のことだ。

将軍は〝公方〟とも呼ばれるが、関東の地において公方と呼ばれていたのは、鎌倉足利家（室町将軍家の分家）の当主であった。

公方とは将軍の別称であるから、東国の武士や人々は、鎌倉足利家を将軍であると認識していたことになる。室町将軍に対しては、京都様という、漠然とした呼び名を使っていた。

もちろん、武家社会において最も上位の権力者が室町第の将軍であることぐらいは、誰でも理解している。鎌倉足利家（関東公方）が京都様の命で滅亡させられてからは、尚更（なおさら）だ。

「京都様には詳報を矢継ぎ早に送ってある。いずれお指図が届くはずじゃ」

「京は、遠うござるな」

「いかにも遠い」

使いを馬で走らせても、京に着くまで五日から七日はかかる。折り返し命令が届くまでには倍の日数がかかってしまう。

「京都様のお指図を待っておったのでは、敵方に天の利と地の利を占められてしまう。ここは我らの一存で動くしかないわけだが——」

太田資清の顔を見つめる景仲の目が光った。

「備中守殿には、その御覚悟がおありか」

京都様の命を待たずに兵を動かせば、私戦と見做されることもある。幕府内において私戦は重罪だ。事と次第によっては、一族すべてが処罰されることもあり得た。

「我らは敵を防いだだけでござる——と抗弁しても、通るかどうかはわからぬぞ。戦が済んでから京都様が、『大乱の責めは長尾と太田に負わせろ』とお考えになられたなら、抗弁もならぬ」

冤罪であるが、冤罪と承知で罪をなすりつけてくる相手に道理は通じない。

「当代の京都様は、あのお人柄ゆえ……」

景仲は遠い目をした。大山の山容の遥か先には上方の世界が広がっている。

強い風が吹きつけてくる。資清の袖を揺らした。

資清は思案した。

――万人恐怖か……。

それは、当代将軍、足利義教の治世を評して、伏見宮貞成親王が口にしたとされる言葉であった。


足利幕府の六代将軍、義教は、将軍就任以来、幕府の権勢を拡大させるために次々と強圧的な手を打ち続けてきた。背腹常なき中国地方の大名に命じて、背腹常なき九州の大名を征伐させたこともある。毒を以て毒を制すのたとえどおりの軍略で、中国と九州の大名たちを疲弊、あるいは滅亡させることに成功し、西日本の覇権を確立した。

続いて着手したのは京都近郊の寺社勢力の大掃除だ。こともあろうに日本国の根本中堂(日本の仏教の中心)である比叡山に魔手を伸ばし、中堂を焼き払って高僧の二十四人を焼死させた。

さらに続いて義教が狙いを定めたのは、関東公方家であった。

義教とすれば、関東の分家風情が〝公方〟と呼ばれていることは我慢できない。公方は天下に一人である。並び立つ者があってはならなかった。

困ったことに、関東公方の足利持氏も将軍義教に良く似た驍将で、自らが京都の公方に

取って代わらんという野心を逞しくさせていた。義教の振舞いと悪評を聞くにつけ、

「あのような者が将軍では日本国は保てぬ」

などと声高に広言し、ついには関東公方府に奉公する関東諸国、並びに出羽奥州の大名たちに動員令を発したのだ。

西日本と東日本との大戦が、今にも始まろうかという情勢となった。

帝や朝廷、庶民はもちろんのこと、当の武家たちですら戦慄した。

ところが関東公方の反抗は、将軍義教にすれば、願ったり叶ったりの展開であったのだ。

関東の人々が、万人恐怖と呼ばれる義教の恐ろしさを知ったのは、その戦を通じてのことであった。


「上杉家は、京都様が関東公方様につけた目付であった」

景仲が言った。鋭い眼光を資清に据えている。

「京都様の命に従い、関東公方様を討つ手先となって働いたのは、我らだ。上杉家と上杉家の家来たちである。関東の諸大名も、国人も、皆、我らのことを京都様の手先と見ておる。いまさらこの一件から手を引くことはできぬぞ」

資清は頷いた。

「いかにも。たとえ我らが戦を厭うたところで、安王丸様を担いだ者たちは、我らを目の

敵（かたき）にして、攻めかかってまいりましょう」

「左様じゃ。さながら降りかかる火の粉（こ）じゃな。関東にくすぶる火の元を踏み消さぬかぎり、いつまで経（た）っても、火の粉は我らに吹きつけて来ようぞ」

「山内上杉様は、安王丸様と結城城と戦うお覚悟でございますか」

景仲は答えない。しかし否定はしなかった。つまり無言で肯定（こうてい）したものと思われた。

「山内様は関東公方家を根絶やしにするお覚悟なのでございますな」

「そのためには、扇谷上杉家の同意を取り付けねばならぬ。扇谷家も兵を出してもらいたい」

資清はここで、景仲が自分をこの原野の只中（ただなか）に連れ出した理由を覚った。

富士から吹き下ろす風が唸（うな）っている。勢子の立てる鐘や太鼓の音が喧（やかま）しい。両上杉の家宰二人が語り合う声を盗み聞きすることは難しい。

資清も、おのれの屋敷に、関東公方家に心を寄せる者たちが大勢潜んでいることを薄々と察している。

景仲は強風を真っ向から顔に受けて、身じろぎひとつしない。

「昨年、我らが関東公方様を討ったことで、東国は、我ら両上杉が治めるところとなった。我らは京都様の命に従ったに過ぎぬが……おう、ご覧なされ備中守殿。あの猟犬の見事なる働きを。果敢にも大鹿を追い立てておるぞ」

猟犬の群れが吠え声をあげながら、獣を脅し、狩り人の前に追いこんでいく。鹿も黙ってやられてばかりではない。頭を下げ、角を前にして、猟犬を突き殺すべく突進した。

――我らは猟犬。関東公方家は、狩場の鹿だ。

その鹿どもを仕留めようとしているのは京都様――足利義教。

猟犬の一頭が、鹿の角による一撃を食らって放り上げられた。キャンと鳴く声が聞こえた。

室町幕府を開いた足利尊氏は(京の室町通りに将軍御所が造営されたのは二代将軍義詮の代なのだが、通例に従って室町幕府と呼ぶ)、東国の押さえとして、長子の義詮と弟の義直とを鎌倉に派遣した。尊氏自身は戦に明け暮れる毎日で、東国の統治どころではなかったからだ。

これが関東公方府の始まりである。

やがて義詮は将軍世継ぎとして京に戻され、その代わりに尊氏の三男の基氏が鎌倉に送られた。基氏は叔父の義直の猶子(相続権のない養子)となって、東国の統治を担当した。

この基氏をもって、関東公方家の初代とする。関東公方は基氏の血筋が代々継承してきた。足利家は京の将軍と鎌倉の公方との両輪態勢で、武家政権の重責を担ってきたのである。

基氏の就任より七十六年後の応永三十二年（一四二五）、京の将軍家に一大事が出来した。五代将軍の義量が世継ぎを得る前に夭折したのだ。その父の四代将軍義持も、子の後を追うようにして三年後に没した。

これで将軍がいったん空位となった。

関東公方の持氏（基氏の曾孫）は、俄然、色めきだった。

宗家に人が絶えた時には、分家筆頭の者が家を継ぐ。これが武家社会の慣例である。足利幕府には持氏が入って継ぐべきなのだ。本人もそう考えたし、周囲も当然、そういう運びとなるであろうと予想した。

ところがである。

室町幕府を仕切る三管領（斯波氏、細川氏、畠山氏）と四職（赤松氏、一色氏、京極氏、山名氏）、そして三代将軍義満の猶子にして幕府の顧問格であった三宝院満済らは、鳩首協議して、義持の弟たちの中から六代将軍を選ぶことにした。

紆余曲折あった後に、比叡山延暦寺で僧籍にあった義圓が還俗して将軍位を継いだ。

これが六代将軍、義教である。

この一連の展開に、関東公方の持氏は激怒した。面目を踏みにじられたと感じたのだ。

確固たる習慣法であった分家による家督相続を否定されたばかりか、僧籍にあった者が将軍家を継いだ。僧籍から還俗することは、当時は「坊主落ち」などと呼ばれて軽蔑の対象であった。

坊主落ちを将軍にまでして、持氏の将軍就任を否定せねばならない理由はなんなのか。持氏には理解できなかったし、理解できないからこそ怒りとなって爆発した。義教に向かって『還俗将軍』などと悪罵を浴びせ、公然と対抗姿勢を示したのだ。

しかし相手は、ただの坊主落ちなどではなかった。万人恐怖と呼ばれる魔王だったのである。

将軍義教はただちに反撃を開始した。そのやり口は狡猾であった。関東公方府の管領（筆頭家臣）である山内上杉家を懐柔し、味方に引き寄せようとした。関東公方持氏を孤立させようという策略である。

関東管領であった山内上杉憲実に、持氏を裏切るつもりがあったのかどうかはわからない。憲実は老練な政治家であり、容易に腹の底を明かそうとはしなかった。

山内上杉憲実が乗ってこないと見た将軍義教は執拗に「憲実謀叛」の風聞を流し始めた。憲実は馬耳東風を決め込んだが、持氏のほうはこの状況に辛抱がならなかった。憲実に裏切られる前に、憲実を誅殺しようと謀ったのだ。

持氏の殺意を察した憲実は、鎌倉を脱出し、上野国へと逃れた。持氏は鎌倉奉公衆の諸大名に出兵を命じて追撃にかかった。

持氏と憲実の私戦が開始されたのである。将軍義教の思うつぼであった。

私戦を起こし、関東に大乱をもたらした持氏は誅伐すべし――義教は後花園天皇に持氏討伐の綸旨を求めて、ついに錦の御旗を賜った。持氏は朝敵となったのだ。

綸旨を奉じた幕府軍が、信濃や陸奥から、持氏を討つために進軍してきた。

この情勢に動揺した関東公方府の奉公衆（関東の大名たち）は、持氏を見捨てて投降した。

孤立した持氏は出家、剃髪して、鎌倉の永安寺に入った。世俗の未練を断ち切ったことを示して、我が身の助命を願ったのである。

人々は持氏の降伏と出家をもって事は収まったと見た。ところがである。京の将軍義教は、万人恐怖の魔王であった。

義教は持氏に与した者たちに次々と切腹を命じた。じっくりと持氏の軍事力を削ったのちに、上杉憲実に強要し、永安寺を攻めさせた。

出家をして道継を名乗っていた持氏は、永安寺の大塔に追い込まれて焼死した。自ら火を放ったのか、火矢が燃え移ったのかはわからないが、酸鼻をきわめる最期であった。

結果として山内上杉憲実は、主君殺しの大罪を背負うことになった。憲実はこれを恥じて隠居、出家し、鎌倉府を離れて伊豆の国清寺に隠棲することになる。

その結果、東日本は政治の空白地となってしまったのである。

坂東とも呼ばれる東日本を治めていたのは、関東公方府だ。関東公方の持氏と、関東管領の山内上杉憲実が、東日本の統治者だった。

その二人が忽然としてこの世から姿を消してしまった。

今の東国は、さながら箍を失った桶も同然であった。いずれ崩壊は避けられない。桶の中に収まっていた何かが溢れ出すのは時間の問題であった。

持氏の遺児である安王丸と春王丸の決起は、こうした世情を反映してのことだったのだ。


「京都様は、関東の地をご自身でお治めになるおつもりじゃ」

長尾景仲は言った。

巻狩は続いている。獣と猟犬の多くが、すでに倒れた。

「関東公方は、もうこの世には要らない。京の室町第が、関東の主となる」

黙って聞いていた太田資清は、首を静かに横に振った。

「京は遠うござるぞ。京都から関東を治めることが叶いましょうか」

馬で文使いを走らせても片道五日から七日はかかるのだ。

「できるであろうよ」

景仲はそっけなく答えた。

「律令の昔は、そのようにして、帝と朝廷が本朝（日本国）を治めておわしたのだ」

平安時代まで可能だったことが、今の世でできぬはずがない。魔王義教はそのように考えているに違いない——景仲はそう踏んでいる様子であった。

「ともあれ結城城での戦いは、京都様のお志が叶うか叶わぬかを占う一戦となろう。下総国の結城城に籠もった安王丸様、春王丸様を、京都様が室町第からお指図して攻める。首尾よく結城城を攻め落とし、安王丸様と春王丸様を討ち取ることができるのか。それともなんらかの故障が入って、京都様の壮図が挫けるか」

景仲は手綱を引いて馬首を巡らせた。

「話は終わった。わしは出陣の支度をせねばならぬ。備中守殿の懈怠のないお働きを頼み入るばかりじゃ」

景仲は家来の騎馬武者たちに「帰るぞ」と声をかけ、馬の尻に一鞭当てると走り出した。景仲の家来たちが後に続く。陽は西の山に没しようとしていた。

四

安王丸挙兵の凶報は、早馬をもって京畿に伝わった。

室町御所は俗に〝花の御所〟と呼ばれている。

足利幕府は、宮廷貴族の室町季顕から〝花亭〟を、今出川公直から〝菊亭〟を買い上げて、将軍の邸宅を造営した。元が花と菊の名を冠する邸宅だったので、花の御所と、洒落（しゃれ）を利かされて呼ばれたわけだ。

実際に草木の多い邸宅で、敷地には鴨川（かもがわ）の流れが引き込まれていた。枯山水（かれさんすい）ではなく、本物の水が邸内を巡っていた。

将軍家の邸宅は、将軍個人が暮らす私邸であると同時に、幕府の公邸——政庁でもある。三管四職と呼ばれた重職や、奉公衆、奉行衆などが毎日大勢で出仕していた。

庭に引き込まれた水の流れの上に橋が渡してある。奥の御殿から政庁へ行く際には、必ずこの橋を渡る。庭には春の花が咲き誇っている。花の御所の名に恥じぬ景観だ。

六代将軍義教は、橋を渡って政庁に入った。応永元年（一三九四）生まれの四十八歳（満年齢なら四十六歳）。将軍在位は十二年を数える。

細面（ほそおもて）で長い顔をしている。顎の細い顔は貴族の相だ。庶民ならば固い雑穀を良く咀嚼（そしゃく）しながら食べて育つので、顎や頬骨が発達して四角い顔だちになる。

睫毛（まつげ）の長い大きな目をしている。一見すると優しげで、穏やかな目つきにも見えるのだが、その眼差（まなざ）しはほとんど動くことがなく、常に正面だけを見つめている。

表情というものがまったくない。何を考えているのかがわからない。整った顔だちの、優しげな目の持ち主だけに、それがかえって不気味である。

義教は主殿に入った。幕府政所頭人（まんどころとうにん）（長官）の伊勢貞国（いせさだくに）が平伏して待っていた。

室町幕府の機構は侍所と政所とに分けられる。侍所は軍事担当で、何カ国もの守護を兼任する大大名たちが担当する。政所は内政担当で、小身の大名や、足利家に仕える家来が担当した。

侍所の大名たちは、鎌倉幕府の時代には足利家と同格だった者たちや、足利家の御一門が多い。将軍家としても、何かと憚りが多く、気を許すことができない。

一方、政所を差配する者たちは、将軍の側近や秘書官として奉公している。将軍とすれば気が許せる。大名には諮問できないことも、内々に問うことができた。

伊勢貞国は、将軍義教より四歳若い（満四十二歳）が、同年代と見ることができる。義教にとってはますます遠慮がいらない。結果として、政所頭人は、将軍の懐刀として天下の権を握ることになった。

しかしそれでも伊勢貞国にとって将軍義教は、やはり、仕えにくい主君であった。貞国は室町幕府を支える陰の実力者。精力にも体力にも満ちた働き盛りの年齢だったが、万人恐怖の義教を前にしては、いささか顔色がなかった。

さらに貞国は腹中に憂悶を抱えている。他でもない、安王丸挙兵の凶報が彼を悩ませていたのだ。

義教は壇上にドッカと座った。貞国は型通りに挨拶をする。

「本日もお健やかなるご尊顔を拝し奉り、貞国、恐悦至極に存じ上げまする。御所様におかれましては——」

「挨拶などいらぬ」

義教は気短に遮った。貞国は「ハッ」と平伏した。なにしろ義教は、気分次第で朝廷の貴族を島流しにするような男だ。政所頭人だとて容赦はするまい。

「持氏の遺児どもめは、なかなかの威勢のようじゃな」

問われた貞国は、お為ごかしなどは口にせずに、端的に答えた。

「およそ二万の兵が結城の城に入ったとの由。凶賊はますます人数を増やしております。悪い報せはひっきりなしに、鎌倉より届いております」

義教は頭の切れる男だ。口先だけの誤魔化しや、ご機嫌取りのためにつく嘘などは即座に見抜く。

それに今は、将軍の機嫌を取るどころの騒ぎではないのだ。

「関東の手当て、いかに取り計らいましょうか」

上目づかいに将軍義教の顔色を窺う。義教は顔と首を真っ直ぐに立てて、正面だけを見つめていた。大きな目が瞬きをした。貞国は、なにやら蛙の顔でも眺めているかのような心地となった。人間の感情や道理は一切通じない生き物を前にしている——そんな心地となったのだった。

「関東の騒乱は、鎮めなければならぬ。持氏の遺児ども好き勝手を許しておいてはならぬ」

真っ当に過ぎる物言いを、義教はした。

しかし、そのための手当ては、真っ当ではなかった。

広間の外の廊下には義教の近習が侍っている。義教はその近習に顔を向けた。

「かの者どもを、これへ呼べ」

「ハッ」と答えて近習が下がり、すぐに二人の武士を案内して戻ってきた。

二人は広間に入ると下座に座った。義教がその二人を顎でクイッと示して、紹介した。

「上杉禅秀が遺児の教朝と、禅秀が義兄弟、武田信長じゃ」

伊勢貞国は我が胸を突かれたような心地となった。

――犬懸上杉家の子と、縁者だと……？

二人は素知らぬ顔で平伏している。義教もしれっとした口調で続けた。

「この二人を、我が陣代として関東に送る」

――なんと……。

なにゆえ今、犬懸上杉禅秀の縁者を関東に送り込むのか。それは火に油を注ぐに等しい暴挙だ。

上杉禅秀とは何者なのか。それが大きな問題だった。

上杉禅秀は、二十四年前、関東公方府に対して反乱を起こした。その後、京の将軍義持

（義教の兄）と関東公方持氏の連合軍に敗れて滅亡した。

足利幕府の創始者である足利尊氏の母親は、上杉氏の女であった。その縁があって上杉一族は尊氏に重用され、関東公方府の管領として、関東の地で権勢を扶植してきた。勢力が増大するのに連れて上杉家は大きく四家に分立した。犬懸上杉家、山内上杉家、扇谷上杉家、宅間上杉家である。

犬懸上杉家の当主、禅秀は、関東公方満兼（持氏の父。安王丸の祖父）の許で権勢を振るい、奥州で発生した伊達政宗（大膳大夫政宗。藤次郎政宗の先祖）の反乱を鎮めるなどの勲功を立てた。

ところが、満兼が死去して、持氏が関東公方となると、禅秀は持氏による冷遇を受けて権勢の座を追われた。若い新公方の持氏にとって、父の代の権臣は煙たかったのに違いない。

年甲斐もなく激怒した禅秀は挙兵。与党の大名や国人領主、妻の実家の甲斐武田家の信長を味方につけて、おおいに暴れた。

一時は関東を席捲する勢いを見せたのだが、態勢を立て直した室町幕府と関東公方持氏の連合軍に敗れて切腹した。

犬懸上杉家は滅亡したも同然となり、所領は山内上杉家と扇谷上杉家と関東公方とで分割された。

これにより、犬懸上杉家に代わって扇谷上杉家が台頭、山内上杉家と扇谷上杉家による両上杉態勢が確立されたのだ。

禅秀の子の教朝や、武田信長など与党の者は、関東や甲斐の領国を追われて浪人や僧侶となった。

その者たちが今、関東の動乱に乗じて旧領を取り戻すべく、蠢動を開始したのだ。

伊勢貞国は更めて二人を見た。

犬懸上杉治部少輔教朝は三十代半ばの年恰好（この年、数えで三十四歳）であった。武田右馬助信長は四十ほどの年齢である（信長の生年は不明）。

教朝は丸顔の、小柄で小太りの男であった。色白の餅肌。鼻の下と顎に細いひげを生やしている。武士よりも廷臣が似合いそうな風貌だ。

いっぽうの武田信長は額の秀でた、骨張った顔をしていた。額や眼窩、頬骨や顎がゴツゴツとしている。髪は縮れた赤毛で、瞳の光彩の色も薄い。なにやら鳶を思わせる、尖った風貌であった。

義教はこの二人をいたくお気に召している。教朝の〝教〟の字は、義教の一字を与えたものだ。一字拝領は「名前を共有しているほどに親しい間柄である」と内外に示すものであるから、その意味は大きい。

将軍義教は二人に大きな目を向けた。

「禅秀の乱の敗北で所領を失ったお前たちだが、いよいよ雪辱の時がやってきたぞ。働き如何によっては、旧領や新領を授けてやらぬでもない。心して励むが良い」

滅多にないことに、温かな言葉まで掛けた。

「ハハッ、ありがたき幸せ」

犬懸上杉教朝は慎み深く平伏する。

武田信長は不敵な笑みを口元に浮かべながら低頭した。

「粉骨砕身、励みまする。この武田右馬助にお任せあれ」

犬懸上杉教朝と武田信長は、勇躍、広間より出ていった。心は早くも関東の戦陣に向かっている。そんな様子だ。

――剣呑である。

伊勢貞国はそう断じた。

――御所様は何を企んでおいでなのか。

幕府軍の先陣として派遣されるのであるから、戦意の旺盛なことは望ましい。心強い限りだが、喜んでばかりもいられない。

二人の足音が遠ざかるのを確かめてから、貞国は義教に向かって座り直した。

「諫言か」

義教が貞国の態度と顔色を読んで質した。

「いかにも、お耳に痛いことを言上つかまつりまする。犬懸上杉も武田信長も、関東より追われた者どもにございまする。彼らを追った者たちが、ただ今の関東を制しておるのでございまするぞ。たとえば、犬懸上杉家の旧領は、山内上杉家と扇谷上杉家とで分け合っておりまする。そこへ御所様の陣代として犬懸上杉を送り込めばどうなることか――」

「山内上杉家の者どもと、扇谷上杉家の者どもとが、承知せぬ、と言いたいか」

「ご賢察のとおりにございまする」

「今、関東の争乱に犬懸上杉の者どもを投げ込めば、乱は長引くばかり……などと、かように案じておるのであろうな」

「御意にござる」

「それで良いのじゃ」

「なんと……！」

蛙のように無表情であった義教がニヤッと笑った。

「それこそが余の望むところなのじゃ。関東の地に次々と火種を投げ込む。関東の地には、一時たりとも、平穏を与えてはならぬ」

「なにゆえにございまするか」

「わからぬのか」

義教は再び蛙のような巨眼を剝いて無表情に戻った。

「関東をひとつにまとめあげるだけの力を持つ者が現われたならば、その者こそが、京畿の我らを滅ぼす大敵となる。関東の兵は強い。強すぎる。坂東武者らが一丸となって攻め上ってまいらば、我らでは防ぎようがない。京の町も、帝も、守りようがないのじゃ」

東国の兵が動く時、京は戦火に見舞われ、帝も朝廷も艱難辛苦（かんなんしんく）を強（し）いられる。それは歴史が証明している。

「よって、関東公方であれ、関東管領の上杉であれ、関東をまとめさせてはならぬのだ」

義教は遠い目をした。

「関東は、二つに割る。二つに割って、互いにいがみ合いをさせる。関東の者どもが関東の者ども同士で相争っている間は、我らは京で安閑としていられる。

二十四年前、関東の地は、危うく上杉禅秀の一手に握られそうになった。先代（将軍義持（よしもち））は関東公方の持氏と合力して、禅秀の犬懸上杉家を滅ぼした。

それでも先代は、禅秀の子たちと、武田信長を匿った。禅秀に代わって持氏や、山内、扇谷の両上杉が台頭するとわかっていたからだ。

その後、関東公方の持氏は両上杉に攻められて滅ぼされ、ただ今の関東は両上杉の手中にある。無論のこと、結城城に入った持氏の子らの復権は許さぬ。だが、これ以上、両上杉の伸長を許すことも黙過できぬ」

「だからこそ、両上杉の宿敵である犬懸上杉家に武田信長をつけて、関東に送り込もうとなさるのでございまするか」

「いかにもじゃ。重ね重ね申しつける。関東をひとつにまとめさせてはならぬ」

「関東の地は、血で血を洗う乱世となりましょう。苦しむのは民人でございまするぞ」

「関東の覇者が上方に攻め上ることになれば、この本朝（日本国）のすべてが血で血を洗う戦場となるのじゃ。それに比べれば、ましである」

「天下太平のために、関東は捨て石となさる御所存にございまするか」

伊勢貞国は震える声で確かめた。

この〝天下〟とは、満天下のことではない。室町将軍の分国、狭義では京畿のことを指している。

「関東の武者どもが互いに喰みあっておる間は、天下は平穏無事なのだ」

義教は決然として答えると、立ち上がり、近習の侍たちを引き連れながら奥御殿へ戻っていった。

貞国は平伏して見送った。義教が去ったのちも、しばらくは立ち上がることができなかった。

庭から入ってきた蝶が、貞国の鼻先をかすめて飛んで行く。京もまた、春爛漫であった。

五

下総国の結城(ゆうき)城には幾旒(いくりゅう)もの旗が揚がっていた。

城は鬼怒川(きぬがわ)と田川(たがわ)という、ふたつの川に挟まれた微高地に築かれていた。

「敵ながら、首尾の良い地に籠(こ)もったものだな」

扇谷上杉家の家宰、太田備中守資清の舎弟、大和守資俊は、結城城を遠望して感心する。

当時の関東平野はいたるところが湿原である。沼地の只中(ただなか)に島のような丘があって、そこに結城城がある。見るからに難攻不落だ。騎馬を走らせるにはもっとも向かない地形であった。

大和守は敵情を物見しながら馬を進めた。三月（旧暦）に始まったこの戦だが、季節はすでに晩秋。黄色に枯れた葦(よし)の葉が木枯らしに吹かれてザワザワと鳴っていた。

北に見えるのは下野国の日光(にっこう)連山。東には常陸(ひたち)国の筑波山(つくばさん)が見えた。城の東を流れる鬼怒川を北上すれば、下野国の中心部である宇都宮(うつのみや)に辿(たど)り着く。那須(なす)郡や日光山とも連絡が良い。

東に目を転じれば、筑波山の麓(ふもと)を通って常陸国へと街道が伸びている。安王丸(やすおうまる)、春王丸(はるおうまる)の旗揚げが常陸で行われたことからもわかるように、かの地には関東公方家の支持者が多い。常陸国奥七郡の領主、佐竹氏も安王丸方に与していた。

下野国、下総国、常陸国の大名たち、それに日光山の衆徒、すべてが難敵で、関東公方の遺児に心を寄せていた。日光の山深くに隠れ潜んでいた遺児たちが、すんなりと結城城に入ることができたのも、北関東の大名と、日光僧坊衆の助力があったからだ——と、上杉方では考えていた。

——じつに危ういところに我らは立たされておる。

大和守は思った。

安王丸に呼応して挙兵し、結城城に集った者たちには滅亡した関東公方の奉公衆が多い。新田一族の末裔の岩松持国。駿河今川家の今川氏広。下野の宇都宮伊予守、小山広朝など、皆それぞれに、安王丸の父、持氏に恩顧を受けた大名たちであった。

一方、将軍義教と上杉一族の側に参陣した大名たちは、岩松家純、今川範忠、宇都宮等綱、小山持政などの面々であった。

苗字を見ればわかるように、一族が二つに分かれて敵対しているのが目立つ。

上杉禅秀の乱と、関東公方足利持氏を滅亡させた永享の乱によって家中が分裂、勝ち組と負け組とが発生していたのだ。

負け組側の起死回生の挙兵が、安王丸の推戴であり、勝ち組の側は、自らの権益を守るために、京の将軍と上杉一族に従う形となっていた。

四月十七日、安王丸の軍勢は結城城を出て、小山持政の居城、祇園城を攻めたてた。小山持政の奮戦で、かろうじて持ちこたえている間に、室町幕府軍と上杉一族の援兵が到着、安王丸勢は形勢の不利を覚って結城城に引き上げた。

晩夏の頃、関東公方足利家に宿老として仕えた一色氏（幸手領主）が武蔵国の北部に進軍、地侍の結盟集団（当時の言葉で一揆という）を味方に引き込むと、活発な軍事行動を開始した。

これに黙っていられなかったのが、山内上杉家の重臣、白井長尾景仲である。

武蔵国は、かつては鎌倉足利家の所領だったかもしれないが、今は山内上杉家の守護任国であり、白井長尾景仲が守護代だ。景仲は上杉憲信（入道号は性順。庁鼻和上杉氏）とともに勇躍、出陣した。

景仲と性順入道は、自軍に数倍する兵力を擁した一色伊予守と北武蔵一揆に合戦を挑み、これを撃破する。

その頃、扇谷上杉勢は、景仲に加勢するため岩付まで進軍していた。春王丸に加担する吉見氏（足利一門）と合戦し、これを撃退した。

これら三合戦の勝利によって、ほぼ、大勢は決した。日和見をしていた者たちも、将軍義教と上杉勢への加担を決意した。

参陣してくる大名や一揆は引きも切らずで、上杉勢は十万もの大軍となった。

安王丸方は結城城に籠もる。上杉方は厳重に包囲しての兵糧攻めを選択した。

大和守は馬を打たせて、太田家の陣所に戻った。

陣所は堀をうがち、土居をかきあげ、木の杭を打って柵をこしらえてあった。長陣では城そのものと見紛うばかりの巨大な陣地が構築される。陣地や砦に建てられる小屋を内小屋という。その場に生えていた木を伐り倒して材木を取り、建てられる。

用材が足りないならば、村落の家や、寺社の社などを徴発して解体し、運び込んできて建て直すなどの処置が行われた。もちろん近在の村々にとっては大きな迷惑であった。

大和守の兄、太田資清の陣所は移築された百姓屋の中にあった。大和守は、熊革の靴を脱いで屋敷に上がった。

大身の武家の屋敷では、炊事は清所（台所）の竈で行うが、この屋敷は百姓屋の造りなので囲炉裏が切ってあった。炎を囲んで、兄の資清と、白井長尾左衛門尉景仲が座っていた。

資清は入ってきた大和守を横目で一瞥して、

「ご苦労だった。座れ」

と、囲炉裏の横を示した。

大和守は腰を下ろして、景仲に向かって低頭した。

「左衛門尉様におかれましては、我が兄の陣に、ようこそ足をお運びくださいました」

景仲は軽く低頭し返してから、資清に顔を戻した。

「戦が始まって、はや半年。もうすぐ霜の降る時節じゃな」

隙間風の冷たさが身に沁みる。

「十万の大軍で取り囲んでおる……ということになっておるのだが、一向に城は落ちぬ。京都様もご立腹だ。我らの面目も、まるで立たぬわい」

攻城軍の先陣を承ったのは、この景仲で、総大将を命じられたのは、扇谷上杉家の修理大夫持朝（太田家の主人。この頃、修理大夫に叙任）であった。この長期戦は長尾家と太田家にとって、はなはだ不面目な次第だったのである。

資清は弟の大和守に顔を向ける。

「諸将の陣所は、いかがであったか」

大和守は、たった今、我が目で見て回ったそのままを伝えた。

「何処の陣所にも秋風が吹いてござった。戦意は乏しい。それどころか、日に日に、櫛の歯の抜けるように、兵どもがその数を減らしておる」

「駆け落ちか」

資清は苦々しげな顔をした。

年嵩の景仲は、むしろ諦観しきった顔つきだ。

「無理もない。秋には、兵は、おのれの村に戻らねばならぬ」

徴発された雑兵のほとんどは百姓だ。刈り入れという大仕事がある。収穫した米を略奪されないように村の見張りもしなければならない。本来ならば、戦などをしている暇はないのだ。

景仲は柴を圧し折って炎にくべた。

「武士は武士で、所領を攻め取られる心配をせねばならぬ」

結城城に籠城している者たちは、戦に敗れて所領を奪われた浪人や、相続争いに敗れて地位を失った者たちだ。所領を取り戻したい一心で安王丸方に参陣している。

上杉方の軍勢が結城城に張りついている隙を突いて、こっそりと旧領を奪い返す陰謀を巡らせていないとも限らない。所領がガラ空きになっている今ならば、それも不可能ではない。

城攻めの将たちにとっても、うかうかと戦などしている場合ではなかったのである。

柴が炎に炙られる。樹液が白い煙をあげた。景仲は煙たそうに目を瞬かせた。

「我らの側で、戦意がある者といえば、京から送られてきた落武者ばかりよ」

資清も渋い表情だ。

「犬懸殿と武田殿でござるか」

景仲は懐から封書を取り出して資清に差し出した。

「京都様政所頭人、伊勢貞国様よりの書状だ」

資清は受け取って広げ、文面に目を通していく。景仲は大和守にも聞かせておこうと思ったのか、内容について語りだした。

「京都勢（犬懸上杉と武田信長の軍勢）が兵糧に窮しておるので、是非とも兵糧料所をあてがってやってくれ――とのことだ」

兵糧料所とは、戦時に兵糧を徴発できる権利を付与された土地をいう。

武士は天下国家の治安維持のために戦っている――という名目になっているので、戦時には他人の土地から兵糧や軍資金を徴発できる。

他人の土地とは何かといえば、それは貴族や寺社が持つ荘園のことだ。荘園の民（荘民）は、荘園主に年貢を納めるのだが、その年貢の半分を、武士たちが徴発する。これを半済令という。

この徴発は強奪（犯罪）ではない。法令によって定められた政策だ。政策だからこそ武士が好き勝手に、どこからでも奪って良いというものではない。時の政権によって厳密に審査され『この荘園の年貢は誰それが兵糧として受け取るべき』と判断が下されたうえで執行される。東国において、その政治判断を下すのが関東公方府であった。関東公方家が滅亡した今は、関東管領が定めることになっていた。

太田資清はますます険しい面相となった。

「犬懸上杉家に旧領を返せ――という話にも、なりかねませぬな」

「わしも、それを案じておる」

犬懸上杉家は、犬懸上杉禅秀の乱に敗れて、いったん滅亡した。

かつては上総国を中心にして広大な所領を経営していたのであるが、それらの所領は禅秀の討伐に活躍した者たちに、恩賞として分与された。

他ならぬ太田家も、犬懸上杉領の分与によって大身となった。いまさら「所領を犬懸上杉家に返してやれ」などと京の将軍から言われても、とうてい頷(うなず)けない話であった。

「左衛門尉殿」

資清は景仲に向かって膝をグイッと進めた。

「犬懸は我らに対する怨みを忘れてはおりますまいぞ。旧領を返そうものなら、たちまちにして兵を蓄え、矛(ほこ)を逆さまにして、我ら両上杉に襲いかかって参ろう」

長尾景仲も頷いた。

「いかさま尤(もっと)も。禅秀の義兄弟で、ともに領地を失った武田信長も、油断がならぬ」

二人は、赤毛の猛将の、猛々(たけだけ)しい面相を想起した。

しかし困ったことに、この攻城軍で闘志を見せているのは、犬懸上杉と武田信長の手勢だけなのだ。

犬懸上杉教朝と武田信長は、この戦で大手柄を立てれば、将軍義教より恩賞として領地を与えられる――あるいは旧領を返還してもらえる――と考えている。だから命をも惜しまずに戦っている。家臣たちも浪々暮らしから脱するために必死だ。

「あやつめらに手柄を立てられては、はなはだ困るのだ」

景仲は腕組みをして思案している。

「安王丸と春王丸の一派を討ち取ったとしても、犬懸上杉と武田信長が坂東の地に覇を唱えるようになっては、本末転倒じゃからな」

火種が入れ代わっただけで、火事の元がなくなるわけではない。逆に、大火事になる可能性が高い。犬懸家の再興が成った後で、山内上杉、扇谷上杉との大戦になるのは目に見えていた。

「いかがなされる」

資清は景仲に、伊勢貞国よりの書を返しながら質した。

景仲は書状を躊躇いもなく囲炉裏の炎に投じた。書状は激しく燃え上がった。

「犬懸と信長をどうするのか。それは管領様がお決めになられることじゃ」

「その管領様はいずこに……？」

関東管領は山内上杉憲実。長尾景仲の主君だ。

「殿は、陣所には出て参られぬ」

景仲はきっぱりと言い切った。

関東公方の足利持氏は昨年、将軍義教に謀叛を起こして討ち取られた。将軍義教の命を受け、持氏を討った関東管領の山内上杉憲実が、東国社会の頂点に立った。よって、山内憲実が東国の治世を担当するべきなのであるが、その憲実は、主君の持氏を殺してしまった罪に堪えかねて、隠遁した。

この隠遁には、当時の武家の習慣法である『喧嘩両成敗』を遵守したいという意向もあった。『喧嘩』には戦争も含まれる。戦争の結果、一方の当事者であった足利持氏が殺されたのだから、もう一方の当事者の自分もこの世から消え去るべきなのだと、山内憲実は考えたのだ。

一個の人間として見れば、遵法精神といい、身の処しかたといい、大変に立派な見識と振舞いだと言えなくもないわけだが、しかし、山内憲実の隠遁によって、東国社会の支配者がいなくなってしまったことは大問題だ。その結果の大混乱が今度の合戦だといってよい。

山内憲実の重臣である長尾景仲は、伏目がちに囲炉裏の炎を見つめている。

「犬懸殿や武田信長には『いずれ所領は渡す』と言い置いた。だが、どこの地を差し渡すのか、それを差配なされるのは、管領様である」

山内憲実の隠遁（不在）を逆手にとって、口約束の実行を先伸ばしにしようという魂胆のようだ。

山内上杉家も〝当主不在〟では合戦にならないので、憲実の弟の清方（きよかた）が陣代を務めている。憲実の隠居の決意は固いので、実質的にこの清方が当主といってもよいのだが、清方も「我は陣代である」という態度を崩さない。

――清方様も食えぬお人だ。

と、太田資清は思っている。陣代だから、当主としての責任を問われることはない。口約束を連発しても、後で管領の憲実が「わしはそんな話は聞いていない」と突っぱねれば、それで済んでしまうのだ。

――しかし。いつまでも詐話（さわ）につきあってくれる犬懸家と武田信長でもあるまい。

資清は、山内上杉家のやり方には感心しない。口約束とはいえ――、

「兵糧料所を差し渡す約束をなされてしまったのは剣呑（けんのん）ではござるまいか」

約束したからには果たさねばならない。それが武士の社会の仁義だ。

犬懸上杉の旧領を返還するとなれば、扇谷上杉家の今の領地は削（けず）られることとなる。扇谷家の家宰として納得できない。

景仲は目をあげて資清を凝視した。

「犬懸や武田に臍を曲げられるのも困るのだ。彼の者たちが『安王丸方に加担する』などと言い出そうものなら、敵方が我らを圧倒する。山内、扇谷の両上杉が敗北し、安王丸が関東公方となり、犬懸上杉がそれを支える、などという形勢になったなら、我らは破滅じゃ」

資清は考え込んだ。

「されど、両上杉の信義が損なわれるのは宜しくございますまい」

「それは後で悩めば良いことじゃ。今は安王丸方に勝たねばならぬ。なんにせよ、兵どもが飢えぬ程度には、兵糧を与えねばならぬ。敵に戦で勝つよりも味方の兵を食わせることのほうが難事じゃ」

十万の兵が駐留している。兵の一人が一日に五合の米を食うとして換算すると、一日に五百石の米が消費されることになる。しかもそれが毎日、籠城が続く限り、続くのだ。

さりとて兵数を減らそうものなら、結城城に閉じ込めてある二万の大軍が外に溢れ出てくる。

二万の敵兵を結城城の一箇所に閉じ込めてあるから、東国社会は安泰なのであって、二万の兵があちこちに散らばって破壊活動を開始したなら、手がつけられなくなってしまう。

「まったくもって、頭が痛い」

景仲は額を指で揉んだ。

六

結局、籠城戦は翌年の初夏まで続けられた。鬼怒川と田川に守られた結城城と、そこに籠もった二万の大軍は実に頑強であった。

ところが城を攻囲した上杉側の軍勢では不思議なことが起こり始めた。これほどの長陣にもかかわらず、参陣の諸将の憤懣がぴたりと止まったのだ。

（半済令のためであろう）

太田大和守資俊は、そう読み取った。

合戦が続いている間、出陣中の武士は、周辺の荘園の年貢を半分徴発できる。これが思わぬ臨時収入となって、武士たちを歓喜させたのだ。

大和守は能筆家である。合戦の指揮で忙しい兄の資清に代わって行政書類を代筆することもある。諸将の陳情を聞いて、兄や、主君の扇谷上杉持朝に伝える役目も負っていた。そのうちに上に持って行くのが面倒臭くなって、軽い陳情ならば一存で差配してやるようにもなった。

ともあれ諸将の物言いは「在陣で銭がかかり、窮乏著しいので助けてくれ」の一点張りだ。扇谷上杉持朝も、家宰で兄の太田資清も「左様ならば致し方ない」と聞き分けて、手頃な荘園に半済を命じ、年貢の半分を諸将に分け与えた。

しかし、実際の勝手向きをこの目で見ている大和守とすれば、「合戦もしていないのに、そんなに銭がかかるわけがあるまい」というふうに思えるのだ。

つまり諸将は「銭がない」と喚いてさえいれば、扇谷持朝と太田資清が半済令を出してくれると横着を決め込んでいるわけだ。

持朝も資清も、実情は薄々と察している。だが、諸将に不満をいだかれてもつまらないので、味方につけておくためにも、半済令を乱発せざるを得ない。

扇谷持朝と資清は、何も困らない。もともと荘園は他人の資産だから、他人の資産を諸将に分け与えているようなものである。扇谷家や太田家の資産が減るわけではない。

これに音をあげたのは、荘園の持ち主、京畿の貴族や寺社であった。

荘園主たちは、牛の涎のような（ダラダラと長い）合戦が、延々と続くことに辛抱できなくなった。一日でも早く太平の世に戻して、荘園の年貢が手許に届くようにしてもらわなければ困る。

貴族や寺社は将軍義教に対して熱心な——あるいは執拗な——陳情を開始した。これには義教もウンザリしたらしい。政所頭人の伊勢貞国を東国に使わして督戦を命じた。

伊勢貞国はさすがの才人である。関東以外の大名たちの尻を叩いて、大軍の派兵を決定させた。信濃国守護の小笠原家、美濃国守護の土岐家、越前守護代の朝倉家などが兵を寄越す。中でも駿河国の今川範忠が兵を率いて来てくれたことが、扇谷上杉家にとっては、ありがたかった。

今川範忠は扇谷持朝の義兄弟である。持朝の姉（妹か）が今川家に嫁いで、範忠の嫡男、龍王丸（後の義忠。義元の祖父）を産んでいる。

扇谷上杉家にとっては、ようやく、期待のできる戦力を手に入れたことになる。犬懸上杉や武田信長などの仇敵に手柄を立てさせることなく、結城城を攻め落とす態勢が整ったのだ。

永享十三年（一四四一）の正月元旦、両上杉と京都勢による猛攻が開始された。

それでも安王丸勢は頑なに抵抗し続けた。そうこうするうち年号が改元されて、永享十三年は嘉吉元年となった。

そして四月、すでに籠城戦は一年を越えている。矢尽き、刀折れ、兵糧を食い尽くした籠城勢は城より打って出た。これ以上の籠城は益なしと見て、討ち死にを覚悟の決戦を挑んできたのだ。

その有り様を、陣所に建てた櫓の上から長尾景仲と太田資清が見下ろしている。

二人とも無言だ。自軍が負けるなどとは思っていない。将棋にたとえれば、相手が投了したのと同じ状態であった。

突出してきた城兵は、攻城勢に包囲され、次々と討ち取られていく。兵糧も尽きて痩（や）せ衰えた将兵の手足に力はない。上杉勢は呆気（あっけ）なく押し返し、城内になだれ込んだ。

「なんの某（それがし）、一番乗り！」の声が上がる。城内の建物からは次々と火の手が上がった。

越後（えちご）上杉家の家宰、長尾実景（さねかげ）の手勢が実城（本丸）の御殿に突入し、安王丸と春王丸の兄弟を生け捕りにした。

永享十二年の三月四日に常陸加茂（かも）社で旗揚げをした安王丸と春王丸の戦いは、翌、嘉吉元年の四月十六日に終わりを告げた。

十七日には首実検。名のある武士で討ち取られた者の数は百五十にも及んだ。討ち取られた者の名と、討ち取った者の名は、首注文に記されて、安王丸、春王丸の兄弟とともに京の将軍義教の許に送られた。

七

太田資清と資俊、そして太田家の伴類（ばんるい）と雑兵たちは、およそ一年ぶりに、相模（さがみ）国の糟屋（かすや）館（やかた）に帰還した。

なにはともあれ戦勝の祝宴である。太田家の一族や郎党たちが狩衣（かりぎぬ）に烏帽子（えぼし）姿で広間に集まる。資清が着座して、搗ち栗、打鮑、昆布を順に口に運んだ。

舎弟の大和守が、「勝ち戦」と叫び、続けて一同が「おめでとうございまする」と野太い声を揃えた。

資清が「おめでとう」と応えて、祝い酒を口にする。皆も続けて盃に口をつけた。

瓶子が何本も回される。酒が入れば宴も最高潮だ。皆、笑顔が絶えず、手柄話に花を咲かせた。

大和守はたいそう満足であった。

――これにて扇谷家の隆盛、疑いなしじゃ。

上杉一門は歴代の関東管領を輩出してきた家柄だが、その筆頭は犬懸上杉家。次席が山内上杉家で、扇谷上杉家は〝数多い分家のひとつ〟という扱いを受けてきた。

しかし、犬懸上杉家は禅秀の反乱で没落、山内上杉は憲実の隠遁で面目を損なった。両家に代わって台頭し、大いに名声を高めたのが扇谷上杉家であった。結城城の合戦で指揮を執ったのも扇谷上杉持朝である。

――我らの御屋形様が関東管領職に補任される日も近いぞ。

大和守は、ほくそ笑んだ。主君が関東管領になれば、家臣筆頭の太田家にも様々な利権が転がり込んでくる。

――太田家が東国を切り回すことも夢ではない。

胸の躍る話ではないか。

広間に集った一族郎党の全員が、ほぼ同じことを考えているのに違いない。顔つきの明るさは戦勝だけが理由ではない。これから始まる栄耀栄華を予感して喜び勇んでいたのだ。

季節は四月（旧暦）。初夏の陽光が庭から差し込んでくる。若葉も伸び盛りだ。蝶も飛んでいる。

濡れ縁を巡って、資清近習の若侍がやってきた。戸口の外に座って低頭する。

「鶴千代丸様、ご帰館にございまする」

資清に向かって言上した。

資清の子供たちは、万が一の事態を避けるため、鎌倉の扇谷館に送られていたのだ。鎌倉には土岐勢や今川勢が進駐していたので、糟屋にいるよりは安全であった。

しゃんと背筋を伸ばして、鶴千代丸が濡れ縁を渡ってきた。戸は開け放たれている。真っ直ぐに前だけを向いて歩く姿が見えた。年が改まって九歳だ。振り袖姿が人形のように愛らしかった。

――相も変わらず、こまっしゃくれたツラつきじゃな。

赫々たる武者たちが広間に大勢集まっているというのに、気後れした様子もない。人の姿など目に入らぬかのようにすましかえっている。

――やれやれ。鎌倉で怖い思いをして、少しはしおらしくなったかと思いきや……。

まったく性根は改まらなかったようだ。

鶴千代丸は、父、資清の正面に座った。

「お父上！　ご戦勝おめでとうございまする！」

声変わり前の甲高い声で挨拶した。広間の一同もきちんと座り直して、

「おめでとうございまする」

と続けて唱和した。おめでたいことは何度でも口にするのだ。

資清はなにやら不機嫌にも見える顔つきで、「うむ」と応えた。

大和守はそれを見ながら内心で大きく頷いた。

――兄者にも、貫禄がついた。

昔の資清なら、人目も憚らずに鶴千代丸を抱き上げて頬ずりなどしたものだが、さすがに、扇谷家の家宰としての自覚が出てきたのであろう。

一方の鶴千代丸は、まだ子供だから仕方がないにしても、無邪気な振舞いである。

「父上！　戦の手柄話を、鶴千代丸にもお聞かせください！」

そう、ねだった。

大和守はまたも大きく頷いた。

それで良い。武士の子は、父の武勲を聞かされながら育つものだ。自分から戦の話を聞きたがるぐらいで丁度である。

武士の子にも臆病者はいる。戦の話を聞いて泣きだす者もいる。臆病な子が嫡男では、家の先行きが思いやられる。幸いにして鶴千代丸は武士の子として恥ずかしからぬ資質には、恵まれたようであった。

そういう目で見れば、いつもの憎々しい顔つきが、頼もしく見えないこともない。大和守とて、この甥が憎いわけではない。可愛いからこそ鍛えるのだ。と、自分では思っている。

ところが資清は渋い表情だ。

広間のいちばん奥の壇上に座っているから——ということもあるが、面相が暗く翳って見えた。

鶴千代丸は、父親が捗々しい返事をしてくれないので、重ねて、ねだった。

「父上の武功話をお聞かせください。お味方は、いかようにして賊徒を討ち平らげたのでございましょうや！」

好奇心旺盛な両目が輝いていた。

その瞬間、

「たわけ者ッ」

資清の大喝が轟いた。

大和守は仰天した。

——いかがなされたのじゃ、兄者。

広間に集っていた者たちも、ギョッとなって資清を見た。軽躁だった宴が一瞬にして静まり返った。

資清は立ち上がり、壇から下りるとズカズカと鶴千代丸に歩み寄った。その顔は憤怒で歪んでいる。腰の扇子を抜くと、なんと、鶴千代丸の頭頂を、引っぱたいた。

「あっ」

鶴千代丸が叫んだ。見守る大和守も叫んでいた。一族郎党たちも、資清の思わぬ振舞いに瞠目したり、腰を浮かせたりした。

——いったい、どうしたのだ兄者！

息子に対してどこまでも甘い男——というのが、これまでの資清の印象だった。叱らねばならぬ理由があったとしても叱らぬのに、叱る理由もなく折檻を加えるとは何事か。

——もしや、乱心召された？

戦陣の気苦労で錯乱したとも考えられる。大和守は、事と次第によっては自分が資清をはがい締めにして、押しとどめなければならない、と思って膝を立てた。資清に対してそうした振舞いが許されるのは弟の自分だけだ。

資清は憤然と鼻息を吹いている。鶴千代丸は、ただただ驚いて父親を見上げている。

資清は、ギロリと目を剝いて、我が子を見下ろした。

「戦の手柄話が云々などと、まるで端武者の倅のごとき物言いであるぞ！　うぬは扇谷上杉家の家宰の子じゃ。分限に相応しき物言いをいたせ」

そう言って、今度は陰鬱な顔つきとなった。

「敵方を討ち平らげ、城を落とすだけならば、二月もあればこと足りておる。父がなにゆえ此度の城攻めに十三カ月も掛けたと思うておるのだ。真の敵は敵陣にはおらぬ。陣幕を並べた味方の中にこそ、真の大敵が潜んでおったのじゃ」

鶴千代丸は九歳の子供だ。賢いとはいえども、父親の言葉を理解できるとは思えない。円らな目を瞬かせているばかりだ。

それでもかまわずに資清は続ける。

「目の前の敵に勝つことばかりを考えておったなら、味方の内に潜んだ真の大敵に足をすくわれようぞ。このこと、そなたの生涯の教訓といたせ」

それから、広間の一同にも目を向けた。

「我らの戦いは、まだ終わってはおらぬ。否、これからが真の戦いである。率爾に台頭を果たした我ら扇谷家中を快く思わぬ者は多い。犬懸勢は旧領を取り戻さんと策謀を逞しくしておる。関東には、公方様に奉公しておった大名衆も数多残っておる。一時の勝ち戦に気を弛めておったならば、この扇谷家、四方八方より攻めたてられて、たちまちのうちに滅亡するであろうぞ」

一同を睥睨しながら資清は、座中の猪武者にもわかりやすいように言い替えた。

「我らがこの戦を通じて手に入れたものを守るための戦いが、すでに始まっておると知れ」

一族郎党は「ハッ」と平伏した。

「いかにも気を引き締めてかからねばならぬ」

「坂東の武者どもは、皆、盗賊の如くに浅ましき者たちばかりじゃ」

大和守も、兄がなにゆえに沈鬱そうにしているのかを理解した。

――奢れる者の久しからずか……。

急激に台頭して東国の中心に躍り出た扇谷上杉家。追う者の立場から追われる者の立場となった。叩く者から叩かれる者となったのだ。

――なるほど、戦場で戦うことのほうが、よほどに楽かもしれぬ。

大和守はそう思った。

鶴千代丸は、なにやら不得要領の顔つきで愛らしい顔を傾げている。

――天の邪鬼めが、また、父親の教えに心中で反駁しておるな。

右と言えば左、左と言えば右、それが鶴千代丸の性分だ。

ともあれ、たまには父親に叱られるのも良いことだ。

愛らしい顔の額が紅くなっている。それがなにやら微笑ましくも思えた。

資清の心配は、時を経ずして、最悪のかたちとなって現われた。十日ほどの後、京より、政所頭人、伊勢貞国の書状が届けられた。そこにはありうべからざる内容が記されていたのである。

八

大和守資俊は資清に呼ばれた。

内々の話があるのだろうと思った大和守は、会所の広間に足を向けた。

広間では資清が一人で座していた。もう一つの円座だけがポツリと置かれている。資清は弟の姿を認めると、挨拶を言わせる暇も与えず、

「座れ」

と、円座を指した。

――よほどに差し迫った用件らしい。

大和守も俄かに緊迫しながら腰を下ろした。

資清が書状を突き出してくる。大和守が受け取って目を通すより先に、

「安王丸と春王丸のご兄弟は、美濃路にて討たれたそうじゃ」

と、言った。

生け捕られた兄弟は、将軍義教の沙汰を受けるべく京都に送られたのだが、京都に入る前に処断が下り、垂井宿にて首を刎ねられた。

「討ち、討たれるが武士の習いとは申せ、酷いことでございましたな」

大和守は、西の方角に向かって座り直して、手を合わせた。

世が世であれば関東公方として、大和守たち東国武士の主君となったかもしれない御曹司たちだった。大和守は冥福を祈って瞑目した。同時に、太田家に祟りを下されぬようにと念じた。

大和守は目を開け、兄に向かって向き直った。

「大事な話とは、それがことにございましたか」

資清は首を横に振った。

「御曹司たちの命運は、お二方が挙兵した時から決められておったことだ。お前を呼んだわけは別にある」

「と、言うと？」

資清は鋭い眼光を弟に向けた。そして容易ならぬ事を口にした。

「京都様が、武田信長に、相模半国守護をお命じなされた」

大和守は愕然とした。慌てて書面を読み下す。末尾に添え事のようにして一筆したためてあった。今度の戦を通じて親しくなった伊勢貞国よりの、内々の通報と言えるものであった。将軍義教の秘かな意向が記されてあったのだ。

大和守は息をのんだ。

「いったい……何故、このような事に……。京都様は、扇谷家を頼りとなされていたのではござらなんだのか」

「どうやら、それは我らの勝手な思い込みであったようだ。京都様のご意向は別にあったらしい」

「しかし京都様は、我らの御屋形様に、修理大夫の官途を下されましたぞ」

修理大夫は室町幕府の重職にのみ許されてきた官途名だ。扇谷上杉持朝は修理大夫の官途を授かったことで、将軍義教の直臣としての地位も同時に授けられた、と、誰しもが思っていたのだ。関東公方家の滅亡後の東国は、扇谷上杉家が将軍義教の指図を受けながら統治する。そういう新体制が確立した——と、誰もが考えていた。

ところが将軍義教は、扇谷家から相模守護職を剝奪し、その半分を、こともあろうに武田信長に与えたのだ。

「武田信長めは犬懸禅秀の義兄弟！　禅秀と共に謀叛を起こして、我らに討伐された者ではござらぬか！」

大和守が目を剝いて叫ぶと、

「そのようなことは、いちいち言われずともわかっている」

資清は青黒い顔で答え、続けて言った。

「犬懸家に対しても旧領返還の動きがあるらしい。そもそも犬懸上杉を倒したのは持氏様のお働き。犬懸上杉の領地を我らに分け与えたのも持氏様。その持氏様と御曹司二人は亡き者となられた。つまり、持氏様による恩賞は無効となったのだ」

「そんな無法な。持氏様と御曹司二人を討つようにとお命じなされたのは、京都様ではございませぬか」

「その京都様が、我らよりも、犬懸と信長の武功を大と見積もられたのだ」

「だから、扇谷家の相模守護職を信長づれに渡せとの仰せなのでござるか」

「そういうことだ」

「なんたること！」

「言うておくが、京都様に逆らうことはできぬぞ」

将軍義教の軍事動員力は結城城攻めでまざまざと見せつけられた。もしも扇谷家が義教に楯突こうものなら、今度は扇谷家が攻め潰（つぶ）される。火を見るよりも明らかだ。

大和守は声をひそめて、兄の顔を覗きこんだ。

「いかがなされるおつもりか」

「わしがか？　それとも扇谷家がか？」

「双方にござる。いかがなされる」

資清は難しい顔つきで顎など撫でてから、答えた。

「なにゆえ我ら扇谷家が京都様のご勘気を被ったのか。理由がわからぬ。わからぬがゆえに御屋形様は困じはてておられる」

合戦が終わる直前までは、義教は扇谷家を頼りとしていたし、京都から伝わる話も、機嫌の良いものばかりであった。扇谷家は義教の寵愛を受けていたのだ。それだけに今、扇谷家の面々は、上下ともに混乱している。

「御屋形様は、隠居をなされる」

「隠居！」

「若君様が、ご当主となられる」

嫡男の顕房は永享七年（一四三五）生まれの七歳（満六歳）。

大和守は茫然となった。合戦直後の混乱した東国情勢において、七歳の子を主君に立てるというのは無理がある。

――扇谷家は滅びる！

そう実感して身震いした。額に冷や汗が浮いてきた。

「無論のこと、隠居した御屋形様が後見に立たれるのだぞ」

資清は言った。形式だけの代替わり、ということだ。それでも大和守は膝をズイッと進めた。

「兄者は、どうなされる！」

「主君が責めを負って隠居するというのに、家宰が今のまま、というわけにはゆくまい。わしも謹んで隠居を申し出たのだが……」

――それはいかん！

もしも資清が隠居をすれば、太田家の当主はあの鶴千代丸になってしまう。大和守は総毛立つのを覚えた。

――あのひねくれ者が太田家の当主となり、扇谷家の家宰となろうものなら、太田家も扇谷家もお終いじゃ！

間違いなく滅亡してしまう。大和守は思わず両腕で資清にしがみついていた。

「お止めくだされ兄者！　隠居など、以ての外のお振舞い！」

「お……落ちつけ」

資清は大和守の取り乱しように驚いて、弟の腕を我が身から引き剝がした。

「隠居をするとは言うておらぬ。隠居を申し出はしたが、御屋形様に引き止められたのだ」

「さすがは御屋形様じゃ！　わかっておられる」

「……そなたがそこまで引き止めてくれるとは思わなかったが、この兄を慕うそなたの気持ちは、嬉しく思うぞ」

――別段、兄者を慕ってのことではないわい。

大和守は思ったけれども黙っていた。資清は乱れた襟元を直してから、続けた。

「隠居は思い止まることにしたが、このままでも済まされそうにない。そこでわしは、出家することとした」

「坊主になるのでござるか」

「僧侶になるのだ」

「同じことでござろう」

「違う。僧侶にはなるが、僧坊に入るつもりはない。僧坊の主ではないのだから、坊主ではない」

僧籍にありながら世俗にも関わる、ということだ。

「頭を丸めれば、京都様もご寛恕くだされよう」

なにゆえ将軍義教が怒っているのかはわからないけれども、とにかく詫びてしまえ、ということであるらしい。

――扇谷家の主従、思い切りが良いというべきか……。否、そこまで追い詰められていると見るべきか。

いずれにしても由々しき事態だ。

資清は決然としている。

「京都様のお怒りを宥めねばならぬ。我らに私曲がましき（身勝手な）振舞いがあったのであれば詫びも入れる。相模守護職を解かれたままでは、武田信長づれの風下に立たされる」

「なんのために骨を折ってきたのか、わかりませぬな」

「それればかりではないぞ。我らは持氏様と御曹司のお二人を討った。公方奉公衆の大名たちは、我らに対し、『二代に対しての謀叛人』との悪罵を吐きつけておる。我らの力が弱まったと見れば、一斉に襲いかかって来るであろう」

大和守も頷いた。

「いかにも、京都様のご寵愛を取り戻すことが大事と思料つかまつりまする」

「そなたには京に行ってもらわねばならぬ」

「拙者、京でどのような働きをすればよろしいのでござろうか」

「まずは、我らと懇意の伊勢貞国様に話をつけることだ。京都様に貢ぎ物も奉らねばならぬ。ともあれ、京都様のご機嫌を伺って参れ」

「畏まってござる」

大和守は低頭し、同時に頭の中で、太田屋敷の金倉に納められた金銭の嵩を思い浮かべた。

ここは太田家の倉を空っぽにするつもりで贈与攻勢を仕掛けねばならぬと覚悟した。

しかし——である。大和守が京に向かって旅立つことは、ついになかった。

将軍義教が暗殺されたのである。

第二章　将軍のいない国

一

嘉吉元年（一四四一）六月二十四日。六代将軍足利義教は、西洞院、二条にある赤松満祐邸に向かっていた。

その日は雨が降っていたともいい、義教は輿を使っていたらしい。相伴（お供）に預かったのは幕府管領の細川持之を筆頭に、畠山持永、山名持豊（宗全）、大内持世、その他大勢、幕府を代表する重臣たちと、公家の正親町三条実昌である。

さながら室町幕府がそっくり赤松邸に引っ越したような有り様だ。

将軍一行を迎える赤松満祐は侍所頭人（幕府軍の最高指揮官）で、この年還暦。幕閣の最長老といってよかった。

満祐は、関東退治（安王丸と春王丸の討滅）の祝宴と称して義教を屋敷に招いた。案内状には「庭のカルガモに雛が生まれました。とても可愛いので、ぜひ見に来てください」と添え書きがしてあった。

万人恐怖の魔王がカルガモの雛に心動かされたわけでもなかろうが、ともあれ義教は赤松満祐の招きに応えることにした。

このとき義教は得意の絶頂にあった。累代の将軍を悩ませてきた関東公方府を滅亡させ、関東は将軍の支配する分国となった。

一連の合戦で威勢を伸長させた扇谷上杉家は、目障りになってきたので、犬懸上杉家や武田右馬助信長と反目させて、勢力を削りあうように仕向けた。

――愚かな者どもよ。

義教は輿に揺られながら嘲笑った。

扇谷上杉家も、犬懸上杉家も、武田右馬助も、義教の寵を失うまいと必死だ。義教に生殺与奪の権を握られているから当然である。義教の命令とあらばいかなる困難でも果たすであろう。彼らにはそれ以外に生き残る道はない。

――かくして関東の兵馬は、我が意の儘となった。

義教は冷笑の表情のまま、胸を張った。

関東の兵馬は強い。京畿の政権はつねに関東の武力に脅かされてきた。逆に言えば、その力を我が物とすれば怖いもの無しだ。

義教はすでに、関東の武力をほのめかしながら、各地の大名たちに圧力を加え始めている。

加賀国守護の富樫教家(とがしのりいえ)は、義教の威圧に屈して京より脱走した。それを見届けた義教は、富樫教家の弟、泰高(やすたか)を加賀国守護に任命した。意に沿わぬ者を追い払い、我が意に従う者を出世させようという魂胆だ。

足利一門の吉良持助(きらもちすけ)も義教の迫害を恐れて出奔(しゅっぽん)した。

吉良家は足利家の連枝（親族）。『足利が絶えれば吉良が継ぐ』と謳(うた)われたほどの家柄である。将軍に任官される権利を誇っている。

それほどの名家の当主が夜逃げをしてしまったのだ。恥も外聞もあったものではない。

〝万人恐怖〟が実際にどれほど恐ろしかったのか、この二つの出来事からも察せられよう。

富樫家と吉良家を屈伏させた義教の、次の標的は赤松家である。

赤松家は、播磨(はりま)、備前(びぜん)、美作(みまさか)の三国守護を兼任している。おまけに満祐は幕府の長老で、幕臣たちからも一目置かれていた。こういう手合いは目障りだ。将軍義教の性向からすると放っておけないのである。

赤松家の側でも必ずや将軍は赤松家の勢力を削りにくるはずだ、と予感していた。

そしてその日、赤松満祐は、将軍義教を自邸に招いて供応した。

これは赤松家の降伏の儀式である——。人々はそう思ったし、義教もそう考えたに違いない。

義教は、意気揚々と赤松邸に乗り込んだ。

そして惨劇は起こった。宴もたけなわの頃、赤松家選りすぐりの強者どもが白刃を振って乱入し、万人恐怖の魔王、義教を、呆気なく斬り殺してしまったのである。

二

雨が降っている。騎馬武者の一群が雨に打たれながら、巨福呂坂(こぶくろざか)の切通(きりとおし)(関門)を越えて鎌倉に入ってきた。騎馬武者たちは鶴岡八幡宮の前を通過して、扇谷にある上杉持朝(もちとも)の屋敷に入った。

騎馬を率いてきたのは太田大和守資俊(おおたやまとのかみすけとし)であった。馬から下ると主殿へ向かう。主殿の前の庭にも大きな水たまりができていた。大粒の雨が音を立てて撥(は)ねていた。

「おう、来たか」

屋敷の奥から一人の僧侶が出てきた。袈裟(けさ)を着けて頭には頭巾(ずきん)を被(かぶ)っている。大和守は「あっ」と声を上げた。

「早まられましたな、兄上」

その僧侶こそ、太田備中守資清(びっちゅうのかみすけきよ)であったのだ。

庭に立つ大和守は、口惜しげに歯噛みをした。

「先走りをなされた」

将軍義教のご機嫌を伺う意味での剃髪だったのだが、その義教は死んだ。凶報が届くのがもう少し早かったなら、資清は仏門に入らずともすんだはずだ。

「まぁ良い。これも命運」

資清は頭巾を脱いで、綺麗に剃り上げた頭を撫でた。

「存外にさっぱりするものよ。浮世のしがらみから離れたる心地じゃな。もっと早くに出家をしておれば良かったと思うたほどじゃ」

「何を言うておられる」

「法号は道真と名乗ることにいたした」

「備中入道道真法師か。して、これからどうなされる。我らの手で殺した持氏様や御曹司たちの菩提を弔って余生を過ごされるおつもりか」

「まさか。京都様（義教）の死にざまを聞けば、おちおち看経もしてはおられぬ。持氏様の残党どもが、またぞろ息を吹き返すであろうからな」

万人恐怖の魔王が大鉈を振るうことで、安王丸に与していた武家は残らず追討されるはずだった。だが、将軍義教の死ですべてがひっくり返された。

「御屋形様（扇谷上杉持朝）が隠居を思い止まってくれたのが、せめてもの救いじゃ」

扇谷上杉持朝も、将軍義教への謝意を示して隠居と出家をするはずだったのだが、義教の死の報せが届いたことで思い止まった。扇谷家としては幸運であった。

「結城合戦で討ち取り損ねた敗将たちの意気は京都様の死によって高揚していることだろう。もしやすると、この鎌倉にまで攻め寄せてくるかもわからない」

「ならばこそ、拙者が糟屋より手勢を引き連れ申した」

大和守が騎馬武者を率いて乗り込んできたのも、鎌倉を防衛するためであったのだ。

「我が殿には、気張って采を振っていただかねばなりませぬ」

「うむ。関東は主を失った」

道真が言った。

将軍義教は関東を直接統治する野心を持っていた。その構想を実現するために、上杉一門は手足となって働いた。関東公方の持氏を殺し、遺児たちをも殺した。

しかしここで義教が死んだことで、関東の天地はまことにおかしなことになってしまった。支配層がすっぽりといなくなったのだ。

大和守も俄かに考え込んだ。それから訊ねた。

「関東管領様（山内上杉憲実）は、いかにお考えなのでござろう」

大和守は主に糟屋館で暮らしている。鎌倉の政情には疎い。鎌倉の首脳たちが何を考えているのか、わからない。

道真は弟のために説明する。

「山内様は京都様との談合を進められておる」

この〝京都様〟とは将軍個人のことではなく、室町幕府の重職たちのことだ。

義教の急死で将軍職は空位となっている。後継者の千也茶丸（せんやちゃまる）はまだ元服を済ませていない。幼少の者は将軍職に就任できない決まりとなっている。

将軍空位の際に将軍職を代行するはずの吉良家の当主は前述のとおりに出奔している。

「山内様も、我らの御屋形様も、上杉一門の力では関東を統（す）べることは叶わぬと見ておられる」

道真が言った。

「やはり関東の武家には、関東公方様という主君が必要なのだ」

「それについては、わしも兄上と同じ思いではあるが……」

大和守は首を傾げた。

「しかし、肝心の関東公方様はいずこにおわすのじゃ」

両上杉家とその家来たちが滅亡させたのではないか。

道真は難しい顔で答えた。

「山内様は、京都様の御舎弟様を、新しい関東公方様としてお迎えしようという、お考えであるらしい」

「京都様の御舎弟様とは？」

「いずれ七代様となられる千也茶丸様には、三寅様という弟君がおわすそうな。その御方を次代の関東公方様に――と、山内様はお望みらしい」

大和守は茫然となっている。

「千也茶丸様のお歳はお幾つじゃったか」

「九歳におなりじゃ」

永享六年（一四三四）二月九日生まれで、満年齢なら八歳に過ぎない。

大和守は苦々しい顔つきだ。

「三寅様という御曹司、千也茶丸様の弟君であるならば、さらにもっとお若いのでござろうな……」

「当たり前じゃ。兄より年上の弟がいるものか」

大和守は、口には出さないけれども暗澹とした。

京都の将軍も子供。安王丸と春王丸も子供。日本中が子供に振り回されている。親の世代が非業の最期を遂げ過ぎたからだ。

いったいこの世はどうなってしまうのか。果たして、彼ら子供たちが成人し、政権を担うことができるようになるまで本朝（日本国）の安寧を保つことができるのか。

大和守の心中を読んだのであろうか、道真が言う。

「三寅様は、いずれ鎌倉に下って参られる。そうと決まったのじゃ。それまでは我らが粉骨砕身して、両上杉を支えてゆくより他にあるまいぞ」

暗い空から雨が降っている。大和守の兜の錣から雨水が絶え間なく滴り落ちていた。

三

翌年の十一月、千也茶丸は満九歳にして元服し、左近衛中将に叙任され、将軍職に就任した。室町幕府七代将軍、足利義勝の誕生である。

畠山持国（幕府管領）や山名持豊（のちの宗全）たち幕府の重鎮が幼将軍を支える。室町幕府の政体は刷新され、新将軍の御代は前途洋々かと思われた。混乱続きの世情に辟易していた人々は、新将軍就任の報せを耳にして、天空から一条の光鋩が差してきたかのような希望を抱いたのだ。

ところがである。

諸人が望みを託した新将軍、足利義勝は、翌年の嘉吉三年（一四四三）七月に死んだ。在位はたったの八カ月。九年と五カ月の生涯であった。死因は赤痢とも、落馬事故ともいわれている。

死因はともあれ将軍は死んだ。またしても将軍は空位となってしまった。

室町幕府の動揺を突いて南朝勢力が蠢動を開始する。九月、内裏に侵入した南朝の支持者が、こともあろうに三種の神器を強奪した（禁闕の変）。

おぞましい凶事の連続に人々は震え上がった。まさに末世だ。次はいかなる凶事が日本を襲うのか。人々はただ、身を震わせるばかりであった。

将軍義勝の死の報せは早馬をもって鎌倉に届けられた。

鎌倉足利氏の屋敷は大倉（鶴岡八幡宮の東）にあって、関東公方の政庁も、かつてはそこに置かれていたのだが、ただ今のところ関東公方も空位である。実質的な〝東国武家政権〟は山内（鶴岡八幡宮の西）にある山内上杉邸に置かれてあった。

ちなみに、山内、扇谷、犬懸、宅間とは、すべて鎌倉内の地名である。それぞれの地に上杉四家が館を構えていたので、地名を頭に置いて呼ばれた。

上杉家の筆頭に昇って関東管領の地位を占めた山内上杉家が、今のところは上杉家の宗家とされている。早馬はまっすぐに山内館の門内に駆け込んで、凶報を関東管領の山内上杉憲実に伝えた。

太田道真は扇谷館を出て山内館に向かった。主殿に入るとすぐに、長尾左衛門尉景仲が出てきた。

「お呼びだてしてすまぬ」

会所（客と面談をする建物）の一室に二人で座してから景仲が詫びた。

「容易ならぬことになったのだ、備中入道殿」

景仲は、将軍義勝の死を、かいつまんで告げた。

「このことはまだ厳重に秘されておるが、すぐさま世間に知れ渡ろうぞ。ひと波瀾起ることは、どうにも避けられそうにない」

道真も愕然としている。

「し、して……、管領様は、なんと仰せでござるのか」

関東管領山内上杉憲実は、関東公方の持氏と、その二人の子（春王丸、安王丸）の死に責任を感じて、館の奥に引き籠もっている。

景仲は渋い顔つきで首を横に振った。

「知らせを聞いた管領様は、ますます世を儚まれてのう……。隠遁をお志しなされた」

道真は内心で舌打ちした。

この非常時に関東管領が厭世家になっていたのでは困る。

「それならば御陣代様は」

憲実の弟の清方が山内上杉家を切り盛りしている。関東管領の職も、清方に代行してもらうより他になさそうだ。

「御陣代様もうろたえておわす。なにしろ三寅様が関東に下って来られて、関東公方に就任なされることだけが、心の縁だったのじゃ。三寅様を仰いで実務は御陣代様が執る。この二頭体制で東国を差配しようと企んでいたのが、水泡に帰した」

「左様であった！　三寅様は、いかが相なるのだ」

関東公方候補の三寅は、死んだ義勝の実弟である。

「室町のご重職様方は、三寅様を八代様に担ぎ上げるおつもりぞ」

景仲が答えた。義勝が死んだことで、三寅を関東に送ることができなくなったのである。三寅が八代将軍に就任すれば、室町幕府の将軍空位は回避されるが、関東公方が空位となる。

「なんとなされる！」

道真が悲鳴にも似た声を上げると、景仲はさも迷惑そうな顔をした。

「そんな怖い顔で、わしに詰め寄られても困る」

案者（知恵者）として知られた景仲にも、名案はないのか。

「とまれ、義勝様には三寅様の他にもご兄弟がおわす。ご兄弟の中から関東公方を選んでいただくより他にあるまい」

道真は暗澹とした。

享年十で死んだ義勝よりも三寅は二歳若い。それよりもさらに若い弟が成人して関東公方の重責を担うことができるようになるまでは、両上杉の力で関東を押さえ込んでゆかねばならないのだ。

にもかかわらず、山内上杉家の当主の憲実は世を儚んでいるばかり。これでは到底、治まらない。

道真が言葉を失くしていると、その動揺を見透かすようにして、景仲は道真の眼の奥を覗きこんできた。

「備中入道殿。下克上、という言葉をご存じかな」

「下克上とは」

「昨今、上方で囁かれる流行り言葉であるそうな。下位の者が上位に克つ。位の貴き者を蔑ろにして、位の低き者が世に憚ることを、左様に申すそうな」

景仲の目が光った。

「我らは関東公方家を蔑ろにするつもりも、関東管領様を蔑ろにするつもりもない。だが、我らが人の上に立って兵馬の権を握らぬことには、この東国は治まらぬ。備中入道殿よ」

景仲はもう一度、道真を凝視した。

「下克上の僭上者め——と、諸人より罵られる覚悟はおありか」

「悪名をかぶる覚悟……でござるか」

「いかにも。我ら両名に悪名をも辞さぬ覚悟がなければ、東国の安寧は到底、保てそうにない」

道真は景仲の顔を無言で見つめ返した。

相模国、三浦郡。

武田右馬助信長は、三浦半島の付け根の要地に新規の館を建てると、その地を己が根城と定めた。

信長は足利義教によって相模半国守護に任じられた。相模国の東半分は武田信長の支配地となったのだ。

武田信長は、甲斐国守護の武田家の嫡男として生まれた。関東管領として並ぶ者のなかった犬懸上杉禅秀が姉婿となったことで犬懸家とも縁続きとなり、ますますの威勢を伸張させた。

そのまま犬懸上杉家の栄華が続けば、信長も甲斐国守護として関東公方府で大いに幅を利かせることができたはずだ。

ところが犬懸上杉禅秀は謀叛の末に滅亡した。武田信長も討伐の対象となり、甲斐国衆の跡部氏や穴山氏、武田家親族の逸見氏などの総攻撃を受けて、甲斐国からの逃亡を余儀なくされた。

その日より臥薪嘗胆、復仇を誓って二十五年。流浪の末に相模半国の守護職を手に入れた。この時、信長五十歳。

信長は新築の御殿に立って西の空を睨みつけた。白皙の痩せた顔。赤い縮れ毛を靡かせ、眼光は鷹のように鋭い。

夕焼けの空に富士が青黒く見える。あの高嶺の向こうに、奪還すべき旧領、甲斐国がある。

相模半国守護となったことで甲斐国奪還の足掛かりはできた。相模と甲斐は隣国だ。侵攻するのも、そう難事ではない。

信長の出世を聞きつけて、甲斐時代の家臣たちが陸続と駆けつけてきた。甲斐国は今、跡部氏と穴山氏、逸見氏によって壟断されている。武田家譜代の家臣団は迫害を受けていたのだ。

かくして新生武田家は、曲がりなりにも守護大名としての姿を取り戻そうとしていた。

そのはずだったのだが――、好事魔多しのたとえがある。信長の雄図を掣肘せんとするものが、足音高く、近づきつつあったのだ。

信長に仕える近習が本殿の濡れ縁を渡ってやって来た。板戸の外で平伏する。

「御屋形様」

と、信長に呼びかけた。屋形号は将軍家より許された者だけが使用できる。かつて信長は武田の御屋形として甲斐に君臨していた。相模半国守護ならば当然、屋形号で呼ばれるべきだと考えて、家臣たちには、そう呼ぶように命じてあった。

信長は野獣のような禍々しさだと伊勢貞国には評されていたが、それでも守護大名の御曹司として育った男だ。自分が座るべき壇上にきちんと座ってから、答えた。

「なんじゃ」

近習は言上する。

「道真法師殿の御舎弟、大和守資俊殿が、御屋形様にご対面を求めて参りました」

右馬助信長は鋭い目つきをさらに細く険しくさせた。

「道真法師とは誰か」

近習は顔を上げて答える。

「扇谷様が家宰、太田備中守資清殿が出家なされての法号にございまする」

信長は「ふむ」と鼻を鳴らしてから、わずかに思案した。

「扇谷の家来が何用じゃ。ともあれ、会って話をせねば始まらぬな。その者、幾人で参ったのか。また、いかなる姿か」

「供の者と合わせて六人、皆、狩衣姿で、小具足も着けてはおりませぬ」

小具足とは、鎖帷子などの軽い防具を着けた姿を言う。大和守はそれすら着けていないという。つまり敵意はないことを示している。

しかし信長は、上杉禅秀の乱よりこのかた、常に紛争の当事者として生きてきた。当然に用心深い。

「その者を広間に通せ。ただし、武者隠しには抜刀した者を潜めておけ。わしの合図で討ち取る算段じゃ」

「ははっ」

近習は戻って行く。しばらくすると武者隠しに荒武者たちが入ってくる物音がした。広間に無音の殺気が満ちた。

遠侍（とおさぶらい）（客などが待機する建物）から足音が近づいてきた。折り烏帽子（えぼし）を頂き、狩衣を着けた男がやって来る。広間の敷居を踏み越えようとして、踏み越えかねる仕種を二度、行った。その後でノソリと入ってきた。

この〝入ろうとしたのだが、相手に遠慮して、同じ床を踏めない〟という仕種をすることは、室町典礼に定められているのだが、その回数は相手との身分差によって変わる。信長は俄かに不機嫌となった。本来ならば三度行ってもいいはずの作法を、この男は二度に省略した。信長を軽んじているからに相違なかった。

男は遥か下座に座ると、拳を床について低頭した。先ほど案内してきた近習がその脇に着座して披露する。

「扇谷上杉家が家宰、道真入道殿が御舎弟、太田大和守殿」

先ほども聞いたのだが、更めて披露するのも、また礼だ。信長は斬りつけるような言葉づかいで質した。

「左様か。して、何用あっての推参か」

相手が不作法ならば、こちらも作法などいらぬ。信長は斬りつけるような言葉づかいで質した。

大和守は上体を起こして真っ直ぐに顔を向けてきた。これもまた室町典礼に外れている。〝顔を上げたくても恐れ多くて上げられない〟というふうに装うのが、守護大名に対する礼なのだ。ところが大和守は、同輩の相手に対するように、遠慮なく顔を上げて真っ直ぐに眼差しを据えたのだった。

信長はカッと頭に血を上らせた。

「おのれッ――」

身分を弁えよと怒鳴りかけた信長の声に被せるようにして大和守が、

「関東管領、山内様よりの御諚にござる」

と言った。

信長は怒鳴り声を急いで飲みこんだ。

「管領様の。左様であったか」

管領の言葉を伝えに来たのであれば無礼も当然だ。むしろ信長が上座を明け渡して、拝聴せねばならない。相模半国守護は関東管領の下に置かれている。

「左様ならば座を改めよ」

信長が下座に移り、大和守が壇を背にして座った。

大和守は浪々と声を張り上げた。

「御諚！」

信長は「あッ」と答えて低頭した。〝あ〟は尊敬を籠めての返答だ。その頭越しに黙過しがたい命がくだされた。

「武田右馬助信長儀、相模国乱妨（らんぼう）のこと許しがたく、直ちに押領（おうりょう）の荘園を弁済し、立ち退（の）くべきこと！　よって下知、件（くだん）の如し」

紙面をかえして、書かれた内容と、署名、花押（かおう）を信長に見せた。信長は寝起きの狼のような顔で見つめていたが、すぐにその顔が朱に染まった。歯嚙みした歯は獣の牙そのものだ。

「乱妨、押領とは何事ッ」

乱妨とは略奪行為のことをいう。戦時には、幕府の許しを得た武家は、指定された荘園（公家や寺社の領地）から公家や寺社に納められるべき年貢の半分を戦費として徴発できるのだが（半済令（はんぜいれい））、この徴発を、許しもなく行うことを乱妨と呼んだ。強盗に近い。

押領とは、他人の領地を不法に占有することをいう。

「わしがいつ、乱妨、押領を働いたと申すかッ」

「口を慎め、右馬助ッ。我が言は関東管領様の仰せなるぞッ」

「その仰せが納得できぬからこそ申しておるのじゃ！　乱妨、押領とはいかなる言いがかりか！」

「言いがかりにあらず！　その方は、私曲を構えて相模半国守護を僭称し、当地を理(ことわり)もなく押領した。罪状はすでに明白」

武田信長は目を剝いた。

「莫迦(ばか)を申すな！　わしは京都様より相模半国守護に任じられておる！」

食ってかかる信長を、大和守は冷やかな目で見下ろした。

「そのような話、関東管領様は『聞いておらぬ』との仰せだ」

「なんじゃと！」

「百歩譲って、六代様（義教）がそのように仰せになっていたとしても、関東管領所には京都様より御教書（行政命令）が届けられておらぬ。御教書がなければ、関東管領所は何も承ることはできぬ。よって、右馬助殿の申し条は聞き届けられぬ」

「おのれ上杉めッ、よくもぬけぬけと……！　六代様の御教書を握り潰し、貴様ら上杉一門のみで坂東を私せんとする謀(はかりごと)だなッ」

まったく信長の見抜いたとおりなのだが、大和守は素知らぬ顔だ。

「関東管領所は京都様のお指図に従い、粛々と政務を果たすのみである。私曲は構えぬ。

結城城攻めにおける武田勢の戦功は承知しておるが、御教書がないのでは、どうして差し上げることも叶わぬ。かような次第じゃ。この地より立ち退いてくれぃ」

信長は唸った。今にも噛みつきそうな顔で質した。

「断る、と申したら、なんとする」

大和守は、さも〝気の毒そう〟な顔をした。

「さすれば右馬助殿は賊徒にござる。関東管領所は兵を催して賊徒を討伐するのみ。我ら扇谷勢も、関東管領所のご命令とあらば兵を出さざるを得ない。右馬助殿のお気持ちは察するに余りあるが、悲しいかな、我らには如何ともし難い」

「それが扇谷の本心かッ。故なく相模一国を押領せんと企んでおるのは、扇谷のほうであろうが！」

「京にお戻りなされたらいかがか。そもそも右馬助殿は六代様の御下命を奉じて関東に下って参られた。六代様が亡くなられた今、その御下命も反故となられたはず。ならば京にお戻りあって、京の室町御所でのご出世を志せばよろしかろうと存ずる。そういう話であれば、我ら扇谷家も、右馬助殿のご出世に助力を惜しむものではござらぬぞ。京の右馬助殿と鎌倉の我らとで手を結んで合力する、という策はいかがか」

「話にならぬわ！」

「ならば弓矢の沙汰に及ばれるか。そちらには万にひとつの勝ち目もござらぬぞ。いざとなれば関東管領山内様は、甲斐国に飛檄し、逸見、跡部、穴山の御三家にも出陣を命ずるでありましょう。三家は喜んで、仇敵と目する右馬助殿の首を取りに駆けつけましょうな」

将軍義教が後ろ楯であったからこそ、武田信長の仇敵たちも信長に手を出すことができなかった。だが、関東管領が「討て」と命じるのであれば、地の果てまでも攻め寄せて来て、信長を仕留めんとするのに違いなかった。

「右馬助殿が頼りとなさっておられるこの相模半国。周囲はすべて右馬助殿の敵にござるぞ。とくとご思案なされ」

大和守は腰を上げた。

「猶予は三日でござる。一族郎党を引き連れて京にお戻りなされませ。箱根の坂を越えるまでは、我らが行列をお守りいたす」

大和守は広間を出て行く。信長の口からはついに、「この者を討ち取れ」という言葉は出てこなかった。武者隠しの中は静まり返っている。

翌日。太田道真は、扇谷勢に命じて大船の野原に陣を進めさせた。自らも馬に跨がって出陣する。

剃り上げた頭を白い布で行人包にしている。沙門の身であることを示すため、鎧の上に袈裟を掛けていた。

　季節は夏の真っ盛りで、野には酷熱が満ちている。

　将も兵も、鎧の下から汗を大量に滴らせていた。物見に出した騎馬武者が暑気あたりで顔を真っ赤にさせながら馳せ戻ってきた。

「武田勢は館に籠もっておりまする。濠を深くし、土居をかき上げ、楯を並べておりました」

　息が荒く弾んでいる。

　道真もウンザリの暑さだ。おまけに汗の臭いに惹かれたのか、顔の周りには煩く羽虫が飛んでいる。

「右馬助も大儀なことだな。……下がって休め」

　虫を手で振り払いながら言うと、武者は「早く下がれ！」と手振りで命じられたのだと誤解して、慌てて馬を走らせて去った。

　道真は空を見上げた。太陽が、殺意を籠めているとしか思えぬ熱気を注いでくる。

「どうでも合戦に及ぶか。まったく、余計な骨を折らせる」

　西の野原から軍勢の進軍する音が聞こえてきた。甲冑の金具が擦れあう金属音、馬の嘶き、馬蹄の音、などなどが、潮騒のように近づいてきた。

　軍兵が掲げた幟の印は『竹丸両飛雀』。山内上杉家の家紋だ。先頭を行く武者は『九曜巴』の旗を立てていた。

九曜巴は長尾家の家紋である。山内家中、序列第二位の重臣、武蔵守護代に任じられた長尾左衛門尉景仲の姿がそこにはあった。

景仲は采を振って軍勢に進軍を命じると、自らは隊列を離れて道真のほうに馬を進めて来た。

甲冑姿は凛々しいが、兜の目庇の下の両目をショボショボと瞬かせている。風采の揚がらぬ初老の男だ。眉毛はいつでも困ったような八の字になっていた。

「武田は退去せぬか」

挨拶は省略して、いきなり質してきた。道真も景仲の気性は理解している。景仲に合わせて朴訥に答えた。

「我らより攻め掛かり、追い払うしかなさそうにござるな」

景仲はつまらなそうに「ふん」と言った。

「左様ならば、武田につきあってやらねばならぬのう」

「管領様は、武田右馬助をいかにせよとの仰せにございましたか」

「何も言うとらん」

「何もお命じにはなられませなんだのか」

「違う。このわしが、管領様に何も伝えてはおらんのだ。管領様は今回の騒動については何もご存じない。わしが一存で兵を連れてきた」

「なんと……」

愕然とした道真を一瞥してから、景仲はしみじみと考え深そうな顔をしてみせた。

「管領様は、どうやら本気で隠遁を志しておられるようでな。芝居でもなんでもなく、本心から出家して、俗世との関わりを絶つお覚悟であるらしい」

いきなりの話に、道真はいささか仰天した。

「……拙者、暑さのせいなのか、頭がふらついており申すが……。左衛門尉様の申されようが、いま一つ、腑に落ちませぬ」

「それは暑さのせいではあるまい。わしとて管領様のなされようは腑に落ちぬ。ともかく、道真入道殿も覚えておかれよ。管領様は俗世に関わるおつもりはないのだ。ゆえに、我らが一存で、事に当たらねばならぬ」

先日、『下克上の悪名をかぶされようも』と言ったのはこのことであったのか、と道真は察した。

「そ、それで、総社の長尾芳伝入道殿は、どのようにお考えなのでござろうか」

長尾芳伝（俗名は忠政）は山内家の家宰である。関東管領家の重臣筆頭だ。つまりはただ今この東国で二番目の権力者だと言えなくもない。上野国の総社に領地を構えていることから、総社長尾と呼ばれている。生年は不詳だが、この頃、五十歳前後であったと思われる。

「管領様の隠遁のご決意が固いのであれば、家宰の芳伝様にお指図を仰ぎたいところでござるが」

山内上杉家と扇谷上杉家とは〝両上杉〟などと称されて、同格のように呼ばれていたが、実際の格差は絶大なものがある。山内上杉家は上野国と武蔵国の守護だが、扇谷上杉家は相模半国の守護だ。相模の半分は武田信長に取られた。

武田信長退治のためには、山内上杉家の助力が必要なのだ。

長尾氏の出自は鎌倉氏だという。鎌倉が武士の都となる以前に、鎌倉を領地としていたのが長尾一族であった。

長尾氏は頼朝(よりとも)の挙兵に応じて鎌倉幕府の御家人となり、以来、武家政権に仕えて、常に要職を占めてきた。

室町時代、東国の支配者となった関東公方の足利分家も、長尾一族の地縁血縁を頼りとした。長尾一族も関東管領の上杉一門に進んで取り込まれることで、自らの権益を拡大させてきたのである。

上杉一門は、上野、相模、伊豆(いず)、下総(しもうさ)などの関東公方御分国はもちろん、越後(えちご)の守護をも歴任している。長尾一族もまた越後に進出し、越後上杉家の家宰や、越後守護代などを務めていた。結城城に突入して安王丸と春王丸を捕らえた長尾実景も越後長尾氏の一人だ。越後長尾一門からは後に長尾景虎が出る。上杉謙信である。

話を関東に戻して、ただ今の関東管領、山内上杉家を支えているのは、総社に城館を構えた総社長尾氏の芳伝と、白井を居城とする白井長尾氏の景仲である。

白井長尾のほうが一格下に甘んじている。このことは後年、重大な意味を持つことになる。

白井長尾の景仲が答えた。

「芳伝入道殿は、御陣代様に従って、常陸の佐竹攻めに赴かれておる」

御陣代とは、関東管領上杉憲実の弟、上杉清方のことだ。

道真は「なるほど」と頷いた。

「東関東の仕置きにござるな」

安王丸に加担した者の多くが、下野や常陸、下総などを中心とした、東関東の大名たちであった。結城城は落城し、安王丸と春王丸は斬首されたが、大名たちの勢力はそのまま残されている。上杉勢とすれば、大名たちが屈伏するまで、攻勢を弛めることはできない。

もっとも、紛争が長引くことは武士たちにとって負担ばかりとは限らない。紛争が続く限り、武士たちは半済令で私腹を肥やし続けることができる。半済令を出すのは関東管領の権限であるから、いくらでも乱発できた。お手盛りで略奪を働いているようなものだ。荘園主たちはたまったものではないが、紛争が長続きすることを願いながら従軍している武士たちもまた多かったのだ。

白井長尾景仲は、武田信長の館の建つ方角を遠望した。

「御陣代様と、家宰の総社殿が常陸にご出陣をなさっている間、西関東の押さえは、我らに任されておるのでござってな」

「いかにも我ら扇谷上杉家、粉骨砕身、励む覚悟にござる」

「道真入道殿。我らは西関東を固めねばならぬのだ。今のうちに、な」

景仲は、朴訥な百姓親仁(おやじ)のような顔つきで、小さな目をショボショボとさせている。

ただ今の西関東は景仲と道真の思いのままになる。白井長尾家と太田家にとっては、降って湧いたような幸運だった。太陽が天から下りてきて、二人の頭上で燦々(さんさん)と輝きだしたような奇跡であった。この期を逃してはならない。

(我らが西関東の覇者となるのか)

しかし急(せ)いてはなるまい。

(まずは武田信長を除く)

信長のような男に幅を利かされていたのでは、地元相模国の足場固めもままならない。

長尾景仲が駒を進める。

「道真入道殿、いざ参らん」

道真も馬腹を蹴って馬を歩ませた。

「いかにも、軌を同じくして」

車の両輪のようにして進んでいく。白井長尾と太田家の目指す方向は同じなのだ。

草原の彼方で陽炎が大きく揺れた。大気がかき乱されている。それに遅れて、「わあっ」と兵の喚声が聞こえてきた。

四

武田信長の館では、甲冑に身を包んだ兵たちが慌ただしく駆け回っていた。

建物の戸はすべて外され、庭木も残らず刈り取られた。見晴らしの良くなった広間に床几を据えさせ、甲冑姿の信長がドッカと腰を下ろしていた。

一人の武者が庭から階を駆け上がってきた。戦時であるので建物の中でも草鞋は脱がない。信長の正面に膝をついて言上した。

「申し上げまするッ。北より扇谷勢が、西よりは白井長尾勢が、攻め寄せて参りましたッ。総勢で二百騎！」

信長は彫りが深くて鼻が高い。中高の（面貌の中央が盛り上がった）顔をしている。鋭い眼光は鳶色で、なにやら鷹を思わせる。

信長は目の前の武者に、低い声音で質した。

「三浦の加勢はどうなっておる」

三浦一族は三浦半島を中心にして盤踞する大名だ。足利持氏の乱に巻き込まれて衰退を余儀なくされているが、元は、代々にわたって相模守護を拝命してきた名門武家であった。

将軍義教より相模半国守護に任じられた武田信長からみれば、三浦一族は武田家の命に復して働くべき者たちだ。たしかにそうなのだが、東国全体が混乱しきって、権威も治安も崩壊しきった今、死んだ将軍の御教書にはなんの効力もなかった。

「三浦は、両上杉に加担したように見受けられまする」

武者は満面に汗を流している。暑さが理由の汗ばかりではあるまい。顔貌は不安で小刻みに震えていた。

相模半国の大名や地侍も皆、敵方に寝返った。信長の不徳ではない。信長が地盤を固めるより先に素早く両上杉が動いたのだ。景仲と道真の抜け目のなさが信長の打つ手の先に回ったのである。

「御屋形様、いかがなされまするか。御下知を……！」

信長は「フンッ」と鼻を鳴らして立ち上がった。

「馬を引けッ。厩の馬を一頭残らず引き出すのだ。徒侍や雑兵どもも、馬に乗せよ」

乗馬は身分の高い者にしか許されない。徒侍はその名のとおりに徒歩で移動する者をいう。雑兵はさらに身分が低い。馬に乗ることは許されなかった。

しかし信長は可能な限りの家来たちに馬に乗るように命じた。ズカズカと歩みながら庭に下りる。武者は目の前を通りすぎた信長を目で追いながら質した。

「雑兵どもまで馬に乗せて、いかがなされるのでございますか」

信長は肩ごしに振り返った。

「知れたこと。逃げるのよ」

馬丁(ばてい)が信長の愛馬を引いてくる。見事な肥馬だ。武田信長の旧領の甲斐国は、名馬の産地として知られている。信長は、流浪の身でも、馬だけは最上のものを求めてきた。

信長は五十歳。この時代の感覚では老人といってもよい。だが、青年のように軽々と馬上の人となった。

「皆に『馬の息の続く限り逃げよ』と伝えよ」

館の門へと馬を進める。馬廻りの騎馬武者たちが無言で集まってきた。信長の周囲を守る。

上杉禅秀の乱に敗れ、本領の甲斐国を追われてよりこのかた、この主従は常に戦い、常に敗れ、常に逃亡し続けてきた。そんな暮らしが二十五年だ。負け戦の達人と言って良いほどに鍛えあげられている。

「門を開けよ！」

信長が命じる。雑兵たちが閂を外して門扉を開けた。

門内に雑兵たちが集まっている。信長は雑兵たちに目をくれると、なにやら不敵に笑った。

「このわしが敵の軍兵を引きずり回してくれる。貴様らはその隙に乗じて逃れよ！」

言うやいなや、馬の尻に鞭を当てて走り出した。馬廻りの騎馬武者たちも遅れじと続く。

門の外には濠があり、板の橋が架けられてあった。馬群の蹄が橋を踏んで凄まじい音を立てる。信長はさらに馬を進めた。野中の道を突き進んだ。

扇谷勢が左右に大きく展開しながら進軍してきた。まさか、信長勢が打って出るとは思わなかったのだろう。大軍を頼みに油断しきっている。

信長は雄叫びを上げた。まっしぐらに、まったく躊躇することなく、扇谷の隊列に突入した。弓矢をキリリと引き絞って放つ。矢は敵の騎馬武者を射貫き、騎馬武者はもんどりを打って落馬した。

騎馬武者とは、馬上より矢を射る者のことをいう。信長は馬で素早く攻め寄せて、必中の矢を放ち続けた。

敵の武者や雑兵は無数にいた。信長は騎射の名人だ。たとえ目を瞑っていても矢は当たる。それほどの距離まで肉薄した。

信長の馬も体当たりで敵兵を弾き飛ばしていく。前足で蹴り、蹄で踏みにじった。敵兵たちは逃げまどう。だが、信長の襲撃に気づいたのは最前列の者たちだけだ。後列の者たちは何が起こっているのかわからない。気がついた時には巨大な馬が目の前に迫っていて、何がなにやらわからぬうちに蹴り倒された。

信長の馬廻りたちも馬首を並べて突撃する。信長にのみ突出させると、逆襲で袋叩きにされてしまう。主君に遅れぬように遮二無二馬を突き入れてきた。

武田騎馬隊は雨霰と矢を放つ。扇谷勢は為す術もなく、二町、三町（一町は約百九メートル）押し返された。

「敵襲ッ！」

先鋒の備（部隊）から使番が駆け戻ってきた。

「武田右馬助が門を開いて攻め寄せて参りましたッ」

太田道真は「うむ」と答えると、近仕の者を呼んで兜を用意させた。

「先ほどからの喚声は、敵の襲来によるものだったか」

兜をかぶり、緒を結ぶと、馬腹を蹴って手近な高台に駆け上った。敵の姿が見えぬことには采も振れない。

道真の弟、大和守資俊が急いで兄の後を追う。道真の馬廻りもついてくる。太田家の主従は平野を見下ろす丘の上に立った。

「……これは！」

大和守はそう言ったきり言葉を失った。敵の騎馬の一群が、白井長尾と太田の連合軍を一直線に切り裂いている。

（鋏で布地を裁断していくかのようじゃ）

その鋏の先端となって走るのは、見事な肥馬と、赤毛を振り乱した壮士だ。

（武田信長か！）

五段（五列）に隊列を形成させた扇谷・太田勢の、すでに三段までもが打ち破られた。武田信長と馬廻りは休むことなく四段目の備に突進する。信長の進むところ、上杉勢の騎馬武者は強弓に射貫かれ、徒武者と雑兵たちは馬蹄にかけられた。悲鳴をあげて逃げまどうところを背後から矢を射かけて、信長と馬廻りの勢いは止まらない。

「兄上、合図の太鼓を！　武者どもを密に集めれば……」

武田の騎馬隊の突進が止められるかもしれない。

そう思った大和守は兄の道真に顔を向けた。だが道真は首を横に振った。

「とうてい間に合わぬ」

よもやこのような突進を仕掛けてこようとは。さしもの道真も理解の外であった。

道真は急いで思案を巡らせる。

「雑兵どもは下がらせよ。信長は敵中を踏み越えて包囲より逃れ出る腹積もりと見た。雑兵どもでは凌ぎきれぬ」

「しかし」と大和守は反駁した。

「雑兵を下げるは、敵に逃げ道を作ってやるようなものでござるぞ」

「騎馬を集めよ。逃げる信長を追う。追って仕留める」

道真は馬を駆けさせて丘を下った。道真にしては珍しく焦りを感じさせる行動だった。

大和守と馬廻りも慌てて続いた。

野原に下りると味方の雑兵たちによって道を塞がれた。白井長尾と太田の軍勢は大混乱に陥っている。逃げまどう雑兵が道真の馬前に転がり出てきたのだ。主君とも気づかぬ様子で腰を抜かしている。

「退けッ、下がれッ」

道真の馬廻りたちが声を荒らげて叱責した。兵たちはかえって怯え始めた。前からは攻められ、後ろからは叱りつけられて右往左往する。まったく手のつけられぬ混乱だ。

その隙に武田の騎馬武者は戦場を一直線に駆け抜けていく。

大和守は声を嗄らして旗下の騎馬武者を呼び集めた。三十騎ほどが駆け寄ってきた。

道真を主将にして、太田勢はようやく騎馬の隊列を揃え、追撃にかかる。

「蛇の生殺しは始末におえぬ。必ず仕留めよ！」

道真が声を甲高くして叫んだ。

大和守は思った。

——兄者にしては珍しいことだ。武田信長に虚を衝かれたことで、道真も度を失っているらしい。

太田家の騎馬武者は土埃を上げながら追撃する。野原には武田勢が残した蹄の跡が明瞭に残っている。彼方には馬の群れが見えた。

武田勢の馬は敵中突破で疲れている。太田勢はみるみるうちに距離を狭めた。

「射かけよ！」

道真が命じる。太田の騎馬武者たちは左手に弓を構え、右手で箙（えびら）の矢を取ってつがえ、キリキリと弦を鳴らして引き絞り始めた。

パンッ、パンッ、と矢が放たれる。

武田の騎馬武者の、最後尾の者たちが弦音に気づいて振り返った。鞍の上で身を捩（よじ）って振り返り、手にした弓で飛来する矢を打ち払い、はたき落とした。

「やりおるわ」

大和守は賛嘆した。

武田勢は負け戦の達人である。逃げながら戦う技能を身につけている。本人たちにとっては不本意な技能習得であったろうけれども、追撃する太田勢にとっては厄介だ。

「間合いを詰めよ！」

道真は自らも鞍の上で前傾姿勢となった。大和守もそれに倣う。

追う太田勢の馬も口から泡を吹いている。こうなれば馬と馬との体力勝負だ。

相手は名にし負う甲斐の黒駒。相模の馬では見劣りがする。

（だが、信長に逃げ場はない）

大和守は思った。じっくりと時間をかけて追いつめて、仕留めればいいのだ。

信長勢は坂を下って浜を目指した。

（どこへ行く気だ）

このまま進めば内海の水道にぶつかる（内海は後の東京湾。水道は浦賀水道）。

三浦半島の海岸線は切り立った崖が多い。狭い砂浜もあるが、崖にしても砂浜にしても、馬を走らせるには不向きな地形だ。

追い詰める太田の騎馬武者も、崖から転落しないように手綱を絞らねばならない。見通しも悪い。矢を射かけるのは難しかった。

大和守の目が信長の後ろ姿を捉えた。あの特徴のある風姿を見忘れるものではない。信長は兜も脱ぎ捨てたのか、赤い蓬髪を鬣のように靡かせていた。

（わしが討ち取る！）

そう意気込んで、岩だらけの道をものともせずに、馬の脚を急がせようとした、その時であった。

景色が急に開けて、真夏の青い海原が視界に飛び込んできた。崖の連なる地帯を抜けて浜に出たのだ。

「おおっ？」

青い海原を背景にして、真っ白な、目に染みるほどに眩しい何かが、風をはらんで勢い良く広がった。それは巨大な母衣のように見えた。

（船の帆か！）

大和守は覚った。入り江に船が隠されていたのだ。武田信長は砂浜を走っていく。馬に跨がったまま海に入る。信長の馬は海上の船を目指して泳いだ。

大和守は騎馬武者の数騎を引き連れて浜辺に下りた。同時に船から無数の矢が飛んできた。船上に並んだ兵たちが弓を引いている。

砂浜では身を隠す場所がない。大和守と太田勢は船に近寄ることができない。その間に水主たちは、信長たち武田勢を船上に引き上げた。

船は碇をあげて舳先を東に向けた。帆が風をはらむ。船足をあげて海の彼方へと遠ざかって行った。

道真が馬を寄せてきた。大和守と馬首を並べて、虚しく船を見送る。

「上総の武田の船だな」

内海の対岸の上総国には、武田信長の同族が土着していたのだ。上総武田氏は上総国の守護大名を務めていたこともあった。

「信長め、上総の武田に助けを求めたと見える」

海の彼方に船で逃げられてしまっては、追いかけることもできない。

信長たちが乗り捨てた馬が海面を泳いでいる。夏の真っ白な雲の向こうに、房総の山影がうっすらと見えた。

相模東部を制圧した太田勢は糟屋の館に帰陣した。

道真は広間の上座にドッカと座る。僧籍にはあるが戦塵にまみれた鎧直垂姿で、禿頭には頭巾を被っていた。

広間は六間四方ほどの広さだ。道真の他には大和守の姿があるだけだった。伴類にも聞かせられない内密の話があったのである。

大和守は、いまだ昂りの醒めやらぬ顔つきをしていた。ニヤリと不敵な笑みを浮かべた。

「信長こそ討ち漏らし申したが、追い払うことは叶い申した。上総に逃れた彼の者には、相模に戻る力は残されてござるまい」

武田信長個人の武勇は凄まじいが、伴類がいなければ乱妨もままならない。

「これにて相模一国が扇谷家の支配するところとなり申した」

道真も「うむ」と頷いた。

「武田信長に相模半国守護を約束した六代様（足利義教）は、この世にいない」

「いかにもでござる兄上。世の中は、亡くなられた六代様のご遺命ではなく、今を生きる我らによって動かされてゆくべきなのじゃ」

　死んでしまった室町将軍は怖くない。両上杉は、将軍死去にともなう政治の空白につけ込んで自己の権勢の拡大を指向している。信長の追討はその第一歩だ。

　ところが、道真の表情は晴れない。

「六代様のご遺命も、また大事じゃ」

　大和守は怪訝な顔をした。

「なんと言われる。我らはたった今、ご遺命を踏みにじってきたばかりでござろうが」

「我らにとって邪魔なご遺命は反故にいたすが、我らにとって都合の良いご遺命は、奉じるべきなのじゃ。結城の戦いが始まる前の、六代様のご意向を思い出すが良い。関東は両上杉が六代様の意を受けて治める――。我らは進んで六代様の手足となることで、威を振るうはずであった」

　大和守は「ムッ」と唸った。そして言った。

「たとえるなら、六代様という身体が亡くなられたことで、手足だけが関東に投げ出された恰好にござるな」

「左様じゃ。関東に残された手足が、自らの思惑で動かねばならなくなった。一大事だぞ」

　道真は険しい形相となって大和守を凝視した。

「手足に向かって頭を下げる者などおらぬ。いかに膂力足力があろうとも、手足はしょせん手足じゃ。土や泥にまみれて働く物に過ぎぬ。六代様という尊いお顔がついていればこそ、関東の大名や国人は、我らに頭を下げるはずだったのだ」

「いかにすれば良いのじゃ、兄上」

　道真は俄かに考え込んだ。

「やはり、我らには神輿が必要だ。諸人がこぞって低頭したくなるような、威のある神輿を担ぎあげねばならぬ」

「その神輿の役目を果たす御方が、いずこにおりましょうや」

　道真は無言で考え込んでいる。何も答えようとはしなかった。

五

　師走（旧暦）の厳寒が足元から伝わってくる。目を上げれば、不気味な奇岩の林立する山並みが見えた。

　大和守は上野国の安中に出陣している。上野国守護職の山内上杉家の手伝い戦であった。

法螺貝の音が聞こえてきた。ところがこの地は山が深くて、物音は山塊や谷間で谺する。どこで吹かれた貝なのか、よくわからない。

山の木々は残らず落葉している。空は明るい。しかし北風が強い。越後から山越えの寒風が吹きつけてくる。

鎧兜というものは、夏には陽光に炙られて火傷するほどに熱くなり、冬には凍るように冷たくなる。身に着けるにはもっとも忌ま忌ましい性質なのだが、しかし、これを着けていないことには命にかかわる。

大和守は一人の若侍のみを連れて、徒歩で山の斜面をよじ登った。物見（偵察）である。この尾根の向こう側で敵が陣を敷いているはずであった。

上野一帯の山々は、脆くて崩れやすい岩石でできている。山焼け（火山の噴火）で流れ出た溶岩が冷えて固まったものだという。これほどの山塊がすべて流れ出て来た溶岩だとは、つまりどういうことなのか。山焼けを見たことのない大和守には良くわからない。

大和守は岩場の頂きまで登りつめた。眼下に敵陣が見える。信濃国の守護代、大井家の軍勢である。上信の国境を越えて関東に攻め寄せて来たのだ。

信濃国は京の将軍家の御分国である。本来なら将軍の命なく関東に攻め入ることはできないはずだ。将軍が空位であるのをよいことに、勝手な振舞いに及んでいる。

大和守は若侍を呼んだ。まだ元服したばかりの者だ。彼をお供に選んだのは視力に優れていたからである。この年頃はいちばん物がよく見える。

若侍は岩にしがみつくようにして目を凝らした。

「『丸に二つ引き両』の紋を染めた陣幕が張られておりまする」

大和守は「よし」と頷いた。

丸に二つ引き両は、足利家の家紋である。

眼下の敵陣が、なにやら急に騒々しくなった。もしかしたら向こう側にも目の良い者がいて、こちらの姿に気づいたのかも知れない。

「逃げるぞ」

大和守と若侍は斜面を走って下った。敵陣に、関東公方足利家の御曹司がいるとわかれば、物見の役目は成功である。

安王丸と春王丸の弟、万寿王丸なる御曹司が、信濃の大井持光(おおいもちみつ)に匿われていたのだ。将軍義教が健在ならば決して生かしておくものではなかったのだが、その義教はすでにこの世の人ではない。関東の地は、関東管領の山内上杉憲実が隠遁し、政治の空白地となっている。「左様ならば」と色気を出した大井家と信濃の国衆と地侍たちが万寿王丸を担いで〝関東公方再興の一戦〟にのりだしたのだ。

上野国は関東管領山内家の本領だが、極めて貧しい。平安時代に浅間山が大噴火を起こして、農地を丸ごと土石流の下に埋(うず)めたからだ。

この噴火からの復興が、なんと、いまだに完了していない。火山灰は酸性なので、米も野菜も良く育たない。

一方、大井持光が領する信濃国の佐久郡は、日照時間が長く、夏場の気温も高く、物成りがよい豊かな土地柄であった。万寿王丸を旗印として味方を募れば、山内家と互角の戦ができると目論んだのに違いなかった。

かくして戦が始まった。今度は太田家が援軍を出す。武田信長攻めに援軍を出してもらったことへの返礼だ。

——まったくもって、関東の地に戦の絶えることはないな。

大和守は岩陰に隠しておいた馬に跨がりながら嘆息した。

佐竹攻めに出陣して、常陸国に陣を敷いていた清方（関東管領山内憲実の実弟）と、山内家家宰の長尾芳伝が、万寿王丸来寇の報せを聞いて戻ってきた。佐竹家の処分どころではない。万寿王丸への対処のほうが重大事だ。

清方と芳伝が率いる山内本隊が着陣したことで、万寿王丸と大井勢は不利を覚って信濃国に戻って行った。

それから三年の月日が流れた。

この年の二月、またしても改元があって、嘉吉四年は文安元年（一四四四）となった。甲子の年には改元をすることになっている。嘉吉の年号はたったの三年しか使われなかった。この間、将軍義教が暗殺され、将軍義勝が死去し、内裏には賊徒が乱入して三種の神器を強奪した。

まさに末世乱世を絵に描いたようである。よって嘉吉の年号は不吉とされた。吉事もなかったわけではない。

扇谷上杉家の当主、持朝に、嘉吉三年、三男が誕生した。もっとも、この時の扇谷上杉家は慶事に喜ぶどころではなかった。関東での騒乱は止むことなく続き、持朝も、家宰の道真も、東奔西走して、各地で転戦していたからである。

一方で悲劇は続いた。

甲子の年に合わせて、人心を一新すべく挙行された改元であったが、関東においては早々にケチがつくこととなったのだ。

相模国、糟屋の太田館に、山内上杉家の重臣、長尾左衛門尉景仲がやってきた。太田道真と一時ばかりの会談を持って、慌ただしげに、鎌倉へと帰っていった。

長尾景仲の行列を見送ってから、大和守は広間に向かった。

道真は、おそらく景仲と別れた時のままの姿で座っていた。何事か、長考をしている様子であった。

「兄者、入って良いか」

大和守が質すと、道真はちょっと目をあげて、

「入って座れ」

景仲が座っていたのであろう円座を指差した。

大和守は座った。

「左衛門尉様は、なんのお話があって参られたのか。……さてはまたぞろ、犬懸上杉の蠢動でござるか」

犬懸上杉家もまた、関東の旧領を回復しようと目論んでいたが、長尾景仲と太田道真の奮闘によって防いでいる。御家再興を目指す犬懸上杉教朝を、いったん京へ追い返すことに成功した。

とはいえ犬懸家も諦めたわけではない。流浪の大名、武田右馬助信長と連絡を取り合って、両上杉家の領地にちょっかいをかけてくることもしばしばであった。

紛争を裁定してくれるはずの上位権力者、関東公方はいない。犬懸家に追討の命を出してくれる者がいない。となれば実力で戦うしかないわけで、関東の地に戦乱の絶えることはなかった。

「しからば、何用でござろう。左衛門尉様のお顔の色は悪ぅござった。兄者の顔色も優れ

ぬように見えるが」

　道真は鋭い眼光を弟に向けた。

「これから話す事、しばらくは口外無用といたせ」

「それほどの大事が出来(しゅったい)いたしたのでござるか」

「左様じゃ」

　道真は声をひそめた。

「山内家の御陣代が亡くなられた」

「なんと」

　大和守は絶句した。しばらく二の句が継げなかった。

　関東管領、山内上杉憲実の実弟で、陣代を務めていた清方が病没した。

　道真は深々とため息をつきながら腕組みをした。

「この関東は、関東公方家の滅亡に続いて、またもや大きな柱を失うこととなった。残されたのは、隠遁の決意も固く、寺に引きこもって世間に顔も出さない管領様（山内上杉憲実）のみじゃ。話も何もあったものではないな」

「いかにも、一大事と心得る」

　大和守も思案を巡らせた。

「ともあれ、管領様には一刻も早く、鎌倉にお戻りいただくより他にござるまい」

この〝鎌倉〟というのは慣用句で、鎌倉の政権の頂点を意味している。清方を失ったことで、東国の武家社会はさらなる大混乱に陥るであろう。犬懸家や武田信長だけではない。安王丸と春王丸に味方して敗れた者たちが失地回復の好機と見て取って、蠢動を開始するのは目に見えていた。それを押さえることができるのは、関東管領の権威だけであった。

ところが道真は首を横に振った。

「左衛門尉殿のお話では、管領様の隠遁の決意はお固いとのことじゃ」

関東管領山内憲実は、主君である関東公方の足利分家一族を皆殺しにしてしまったことで、心に深い傷を負った。

「有体に申さば、もはや正気ではない──と、左衛門尉様は申されておった」

山内上杉憲実は、自らが出家するだけでは満足しなかった。一人の息子を京に送って将軍家の奉公衆（将軍家直臣）にしてもらい、残りの男子には皆、出家を命じたという。

喧嘩両成敗の精神に則って、山内上杉家をも滅亡させようとしていたのだ。あるいは持氏一家の亡霊にでも悩まされていたのか。

大和守は愕然とした。

「……なるほど確かに、誰にも口外できぬ」

身震いしながら、続けて問う。

「じゃが、山内家の家臣たちはどうなるのでござろう。家宰の総社長尾の芳伝入道は？

それに白井長尾の左衛門尉様は、いかになされるおつもりなのじゃ」

「わからぬ」

二人はそれきり黙った。

関東管領は上杉一門が世襲するしきたりとなっている。犬懸家と山内家が滅んだならば、関東管領に就任するのは順番からいって扇谷家だ。

一見すると、濡れ手で粟の大出世にも思える。

――だが、それはいかにもまずい。

大和守は思った。

――扇谷家は、管領職を担うには、あまりにも小さすぎる。

関東管領は、犬懸上杉家と山内上杉家とが交替で務めてきた。犬懸家は上総と下総に領国を持っていた。山内家は上野と伊豆、武蔵を領し、越後上杉家は極めて近い縁戚である。それにひきかえ扇谷家は、上杉禅秀の乱ののちに恩賞として相模守護を与えられたのみに過ぎない。しかも半国守護を武田信長に奪われそうになったほどの弱体だ。相模国には三浦氏や大森（おおもり）氏などの大名も盤踞（ばんきょ）していて、一国支配にはほど遠い有り様であった。

――力の弱い者が、身の程にそぐわぬ出世をすれば、必ずや破滅する。

周囲の大名たちに妬（ねた）まれて、よってたかって攻められ、潰されてしまうだろう。

――悔しいかな、ただ今の扇谷家の力は、その程度だ。

降って湧いたような好機到来だが、これは天佑神助ではなく、天魔の罠に違いなかった。

「兄上」

大和守は膝を進めた。

「扇谷家は、山内家と並び立っていればこその〝両上杉〟でござる。いわば両の車輪のごとき物。山内家がついえたならば、我らのみで一人立ちはできませぬぞ」

道真も険しい面相で頷いた。

「いかにもお主の申すとおりじゃ」

「なんとしても、山内家を、立ち直らせねばなりませぬ」

道真は「うむ」と大きく頷いた。

「お主も左衛門尉殿と同じ結句に達したようじゃな。まさにその相談のために、左衛門尉殿は、我が屋敷を訪ったのじゃ」

「して、左衛門尉様のお考えや如何に」

「管領様より出家を命じられた若子様のお一人を還俗させて、山内家をお継ぎいただく。そのように決した」

「いかにもよろしきお考えにござる」

「よいか大和守。我らは管領様の御意志に逆らって、山内家を存続させるべく働くのじゃ。管領様は敵ぞ。このこと、忘れるな」

「畏まってござる」

方針が決まれば、あとは勇躍、突き進んでいくのみだ。大和守は発奮した。

六

山深い道を武家の行列が進んできた。杉の古木が林立する中に山寺の屋根が覗いている。

伊豆国、国清寺——。

関東管領山内上杉憲実は、この寺に籠もり、世を捨てたことを内外に宣言した。出家して長棟と号し、看経三昧の日々を送っていた。

長尾芳伝（忠政）は、山門の前で馬を止めると供の武士たちに下馬を命じた。自らも馬から下りて、たった一人で山門の石段を昇っていった。

長尾芳伝は山内上杉家の家宰である。山内上杉家の家臣団の筆頭だ（序列二位は武蔵国守護代の長尾左衛門尉景仲）。居城が総社（前橋市）にあったことから総社長尾氏と呼ばれている（長尾景仲は白井に城を持つことから白井長尾氏）。

寺の知客（接客担当の僧侶で、禅寺では高僧が担当する）が迎えに出てきた。芳伝は傲然たる態度で挨拶を受けた。

関東公方は滅亡し、関東管領山内上杉憲実は隠遁している。憲実の実弟で陣代を務めていた清方も死んだ。

ということは、ただ今の関東の武家社会において、最高の地位に就いているのは、この総社長尾芳伝だ、ということになる。芳伝が知客の前で傲慢に振る舞ったのも当然であった。

知客の案内で僧坊に向かう。その僧坊は、山寺のさらに奥の、木立に囲まれた一角にあった。かなり古い建物で、雨風に晒された板壁や扉が傷んでいる。黒い雨染みが汚らしかった。

小坊主たちの手で僧坊の扉が開けられた。中から香の煙がムッと溢れ出てきた。

「こんな所に閉じ籠もっておわしたのか」

芳伝は眉根を寄せた。あまりにも衝撃を受けたので、心中の思いが独り言となって出てしまったのだが、知客は自分に問われたのだと勘違いをした。

「窓も戸も締め切り、ひたすら看経をなさっておわしまする。お食事は侍僧に運ばせ、ご不浄も侍僧が運び出しまする。五日ごとに風呂にお入りになられまするが、その時を除いて、僧坊より出て参られませぬ」

芳伝は半ば呆れた。ここまで徹底した隠棲を決め込むとは何事であろうか。

「なるほど、長棟法師様は仏門修行に励んでおわすのだな。じゃが、拙僧とて入道した身。僧坊に踏み込んだとて修行の障りとはなるまいぞ」

芳伝は我が身が僧籍にあることを強調した。そして長棟法師の籠もる僧坊に進んだ。

「御開山！　これに控えしは芳伝にございまする！」

僧侶の言葉で挨拶する。とはいえ千軍万馬の大将だ。張り上げた声は猛々しく、山寺の静寂に相応しくはなかった。

僧坊の中から、なにやらくぐもった声が漏れてきた。弱々しくてよく聞き取れない。

ともあれここは気合である——と芳伝は腹をくくって、

「御免つかまつる！」

武士の物腰に戻って階をズカズカと昇り、僧坊の中に踏み込んだ。床板に座り、サッと低頭する。

「管領様！　芳伝にございまする」

僧坊の中には御簾が巡らせてある。本尊の仏像と、その前に座した人影が見えた。

人影は見えたが、御簾に遮られて、長棟法師本人かどうかはわからない。

「管領様。お懐かしゅうござる。お声をお聞かせくだされ。芳伝にお声をかけてくだされ」

御簾を捲りあげて確かめることはできない。声で確かめようと考えて、芳伝は催促した。

「う……む……。尾張守か……」

御簾の中の人物は、かつての受領名で芳伝を呼んだ。その声は掠れて弱々しかったが、

――おう、まさしく管領様！

芳伝は膝を進めた。

「管領様、なにとぞ、疾く、鎌倉にお戻りくだされ！　御陣代様のご逝去で、我らは周章狼狽、鎌倉は麻の如くに乱れておりまする」

この鎌倉とは地名としての鎌倉と、政権としての関東公方府の双方の意味が籠められている。

「今の世を鎮めることのできるはこの世にたったのお一方！　管領様をおいて他にはおられませぬッ。なにとぞ御出馬を願い奉りまするッ」

芳伝は一気にまくしたてた。

支配をする者がいなければ、人は自由で、平等で、平和な存在になれるか、といえば、そのような事実はまったくない。支配から解放された人々は「ならば俺が支配者になってやろう」と野望を逞しくして争い合う。次の支配者が決定するまで、とことん殺し合うのだ。

関東の武士たちは、源平の戦いと南北朝期の戦いを経験している。権力を指向する人間の愚かさ浅ましさと、戦の凄まじさを知り尽くしていた。

関東管領山内上杉憲実（長棟）も、もちろん理解していたはずだ。自らが先頭に立って関東公方家を滅亡させた本人である。放っておいても関東は平和になるはずだ――などという夢想は、一切抱いていないはずであった。

ところが、御簾の奥から返事はなかった。芳伝は重ねて、執拗に、長棟の帰還を嘆願した。するとようやくに、長棟の疲れきった声が聞こえてきた。

「わしは……戻らぬ……」

芳伝は、主君が相手のこととはいえ、いささか立腹している。

「なにゆえにございまするか！」

声を荒らげて問い質した。

御簾の奥からため息が聞こえた。

「尾張守……否、芳伝よ。わしは恐ろしいのじゃ」

「なにをそこまで恐れておいでてございましょう」

「因果じゃ」

「因果？」

「この世の万物はすべて、〝満ちれば即ち欠く〟この因果に則っておる。考えてもみよ。勝光院様（三代関東公方の足利満兼）に管領として仕えた犬懸上杉禅秀は、主君たる関東公方をも凌ぐ権勢を手にしたればこそ、持氏様に討たれた」

四代関東公方の足利持氏は、亡き父の権臣であった犬懸上杉禅秀を煙たく思い、その権勢を取り上げようと目論んだ。かくして禅秀と関東公方の戦となった（上杉禅秀の乱）。

犬懸上杉禅秀は、その権勢を憎む者たちに寄ってたかって攻められて滅ぼされた。禅秀の子の教朝（のりとも）と、義弟の武田信長（たけだのぶなが）が京に逃れたのもこの時のことだ。

さて――。関東管領の上杉禅秀を討滅し、独裁者としての権力を手に入れたはずの持氏だったが、それがゆえに京の将軍義教に睨（にら）まれて討伐を受けた。義教の命を受けて持氏を殺したのが、山内上杉憲実（長棟）である。

持氏は、その独裁権を憎む者たちによって、これまた寄ってたかって攻められて、滅ぼされたのだ。

長棟はこの因果を恐れた。

関東公方を滅ぼした長棟の手中に権力が転がり込んできた。両上杉の家臣団と、上杉に近い武士たちは、長棟が関東管領として関東を統治してくれることを望んでいる。統治してくれなければ困る。

ところが長棟は、次に殺されるのは自分だと理解したのだ。長棟が権勢を振るえば、それを憎んだ者たちが蜂の大群のように襲いかかってくるだろう。

上杉禅秀は鶴岡八幡宮で自害した。足利持氏は永安寺の塔に追い込まれ、塔ごと火をつけられて焼き殺された。持氏の遺児の安王丸たちは、まだ元服前の若子だというのに斬首された。

「わしは、わしの子たちに、あのような恐ろしい死に方をさせたくはない」

長棟は弱々しい声でそう言った。

「倅どもには出家をさせる。出家をすれば、まさか、命までは奪われはしまい」

この時代の寺には、守護不入、検断不入の特権がある。武士の軍事力や警察権は、寺の中には及ばないのだ。

「管領様は、山内上杉家を自らの手で絶やす——との、仰せなのでございまするか」

山内上杉家の男子が全員僧籍に入ってしまったら、当然、家は滅亡してしまう。

芳伝の苦々しげな表情が御簾越しに見えてしまったかもしれないが、この際、そんなことを言っている場合ではない。

「我ら家臣は、いかに身を処せばよろしいのか」

山内上杉家に仕える家臣たちは、行き場を失ってしまう。

長棟はしばらく無言であったが、やがて低い呟き(つぶや)が聞こえてきた。

「山内上杉の社稷(しゃしょく)は、しかるべき者に継がせるのがよかろう」

「しかるべき者とは」

具体的には誰に継がせろと言っているのか。

「管領様のご心底をお聞かせ願いとうござる」

「佐竹右京大夫(さたけうきょうたゆう)の子がよかろう」

——佐竹右京大夫……、つまりは佐竹義人(よしひと)の子じゃと？

芳伝は絶句した。

佐竹家は常陸国奥七郡を領する大名である。〝関東八屋形〟のひとつに数えられる名門武家だ。

関東は、大きく西部と東部とに分けられる。なぜ分けられるのかというと、西部は元々、鎌倉幕府の執権、北条家の所領だったからだ。伊豆から、相模、武蔵、上野、越後まで、本州を輪切りにする形で北条家が所領を構えてきた。その所領は、鎌倉幕府の滅亡後、鎌倉足利家（関東公方）と上杉一門の所有となった。

一方、関東東部の、下野、常陸、上総、下総、安房の国々には、鎌倉時代からの大名（御家人）たちが盤踞している。

上杉一門と大名たちは、関東公方府の設立当初から仲が悪い。そもそも上杉家の本貫地（本拠地）は丹波国（京都府と兵庫県の一部）の上杉庄だ。上杉家は関東の大名たちを押さえ込む役割を課せられて、西国から送り込まれてきた役人なのである。

つまるところ上杉一門と関東の大名は宿敵なのだ。

その宿敵である佐竹家の子に、関東管領、山内上杉家の名跡を継がせるとは何事であろうか。

御簾の向こうで長棟の影が揺れた。

「佐竹右京大夫殿は、山内上杉家の血をひいておられる。本来ならば右京大夫殿こそが山内家の当主となるべきだったのだ……」

佐竹右京大夫義人は、山内上杉家から佐竹家に入った養子であった。

「知ってのとおり、このわしは、越後上杉から山内家に入った身だ」

山内上杉憲実――長棟法師はそう言った。

長棟は、越後上杉の子であった。養子縁組のせいで、佐竹義人との立場が逆転している。

佐竹義人は佐竹家に養子に入ったことで、山内上杉家の相続権を失った。しかし長棟は厭世的になっていることもあり、義人こそ山内上杉家の当主に相応しいと思い込んでしまったらしい。

「……このわしは、山内上杉家の当主にも、関東管領にも、相応しくなかったのじゃ。関東の今の有り様を見ればわかる。お前も同じ思いであろう」

「管領様……」

芳伝は長棟の気持ちを理解は、した。長棟は、養子の身でありながら関東管領の重職に就いた。それだけでも負担は大であったのに、二度もの大乱を自分の任期中に引き起こし、関東公方家を滅亡させてしまった。

「非才のわしが関東管領になりさえしなければ、このようなことにはならなかった。わしは、わしの身に流れる血が厭わしい。我が血を受け継いだ者に、関東管領の職を継がせてはならぬのだ」

「管領様！」

「これがせめてもの、わしの償いと思え。関東の戦乱はいまだ治まっておらぬ。結城での合戦に敗れた者どもは、決して矛を納めようとはせぬ。我ら上杉に頭を下げるつもりもない」

結城合戦で関東公方の遺児たちを支持したのは、主に東関東の大名たちであった。彼らとすれば、西国から来た役人の上杉一門の下になどつけるものかと思っているので当然だ。

将軍義教の死で、彼らを征伐することのできる権力はなくなった。

「大名たちに矛を納めさせるためには、彼らの納得のゆく形に、鎌倉の政をもってゆくより他にない。佐竹右京大夫殿の子が山内上杉家を継ぎ、関東管領となれば、大名たちも矛を納めるに相違ない」

妥協である。

結城合戦に勝利したのは上杉家側だが、将軍義教という後ろ楯がなくなった今、上杉方の優位は消えた。上杉側が下手に出るしかない――と、長棟は考えたのだ。

芳伝としても、そこは、頷かざるを得ない。

政とは常に妥協の連続だ。押したり引いたりを繰り返しながら、世の中を治めていく。

――確かに今ここで強気に出ることは、得策ではない。

今は堪えるべき時である。じっと堪えてさえいれば、いつかは新しい関東公方が京から送られてくる。その子が成長して、関東の将軍として諸大名に睨みを利かせることができるようになるまでは、忍の一字でやってゆくより他になさそうであった。

「わしの子たちは出家をさせる。山内上杉家を継ぐのは佐竹右京大夫殿の子じゃ。良いな？　このこと、含みおいてくれぃ」

長棟が念を押す。芳伝にも、もはや否やはなかった。

「拙者は山内上杉家の家宰にございますれば、管領様の御意向に従いまする」

「頼むぞ。白井の左衛門尉（長尾景仲）と、扇谷への根回しも頼む。きっと同意を取り付けてくれよ」

芳伝は「ハハッ」と答えて平伏した。だが、即座に、

――それはなかなかに難しい話だ。

と、直感した。

扇谷上杉家の家宰、太田道真入道は、扇谷上杉家の権威を増やすことにのみ熱心だ。芳伝はそう見ている。

――扇谷家にとっては、たいした忠義者だと言えるが……。

扇谷上杉家の勢力縮小に繋がる話を受け入れるとは思えなかった。

七

「佐竹右京大夫殿の子に、山内上杉の名跡を継がせるとは？」

太田道真は眉根を寄せて、さらに首まで傾げた。

「どういう理屈でござるのか。それがし、とんと合点がゆき申さぬ」

ここは鎌倉の扇谷に建つ、扇谷上杉家の館である。会所と呼ばれる対面所で、道真と長尾景仲が向かい合って座っていた。

景仲も渋い表情だ。

景仲は、長尾芳伝から伝えられた長棟の言葉と、その内意を道真に伝えた。道真は呆れた。

「そのような妥協をいたせば、彼我の権勢は、結城の合戦の前に戻ってしまう。なんのために戦をしたのか、わからぬことになり申そう」

「いかにもじゃ」

「ならば、なんとなされる」

景仲は小さな目を閉じて、皺（しわ）の多い瞼（まぶた）をショボショボと瞬かせた。年寄り染みた表情だが、景仲がこの顔つきとなる時は、重大な決意を秘めている時に限られる——ということを道真は知っていた。

景仲は小さな目をカッと見開いた。

「この話は到底、呑めぬ。我らは我らで山内上杉家の継嗣を立てる。龍忠丸様に御家を継いでいただく」

龍忠丸は山内上杉憲実（長棟）の長男である。永享五年（一四三三）生まれの十二歳（満十一歳）。いまだ元服以前の幼年で、しかも、父憲実と一緒に出家を強要されて、小坊主にされてしまっていた。

「龍忠丸様に還俗を願い、我らの当主となっていただく」

「よろしかろうと存ずる」

道真も同意した。本来なら龍忠丸が山内上杉家を継ぐのが筋なのだ。佐竹右京大夫の子に継がせるほうに無理がある。

「世に憚ることなど何もござらぬ。堂々たる跡取り様でござる。我ら扇谷上杉家も諸手を上げて賛同いたす」

道真はそう言い切った。

景仲は道真の同意を取り付けて、ひとまず安堵の面持ちとなった。しかしすぐに面相を険しくさせた。

「しかれども敵は多勢だ。関東の諸大名は佐竹右京大夫殿の子を推す側につくと考えねばなるまい」

「総社長尾の芳伝入道殿も、右京大夫殿の子の側につくのでござろうな」

「彼の者は管領様の御意に沿うことのみを心掛けておる。その忠節は立派じゃが、こういう時には困りものでな」

景仲としては、実にやりづらい。

「だが、打つ手がないわけではない」

景仲は落ち着いた口調でそう言った。関東不双の案者（関東に二人とはいない知恵者）と評された景仲である。退勢挽回の秘策はすでに腹中にあるらしい。

「京都様は、関東の大名が力を持つことを好まぬ」

この〝京都様〟とは室町将軍のことではなく、室町幕府そのものを指している。具体的には幕府の構成員たる三管領（細川、斯波、畠山）、四職（赤松、一色、京極、山名）の当主たちだ。

「我ら上杉が関東の管領を命じられたのは、関東の諸大名の力が大きくなることを防ぐためじゃ。京都様は我らの味方と心得なされよ。いざとなれば上方より大軍が送られて参るは必定である」

道真も頷いた。

「善は急げと申します。早速にも龍忠丸様にご還俗いただき、山内家の継嗣として室町の御所に届け出るが肝要かと」

「いかにも、先を越されては困る。兵を動かしまするぞ」

長棟が伊豆の寺に隠棲していたことが、初動の勝負の分かれ目となった。景仲と道真は鎌倉を兵力で抑えることに成功した。

まだ元服前の龍忠丸は、『当御代(とうみだい)』という、わかりやすそうでよくわからない名で呼ばれて、山内上杉家の館、すなわち関東管領の政庁に迎え入れられた。

一方、東関東の諸大名は足並みが揃わない。そもそも、佐竹右京大夫の子に山内上杉家を継がせるなどという話は、佐竹家側にとっても〝降って湧いたような話〟であったのだ。政争への対処など、あったものではなかった。

文安(ぶんあん)元年（一四四四）に清方の急死によって始まった山内上杉家の後継者争いは、目立った抗争もないままに文安三年まで持ち越された。

暗闘が続いていたというよりは、結論を先送りにすることで決定的な対立を避けていた、といったほうが良い。

双方に希望を持たせる玉虫色の政情が延々と続き、それによって関東にはそれなりの平安がもたらされた。中世の武士の抗争とも思われぬ、場当たり的で、八方美人的で、日和(ひより)見(み)主義の状況が続いたのだ。

断固として対処しなければならない大問題であることは、誰もが理解していた。だがその問題を解決しようとすると関東の大乱になってしまう。だから誰も手をつけかねて放置しておく。見て見ぬふりをして、その日その日をたんたんと過ごす。当御代様を首長に据えて、関東管領府は毎日忙しく政務に励んでいる。たまには東関東の大名たちも出仕してくる。皆、天下は太平であるかのように物静かに振る舞っている。

なんと二年間も、こんな状態が続いたのだ。

京都の室町幕府でも将軍の空位が続いている。三寅(みとら)が八代将軍となることだけは決められていたのだが、なにぶんまだ子供だ。子供に将軍の重責を担わせると死んでしまう——ということを七代将軍の義勝(よしかつ)が証明したので、幕府の面々もここは慎重であった。三管領と四職は畿内の政治に追われている。とてものこと関東にまで手を出す余裕はない。

東関東の大名たちも一枚岩にはならなかった。関東八屋形の面々は、佐竹家の子が関東管領になることで、自分たちが佐竹家の風下に立たされることを好まなかった。上杉家の台頭も快くは思わぬが、佐竹家の台頭もまた快くないのだ。

しかも大名たちは結城合戦の痛手から回復していない。兵を催すこともできない。

結局、長棟と佐竹右京大夫義人は孤立した。

窮余の一策として長棟は、龍忠丸に義絶を申し渡した。親の言いつけに従わぬ子は、子として認められぬ、山内上杉家の籍から外すと宣言したのだ。

しかしである。龍忠丸は、白井長尾景仲と扇谷上杉家が熱烈に支持している。世捨て人を指向する長棟が政治力を発揮しようとしたところで、どだい無理がある。

「とは申せ――」

長尾景仲が盃を膳に戻して、呟いた。

「いつまでもこのままで良いというわけではない」

太田道真は鋭い目を景仲に向けた。

ここは扇谷上杉家の館。広い板敷きの会所には、景仲と道真の二人しかいなかった。他の者たちには近寄らぬように命じてある。この密談が山内上杉家を、ひいては関東の将来をも、左右するものになると察していたからだ。

酌をしてくれる小姓（こしょう）もいないので、景仲は自分で瓶子（へいし）を傾けて酒を注いだ。

「当御代様には、仮元服をしていただくことになった」

太田道真は頭の中で龍忠丸の歳を数えた。永享五年（一四三三）生まれの十四歳（満十三歳）。十四歳ならば元服にも無理はない。

「それはめでたきことと存ずる。大慶至極」

「いかにもめでたいが、しかし我らとしては、喜んでばかりもいられぬ」

いよいよ大問題に手をつける時がきたのだ。龍忠丸が元服すれば、室町幕府からなんらかの沙汰が下る。さすれば今まで隠されてきた各自の思惑が一気に噴き出して衝突し、やがては関東の地を戦乱で覆うことになるだろう。

道真は注意深く景仲の顔を見た。わずかな表情の変化も見逃すまいとした。

「長棟法師様と、総社長尾の家宰殿は、なんと図るおつもりでござろうな。このまま黙っているお二人だとも思えぬ。きっと巻き返しの策を巡らせておられるはずだ」

「いかにも左様。長棟法師様と芳伝殿は、起死回生の策を巡らせておわす」

「それは、どのような？」

「驚かれるなよ。と申しても、きっと驚くであろうがな」

「勿体をつけられる」

「急に驚けば心ノ臓に悪いからな。それほどに驚くべき話、ということじゃ。気を静めて聞いてくれぃ」

「心得申した」

景仲は間を置いて、目をショボショボとさせてから続けた。

「長棟法師様は、東関東の諸大名に決起を促しておられるが、大名方はなかなかに腰を上げられぬ。山内上杉家の家督に口を出したところで益することはない、と、諸大名は考えているからだ」

「いかにも賢きご判断」

「そこで長棟様は、関東の諸大名や国衆を無理やりに惹き寄せる秘策を思いつかれたのだ」

景仲は双眸を見開いて、道真を見据えた。

「足利持氏様の遺児を関東公方に推戴し、関東公方の命によって佐竹の子を関東管領に任ずるおつもりじゃ」

道真は「あっ」と叫んだ。驚くなと念を押されていたのに、激しく驚愕してしまった。関東公方の足利持氏を殺したのは長棟だ。持氏の遺児の安王丸と春王丸とを捕らえて、結果、刑死に追い込んだのも上杉一門であった。それなのに上杉一門の家督争いに持氏の遺児を持ち出してくるとは何事か。まさに常識外の奇策であった。

「長棟法師様は、いったいどなたを関東公方に担ぐおつもりなのでござろう」

道真の問いに景仲が答える。

「信濃の大井家が守護し奉っていた万寿王丸様を鎌倉に招聘しようとの、お考えのようだ」

万寿王丸は嘉吉元年（一四四一）年に挙兵し、大井家を従えて関東への乱入を謀った。上杉一門の奮戦で信濃に追い返した――という事件があったことは記憶に新しい。

万寿王丸はその後も関東の大名や国衆に使者や文を送って味方を募っていた。関東公方家再興の野心を隠していない。

道真は景仲に訊ねる。

「万寿王丸様は、長棟法師様の誘いに乗るでありましょうか」

「乗るであろう、と、長棟法師様と芳伝殿は見ておられる」

道真は唸って考え込んだ。

——奇策ではあるが……。

関東公方足利家の権威は絶大である。その威信は衰えてはいない。佐竹右京大夫の子が山内上杉家の養子となって関東管領になったとしても、誰も心を寄せはしまいが、その上位権力者として関東公方を推戴するのであれば話は違ってくる。東関東の諸大名も納得して鎌倉に推参するであろうし、上杉一門の中からも、従う者が続出するに違いない。

関東公方家が滅亡してからというもの、関東に戦乱の絶えることはなく、百姓も商人も寺社勢力も、皆で迷惑を被っている。武士たちですら飽き飽きとしているのだ。『関東公方府があった頃の姿に戻すべきだ』という政治方針は、多くの人々の賛同を集めるに違いなかった。

その賛同の輪の中心にいるのは、万寿王丸と長棟と芳伝だ。景仲と道真は輪の外にはじき出されてしまう。

輪の外に追いやられただけならまだしも、その人の輪は、景仲と扇谷上杉家を敵と見定め、襲いかかってくるのに違いないのだ。

「手を打たねばなりませぬぞ」

道真が言うと景仲は険しい面相で頷いた。

「いかにも手を打たねばならぬ。奇策のさらに上をゆく奇策でなければなるまいぞ……」

二人の密談はおよそ二刻に及んだ。

八

信濃国の佐久郡は、上野国から内山峠を越えた西の地に広がっている。関東から見ればほんの隣国だが、険しい山脈を踏み越えてゆかねばならない。信濃国が京都様御分国（京の将軍の管轄）だということもあって、関東の人々にとっては心理的にも距離を感じる土地であった。

佐久は古くから栄えていた。その中心地である岩村田は、東日本で最初に窯業の始まった場所だともいわれている。水資源も豊富で旱に悩まされる心配は皆無。夏の日照時間の長さは日本一で、作物の育成も良い。

大井氏は、信濃守護職小笠原家の分家であり、古くから佐久地方を領してきた。佐久の経済的な豊かさに支えられ、並々ならぬ威勢を誇っている。中先代の乱では北条時行軍の一手として働き、鎌倉を陥落させる働きを見せた。

その大井氏の当主、越前守持光が、関東公方足利持氏の遺児、万寿王丸を匿っている。足並みの揃わぬ上杉一門としては、なかなかに扱いの難しい大敵であった。

「ハアッ！　ハイッ！」

佐久平の平原に、馬をけしかける声が響き渡った。馬蹄を轟かせて一頭の騎馬が躍り出る。馬上には狩衣姿の子供が跨がっている。元服前を示す前髪立ちで、顔には白粉を塗り、額に置眉を描いている。唇には朱を注して、左腕には籠手を着け、手には重籐の弓を持つ。右手で箙から矢を抜くと、馬を走らせながらつがえてキリキリと引き絞った。

馬は坂道を下っていく。馬上の子供は馬体を挟んだ両脚と重心の移動だけで巧みに馬を操っている。弓矢で狙った先には野兎がいる。子供はパンッ、と、弓弦を鳴らして矢を放った。

太田大和守資俊は、太田家の伴類の六騎と、徒武者や小者たちの二十数名を率いて内山峠を越えた。

　奇岩の林立する険しい山中を抜けると、陽光の眩しい、緑豊かな平原が目の前に広がった。

「ここが信濃か。存外に良き所じゃ」

　山中の狭い谷間のような土地を想像していたのだが、広大な盆地で意外にも天地が広い。空は青く澄んでいる。四方は高い山並みに囲まれている。山風に吹かれた雲が流れていく。雲はずいぶんと低い位置にあった。大和守が立つ地面が高所にあるからだ。手を伸ばせば雲に指が届きそうであった。

　――のどかなものよな。

　四方の山から流れ出た水は、用水路を通って田に引かれる。信濃国は京都様御分国だ。関東を分裂させての大乱とは関わりのない太平を謳歌している。百姓たちも皆、警戒心もなく耕作に励んでいる。乱妨の武士に襲われて収穫物を強奪される心配もないのであろう。と、その時。彼方の田畑で働いていた百姓たちが、ふいに、慌てふためいた様子で逃げ始めた。

　――なんじゃ？

　大和守は乱世の武士である。不吉な気配を即座に覚った。馬上で振り返って伴類の武者たちに命じた。

「弓には弦を張っておけ。なにやら怪しい」

伴類たちは「ハッ」と答える。大和守の鎧櫃を背負った小者が駆け寄ってきた。

「お鎧を召しまするか」

「いや。まだ、その要はあるまい」

大和守は彼方の騒擾に目を凝らす。土埃が巻き上がっている。騎馬武者の一群が走り回っているように見えた。

「十郎」

大和守は若い郎党を呼んだ。視力があり、遠目が利くことからわざわざ選んで連れてきた。十郎は、瞼を細くして目を凝らした。

「狩衣姿の武士たちにございまする。鎧兜は着けておりませぬ。……皆、弓をつがえておりまする。巻狩と見受けられまする」

「巻狩か」

だとすれば、この地の領主、大井氏の者かもしれない。

「我らの真意を疑われてもつまらぬ。弦を外せ」

誤解から戦に発展したら大事である。せっかく張った弓の弦を再び外した。

大井氏と扇谷上杉家は友好関係にない。嘉吉元年には上野国で戦った。いまだに仲違いが続いている。

十郎が叫んだ。

「あちらも我らに気づいた様子にございまする。こちらに向かって参りまする！」

「皆、油断すな！」

大和守は配下の者たちに警告した。

「だが、我らは戦をしに来たのではないぞ。当方よりの手出しは無用。仕返しも無用じゃ。射かけられたとて矢返しいたすな！　ひたすら逃げよ」

そう命じておいて自らは馬を進めた。

馬蹄の響きが近づいてきた。謎の武士たちは油断なく矢をつがえている。左手には弓、右手には矢を持って駆けてくるのだ。なかなかに見事な馬術であった。

大和守は「おや？」と声を漏らした。先頭を駆けてくるのは子供だ。艶やかな前髪を風になびかせている。白粉を塗って置眉をした顔はさながら稚児（ちご）のようであった。

ところがこの可愛らしい子供が、憎体にも弓をキリキリと引き絞ると、矢を向けてきたのである。

「大和守様！」

太田家の家士が注意を促す。馬を寄せてきて大和守の前に出ようとした。楯になろうとしたのだ。

「待て。案ずるな」

大和守は家士を下がらせると、左手に握った弓をグイッと突き出した。

「ご覧そうらえ！　我らは弓に弦を張っており申さぬぞ！」

弦を外した弓をかざして大声を張り上げると、稚児の顔つきが少し変わった。つがえていた矢を下ろした。

「見慣れぬ者め、名乗れ！」

それは驚くほどに居丈高な物言いであった。大和守は呆気にとられた。

——やれやれ、度し難い小童だ。

ともあれ大和守は、戦をしに来たのではない。いわれた通りに名乗ることにした。稚児の周りには物慣れた顔つきの武士もいる。稚児に聞き分けがなくとも、彼らが聞き分けるに違いない。

「我らは鎌倉より参じし者——」

「上杉の者か！」

最後まで言わせずに嘴を挟んでくる。気短な質らしい。

「いかにも上杉の家中」

「余を迎えに来たのか！」

大和守は「むむ？」と唸った。

「恐れながら、若君様の御名は」

質すと稚児は傲然と胸を張った。

「余は征東将軍、源ノ万寿王なるぞ！」

大和守は愕然となった。

「ま、万寿王丸様ですと……！」

「なんじゃそのツラは！　我が名と顔が、さほどに珍しいか！」

「い、いいえ……」

大和守は急いで下馬した。腰を屈めて低頭する。騎乗のお供たちも慌てて馬を下りて、皆でその場で折り敷いた。

万寿王丸がその様を馬上から傲慢にも見下ろしている。

「とくと見覚えておけッ！　これが、うぬめらの主となる男子の顔じゃッ」

万寿王丸は「フンッ」と鼻息を吹いて、愛らしい頬をプッと膨らませた。そして続けた。

「して、使いの者。長棟法師の口上やいかに！」

大和守は、アッと思った。この若君は大和守のことを長棟からの使者だと勘違いをしているのだ。

「御曹司様、畏れながら――」

「かまわぬ。越前守の館に赴く途上であろう。ここで出会ったが幸いじゃ。余が直々に聞き届ける。申せ！」

確かに大和守たちは、大井越前守持光の館に行こうとしていた。大和守が、どうしたものかと思い悩んでいると、万寿王丸はますます機嫌を損じてきた。

「キリキリとせぬ物言い！　余に何ぞ含むところでもあるのかッ！」

「滅相もございませぬ」

「ならば腹蔵なく申せッ。それとも、越前守には申せるが、余の耳には届けられぬ雑言かッ」

もうこれ以上、万寿王丸を怒らせては、まとまる話もまとまらなくなりそうだ。そう考えた大和守は、腹をくくって白状した。

「手前どもは、上杉家よりの使いにはございまするが、長棟法師の使いにはあらず」

「なんじゃと？」

「手前どもは扇谷上杉家より使わされた者にござる」

「扇谷じゃとッ」

万寿王丸の声がキンキンと高鳴った。声変わりの最中の声音で、貴人に対して失礼だが、正直なところ耳障りだ。

「扇谷上杉であるならば、我が仇敵ではないかッ！　我が父、兄たちを殺した仇ぞッ」

「仇敵などと、滅相も――」

「山内上杉の長棟は、辞を低くして許しを請うてまいったなれば、格別の慈悲をもって許した！　じゃが、扇谷上杉家を許した覚えはないッ」

言うやいなや、万寿王丸は再び矢をつがえて、ビュッと放った。

矢は大和守の烏帽子を掠めて飛んだ。大和守は目を丸くさせるばかりだ。

背後で馬が驚いて暴れる。馬子は轡を押さえようとし、徒武者や小者たちは蹴られてはたまらぬとばかりに逃げた。

「鎮まれッ」

大和守は振り返って供の者たちを叱りつけ、それから急いで万寿王丸に向かって低頭し直した。

「暫し、お待ちくだされッ。手前どもは御敵にあらず！　御曹司をお迎えに参じた御味方にございまするッ」

「何を抜かすかッ。我が父と兄たちを殺し、余を信濃に追うたは、うぬめらではないかッ」

箙から二の矢を抜いてつがえる。

そこへ、一騎の武士が凄まじい勢いで駆けつけてきた。

「しばらく！　しばらく、お待ちくだされィ」

騎馬武者は万寿王丸と大和守との間に割って入った。折り烏帽子を頂き、狩衣を着けた若者だ。袖と裾は動きやすいように括り紐で縛り、袖はたすき掛けにしてあった。

若い武士は馬から飛び下りると、万寿王丸の前で平伏した。

「これらの者ども、御敵にはございませぬ！　ご自重くださいますよう！」

万寿王丸は朱を塗った唇をへの字に曲げた。

「太郎か。余が不忠者を成敗せんとするのを邪魔立ていたすか」

「離合集散は世の習いにございまする！　御曹司を慕って参った者を討つは、不義にございまする！」

万寿王丸はプクッと頬を膨らませた。

「余を不義者と罵るか」

「滅相も――」

万寿王丸は両手の弓矢を下ろした。成敗はひとまず回避された恰好だ。

若い武士は今度は大和守に向き直った。

「扇谷上杉様の家宰、太田道真入道殿が御舎弟とお見受けいたす。拙者、大井越前守が一子、太郎と申す」

「越前殿の御令息か。いかにも拙者が太田大和守でござる」

「報せは受けておりまする。疾く、岩村田の居館にお渡りくだされ」

「太郎！　報せとはなんじゃ！」

万寿王丸が叫んだ。大井太郎は万寿王丸に向き直って、答えた。

「扇谷上杉家は、御曹司に降参するとの由にございまする！」

「降参じゃと」

「御曹司のお許しを願い奉り、御曹司を鎌倉にお迎えしたいとの、申し出にございまする」

万寿王丸は不満そうに唇を尖らせていたが、やがて状況を飲みこんだのか、プイッと横を向いて馬首を返した。

「左様ならば岩村田で待つ、ハイヤッ」

いきなり馬を走らせはじめた。万寿王丸の近臣たちが急いで馬首を返して後を追う。馬蹄を轟かせながら遠ざかっていった。

――なんという激しいご気性か。

大和守は茫然として見送った。

――万寿王丸様は、確か、御歳十四歳。

永享六年（一四三四）生まれ（満年齢なら十三歳）。

大井太郎は立ち上がって大和守に低頭した。

「拙者の迎えが遅れたがゆえに、妙な成り行きとなり申した。不調法はお詫びいたす」

「否、貴種の御曹司のなされようゆえ、お気になされるな。我らも御曹司の機嫌を損じてしまい、とんだしくじりじゃ」

「なにぶん、あのご性分ゆえ……」

太郎も辟易としている様子が窺えた。

「とまれ、お待たせしてはますますご機嫌を損じよう。館へ案内いたす。ついて参られよ」

万寿王丸は、大井持光の嫡男である太郎をも翻弄し、馬の鼻面を摑むようにして振り回しているらしい。大和守は、

——先が思いやられる。

秘かに嘆息を漏らした。

大和守たちは太郎の先導で、岩村田の郡司館に向かった。

岩村田はこの当時、東日本の窯業と製鉄の中心地だった。古代官道の東山道の駅家（宿場町）でもあり交易が盛んだ。近世に編纂された地誌『四鄰譚藪』によれば、文明十六年（一四八四）に戦火で焼かれる以前は民家六千軒を数えたというから、十分に都市と言える規模を誇っていたことになる。

町の至る所から煙が上がっている。鉄を溶かして鋳型に流し込むための炉の煙だ。

都市で働く人々を支えるためには、豊富な農業生産と木材の伐り出しが必要だ。佐久郡の農地と小県郡の山林とを合わせて領する大井家の権勢が、岩村田の繁栄を支えていたのであった。

大和守は岩村田の町に入った。職人たちの喧噪を横目で見ながら馬を進める。鎌倉には

及ばぬとしても、扇谷上杉家の本拠である糟屋に比べれば驚くべき繁栄ぶりだ。

農業人口が豊富ならば大兵力を養うことができる。刀や鏃、甲冑などの生産も盛んだ。〝売るほどある〟とはまさにこのこと。戦になれば大井氏は、武器に不自由することは絶対にない。

足利持氏の子の万寿王丸が、室町幕府の討伐も受けずに生き長らえることができたのも、大井家の威勢に守られていればこそであったのだ。

――大井家を味方につけた万寿王丸様……。はたして我らの思いのままとなるかどうかはなはだあやしい……。

鎌倉府の実権は、総社長尾芳伝や、白井長尾景仲、太田道真など、上杉一門の重臣たちが握っている。関東公方などは、ただの神輿だ。

神輿は軽いほど都合が良い。しかし万寿王丸は、担がれるがままに大人しくしている神輿であろうか。

思案していても始まらない。思案は長尾景仲や太田道真に任せて、大和守は猪突猛進するのみだ。大和守は大井家の館に入った。

主殿の広間に大井越前守持光が座している。一番の上座、奥の壁を背にした壇上が空いている。そこに万寿王丸が座るのであろう。

大和守は壇の正面に座った。広間には大井家嫡男の太郎の他、大井家に連なる親族や家中の武士が、折り烏帽子に狩衣姿で座していた。

皆、無言で静まり返っている。万寿王丸の御出座を待っているのだ。

やがて、荒々しい足音が館の奥から響いてきた。

――万寿王丸様だな。

大和守は直感した。音を立てて歩くのは貴人の子と決まっている。臣下の子は、音を立てぬよう、静々と歩むように躾けをされている。他人に気をつかう必要のない者だけが騒々しい足音を立てるのだ。

万寿王丸の近習（小姓）なのか、前髪立ちの若侍が奥の杉戸を開けた。広間の侍たちが一斉に平伏した。

ドシドシと渡ってきた足音が壇上に上がる。ドッカと座った。そういう気配が、平伏した大和守の耳に伝わった。

「者ども、面を上げィ！」

大声が広間を貫く。皆、一斉に身を起こしたが、上半身は半分前に倒したままだ。その姿勢で堪えるのが貴人に対する礼である。

大和守は思う。万寿王丸は、大井家に見捨てられたならば、死なねばならぬ身であった。

それなのに、この大きな態度はなんであろうか。

――この御曹司は、人の上に立つべくして生まれた、そういう天命なのかもしれぬ。

大井家の荒武者たちも、白髪の老臣たちも、万寿王丸を心底から畏れ敬っている気配だ。万寿王丸の総身から立ちのぼる威が彼らを圧倒しているのだ。

大和守はますます困惑した。こんな人物を鎌倉に連れて行って良いものであろうか。

――しかし、この御曹司を敵に回すことは、もっと恐ろしい……。

味方につけておきさえすれば、野獣を飼い馴らす手立てもみつかるだろう。と、そう考えることにした。

「御曹司、これに控えしは、扇谷上杉家家宰、太田備中入道道真法師が舎弟、大和守資俊殿にござる」

大井越前守持光が紹介する。大和守は万寿王丸の目が自分に注がれるのを感じた。こちらから目を合わせるような非礼は働かない。

「太田大和守資俊にござる。お見知り置きを願い奉りまする」

「すでに見知っておる。白々しき物言いは無用」

切り捨てるような刺々しい口調だ。これが十四歳の子供の物言いなのであろうか。しかも、白粉を塗り、置眉をし、唇には紅を注した稚児姿なのだからその違和感は凄まじい。

異様な化け物を目の前にしているような心地となってきた。

「大和守とやら。扇谷上杉が余に降参するとは、まことか」

「いかにも我ら扇谷上杉家は、御曹司を主君と仰いで、鎌倉にお迎えしたい一心にございまする」

「良き心掛け――と褒めてやりたいところなれど、そうはゆかぬぞッ」

万寿王丸は突然に声を荒らげた。

「我が父を、兄たちを、弑した罪は軽くはない！」

弑する、とは、家臣が主君を殺すことだ。ただの〝殺す〟よりも罪深いこととされていた。

「必ずや誅してくれようほどに、首を洗って待て、と、持朝と太田道真に伝えよ！」

大和守はひたすら恐懼する様子で身を縮めた。典礼でいう鞠躬如とする状態である。毬のように身を丸くさせることで最大限の謝意を示した。

しかし大和守資俊も海千山千の古強者である。上杉禅秀の乱によって始まった関東の戦乱を生き抜き、道真の片腕として政にも参画してきた。ただ遜っているだけではなく、腹の底では、この若造をいかにして籠絡してくれようかと思案した。

「畏れながら、閣下より申し上げまする」

大和守は大井越前守に目を向けた。万寿王丸に直接語りかける非礼を避けたのだ。

「御曹司はすでに山内上杉が隠居、長棟法師をお許しになり、長棟法師の先導をもって関東ご帰還を果たされる御所存と承りました」

大井越前守は大和守の言を聞き取ってから、万寿王丸に正面を向けて座り直す。

「御曹司、閣下に控えし大和守は――」

かくかくしかじかと申しておりまするが、いかにご返答なさいますか？　といちいち取り次ぐ。それが典礼だ。しかし若い万寿王丸は、まだるっこしい礼儀が嫌いであるらしい。

「聞こえておるわッ。直答を許す！　長棟は罪を深く謝して出家したうえに隠居を志しておる。息子どもには関東管領職を継がせぬと申しおった。その志操を愛でて、余は長棟を許すことにした！　長棟の家宰の芳伝も同じじゃ」

「御仁愛深き御曹司のお心に触れ、大和守、感涙の思いにござる。左様ならば扇谷上杉家にも、温情を賜りとうございまする」

「扇谷の持朝が隠棲すると申すのであれば、聞き届けぬものでもない」

「お言葉、修理大夫（扇谷上杉持朝）にしかと伝えまする。しからば、これにて御免」

大和守はいきなり腰を上げて広間から出て行こうとした。この非礼な振舞いには万寿王丸を始め、居並んだ大井家の男たちも仰天した。

「ま、待たれよ、大和守殿。いずこへ行かれるッ」

大井越前守が片手を伸ばして呼び止めた。大和守は足を止めて座り直した。いかなる時にも立って物を言う作法はない。

「これより京へ赴きまする」

「京じゃと」

大井越前守と万寿王丸は、思わず顔を見合わせる。

大和守は白々しい笑顔を大井越前守に向けた。

「京には、永寿王丸様がおわしまする。我らは永寿王丸様を鎌倉にお迎えし、我らの主君といたす所存」

永寿王丸は万寿王丸の二歳年下の弟だ。京の土岐邸で保護されていた。

万寿王丸が激怒して立ち上がった。

「うぬめはッ、余を蔑ろにして、我が弟を関東公方に担ぐと申すかッ！」

「申し上げまする。御曹司が扇谷上杉家を討つとの仰せなれば、我らにも武門の意地がござる。お手向かいをさせていただきまする」

そこへ大井家の家士が大勢駆けつけてきた。万寿王丸の命があれば、即座に大和守を討つつもりだ。

大和守は囲まれても不敵に笑って見せた。

「手前一人を討ったところでなんになりましょう。扇谷上杉家の家来は手前一人ではございませぬぞ。他の者が京まで迎えに赴くまでのこと」

万寿王丸は憎々しげに大和守を睨みつけている。しかし「殺せ」という命は発せられない。子供なりに、扇谷上杉家をどうすることが自分にとって得策なのかを思案している様子だ。

大和守は、子供にも理解しやすいように筋道をつけてやることにした。

「御曹司もご承知とは存じまするが、我ら、扇谷上杉家は、長棟法師ならびに芳伝法師と対立をいたしており申す。我らの味方は白井長尾家と、山内上杉家を継いだ龍忠丸様でござる」

「存じておるぞ。長棟法師の味方は東関東の諸大名どもじゃ。我が兄たちとともに戦った忠義者たちは長棟法師に味方しておる」

万寿王丸は露骨に見下したような目を向けた。

「余が長棟法師に味方をすれば、そのほうどもは呆気なく叩き潰されようぞ」

「そうはならぬように、我らは京都様と永寿王丸様を味方につけまする。かくして関東は再び大乱となりましょう」

「余は負けぬ」

「いかにも御曹司はきっとお勝ちになりましょう。しかれどもそれは、労多くして益の少ない御勝利にござる。また、京都様（室町将軍）のご機嫌を損じることにもなりましょうゆえ、将来、ろくなことにはなりまするまい」

大和守は大井越前守持光にチラリと目を向けた。

「京都様の大軍は、この佐久郡にも送られて参りましょうぞ。せいぜいご油断なく、守りを固めなさることですな」

大井越前守は苦々しい顔をした。大井家の勢力拡大に繋がるであろうと考えて万寿王丸を匿ったが、幕府の大軍に攻められるとなれば話は別だ。万寿王丸は厄介な火種となる。大和守は大井越前守の顔色を見て、大井家は族滅覚悟で万寿王丸と運命を共にする気はないと踏んだ。ならば、戦乱を避け、有利な条件を仄めかせば、こちらに味方をしてくれるはずだ。

「御曹司が長棟法師にお味方すれば、関東を二分する大戦となり、京都より兵が寄せて参りまする。と、ここまではよろしゅうございましょうか。では、御曹司が我ら扇谷上杉家にお味方なされば、いかがあいなるか、そこをお考えくださいませ」

万寿王丸が質す。

「どうなると申すか」

「関東は、そのすべてが御曹司の──すなわち関東公方様の下に従いまする。長棟法師も、芳伝法師も、御曹司に歯向かうとは申しますまい。関東の諸大名も同然にござる。そして我ら、扇谷上杉家と、白井長尾家は、忠節を以て御曹司の下で励みまする。かくして関東に御曹司の敵は一人もいなくなりまする」

万寿王丸は「むむむ……」と唸った。大和守は平伏した。

「今日まで忠勤を尽くされた大井家の皆様方も、御曹司のお為に、申し上げたきことがございましょうぞ。なにとぞ談論を構えて善処を図られまするように」

「そうさせてもらおう」

　すかさず答えたのは大井越前守であった。

「御曹司に我らの存念を伝え申す。大和守殿は暫時、別室にて休息なされよ」

「お心遣い、痛み入り申す」

　大和守は平伏して、広間から去った。

　結局、万寿王丸は大和守の提案を受け入れた。白井長尾景仲と太田道真の先導の元で、鎌倉に帰還する道を選んだのだ。

　大井越前守持光の説得が功を奏したのか、それとも、いかに強気でもやはり子供。関東を二分する大戦の矢面に立たされたうえに、室町幕府軍の追討を受ける身となることが恐ろしかったのか。

　万寿王丸は、長棟の隠し玉であったのが、一転して、白井長尾景仲と、扇谷上杉家が推戴する君主となった。

第三章　曙光

一

下野国の足利に学校があった。

今日では、この学校は〝足利学校〟などと呼ばれているが、当時の人々はたんに〝学校〟としか呼ばない。なぜなら学校は、日本国にここ一箇所しか存在しなかったからだ。

その、日本にたったひとつしかない学校で、太田道真の嫡男、鶴千代丸が学んでいる。

学坊は本堂を囲むようにして建てられてあった。その一室に鶴千代丸がいた。板敷きの床に文机を置いて書物を広げ、片膝を立てた恰好で座り、切禿の髪（おかっぱ頭）をかき上げながら書見に没頭していた。

夏である。学坊の窓は蔀戸（板戸を撥ね上げて開ける窓）で、風は通るが虫も容赦なく入ってくる。鶴千代丸は首筋にたかった蚊を無意識に叩き潰し、刺された箇所をポリポリとかいた。

文安三年（一四四六）。鶴千代丸は十五歳（満十四歳）となった。

学校は、入学料も授業料も無料であり、学生が必要とする衣食住は学校側から支給される。鶴千代丸もお仕着せの僧衣を着ていたが、急激に成長する身体に丈が合わなくなってきた。裾から剝き出しになった長い脛に蚊がたかり、鶴千代丸は再び無意識に叩き潰した。蚊を潰しながらも書見に集中している。凄まじい速さで目を動かしつつ、丁（ページ）を捲り続けた。

そしてまた、切禿をかき上げる。さきほど刺された首筋を掻きむしった。

学校は寺院でもあった。入学者は必ず僧籍に入る。鶴千代丸も今の身分は学僧である。髪を禿に短く切り詰めているのは僧籍にあるからだ。

窓の外の濡れ縁を渡って、別の学僧が入ってきた。

「千鶴坊」

その学僧に呼ばれて、鶴千代丸は初めて気づいた——という様子で顔を上げた。千鶴坊は鶴千代丸の戒名（僧侶としての名）である。

「おう。英泰か。こっちへ来い」

手招きをして机の横に座るように促した。

「公案の答案を書いてくれたか」

英泰は鶴千代丸と同年代の若者である。懐から巻紙を出して机の上に置いた。

鶴千代丸は巻紙を広げる。「おお」と歓声を上げた。

「まさしく、このわしが筆を取ったとしか思えぬ手跡だな。お前はまことに器用だなあ」

感心しきった様子で英泰を見た。

英泰は苦々しげな顔つきである。

「答案を他人に書かせたと知られたら大事だぞ」

「なんの。これほどに似せた手跡ならば、師の御坊の目も誤魔化せようぞ。案ずることはない」

「そっちが案じておらずとも、こっちは身の細る思いがするわい」

「露顕したとて構いはせぬ。どうせわしは間もなく鎌倉に戻されるのだ。学業など、成らずとも良い」

「そちらは太田様の若子様だから構いはせぬであろうが、こちらは貧乏学僧じゃ。放校されたら大いに困る」

「これほどの答案が書けるお前じゃ。雇い先に不自由はせぬと思うが」

「お主こそ、この程度の公案が解けぬわけでもあるまいに」

「古書を繙いて一字一句違わぬように書き写す、など、わしの性分に合わぬ」

鶴千代丸は巻紙をクルクルと巻き戻した。それからまた片膝を立てて、書見に戻った。

「何を学んでおるのだ。兵書か」

英泰が横から覗きこんだ。鶴千代丸は「ああ」と、上の空の返事をした。

「くる日もくる日も兵書ばかりじゃな。たまには四書五経も諳(そら)んじねば。天下に聞こえた秀才の評判が泣くぞ」

「天下に聞こえた秀才？　誰が？」

「お主の評判じゃ」

「どこの何者がそんな評判を流しておるのだ。ふん、おおかた能化(のうげ)のご機嫌取りであろうよ」

学校の校長にあたる人物を能化という。長老とも呼ばれる。

「学校に贈られる太田家からの寄進は、目を見張るほどだとの評判だからな。師の御坊たちも喜んで、わしの名声を吹聴しておるのであろう」

学校は入学料、授業料、ともに無料だが、その分、寄進に頼るところが大なのである。

多額の寄進を受けた学校は、その答礼とばかりに、預かった子弟を熱心に教育する。そこまでは良いのだが、勢い余って、出来の悪い子弟まで秀才だと持ち上げて、評判などを世間に流しはじめることがよくあった。

「おおかた、そんなところだろう」

「否、千鶴坊の学才はまことにたいしたものじゃ。拙僧が認める。そう卑下したものではない」

「そうかね」

鶴千代丸は「どうでもいい」という顔で書見を続ける。英泰はつまらなそうな顔をした。

「名家の若子様はよいよな。己を小さく見せても誰からも馬鹿にはされぬ。拙僧などは、たとえ知らぬことでも知っているふりをし、できぬことでもできるふりをする。そうせねば、たちまち見下されてしまう」

「莫迦(ばか)を言え」

鶴千代丸が顔を上げた。目を剝いて唇を尖らせる。

「良いところの小倅が出来物のふりなどしたら、たちまち四方八方から攻められて殺されるぞ」

「そういうものか」

英泰は驚いて目を丸くした。

「そういうものなのだ」

鶴千代丸は書見に戻っている。英泰は、

「若子様は若子様なりに大変なんだな」

と、呟いた。

「ともあれ英泰。お前のおかげで無事に学校を辞することができそうだ。礼を言うぞ」

代筆の答案が入った懐を撫でながら鶴千代丸が言う。

「学校を辞するとは、国許からの迎えが来るということか」

「そうじゃ。鎌倉に戻ったなら、わしも元服じゃな。……ううむ。なにやら今から気が重いぞ」

「なんの不服があろうか。いずれは扇谷様の家宰様となる身であろうが。そんなに嫌なら拙僧が代わりたいぐらいだ」

「伸び伸びとできるのも、あと幾日かのことだ。わしはこの幾日かを大事にしたい」

「どうしたいと申すのじゃ」

「そこじゃ」

鶴千代丸は急に身を乗り出してきた。悪戯っ子のような笑みを英泰に向ける。

「わしは地下人（庶民）に身をやつして、自らの足で鎌倉まで旅をすることにした」

「なんじゃと？　お行列が迎えにくるのに、わざわざ徒歩きをする気か」

「堅苦しい行列などまっぴらだからな」

「だからと言うて、念仏聖のように歩かずともよかろうが」

「お前は輿に押し込められたことがないから、そんなことが言えるのだ。狭苦しい輿の中で揺られながら鎌倉まで運ばれる苦役を思うてみよ。歩いたほうがずっとましというものだぞ」

「贅沢(ぜいたく)な悩みだ」

「ともあれ、迎えがくる前に、わしは学校を抜け出す」

鶴千代丸は兵書をパタンと閉じた。それからまたヌウッと顔を突き出して、英泰の顔をまじまじと見た。

「な、なんじゃ……！」

英泰は思わず仰(の)け反(ぞ)って身を遠ざけた。鶴千代丸はニヤニヤと笑っている。

「お前も来るか」

「なんじゃと」

「お前は易が得意だ。陣僧ぐらいには、してやれる」

「拙僧に『仕えよ』と申すか」

「お前にその気があるのであれば、の話よ」

鶴千代丸は再び兵書を開いて、熱心に読み耽(ふけ)り始めた。

書見を始めると鶴千代丸は憑(つ)かれたように没頭する。師の御坊に呼ばれても、生返事しかしないほどだ。英泰は困り顔で鶴千代丸を見つめた。

二

坂東の平野は〝海〟である。見渡す限りの景色のすべてが、水をたっぷりと含んだ湿原であった。

「川は筋となって流れるものじゃが、坂東では面を流れおる」

鶴千代丸が言った。

下野国の山々から風が吹き下りてきて切禿を揺らした。その風が湿地の水面にさざ波を立てる。平野は満々と水を蓄え、水の流れは音を立てて南方の内海（江戸湾）へと注いでいく。

「見渡す限り、すべての天地に水が流れておるぞ。驚いたことじゃなあ」

鶴千代丸は白い歯を見せてはしゃぎながら歩く。手甲脚絆の旅姿で、頭には笠を頂いていた。

「低き所を水が流れることが、かほどに珍しいかよ」

英泰は呆れ顔である。背負った荷を億劫そうに担ぎ直した。

ここは渡良瀬川と荒川の流れ込む沃野。湿地の中に高さ一間（約一・八メートル）ほどの堤が築かれ、その頂上部が街道となっていた。街道は鎌倉まで通じている。いわゆる

〝鎌倉街道〟だ。「いざ鎌倉」という時に備えて騎馬武者が通行可能なように土が高く盛られていたのであった。

街道を通るのは軍勢だけとは限らない。商人も通れば、宗教者も通る。もちろん近在の百姓たちも利用する。

鶴千代丸にとっては生まれて初めての気儘な旅だ。心が躍ってならぬのだろう。飛ぶような速さで駆けていく。

「おい、待て。拙僧を置いて行くな」

英泰は二人分の荷を背負っている。

「千鶴坊め、『陣僧にしてくれよう』などという甘言で拙僧を釣って、荷物担ぎとしてこき使う魂胆であったのだな」

今更ながらに気づいたけれども、もう遅い。

英泰も、太田家の陣僧という身分に欲念がないでもない。ともあれ鎌倉までは野放図な御曹司のお供をしてみよう、と、考えて、後を追った。

「僧侶姿で浮かれ騒いでおっては目立ってならぬぞ。お主を迎えに来ているはずのご家来衆に見つかったらどうする」

「おう、それは良き忠言じゃ。お前にしては冴えておる」

鶴千代丸は足を止めた。

「それにしても関東は広いの。右を向いても左を向いても山影が見えぬ。驚くべきことじゃ」

鎌倉は三方を山に守られている。相模国の糟屋も大山が西に聳えている。足利も下野の低山に囲まれていた。

見渡す限りの地平線、などという光景を目にしたのは、鶴千代丸にとっては初めてのことであった。旅をする際には輿に入れられ、窓を開けることも許されない。鎌倉から学校へ送られた際には、景色を眺めるどころではなかったのだ。

「なにを驚くことがある」

土地の者である英泰は、この光景を当たり前のものとして育ったので、鶴千代丸が感じている驚嘆は理解できない。

「太田様は上杉様のご家中。上杉様は関東管領。関東を治める長者ではないか。太田様の若子様が関東の景色に驚きなされるとは、むしろそっちのほうが驚くべき話じゃぞ」

「それは心得違いだな。太田の家が仕えておるのは扇谷上杉じゃ。関東管領は山内上杉だ」

「違うのか」

下々にとっては、上杉一門がいくつの家に分家しているのか、など、どうでもいい話だ。学僧の英泰も、武家政権に対する知識は疎い。

「ならば失言であった」

「それよりも、見よ」

「なんじゃ」

「たいそうな寂れようではないか！」

街道に沿って駅家（えきか）がある。かつては畿内の朝廷が造らせ、昨今は鎌倉の武家政権が維持しているはずの宿場町だ。

武家が軍事行動を催す際には、軍馬と秣（まぐさ）、兵糧（ひょうろう）などを駅家に供出させる。平時には旅人に宿と食事を提供する。

他にも、地方に広がる荘園の公方（年貢のこと）を畿内の荘園主に運ぶ際の拠点や物資集積地としても使われる。

その駅家が見るも無残に寂れきっている。柱と梁（はり）だけとなった廃屋の群れが目についた。炊煙が上がり、人が暮らしている気配を感じさせる家屋もあったが、板屋根は傾き、土壁にも穴が空いていた。

「これでは飯にありつけるかどうか、わからぬぞ」

鶴千代丸がそう言ったので、英泰はますます呆れた。

「さっき朝飯を食ったばかりであろうが」

この時代にはまだ昼食という習慣はない。しかし鶴千代丸は、育ち盛りで始終飯を食っていなければいられない。鶴千代丸は旅籠に向かって駆けていく。一軒の家の戸を叩き、中に押し入った。

「やれやれ、無理やりな。僧形だから良いものの、あれでは盗賊に間違えられようぞ」

鶴千代丸は、良く言えば浮世離れをしている。悪く言えば非常識極まりない。英泰は急いで後を追った。

戸口から覗きこむと、鶴千代丸は土間の板敷きに腰掛けて、家主らしい老翁と親密そうに語りあっていた。こういう馴れ馴れしさは、良いところの若君ならではの物腰であろうか。

「ふぅん。舟賊の鮠丸だと？　シュウゾクとなぁ。初めて耳にした言葉だ」

「無理もねぇべ。オラたちの若ぇ頃にゃあ、そんな連中はいなかったもんよォ。他に呼び名もねぇもんだから、土地の者が勝手に舟賊と呼んどるんだべ」

老翁は困りきった顔つきだ。

「鮠丸っちゅう、漁師あがりの悪タレが、悪タレ仲間を集めて悪さァしとるだ」

「漁師が盗っ人になったのか」

「水夫の衆と、漁りの衆が、得意の舟を操って、川の中州に集まっとるだよ」

水夫とは舟運を営む船頭のことだ。

「この辺りじゃあ、荷を運ぶにしても、川向こうに渡るにしても、舟だけが頼りだべよ。

それを笠に着て、やりたい放題の悪行三昧（ざんまい）だんべよ。舟賊の悪タレどもめ、百姓や旅の商人衆から小銭を巻き上げて、たいそうな羽振りだけんど、こっちはとんだ迷惑だべ」

鶴千代丸は、義憤にかられた様子であった。

「地頭や下司は何をしておるのだ」

地頭や下司は、その国の守護職に命じられて赴任してくる。検断（治安の維持・警察活動）と年貢の徴収を担当した。

老翁は呆れた顔をした。

「若ぇお坊様よ。あんた様は何も知らねぇんだな。お経ばっかり読んでいねぇで、たまには寺の外を眺めて見るがええだぞ」

「なんじゃと、その物言い」

「この辺りは、鎌倉様に与（くみ）した殿様の御支配だったけんど、鎌倉様と御曹司様が討ち取られちまったべよ」

老翁の物言いはわかりづらい。鶴千代丸は老翁の言葉を頭の中で整理してから問い直した。

「この地の地頭は、結城（ゆうき）城の戦いで、安王丸様方に味方したわけだな」

「んだよ。戦に負けた。だもんで殿様は逃げちまって、この地を治めてくれる御方がいねぇくなった。それでこの有り様だべ」

「なるほど。そういう次第であったか。それで舟賊などが跳梁跋扈しておるわけだな」

武士団は軍隊であると同時に警察でもある。武士団の崩壊は治安の崩壊に直結する。

「舟賊だけじゃねぇべ。地頭様や下司様の下で働いていたお侍たちまで、夜盗の真似事をしとるべ」

「なんと」

「刑部の太郎弾正っちゅう悪党がおってな」

悪党とは幕府に属さぬ武装集団のことだ。〝悪〟には〝強い〟や〝武装している〟という意味がある。

本来の意味での悪党は、自衛のために武装する者たちのことで、運輸や行商などの正業をもち、必ずしも悪事を働くとは限らなかったわけだが、この時代になると悪党が文字通りに悪行を働くようになってきた。

「郡司役所で飼われてた馬を勝手に引き出して乗り回しとるだ。なにしろ元は歴としたお侍だべよ。弓矢も薙刀も上手に使うべ。そんな奴らが押し寄せて来て、米でも麦でもかっさらっていくだ」

「いつから、そんなことになっておるのだ！」

「だから、結城城の戦からだべ」

老翁はため息をついて肩を落とした。

鶴千代丸は難しい顔つきで考え込んでから、質した。
「この辺りは、どちら様が荘園主なのだ」
「京の鷹司大納言様と、鎌倉の建長寺様、それと御厨だべ」
御厨とは伊勢神宮の荘園のことである。
「荘園主の許へ公方（年貢）は届いておるのか」
「届いちゃいねぇべなぁ。オラたち百姓も困っとるだけんど、都や鎌倉のお偉い様がたも、たいそうお困りになっていなさるべぇよ」

日本国は大日本帝国憲法が発布された明治二十二年まで、大宝律令が〝憲法〟であった。室町時代も当然に、大宝律令を国家の基本法としていた。

大宝律令では、日本国の全ての農地は国家のもの、と規定されている。

農業に従事する国民は田畑の私有を許されていない。そして租庸調という税を納める義務を課せられた。

その重税逃れのために考え出された方便が荘園制度であった。貴族や寺など、国法を無視できる権力を持った者に農地をいったん〝献上〟する。すると農地は荘園＝別荘地として登録されることになり、農業に従事する人々は、納税の義務から解放される。

その代わり百姓たちは、日本国の国民ではなく、荘園の荘民となる。荘園主に対し上納金（これが年貢だ。室町時代には公方といった）を納めなければならない。

　この上納金が税金よりはるかに少額なのだ。

　こんな都合の良い制度があるなら誰だって利用する。かくして日本中の農地が荘園となった。大宝律令で定められた法が踏みにじられたのだ。

　日本一の荘園主が帝であり、朝廷の権力者たちも荘園制度で大儲けしていたので、誰も取り締まろうとはしない。それに実質、誰も困っていない。誰も困っていないから憲法違反でも〝悪〟ではない。だから荘園制度が室町時代まで続いたのだ。

　荘園の管理と検断を担当することで台頭したのが武士階層である。年貢の取り立てと、京畿などで暮らす荘園主への輸送を担当できるのは、武器を持った武士たちしかいない。

　銭と流通を担うのだから、当然に武士も裕福になる。かくしていつしか荘園主たちよりも裕福になった武士たちが創った組織が『幕府』なのだった。

　そういう次第で、この地の混乱を鎮める義務が幕府にはある。足利幕府の関東方面軍たる関東公方府にその責務があった。

　ところが関東公方の足利持氏は殺された。ならば代わりに関東を納めるべきなのは関東管領の山内上杉家であろう。

　その山内上杉家も、憲実（のりざね）（長棟（ちょうとう））の隠棲と、陣代であった清方（きよかた）の死、さらには跡継ぎを巡る混乱で機能していない。

かくして関東の治安は崩壊し、水夫だか漁師だかわからぬ者たちが徒党を組んで悪事を働く世の中となってしまったのだ。

「困ったことだな」

鶴千代丸が小さな声で呟いた。

二人は再び街道上を歩いている。陽気も良く、空は晴れ渡っていたが、鶴千代丸の表情は暗かった。

いつもは、人もなげな小面憎い顔と物言いをしている男だが、存外にしおらしいところもあるようだ。と、英泰は見直した。

――千鶴坊は扇谷様の家宰の子……。乱れた世情に心を痛めておると見える。為政者の一族としての責任感もあるのであろう。

「なぁ英泰。この様子だと、これから先の駅家も、似たような寂れぶりだと考えねばなるまいぞ」

「きっと、左様であろうな」

「どうする。困ったぞ。腹が減った」

「なんじゃと」

「駅家にあるはずの米が夜盗どもに奪われて、ないのだ！　わしらはどうなる。鎌倉まで食わずに歩き通すことなどできぬ。野垂れ死にか？　道端に骸を晒すのか！」

「おいおい」

世を憂いていたのではなかった。自分の腹が減っているので、憂いていたのだ。

ともあれ英泰も思案せねばならない。鶴千代丸は賢いが、世故には疎いと判明した。ここは英泰が知恵を搾らなければならない。

「街道を進めば上杉様に御縁の御方の屋敷もあろう。お主の素性を明かせば歓待してくれるであろうよ」

「迎えの行列から逃げてきたと申すに、今さら家の縁故など頼れるものかよ。とんだ恥さらしではないか……」

鶴千代丸はガックリと肩を落としつつ、川原の土手を下っていく。

船頭を見つけると声を掛けた。

「おおい。そこの親仁。舟を出してくれ」

関東の大平原を延びる鎌倉街道は、至る所が川筋で分断されている。

湿地に生えた葦の群生の中に、一艘の舟がひっそりと舫ってあった。舟の上で船頭の親仁が、こちらに背を向けてしゃがみこんでいる。

「おい、聞こえぬのか。向こう岸に渡せと申しておるのだ」

鶴千代丸は葦をかき分けながら進んだ。英泰は「あっ」と叫んだ。葦原の中に怪しげな人影がいくつも潜んでいるのが見えたのである。

「千鶴坊、逃げろ！」

叫んだけれども遅かった。飛び出してきた曲者たちが鶴千代丸の喉元に鋭い何かを突きつけた。それは魚を突くための銛であった。研ぎ澄まされた先端が鈍い光を放っていた。鶴千代丸は余程に驚いたのか、声もなく立ち尽くしている。銛を突きつけた曲者はニヤリと不敵に笑った。

「この坊主は銭を持っとる。見ればわかるべ！」

地下人と金持ちでは、見た目の印象が明確に異なる。第一に着ている物の質が違う。鶴千代丸の僧衣には継ぎ当てがない。

次に顔つきが違う。金持ちの家で育った子は、柔らかく調理された物を食べて育つので顎が小さい。細面となる。

葦の中から次々と姿を現わした男たちは皆、顎や頬骨の張った、四角い顔や丸顔であった。栄養に恵まれないため背も低い。

英泰は焦っている。

「ああ、千鶴坊、なんと迂闊なことを……」

駅家の老翁から話を聞かされていただろうに、良く確かめもせず船頭に歩み寄るとは何事か。

——いかにする……。

英泰は必死に思案した。鶴千代丸を置いてはゆけない。学友を見捨てることはできない、という思いの他に、鶴千代丸の伝がなければ太田家の陣僧に雇ってもらえない、という世知辛い理由もあった。

それにである。走って逃げたところで、相手は皆、すばしっこさそうな漁師たちだ。僧侶の足で逃げきることができるとは思えなかった。

曲者たちは油断なく身をかがめながら英泰にも近づいてくる。

——もう駄目だ。

英泰は観念し、その場にへたりこんだ。

「おい、どうしたんだ英泰。しっかりしろよ」

どういうつもりなのか、鶴千代丸が薄笑いを浮かべながら声をかけてきた。

三

土地の者たちが舟賊と呼んでいたその集団は、渡良瀬川と荒川の合流地に根城を定めていた。葦の葉に隠れるようにして、掘っ建て小屋が何軒か建てられてあった。

小屋に取り囲まれるようにして、古びた御堂がある。御堂の中に鶴千代丸と英泰は閉じ込められた。

「なるほど、川の中州を隠れ家としておるのか。賊徒とは申せ、莫迦にはできぬ。なかなかに賢いぞ」

気色悪く湿って、ヌルヌルと藻の張った床板の上で、鶴千代丸は大胡座をかいている。

「関東の国々は大河を国の境と定めておるが、大河は大水のたびに流れを変えるとも聞いておる」

関東の逃げ水──という言葉がある。昨日は川が流れていた場所に、今日、行ってみると川がない。別の場所に川筋が移動している。

湿原を流れる川は大雨が降るたびに氾濫を起こし、川自身が運んできた土砂が溜まって自然堤防（土砂が川岸に堆積して造られた堤のような地形）が造られ、流れの向きを勝手に変える。

川の真ん中を国境にすると定めてはあるのだが、川が勝手に場所を変えてしまうものだから、どこの国に属しているのかがわからぬ土地が出現する。

「つまり、国司や郡司の役人も迂闊に手出しはできぬ、ということだ。よその国や郡に兵を出したと後で知れたら、責めを負わされることになるからな」

役人たちの保身のせいで、どちらの管轄ともつかぬ空白地帯が発生するのだ。

「賊徒どもが巣くうにはうってつけ、というわけだな」

「感心しておる場合か」

英泰は生きた心地もしない。

「つまり誰も助けには来てくれぬ、ということではないか。それだけではないぞ。大雨が降ればこの場所とて川の底になるかも知れぬではないか。こんな所に閉じ込められて、置き去りにされたらお終いだ」

鶴千代丸は御堂の柱や梁など眺めている。

「案ずるなよ。この建物はずいぶんと古いぞ。何十年も流されずにすんでいるということだ。ちょっとした高台に建っておるのであろうよ」

「だからと言うて安心できるか」

「この程度の扉など、破るになんの雑作もいらぬが、しかし、逃げようにも舟がない。わしは馬には乗れるが舟は操れぬ。お前はどうだ」

「拙僧も、櫂(かい)など握ったこともない」

「ならば無駄な足掻(あが)きはせぬことだな。……ああ、腹が減ったな。賊徒ならば村々から米を盗んできておるはずだ。催促してみるか。おおい！　腹が減ったぞ」

「よ、よせ……。相手を怒らせてどうする」

そう言いかけた直後、英泰はギョッとなった。

「誰か来るぞ！」

足音が近づいてくる。板戸の破れ目の向こうに人影が見えた。板戸の外側の閂が外される。ギイッと軋んだ音とともに外光が差し込んできた。

「おう。早速に飯か。用意がいいな」

鶴千代丸はそう言ったが、戸口に立った男は何も答えない。外の広場には銛や櫂を構えた男たちが二十人ばかりいる。戸口の男がお堂の中に踏み込んできた。

歳は四十ばかり。いかつい顔つき、体つきの男だ。大柄ではないが節くれだった筋肉質の手足をしている。この男が賊徒の頭目――鮠丸であるらしい。

鶴千代丸がニヤニヤしながら英泰の耳元で囁く。

「なるほど、見るからに悪タレという面つきをしておるぞ。元は堅気の漁師だったとのことだが、悪事に手を染めるうちに、悪相となったのに違いない」

英泰は肘で小突いて黙らせた。

鮠丸は鶴千代丸を不穏な顔つきで見下ろしている。

「お前ぇは、寺の坊さん……じゃねぇな？」

鶴千代丸に向かって問い質す。

「侍ぇの子だ。学問っちゅうのをするために、寺に入った侍ぇの子だべ。違うか」

鶴千代丸は「ほう」と声を上げた。

「よくぞ見抜いたものよな。なぜ、わかったのだ」

「オラたちは舟を操る。昔はお前ぇみてぇな若いのを大勢、足利まで運んだ。皆、似たようなツラつきだべ」

「なるほど。それで侍の子だと見抜きおったか。それで、わしが侍の子だとしたら、なんとする」

「オラたちは、坊様には、悪さをしねぇ。仏様の罰はおっかねぇ。だども、侍ぇの子なら容赦はしねぇぞ。どこの、なんという侍ぇの子か、言え！」

「わしの生家を訊きだして、どうする気だ」

鮑丸はグイッと腕を突き出して、何事か書かれた紙を広げて見せた。

「お前ぇの家に、こいつを届ける」

鶴千代丸は首を伸ばして文面を読んだ。

「わしの命と引き換えに銭を差し出すように、と書いてあるな」

いわゆる脅迫状だ。

「それにしても酷い字よなぁ」

「こっちの言う通りに銭を差し出すのなら、お前ぇの命は助けてやるべ」

「なかなか面白いことを思いついたな」

鶴千代丸は本気で感心している顔つきだ。英泰は呆れた。

鮑丸は鶴千代丸を険しい目つきで睨みつけた。

「オラたちが確かにお前ぇを人質に取っている、という証として、お前ぇに一筆、したためてもらうべぇ。字を見れば、確かにお前ぇの文だとわかるはずだ。父ちゃん母ちゃん宛に、手紙を書いてもらうべ」

別の男が、欠けた硯と筆を手にして入ってきた。鶴千代丸は筆を手に取ってみて、

「小僧の手習いだとて、ここまで酷い筆は使わぬぞ。こんな筆でまともな字が書けるものかよ。わしの手跡ではない――と、見て取られたらなんとする。もっとましな筆を持って参れ」

いちいち煩い。舟賊たちに指図して筆を交換させた。

「して、身代金はいかほどせしめるつもりか」

墨で湿らせた筆を片手に鶴千代丸が問うと、鮑丸は、憎体な悪党ヅラをさらに醜く歪めながら笑った。

「三十貫じゃ」

すると、鶴千代丸は呆気に取られた――という顔をした。無言で、目を丸くして鮑丸を見つめている。そして突然、

「こっ、このわしを莫迦にしておるのかッ！　見くびるなッ」

甲高くひっくり返った大声で怒鳴りつけた。

これには鮑丸を始めとして、その場の賊徒たち全員が驚いた。

鶴千代丸の怒りはますます沸騰する。

「さもなくば、とんだ大莫迦者だ！　物を知らぬにもほどがある！　呆れて物も言えぬわッ。ああ嘆かわしいッ」

鶴千代丸は立ち上がるとズカズカと鮑丸に歩み寄った。鮑丸が思わず後ずさりするほどに激怒している。

「貸せッ」

書状をひったくると、手にした筆で〝三十貫〟の文字の上に一本太い線を引いた。

「扇谷家家宰、太田家の嫡子の値が三十貫ということがあるかッ！　こんな安い値をつけられては、わしが世間の笑い物となろうぞッ」

そして線を引いた横に二千貫と大書した。

「わしの値は少なく見積もってもこれぐらいあるのだッ。憶えておけッ」

そう言い放つと鮑丸に突き返した。

この当時、銭一貫で米の一石を買うことができた。一石米は、平均的な人間が一年に消費する米の量だ。銭二千貫は米の二千石に相当する（現代の貨幣価値に換算すると二億円ぐらいになるだろう）。

頭目は仰天している。身代金の額にも驚いたし、鶴千代丸の身許にも驚いた。

「お、扇谷上杉様の……家宰の太田様の、若君様なので……？」

「そうじゃ！　わしが鶴千代丸じゃ！　見憶えておけッ」

「まことに、まことなので？」

「嘘など申すものかッ」

鶴千代丸は別の紙に名前を書くと、これまた乱暴に突き返した。

「これを持って糟屋の館に行けッ。さすればわしが正真正銘の鶴千代丸だと得心がゆくであろうぞ！」

その場の賊徒たちが一斉に「へへーッ」と土下座した。

――おいおい、これでいいのか。

英泰は首を傾げている。

鶴千代丸はドッカと大あぐらをかいた。

「わしは腹が減っておる！　膳を持て！」

「ハッ、た、ただ今……」

これが気合というものか、鮠丸はありがたく鶴千代丸が署名した書状を戴くと、逃げるようにして去った。

「どうする千鶴坊。これこそ天佑ではないか。誰もいなくなったぞ。逃げようぞ」

英泰は閉め忘れられた扉から外の様子を窺った。しかし鶴千代丸は首を横に振った。

「わしは飯が食いたい」

梃子でも動きそうにない顔をしている。英泰はガックリとうなだれた。

飯と肴が二人の前に据えられた。川の水で炊いたらしい飯は泥臭かったが、肴の川魚は実に美味だ。

「こういう暮らしも、存外に悪くないものだ」

鶴千代丸はそんな呑気なことを言って英泰をますます呆れさせた。

給仕は若い娘がしている。鶴千代丸や英泰と同じ年頃だ。鶴千代丸が大食いなので大忙しである。化粧気などはまったくないが、顔は綺麗に洗ってある。着ている物も、貧しいなりに精一杯の晴れ着を着ているようだった。

——鮠丸の娘のようだな。

英泰はそう見て取った。自分の娘を給仕につけたことは、あの頭目なりの精一杯の接待であるらしい。

しかし鶴千代丸の目には、粗末な身形の民草の子としか映っていないようだ。

「塩気が足りぬぞ。塩はないのか」

傲慢な要求をした。

娘は、この年頃にはありがちなことで、無愛想だった。いつでも膨れ面をしていた。

「塩なんか、ねぇべ」

吐き捨てるようにそう言ったので、ご機嫌だった鶴千代丸もいささか気分を害した様子だ。

「塩がないということがあるか。大人どもに訊いて参れ。塩がなくば、人は生きて行けぬものぞ」

「大人に訊いたって、ねぇものはねぇ。侍ぇのせいだ」

「なにゆえ侍のせいにするか」

「侍ぇが戦ばっかりするからだべよ。戦のたんびに荷留めが命じられて、舟の行き来ができなくなるべぇよ。塩が運ばれてこねぇのは、侍ぇのせいだ」

「なるほど、なるほど」

鶴千代丸は納得がいった顔をした。

「それは確かに侍が悪い。両上杉と関東公方の残党どもは川を挟んで睨み合っておる。川の向こうの下総国には関東公方の奉公衆が多かったからな。小競り合いは絶えまいよ」

鶴千代丸は、英泰や娘には理解できない話をひとりで語っている。

「おまけに下総国は、かつて犬懸上杉が守護職を務めておった。犬懸上杉は旧領を取り戻そうとやっきになっておる。無理な戦を仕掛けて止まぬのだ」

犬懸上杉家は、結城合戦で敵対した者たちの領地を没収し、我が物にしようと図っている。

「なるほどなるほど。川筋で暮らすお前たちにとっては、難儀な話であろうよ」

娘は不貞腐れた顔つきのまま、無言で頷いた。鶴千代丸は白い歯を見せて笑った。

「ようし、わかった。このわしが難儀な戦を終わらせてくれようぞ」

自信満々にそう言い放った。娘は当然に、本気にはしなかった。

「大法螺吹きの坊様だべ」

お櫃を抱えて出て行こうとしたところで、鶴千代丸が娘を呼び止めた。

「酒はないか」

娘は呆れた顔をした。

「塩もねぇのに、酒があるわけねぇべ」

「大人たちに訊いてみろ。塩がなくとも辛抱できるが、酒がなくては辛抱できぬのが酒飲みだ。きっと秘蔵してある」

娘は返事もしないで出ていった。御堂の中に鶴千代丸と英泰が残された。

「呆れた男じゃな。我が儘勝手に振る舞いおって。舟賊どもを怒らせたらどうする。命にかかわるぞ」

「なんの。殺されるものか」

「なぜ、そう言いきれよう」

「わしの首には二千貫の銭がかかっておるのだぞ。もったいなくて殺せるものかよ」

ああ、なるほど、と英泰は感心した。

「考えたな千鶴坊。無下に殺されぬように、己の身に法外な値をつけたということか」

飯の給仕をしてもらえるのも、身代金の御利益に相違ない。

鶴千代丸はゴロリと身を横たえて腕枕をした。

「法外ではない。わしの命だぞ。一万貫でも釣り合いがとれる」

「一万貫の銭があれば、城が一つ造れようぞ」

「ならば五万貫だ。わしの一人は、城五つの値打ちがある」

さんざん法螺を吹いていたと思ったら、高いびきをかきはじめた。

「若子様というものは、皆このように野放図なのか」

英泰は首を傾げた。


それから四日が過ぎた。鶴千代丸と英泰は御堂で寝起きして、食う物にだけは不自由しない生活を送っていた。

次第に監視の目も弛み、鶴千代丸も英泰も、勝手に出歩くことを黙認されるようになった。鶴千代丸は暇つぶしなのか、周囲の川原を終日、歩き回っている。

英泰は何度も逃げようと考えた。しかし舟を操ることができなければ逃げ出すことはできない。舟を奪って川中に出たとしても、舟賊の一味にたちまち追いつかれてしまうだろう。

舟賊たちも同じように考えて、二人の気儘を許しているのに違いなかった。

「おおい、千鶴坊。どこに行った」

英泰は葦の葉をかき分けながら探し回った。

夏の昼下がり。川岸には温気が満ちている。うんざりとするような蒸し暑さだ。おまけに虫も飛び交っている。鬱陶しいことこの上もなかった。

――よもや、一人で逃げたのではあるまいな……。

次第に不安になってきた。鶴千代丸は貴種であり、他人に奉仕されるのが当然という育ち方をした。それゆえに冷淡だ。他人を道具としてしか見ていないのではあるまいか――と感じさせる時が多々あった。

舟賊の隙を見て『今が好機だ』と直感すれば、英泰のことなど置き捨てにして逃げるに違いない。

――拙僧の命には十貫の値打ちもないからなぁ。拙僧の一人だけが取り残されたなら、賊徒は容赦なく拙僧を殺すであろうなぁ。

次第に絶望してきた。

その時であった。どこからか風に乗って、女の悲鳴が聞こえた。

「なんじゃ？」

英泰は耳を澄ませる。確かに女の泣き声が、微かに、しかし途切れることなく聞こえたのだ。

——女人が賊徒に襲われておるのか。

自分たちと同じように捕まってしまった女人がいるのであろうか。英泰は僧侶である。賊徒を叩きのめす腕力はないけれども、女人を見捨てることはできない。

夏草をかき分けながら進んでいく。すると出し抜けに、女の泣き声がすぐ近くで聞こえた。

英泰は、葦の群生の中で絡み合う二つの裸体を見た。鶴千代丸が女体を組み敷いて、引き締まった尻を上下させている。逞しい尻と背には、汗がベットリとにじんでいた。

鶴千代丸と下腹部で繫がっていたのは鮠丸の娘であった。無愛想な顔つきで毎日給仕に来ていたあの娘だ。今は裸に剝かれて四つん這いの恰好にされている。栄養の足りない痩せた身体には肋骨が浮きだし、胸乳もほとんど感じられない。幼い尻を存分に貫かれている。哀れさを感じさせる姿であった。

——千鶴坊！　なんという狼藉を……！

やめさせなければならない。英泰は思った。思ったなどという生易しい感情ではなく、衝動的な感情が噴き出してきた。怒りなのか、なんなのか、自分でもよく分からなかった。

ところが、英泰の衝動は瞬時にして、潮が引くようにして消え去った。

「ぬしさま……！」

娘が息を弾ませながら、鶴千代丸をそう呼んだのだ。鶴千代丸は股間を突き上げることでそれに答えた。娘の悲鳴が昂っていく。

——なんということだ！

英泰は僧衣の袖で顔を覆うと、その場から走って逃げた。その背中に、娘の喘ぎ声が、執拗に追いかけてきた。

四

そして五日目の夜——。

カンカンカンと、耳障りな音が聞こえてきた。

寝入っていた英泰はハッと身を起こした。鶴千代丸も夜具を払って、珍しく深刻な表情を浮かべていた。

音は鳴り止まない。英泰は眠気も吹っ飛ばして耳に意識を集中させる。

「鶴千代丸、あれは鐘の音であろうか？」

どこか遠くで連打された鐘の音が、深夜の川面を渡って聞こえてくるのだ。鶴千代丸は頷いた。

「五行相克、金克木。これは不吉だ」

陰陽道の一節を口にしながら立ち上がり、扉を押し開けた。大人しく暮らしていたので外側の門は掛けられていなかった。しかし階を下りると、

「おいッ坊さん、勝手に出ちゃならねぇべ！」

見張りをしていた賊徒に押し止められた。鶴千代丸はその男に食ってかかった。

「大人しくなどしていられようか。あの鐘の音はなんだ！」

賊徒は言いよどんでいる。鶴千代丸はグイッと顔を近づけて睨みつけた。鶴千代丸はこ数日、風呂にも入っていない。顔の黒さは賊徒と遜色がなかった。

「わしの首には二千貫の値がつけられておるのだぞ！　あれは大水を報せる合図なのか。このわしが死んだらどうする。お前たちはみすみす大金を取りはぐれることになろうぞッ」

賊徒といえども元は船頭や漁師たちだ。大身武家の若君に畳みかけられたら、庶民の卑屈な性根が丸出しになってしまう。身を震わせながら答えた。

「あれは……刑部の太郎弾正が攻めてきたっちゅう、報せですだ」

「刑部の太郎弾正？　聞き覚えがある。ええと、誰だったかな？」

英泰が答える。

「この地の舟賊とは別の悪党だ。駅家の老翁から聞かされたであろう」

「おう、そうであった。お前は憶えが良いな。川の舟賊と、陸の太郎弾正が、この地の民

草に迷惑をかけておるのであったな」

　並び称される賊徒たちだが、実力には大きな開きがあるらしい。舟賊の男は身を震わせ続けている。

「太郎弾正の手下たちは、元々はお侍ぇだ！　この中州に隠れているのを見つかったなら、皆殺しにされるだ！」

　そこへ舟賊の頭目の鮠丸が手下の二十人ばかりを引き連れてやって来た。その中には鮠丸の娘の姿もあった。鶴千代丸の目を意識して着物の裾を気にしている。裾を押さえた姿が〝女〟を感じさせた。

　鶴千代丸は娘のことなど眼中にないらしい。舟賊の面々に向かって声を掛けた。

「おう！　なにやら面倒な話になってきたようだな」

　この状況を楽しんでいるようにも聞こえる口調だ。

　鮠丸は苦々しい顔をしている。

「太郎弾正めが四十人の手下を連れて攻めてきたべぇ。太郎弾正の手下どもは、みんな馬に跨がっとるだ」

「ほう。騎馬か。元は地頭や下司の伴類（一族郎党）であった連中。さぞや巧みに乗りこなすことであろうな」

　それから鶴千代丸は「ううむ」と考え込んだ。

「伴類と呼ばれたほどの者たちが、今や夜盗に身をやつしている。関東公方の滅亡の弊害、その最たるものだ」

「ともかく逃げるべぇよ。舟を用意しただ。こっちぃ来い」

悪党たちが鶴千代丸と英泰をサッと取り囲んで、銛の先を突きつけてきた。娘が小声で「あっ」と叫ぶのが聞こえた。愛しい人の危機に驚いたのであろう。

確かに剣呑な状況だ。ところが鶴千代丸はまったく動じていない。薄笑いすら浮かべた。

「わしに『逃げよ』と申すか」

「当たり前ぇだべ。お前ぇ様には二千貫がかかっとるだ」

「それはわかっておる。わしが問うておるのは、どこへ、どういうわけがあって逃げるのか、ということだ」

「オラたちは水夫と漁師だ！　お侍ぇだった連中に勝てるわけがねぇべ！　逃げるしかねえだよ！」

「敵方が騎馬の四十騎では、お前たちが臆するのも頷ける。しかし、お前たちと太郎弾正とは、そんなに仲が悪いのか」

「今までは、川筋と陸（おか）とで棲み分けができてただ」

「ならば、なにゆえ今回に限って攻めてきたのであろうなぁ」

鮠丸は乱杭歯（らんぐいば）を噛みしめた。キリキリと音までさせた。

「お前ぇ様を狙っとるのに違ぇねぇべ！　お前ぇ様にかかった二千貫に目が眩んだんだ」

「そうであろうな。ならばお前たちは逃げる謂われはない。わしを太郎弾正に引き渡せば
それで済む」

「そうはいかねえ。二千貫を渡せるもんかよ！　さぁ、グズグズするんじゃねぇ。オラた
ちと一緒に逃げるだ！」

「逃げたところで、わしの値は二千貫だ。太郎弾正は地の果てまでも追いかけて来ようぞ。

このわしを手中に収めるために、お前たちを根絶やしにするでろうな」

「そんなら、どうせいっちゅうだ！　相手は馬に跨がった四十人だ。戦って勝てる相手じ
ゃねぇべよッ」

集った舟賊たちも「んだ、んだ」と頷いた。皆、顔色がない。恐怖で身を震わせている。

鶴千代丸は無言となった。何事か思案する顔つきだ。

不思議なことに、この場に集まったすべての者たちが鶴千代丸に注視して次の言葉を待
った。息の詰まる沈黙がその場を包んだ。

鶴千代丸は顔を上げた。

「わしには策がある」

「なんじゃと？」

鮑丸が目を剝いた。

鶴千代丸は真正面から見つめ返した。

「我が腹中には兵法があるのだ。わしに采を振らせよ。太郎弾正を倒してくれよう」

「何を馬鹿なことを言うとるだ！　気でも触れたか」

「わしとて命がかかっておるのだ。太郎弾正を討ち取らねば、こちらの身が危うい。命懸けで言っておるのだ」

鶴千代丸は舟賊たちの顔を順繰りと見た。

「お前たちは向後も太郎弾正に怯えながら暮らすのか。わしの身柄を太郎弾正に差し出せば、今日のところは無事に済むやも知れぬ。だが、それに味をしめた太郎弾正一味は、お前たちが財貨や宝物を手に入れるたびに攻め寄せて来ようぞ。お宝を差し出すようにと脅してくるのだ」

舟賊たちの表情が惨めに歪んだ。その様子を見て鶴千代丸は「フンッ」と鼻を鳴らした。

「その顔つきから察するに、どうやら今までも、散々な目に遭わされてきたようだな」

広場を見回して、

「悪名の高い舟賊の根城にしては粗末に過ぎると思うておったのだ。奪った財貨は皆、太郎弾正に横取りされておったのか」

舟賊の悪党たちには返す言葉もない。

鶴千代丸はひときわ大きな声を張り上げた。

「皆、わしとともに戦え！　このわしが身につけし兵法をもって、太郎弾正を成敗してくれようぞ！」

「そんなことが、できるもんだべぇか」

鮑丸はおそるおそる質した。

鶴千代丸はキッと鮑丸を睨み返した。

「お前たち一人一人の働き次第だ。今宵を先途に戦えば、朝には太郎弾正に怯えて過ごすこともなくなる。今後は存分に、盗っ人稼業に励むことができるようになろうぞ！」

舟賊たちは顔を見合わせた。組頭たちなのであろうか、むさ苦しげな男たちが鮑丸の許に集ってきた。

「どうする」

相談を始める。

鶴千代丸は傲然と胸を張っている。

「思案する前に、まずは我が策を聞け！　さすればお前たちの頭でも、勝算があることが知れるであろう」

鶴千代丸は落ちていた棒切れを拾い上げると、地べたに線を引き始めた。

どんどん大きな線を引いていく。舟賊の男たちが後退って場所を空けた。

「この線を、荒川の流れだと思え」

鶴千代丸は捕らわれていた数日の間、この近在を歩き回って、川岸の地形を見覚えていたものらしい。

「太郎弾正は川の東の下総国より攻め寄せて参ったわけだな。そこで、お前たちがなすべきことは、おいお前。お前の手下は何人だ」

「へい、五人ばかりおりやす……」

髭面(ひげづら)で小太りの男がペコリとお辞儀をしながら答えた。鶴千代丸の勢いに呑まれている。

「ならばお前は手下とともにこの地に陣取れ。太郎弾正の一味は、この高台を通って攻めてくる」

「なんで、そう言い切れるんだべぇか」

「馬が通ることのできる場所は固い土の上だけだからだ。ここは一面が泥まみれの中州だぞ。高台を通らずに馬で攻め寄せることなど、できようはずがあるまい！」

「仰せの通りだべ」

「太郎弾正を存分に引き寄せよ。そしてわしが合図を送ったならば――」

鶴千代丸は組頭たちに役目を割り振り、指示を与えていった。話を聞いていた鮑丸の目も、爛々(らんらん)と輝き始めた。

「……なるほど、この策なら、勝てるかもわからねぇ」

鶴千代丸は「莫迦かおのれは！」と活を入れた。

「勝てるかもわからん――ではない！　勝つのだ！　必ず勝つ！　おのれにそう言い聞かせよ！」

「うむ。勝てるだ。きっと勝つだ。そうじゃな？　皆の衆」

舟賊たちも力強く頷き返す。

「んだ。このお坊様のお指図どおりに戦えば、憎っくき太郎弾正に一泡ふかせてやれるだ！」

「オラもやるだぞ！」

「ようし、決まった！」

鶴千代丸が吠えた。

「太郎弾正を討ち取り、お前たちがこの地の地頭となるのだ！　この地の富は、すべてお前たちの物になるのだぞ！」

「んだァ！　やってやるベェ！　面白くなってきたァ！」

悪党たちは拳を夜空に突き上げた。

「皆々、わしが授けし策を飲みこんだな？　わしが命じた通りに働くのだぞ」

「任せといておくんなせぇ、お坊様」

鶴千代丸は念入りに指図して、悪党たちを送り出していく。

「おいおい……」

英泰は焦りを隠せず、鶴千代丸に歩み寄った。

「何を始める気だ。ここは逃げるが得策ではないのか」

鶴千代丸はニヤリと笑い返した。

「お前は陣僧になるのであろう。陣僧は戦に臨む僧。敵が寄せてきたからというて、いちいち逃げ出しておったのでは務めが果たせぬぞ」

「だが、どう考えても太郎弾正なる者のほうに、勝ち目の分があるではないか」

英泰は舟賊たちほど単純ではない。兵法も学んでいる。これほどの策を用意しても、鮑丸に勝算は薄いと見立てていた。

鶴千代丸は頷き返した。

「わしにもそう思える」

「ならば――」

「しかしお前も、ずいぶんな阿呆だな」

鶴千代丸は、少しばかり驚いた――というような顔をした。英泰は憤然とした。

「拙僧のどこが阿呆じゃ」

「強い敵を前にして、それに打ち勝つためにこそ、兵法があるのだ。なんのために学校で学んできたのだ」

「それを言われると一言もないが……。だが、拙僧は正直に申して、兵法を正しく学んできたのかどうか確信が持てぬのだ。仏法には正法、像法、末法の三時があろう。兵法にも末法がないとどうして言えようか」

教えに対する理解には、正しい理解、形ばかりの理解、誤解、の、三種類がある――というような意味だ。

鶴千代丸は「いかにも」と頷いた。

「我らは学校で、兵法の教則を読んだに過ぎぬ。果たして実戦に則した理解をしておるのかどうかは、師の御坊にも判別できぬ。なにしろ誰も兵法を試したことなどないのだからな」

「左様であろう？　拙僧は恐ろしくてならぬ。見ると聞くとは大違い、という話は、なんにでも当てはまろうぞ」

「だからこそ試すのだ。英泰、わしはこれより兵法を試す。そうと決めた」

鶴千代丸は不敵に笑った。そして英泰の肩に片腕を回した。

「お前はやはり良い奴じゃ。このわしに迷いの道筋を示してくれる。わしは、おのれが迷っておることにすら気がつかぬ。お前が気づかせてくれるのだ」

「なんの話だ」

英泰には、鶴千代丸が何を言わんとしているのか、まったく理解できない。

「まぁよいわ」

鶴千代丸は馴れ馴れしげに笑った。

そんな二人の学僧を、鮠丸の娘が憤然として睨みつけている。

五

馬蹄の音を轟かせて、闇の中を騎馬の一群が攻め寄せてきた。

めいめいが得意の得物(えもの)――ある者は弓矢、ある者は薙刀、あるいは長巻(ながまき)などなど――を手にしていた。兜(かぶと)をかぶっている者もいれば、烏帽子(えぼし)すらつけずに露頭している者もいる。腹巻(鎧(よろい)の一種)を着けているが、縅(おどし)は古びてほつれたり、千切れたりしてした。見るからに浅ましい姿だ。栄えある武士の象徴であるはずの鎧も、血がこびりついて真っ黒に染まっている。まさに悪鬼だ。武士の誇りを捨て、盗賊に身を持ち崩した者たちの姿がそこにあった。

「止まれ!」

先頭を駆けてきた鎧武者が頭上に高く弓を掲げながら叫んだ。鍬形(くわがた)の欠けた星兜を被り、ひげを汚らしく伸ばした四十ばかりの男である。皆に馬を止めさせると眼光鋭く周囲の様子を窺う。この男こそが、刑部の太郎弾正なのであった。

丸い月が夜の景色を照らしている。闇に慣れた目には十分に明るい。

太郎弾正は馬の首を右に左にと巡らせながら、川原の草むらの一つ一つに目を光らせた。

「おかしい。舟賊どもの姿が見えぬ」

そこへ一騎の盗賊が馳せ寄って来る。太郎弾正が先行させた物見（偵察）だ。

物見の男は叫んで報告した。

「舟賊どもは、根城としておった中州より逃げ散り、河原に身を潜めておりまする！」

太郎弾正は訝しげに問い返した。

「小舟に乗って逃げたのではないのか」

「川面を行く舟は目にしておりませぬ！　おそらくは二千貫の人質を守っておるものと思われまする！」

太郎弾正は失笑した。

「我らに人質を差し出して逃げ出せばよいものを。二千貫の銭に目が眩むと、命すら惜しくなくなるものらしい」

「お頭！」

大男が馬に跨がったまま進み出てきた。

「左様ならば、舟賊どもの願い通りに、あの世に送り届けてくれましょうぞ！」

「うむ。斬り込むといたそう。舟賊どもを血祭りにあげよ。されど二千貫の人質だけは、間違っても殺めるなよ」

配下の悪党どもは「得たりや！」と応えて馬を進め始めた。

「来おったな、伴類くずれの悪党どもめが」

騎馬の盗賊が進み来る様子を鶴千代丸は湿地の中の小丘陵から見守った。

この小丘陵は自然堤防の痕跡である。高さは二間（約三・六メートル）ほどだが、湿地に視界を遮るものは何もない。遥か彼方にまで見通しが利いた。

鶴千代丸は長い竿を携えていた。先端部分に白い布切れを縛りつけてある。鶴千代丸は竿を立てると、サッと横に振った。

湿原に広がる葦の原に身を隠していた舟賊の一味が、その合図を見て動きだした。

音を立てて、何かが飛来してくる。

「おっ、なんだ？」

太郎弾正と一味の男たちは馬の鞍の上で身構えた。

「石礫だ！」

拳ほどの石を次々と投げつけられる。月光の下、石の影がはっきりと見えた。

「敵は、あそこじゃ！」

手下の一人が叫び、槍の先で示した。葦原の彼方に石を投げる人影が五人ばかり見えた。

「小癪な！　蹴散らせッ」

太郎弾正が命じる。騎馬武者が五、六騎、「おう！」と答えて駆け出した。

「こっちに来ただぞ。お坊様の言った通りになったべ」

舟賊の組頭の一人、小太りで髭面の男がそう言った。

配下の舟賊どもを率いて葦原に身を隠しつつ、川原で拾った石を投げ続ける。挑発に怒った太郎弾正と一味の騎馬武者が、馬蹄の音を轟かせながら迫ってきた。

船頭や漁師たちの目には、馬は、巨大な猛獣に見える。

「こ、こっちィ来ただぞ！」

手下が悲鳴をあげた。髭面の組頭は、

「坊様の話じゃあ、馬は泥ン中は走れねぇってことだ！　オラたちが泥ン中にいるかぎり、太郎弾正は、こっちにゃあ来られねぇだ！」

自らも石を投げつけながら、怯える手下たちを励ました。

自然堤防の上では、鶴千代丸と英泰が、戦いの様子を見守っている。

「お主の言った通りになったぞ千鶴坊！　悪党は川原に下りてきた」

英泰が興奮した様子で告げた。

「わしの目にも見えておる。騒ぎ立てるな。こちらにいると気づかれる」

鶴千代丸は竿をさらに二度、振った。

葦原に隠れていた別の舟賊たちが、一斉に投石を開始した。

太郎弾正と悪党たちは、兜を斜めにさせ、あるいは鎧の袖（両肩につけられる板）を顔の前にかざしながら進んだ。飛来する石から身を防ぐ。

「たかが石礫、心を鎮めて見極めれば、容易に避け得るものぞ！　臆するな、進め進めッ」

太郎弾正は叱咤した。確かに、一時の動揺から立ち直りさえすれば、散発的に投げつけられる石礫など恐ろしくはない。弓矢のような速度がないからだ。兜を脱いで片手に持って振り回し、石礫を打ち払う猛者までいる。太郎弾正と一味の騎馬隊は、川原の水をザブザブとかき分けながら進み続けた。

その時、別の方向からの石礫が飛来した。

「うぬっ！　小癪な……！」

この攻撃には、さしもの悪党たちもたじろがざるを得ない。一方からの投石ならば目を凝らしていれば避けることもできる。だが二方向には同時に目を向けられない。

「これはたまらぬぞ！」

悪党たちはたちまち石をくらって苦悶し始めた。

太郎弾正は歯嚙みをした。

「かくなるうえは無理をおして突き進むより他になし！　敵勢を踏み破るのだ！　皆、早駆けせよ！」

悪党たちは馬の脚を急がせる。

「弓を持つ者は矢をつがえよ！」

騎射は武士のもっとも得意とする武芸だ。悪党に身をやつしていようとも元は武士団の伴類である。悪党たちは馬上でキリキリと矢を引き絞り、葦原の中に潜んだ舟賊たちに狙いを定めた。

「射かけよ！」

太郎弾正の号令一下、矢が放たれる。弓弦がパンッ、パンッ、と音を立てた。

「ぐわっ！」

小太りで髭面の組頭が、矢で咽首を貫かれた。悲鳴はくぐもった音にしか聞こえない。

助け起こそうとした手下の背にも、矢が突き刺さった。

「ぎゃあっ！」

「痛ぇよォ」

次々と悲鳴があがる。泥を蹴立てながら騎馬の一団が押し寄せる。瀕死の組頭を蹄で踏みにじった。

「千鶴坊！　味方の陣が破られたぞ！」

英泰が焦りを隠せずに叫んだ。

「ふぅん」

鶴千代丸は、さもつまらなそうな顔をした。首を右に左に傾けている。肩の凝りでもほぐしているかのようだ。

「味方とは、誰のことを申しておるのじゃ」

「矢で射られておる！　馬に弾き飛ばされた者もおるぞ！」

「見ればわかる。騒ぐな」

「お前が川原に配した兵ではないか。陣形が破られておるのだぞ！　やはり、水夫や漁師では騎馬武者には抗し得なんだのじゃ」

「抗し得ぬことなど最初からわかっておる。意外なことなど何も起こってはおらぬのだ。慌てるな」

鶴千代丸は川原の戦いに目を向けた。

「見よ。わしが配した捨て駒に釣られて、悪党どもは脇目もふらずに突き進んで参った」

「捨て駒だと？」

「餌を投げ与えねば、敵はこちらの手の内に飛び込んで来ぬ。あれらは餌だ。太郎弾正どもは血に飢えた獣じゃ。生き餌を与えてやらねば食いつかぬ」

「こ、こうなることがわかっておって、かの者たちを死地に置いたと申すか！」

「そうだが。なんだ？」

　鶴千代丸は（それのどこが悪い）という顔つきだ。それからまた川原に目を凝らした。

　太郎弾正たちは舟賊に対する殺戮を恣にしている。舟賊たちの断末魔の声が闇に響きわたった。

「よし、そろそろ良いだろう」

　鶴千代丸は三度、竿を振った。

　太郎弾正は馬上から長巻の刃を振り下ろした。逃げようとしていた舟賊の一人を背後から斬りつける。肉に食い入り骨を断ち割る手応えが長巻を握る手の内に伝わった。舟賊は絶叫と血飛沫を同時に上げた。

　太郎弾正はもう一撃を繰り出した。真横から舟賊の首を刎ねる。首は苦悶の表情を張り付けたまま胴から切り離されて、葦原の中に落ちた。

　太郎弾正は手綱を引いて馬の足を止めた。周囲でも配下の悪党たちが馬を輪乗りさせている。

投石の舟賊が隠れた葦原の二箇所は蹂躙(じゅうりん)した。逃げ落ちた敵は一人もいない。血臭が川原に濃く漂っている。

「肝心の人質が見当たらぬ。鮠丸の姿もないぞ。どこかに隠れておるに相違ない！　探せッ」

太郎弾正は殺戮(さつりく)の興奮に酔った顔つきで叫び散らした。

その時であった。不気味な轟音が大地を揺らして伝わってきた。馬が怯えて騒ぎ始める。馬術に長けた太郎弾正でさえ、鞍から振り落とされそうになった。

「何事だッ」

馬腹を太腿(ふともも)できつく締めつけて馬を抑えつつ、太郎弾正は叫んだ。

轟音はますます大きくなって、こちらに迫ってくる。

「お頭ッ！　出水だ！」

悪党の一人が彼方を指差した。白い波頭が押し寄せてくる。太郎弾正は驚愕とともに目撃した。

「高き所へ逃げろッ」

出水の濁流に巻き込まれたなら命も危うい。太郎弾正は手綱を強く引き、馬首を返した。

自然堤防の上からは、低地に溢れた濁流がよく見えた。

「夫（そ）れ、兵の形は水に象（かたど）る」

鶴千代丸が孫子（そんし）の一節を口ずさんでいる。

「見よ、英泰。川の堤を切られ、地に溢れ出た水は百万の兵よりも強い。――水の形は高きを避けて下（ひく）きに趨（おもむ）く。兵の形は実を避けて虚を撃つ。さしもの太郎弾正も、虚を撃たれれば高きに避けるより他にないのだ」

三度目の合図は、荒川の水を野に溢れさせよ、との合図であったのだ。船頭や漁師たちは出水（洪水）の原因となりうる堤の崩落危険箇所をいくつも知っている。その一つを掘って崩し、大水を太郎弾正に向かって流したのであった。

太郎弾正たちを低地に引き込んだのは鶴千代丸の策だ。鶴千代丸の言う〝生き餌〟が効き目を顕（あらわ）したのであった。

太郎弾正は濁流に押し流されようとしていたが、巧みに馬を操って流れの中から這い出した。わずかに土地の盛り上がった場所に馬を進める。どうやら一命だけは取り留めたようだ。

配下の悪党たちも、めいめいに高地を見つけて這い上がる。

「ゆくぞ英泰！」

鶴千代丸は勇躍、駆けだした。自然堤防の土手を下っていく。

「どこへゆくのだ」

英泰も急いで追う。鶴千代丸は振り返らず、叫んで答えた。

「太郎弾正を討ち取るのだ！　彼奴めは今、配下の者どもより切り離されておる。今ならば非力な水夫や漁師でも討ち取ることができようぞ！」

鶴千代丸は走り続けた。火がついたようにやる気を出している。ひたむきな姿を見たのは——学校で数年を共に過ごした英泰にとっても——初めてのことだ。

「待てッ、そのように逸るな！」

「兵は拙速を貴ぶ。水はすぐに引く。好機はすぐに去るのだ。急げ英泰！」

鶴千代丸が走って向かう先では鮠丸が舟を仕立てて待っていた。鶴千代丸は舟に飛び乗った。

「舟を出せッ」

これが気合というものであろうか。鮠丸はまるで太田家の下人であるかのように「へいっ」と答えて舟を川中に押し出した。

「待ってくれ」

英泰も急いで舟に乗った。

鮠丸自身が棹を握って舟を操る。左右から舟賊を乗せた小舟が近づいてきた。三艘で十人ばかりの手勢である。さすがは長年櫓櫂を握り慣れた者たちばかりだ。逆巻く泥流をものともせずに舟を操った。

「あそこだ！」

鶴千代丸が指差した先に太郎弾正の姿があった。わずかな高台に配下の騎馬武者二人と一緒に取り残されていた。

「敵は三騎か」

英泰が小さな声で呟く。

「こちらの人数は十を数えるが、しかし、騎馬の三騎に勝ち得るとは言い切れぬぞ」

鶴千代丸は頷いた。

「左様だな。互角にもならぬ。あちらは武士だ。こちらは水夫と漁師だ。有体に申して勝負にはなるまい」

二人の会話は、逆巻く怒濤に遮られ、鮠丸の耳には届かない。

「なんとする」

「舟賊どもには勝てると信じ込ませて、突っ込ませる」

「勝てるのか」

「勝てまい」

「何を言っておるのだ。今さら『勝てぬ』とはどういうことだ」

「おっ？　これはなんだ。良い物を隠し持っておったな」

鶴千代丸は舟底にあった太刀を摑み上げた。

「水夫が持っておっても使いこなせまいぞ。わしが佩くといたす」

鶴千代丸は太刀を片手にしてスックと立ち上がった。

「見よ！　太郎弾正めは配下の者どもより切り離されてうろたえておるぞ！　我が秘策は成就したり！　今こそ積年の怨みを晴らす時じゃ！　者ども、かかれッ！」

舟は、太郎弾正たちが取り残された高台に向かって勢いよく進み、舳先からドンッと陸地に乗り上げた。

「者ども、行けッ！」

鶴千代丸の命令一下、舟賊たちは銛を構え、雄叫びを上げながら突っ込んでいく。

「敵は小勢じゃ！　押し包んで討ち取れ！」

鶴千代丸は指図をしながら悠然と歩を進めた。

太郎弾正も配下の悪党二人に何事かを下知している。元は武士だった三人だ。馬三頭を並べた姿に油断はなかった。

悪党の一人が弓をキリキリと引き絞った。パンッと弦を鳴らして矢を放つ。矢は、先頭を走っていた舟賊の胸を貫いた。

「弓を持つ者から殺せッ。行け、行けッ」

鶴千代丸は声を嗄らして舟賊たちを励ます。舟賊たちも弓矢がいちばん厄介だと理解している。銛の先を揃えて突進した。そこへ次々と矢が飛来して、一人、また一人と、射倒されていった。

「臆するなッ、勝つしかないのだ！　ここで勝たねばお前たちが殺されるのだぞ！」

舟賊たちは鶴千代丸に励まされ、弓を持った悪党を取り囲んだ。三方向から銛で突く。この執拗な攻撃には、弓の悪党も難渋した。

太郎弾正はすかさず次の手を繰り出した。サッと片手を振ると、もう一人の配下が馬腹を蹴って進んできた。その悪党は肩に大太刀を担いでいた。鞘長（刃渡り）四尺はあろうかという巨大な刀だ。馬上より人を斬ることに特化した武器であった。

悪党は馬を駆けさせながら大太刀を振るった。舟賊たちに襲いかかる。唸りをあげた刀身は、馬の速度と相まって、凄まじい斬撃力を発揮した。

「ぎゃあーっ」

舟賊の一人は胴体を横から真っ二つにされた。血と腸があふれ出す。ありえない形に身をよじって倒れた。

「用意の投網を使え！」

鶴千代丸は鮠丸に命じた。だが、鮠丸はガクガクと身を震わせて臆している。

「しっかりしろ！　わしの言う通りにすれば勝てるのだ！」

鶴千代丸は鮠丸の肩を摑んで揺さぶった。

「ここで太郎弾正を討ち漏らせば、太郎弾正は今に倍する憎しみを抱いて仕返しにくるぞ。

今、彼奴を殺さねば、お前たち舟賊は、妻も子も一人残らず殺されよう！」

鮠丸はゴクリと音を立てて唾を飲んだ。意を決した顔つきで進み出した。その手には漁で使う投網が握られていた。

「わしが背後を守ってやる。臆するな。行け！」

鶴千代丸は低い声音で命じると、自分も鮠丸の後ろに続いて、身を低くさせて進んだ。

大太刀の悪党は舟賊たちを討ち取ることに夢中になっている。鮠丸と鶴千代丸が迫っていることに気づかない。

鮠丸は投網を投げつけた。悪党の頭上で網が広がる。見事、悪党の身体に絡みついた。

「引きずり落とせ！」

鮠丸は網を引いた。悪党は馬の鞍から落とされた。湿った地べたに転がった。

悪党は網を振り払おうとして叶わず、次に網目を切ろうとして、もがいている。麻で編まれたうえに、日々の漁で水を吸ってきた網は容易に切れない。

鶴千代丸は腰の太刀を抜いた。手入れもされていない刃には赤錆が浮いていた。かまわず悪党に突き下ろす。

「ぐわっ！」

悪党が呻いた。錆び刀は急所を一気に貫く——というわけにはゆかない。鶴千代丸は歯を食いしばって、刀身に体重を乗せて、圧し貫いてゆく。

「ぐわあああッ」

悪党がもがいた。死地に陥った者の馬鹿力で網を引き千切った。

「人とは、なかなかに死なぬものだな……！」

鶴千代丸は刀身を揺さぶって悪党の身をさらに深く刺し貫いた。

弓の悪党にも別の舟賊が投網を投げた。大太刀の悪党よりも簡単に、馬上から落とすことができた。悪党は握った弓が邪魔をして、体勢を建て直すことができない。そこへ、生き残っていた舟賊たちが銛を次々と突き刺した。

多大な損害を出しながら、舟賊たちは悪党二人を討ち取った。それを目にした太郎弾正は、馬首を返して逃げ場を探した。しかし周囲には出水の濁流が渦を巻いている。馬では逃げられない。単身で泳ぐことはさらに論外だ。

配下の悪党たちが十数騎、洪水の向こうの高台に見える。太郎弾正の危機に気付いて焦っているが、どうにもならない。

鮠丸たちが迫る。すでに人数は五人にまで減っている。太郎弾正は「フンッ」と鼻を鳴らした。

「一人残らず血祭りに上げてくれるわ！」

長巻を振り回し、馬を駆けさせて迎え撃った。

長巻で舟賊の一人を真っ向から斬り下ろす。頭蓋(ずがい)を胸元まで斬り裂かれた舟賊が血飛沫を上げる。即死であった。

太郎弾正は馬を駆けさせながら次々と舟賊たちを殺戮してゆく。まるで勝負にならない。ついには鮠丸の一人を残すのみとなった。

「舟賊の鮠丸！　おとなしく我が旗下に加わっておれば、下人として召し使ってやったものを！　愚かな下郎め、今こそ身の程を知るがよい！」

長巻を振り上げる。鮠丸は死を覚悟して身を硬直させた。恐怖で目と口を大きく開いた。

ヒュッと飛来した矢が、太郎弾正の肩口を射抜いた。

「ぐっ……！」

太郎弾正が呻く。その隙に鮠丸は真横に身を投げて刃の下から逃れた。

太郎弾正は肩に刺さった矢を引き抜いた。

「何奴！」

矢の飛んできた方向に目を向けると、そこには次の矢をつがえた若い僧侶の姿があった。弓と矢は悪党から奪った物だ。僧侶は無造作に矢を放った。太郎弾正の鎧にブスリと突き刺さる。鎧のお陰で矢は止まったが、鏃の先は肉に達した。太郎弾正はうめき声を上げた。

「貴様ッ、ただの坊主ではないな！　弓術の指南を受けておる！」

僧侶は酷薄そうに嘲笑った。若者ならではの、人を舐めきった顔つきであった。

「わしが誰だかわからぬのか。わしにかけられた二千貫が目当てで襲い来たのであろうに」

「お前が人質か……！　なにゆえ舟賊と手を組んでおるのだ！」

「お前の知ったことではない」

第三の矢が引き絞られる。太郎弾正は避けようとした。直後、脇腹に凄まじい一撃を受けた。鮠丸が銛で下から突いたのだ。

「おのれ……！」

太郎弾正は脇腹に刺さった銛を摑んだ。怨みの籠もった形相で鮠丸を睨みつけた。その喉元に鶴千代丸の矢がグサリと刺さる。

太郎弾正はもんどりをうって落馬した。

六

——終わったか……。

英泰は隠れていた葦原から這い出して、闘争の場となった高台にあがった。血臭が鼻を突く。死に切れない者のうめき声が、あちらこちらから聞こえた。主を失った馬が濁流の中を泳いでいる。波頭に呑まれて下流へと押し流されていった。

英泰は四方に目を向けた。

――これは酷い……。

太郎弾正たち悪党三人を討ち取ることはできた。だが、その引き換えに舟賊たちのほとんどが倒された。無残な死体と、死に切れないでいる重傷者が転がっている。

鶴千代丸が立っている。その足元には、とどめを刺された太郎弾正の骸と、その前に跪いた鮑丸の姿があった。

鮑丸は、戦いが終わって茫然自失、という有り様だ。疲れ切って膝をついているわけだが、僧侶でもある英泰の目に鮑丸の姿は、宿敵の死を悼んでいるかのようにも見えた。

「これで『勝った』と言えようか」

英泰は鶴千代丸に質した。

「確かにお前の策は成就した。悪党の太郎弾正を討ち取ることができた。だが、舟賊も皆、死んだのだぞ」

思わず難詰する口調となった。英泰は、戦の恐ろしさと愚かしさを目の当たりにして、やりきれなくなっていたのである。

すると鶴千代丸が鼻先で「ふっ」と笑った。

「何を言っておるのだ、お前は」

鶴千代丸は腰の太刀を抜くと、足元にへたり込んでいた鮑丸の首を打った。錆び刀とはいえ十分に切れる。一太刀で切り落とされた鮑丸の首がゴロンと落ちた。

鮠丸は、自分の身に何が起こったのか、理解する暇もなかったに違いない。転がった首の表情はドロリとして精気がなかった。

「何をするッ！」

英泰は鶴千代丸に詰め寄った。鶴千代丸はつまらなそうな顔をして、血に塗(まみ)れた錆び刀を投げ捨てた。

「お前も駅家の老翁の嘆きを見たであろう。鮠丸と太郎弾正がこの地の民草を脅かしておったのだ。だからわしは策を巡らせ、双方ともに成敗した。これでこの地には安寧な暮らしが戻るであろう」

鶴千代丸は整った顔を夜空の月に向けた。

「わしは、扇谷家の家宰、太田家の子だ。悪党どもの成敗は我が責務である」

英泰は言葉もなく立ち尽くす。首を失った鮠丸の身体はまだ痙攣(けいれん)をしていた。

「わしは、わしの身に二千貫の値をつけた。さすれば必ずや、わしの身柄を巡って悪党の二人が殺し合いを始める。そう見越したのだ。然(しか)してこの通り。さて英泰よ。鎌倉への旅を続けようぞ」

鶴千代丸は舟に向かって歩んでいく。

「櫂を操る自信はないが、ここにいたなら太郎弾正の手下に殺される。水が引けば悪党どもが渡ってくる。急ぐぞ」

英泰は、なにがなにやらわからぬ心地で、しかしこの場にいては命がない。鶴千代丸を追った。

「舟を押せ」

言われるままに舟を流れに押し出した。

櫂をこがずとも舟は流れに乗って、南へ南へと流されて行く。途中で、二人が閉じ込められていた御堂の近くを通った。

「鮠丸の娘だ」

英泰は気づいた。娘は、川岸で父親と、仲間たちと、鶴千代丸の帰りを待っていたのであろう。こちらに気づいて手を振って、何事か叫んでいる。しかしその声はまったく聞き取れなかった。

「あの娘は、これからどうなるのじゃろうな」

英泰はますます深い憂悶に落ちてゆく。

「家族も仲間も失くした娘が、一人で生きてゆける世ではない」

鶴千代丸は娘には目もくれずに、船底に座り込んでいる。

「英泰よ」

「なんじゃ」

「このわしは、学校では学僧であった。戒名は千鶴坊。仏僧の端くれであった」

「左様さな」

「わしは鎌倉に戻れば元服する。仏に使えるのをやめて武士となるのだ。朝(あした)からは、阿修(あしゅ)羅道(らどう)に生きる者となる」

鶴千代丸は英泰を見つめて、それから少し笑った。

「わしは阿修羅そのものになると決めたのだ」

そして船底にゴロリと身を横たえた。

「疲れた。寝る」

腕枕をして、早くも寝息を立て始める。

英泰は艫(とも)に座って両手で顔を覆った。

小舟は下流へと流れていく。空は曙光(しょこう)に染まり始めていた。

第四章　江ノ島合戦

一

文安四年（一四四七）三月、室町幕府は万寿王丸を公式に赦免した。万寿王丸は元服し、従五位下、左馬頭に叙任された。

同じ頃、京都では、室町六代将軍義教の子、七代将軍義勝の弟、三寅が仮元服して名を義成と改めている。

その義成より『成』の一字を拝領し、万寿王丸は成氏と諱を定めた。

さらに室町幕府は、龍忠丸による山内上杉家の相続を公認し、関東管領職に任命した。

龍忠丸は元服して憲忠を名乗る。三年前の清方の死去によって始まった山内上杉家の家督争いに、とうとう決着がついたのだ。

この大慶とは裏腹に、政権の座から去った者たちがいた。先代の関東管領の山内上杉憲実（長棟）と、山内家の家宰、総社長尾芳伝である。

佐竹家の子に山内上杉家を継がせて関東管領に就任させる、という策略は失敗に終わった。静かに政権を去るより他に身の処しようがなかったのだ。

長棟は伊豆の寺に隠棲し、いよいよ仏門修行に励むこととなった。

総社長尾芳伝は、白井長尾景仲と太田道真からの復讐を避けるために窮余の一策を巡らせた。景仲の次男の忠景を養子に迎えて、総社長尾家の家督を譲り渡したのだ。

総社長尾家を継いだ忠景からすれば、芳伝は〝父〟である。父殺しは大逆だ。名誉と評判を重視する東国武士であれば、芳伝の討伐は絶対にできない。

絶対に殺さない、という保証を求めて、総社長尾芳伝は白井長尾景仲の子を養子としたのだ。

白井長尾景仲とすれば、この機を逃さず総社長尾家を滅ぼしてしまうつもりであったのだが、息子が総社長尾家の当主になる、となれば、話は違ってくる。

一転して、総社長尾芳伝と白井長尾景仲の和睦が成立し、総社長尾家の滅亡は回避された。

白井長尾家の躍進は続く。山内上杉家を継いだ憲忠（龍忠丸）は、白井長尾景仲の働きに報いた。景仲を家宰職に就けたのだ。

これまで家宰を務めていた総社長尾家は、家臣序列の第二位に引き下げられた。養子の忠景は（白井長尾家が就いていた）武蔵国守護代に任じられた。

白井長尾家と総社長尾家の立場は逆転した。総社長尾忠景は実父の下に置かれたとて怒るはずもない。父が政争に勝ったおかげで総社長尾家の当主になれた喜びもある。忠景はむしろ嬉々として武蔵国守護代に就任した。

この一件が後に、関東大乱の原因となるのであるが、この時の景仲も、景仲の長子の景信も、総社長尾家を継いだ忠景も、よもやそのような大事になろうとは、思いもせぬことであった。

二

文安六年（一四四九）の春。

足利氏の幕府は、京の室町に将軍の公邸があったことから室町幕府と呼ばれるようになるわけだが、当時を生きる人々は室町幕府などとは呼んでいない。「当代」あるいは「御当代」と呼んでいる。

鎌倉幕府が「先代」で、南北朝の動乱期に一瞬だけ政権を回復した北条高時が「中先代」だ（中先代の乱）。

その当代幕府の将軍は、目下のところ空位である。七代将軍の義勝は六年前の嘉吉三年に享年十で夭逝し、八代将軍に就任予定の義成はまだ十一歳（満十歳）だった。

伊勢伊勢守貞国は、細川京兆家の館に向かおうとしていた。

伊勢貞国は室町幕府の政所執事である。結城合戦の際には将軍義教の意志を関東に伝える役目をも負っていた。ただ今の幕府では、一番の関東事情通といえた。

室町幕府は軍事を担当する侍所（軍人）と、政治を担当する政所（役人）とに分けられる。政所執事は幕府の実務を担当する重職であった。

日本の行政機構は、今も昔も、上に立つ者に実権がなく、実務を担当する中間管理職が実権を握っている。伊勢貞国などは、まさにそうした〝見えない権力者〟の筆頭といえた。

ともあれ表向きの身分は、三管領や四職（ともに幕府の顕官）に及ばない。国政の相談事がある時には、伊勢貞国が顕官の屋敷に推参しなければならなかった。

細川家の館は妙覚寺の南、安楽小路の西側にあった。花の御所から四町ほど（およそ四百メートル。一町は一尺の三百六十倍。一尺は当時、日本国内で長さが統一されていない）の近距離だ。

貞国は細川邸の門をくぐった。

細川邸は板葺きの屋根をのせた寝殿造の建物であった。しかし書院建築への移行も随所に見られる。柱は丸材ではなく角材が用いられている。部屋に入るための戸も、観音開きではなく、敷居の上を横に滑らせる引き戸になっていた。

広間に入って待っていると、まもなく一人の若者がやってきた。

貞国は拝跪した。この若者こそが、ただいまの幕府の管領、細川右京大夫勝元なのだ。

勝元は永享五年（一四三三）生まれの十七歳（満十六歳）。若年でありながら、管領（江戸幕府なら老中に相当）に就任している。

勝元は、青く見えるほどに色が白く、細面で、目の細い若者であった。十六中将の能面に似ていた。

伊勢貞国は不安を感じぬでもない。

京の室町幕府でも、壮年世代の急死が相次いで、子供と若者が国政を担う異常事態が続いている。これで果たして本朝（日本国）の平安を保つことができるのか。

伊勢貞国は応永五年（一三九八）生まれの四十九歳（満四十八）。六代将軍義教の下で激動する政情に対してきた。

義教のような強固な意志（狂的に頑固ですらあった）を持った将軍が主導していても、なかなかに上手く治まらないのがこの世の中だ。十六歳の若造に天下を治めることなどできようものか。

――関東公方も空位……。

関東もまた困ったことだ、と呟きかけて、いや、関東に限ってはかえって好都合だと思い直した。

　もしも今、関東公方の足利持氏が健在であったなら、関東の武者を率いて京に乗り込んで、将軍位を乗っ取ろうとしていただろう。大戦が勃発し、京畿は焼け野原となっていたかもしれない。

「伊勢守殿。ご壮健にてなにより。お風邪を召していたと耳にしたが、どうやらご本復らしい。お顔の色がよろしいな」

　幕府管領、細川勝元が言った。

　貞国はここ数日、仮病を使って出仕を休み、関東の情勢に対処していた。政治的決着をつけるべく孤軍奮闘していたのである。

　その件について、いよいよ室町幕府の管領の了解をとりつけねばならなくなったので、こうして細川邸を訪れたのである。

「お気遣い、かたじけなく存じまする。管領様もますますお健やかにて、なによりのこと。その若さが羨ましゅうござる」

「ご用件はなんでござろうかな」

　若い者は残りの人生が長いくせにせっかちだ――と貞国は思った。

「他でもござらぬ。関東の一件にございまする。長尾四郎左衛門尉が入洛し、万寿王丸……成氏様の鎌倉復帰を嘆願して参りました」

「成氏様とは、関東公方の遺児であったな。して、長尾四郎左衛門尉とは何者でござろう」

「長尾左衛門尉景仲の子、諱は景信がことにございまする」

「長尾景仲とは、山内上杉家の家宰であったな」

「いかにも関東管領家の家宰の子が、関東よりの使者として拙者の館に参りまして、逗留しておりまする」

「伊勢守殿は関東の惣取次役でござったな。なるほど。関東の武士どもが成氏様を新たな関東公方に推戴したいと申しておるわけじゃな」

「ご賢察のとおりにござる」

「して、伊勢守殿はいかにお考えか。関東のことは伊勢守殿に訊くのが早い」

「恐れ入りまする」

伊勢貞国は一揖してから、鋭い眼光を勝元に据えた。

「管領様の御諮問にお答え仕りまする。拙者が推し量りまするに、関東のことは関東公方府を再興し、事に当たらせるが一番かと思料仕りまする」

「六代様が苦心して関東公方府を潰した、その壮途を、無下にいたせとのお考えか」

「六代様のごとき豪腕の持ち主が室町邸の将軍位にあれば、関東の支配も首尾よく運びましょうけれども、ただ今の御所は空席。義成様が将軍として天下に目配りすることが叶うには、あと十年はかかろうかと思料仕る。その十年の間、関東の武者どもを黙らせておく方策が要りようかと存じまする」

「いっとき関東を鎮めておくための方便として、関東公方府を再興させよ、とのお考えか」

「御意にございまする」

元から無表情気味の勝元の顔が、さらに無表情になった。沈思しているようだ。何を考えているのかは、貞国の目で見てもわからない。

「……このこと、身の一存では諮れぬ」

「いかにも大事にございまする。三管四職の重職様がたとお諮りをお願いしたく、言上仕りまする」

室町幕府は三人の管領が将軍を支える機構となっている。その三管領とは、斯波家、畠山家、そして細川家(京兆家)の当主たちだ。

「善処いたす」

細川勝元は頷いた。それから少し、居住まいを楽にした。

「身は常々より、関東の内情にお詳しい伊勢守殿に訊ねたきことがあったのだが……」

「いかなるご諮問にございましょう。他ならぬ管領様のお訊ねにございます。謹んでお答えいたしまする」

「かたじけない」

そう言ってから、勝元は細い眉をひそめた。

「なにゆえに、関東では、戦がいつまでも長引くのじゃ」

「これは、難しきご諮問にございまする」

「山内ならびに扇谷(おうぎがやつ)の両上杉家が攻めておるのは、持氏(もちうじ)の残党ではないか。たかの知れた落武者どもじゃ。領地も取り上げられておろう。なにゆえいつまでたっても戦が片づかぬのじゃ。面妖ではないか」

「いかにも面妖にございまする」

伊勢貞国は黙り込んだ。ずっと黙っていれば、この若者が諦めるかと思ったのだ。ところが案に相違して勝元はしつこい。

「伊勢守殿が語ってくれるまで、わしは奥には下がらぬぞ」

致し方もない――と貞国は思った。それにそろそろこの若者にも、愚かしい政治の現実を理解してもらいたいところでもある。

「これは拙者一人の推察にござる。あくまでも拙者の思い込みにござって、確証のある話ではございませぬ」

「不確かな雑説ということか」

「いかにも、この老(お)い耄(ぼ)れの雑説。それでよろしければお耳にお入れくだされ」

「聞かせてくれ」

「関東の戦が終わらぬのは、山内と扇谷ならびにその家宰や家人どもに、戦を終わらせる気がないからであろうと推察いたしまする」

「なぜじゃ。戦で誰もが困窮し、難儀をしておるであろうに。なにゆえ戦を終わらせぬのじゃ」

「実は、困窮してはおらぬからでございまする。それどころか、両上杉と家宰たちは、戦によって富貴になっており申す」

「それは、いかなるからくりじゃ」

「足利将軍家の開幕の砌、日本国は、北朝と南朝とに分かれて鎬を削っており申した」

南北朝の動乱である。

「足利将軍家に仕える各地の大名や守護、地頭たちは、南朝に与せし賊徒どもを退治するために兵を催しており申したが、戦には莫大な銭がかかり申す。段銭（税金）のみでは、とてものこと、兵馬を揃えることが叶わなかったのでございまする」

室町時代の大名は、領主ではない。

大名というと、江戸時代の大名たちのような、何万石から何十万石もの土地を支配する領主を想像する。今日の県や市に相当する土地を持つ〝国王〟だ。

ところが、室町時代の大名は領主ではなかったのである。

今日の日本での役職にたとえれば警察官だったのだ。

中世の日本の農地は、ほとんどが荘園となっていた。荘園の持ち主（これこそが本当の領主）は荘園主（本所という）だ。帝や、貴族や、巨大な寺社が荘園の持ち主として君臨していた。

守護や大名（たいめい）は、国や郡（いまの県や市）の治安を維持することを役目とした警察組織であり軍隊であった。

たとえば甲斐（かい）国守護職ならば『山梨県警の県警本部長兼、日本陸軍の甲府師団長』に相当した。

室町時代の守護や大名は、彼らが赴任している土地の領主ではなかったのだ。

「それがゆえに――」

と、伊勢貞国は説明を続ける。

「南北朝の動乱が長引くに連れて武士たちは、困窮していったのでございまする」

警察官を出動させたままにしておけば、警察署の予算も尽きるし、警察官たちの不満も募る。

「これを哀れんだ等持院殿様（とうじいんでん）（足利尊氏（あしかがたかうじ））は、半済令（はんぜいれい）を公布して、武士をお救いくださいいました」

半済令とは、戦争に駆り出された武士たちが、戦場となった土地から〝本所（荘園主）に納入されるべき年貢の半分〟を軍事予算として徴収して良い——と定めた法令である。

内戦状態を鎮めるため、幕府は武士に出陣の命令を出す。武士たちは敵と戦うために動員され、戦場に赴いて布陣をし、築城もする。

この際、他人の土地を借り受けて布陣するわけだが『その近在の土地から〝本来は荘園主に納められるはずの年貢〟の半分を、取り上げてよい』ということにしてしまったのだ。

この〝年貢の半分を徴発できる土地〟のことを兵糧料所という。

荘園の持ち主たちからすれば、とんでもない話だ。自分の土地に警察機動隊が陣地を造るだけでも迷惑なのに、そのうえさらに税金まで半分横取りされてしまうのである。

それでもやはり『悪党たちを退治して、あなたの荘園の治安を回復させるためなのです』と言われれば、嫌だとは言えない。内戦が続いて困るのは、確かに荘園主たちだからだ。

しかし、この半済令はあまりにも弊害が大きすぎた。薬ならば劇薬、あるいは毒薬であった。

武士たちは『自分たちが担当している戦が続くかぎり、兵糧料所から延々と富を吸い上げ続けることができる』と気づいた。

とんでもないことに気づいてしまったのである！

「結句を申せば、戦が長引けば長引くほどに、武士たちは私腹を肥やすことができるのでござる。それゆえ武士たちは、一度戦場に赴いたならば、なかなかに戦を終わらせようとはしないのでござる」

「金銭を稼ぐことを眼目として、戦をしておると申すか」

「昨今の戦は〝商い〟に等しゅうござる」

「なんたること！」

勝元は目を怒らせた。

「この不行状が真説だとすれば、とうていなおざりにはできぬ。伊勢守殿よ、そなたもそなたじゃ。関東の武者どもの悪しき魂胆をそこまで読み通しながら、なにゆえに手を打とうとなさらぬのじゃ！」

「関東の武者どもに掣肘を加えるためには、三代様や六代様ほどのご器量がいり申す」

室町幕府の三代将軍の足利義満と六代将軍の義教は、武士たちの手前勝手な振舞いを制するために大鉈を振るった。言うことを聞かぬ守護や大名を次々と滅ぼした。この二人の将軍の強権政治を〝悪〟と見做す向きもあるが、日本国全体の幸福という観点で考えれば、必要とされた措置だった。

ところが二人とも壮途の半ばにして急死した。ことに六代義教は、守護大名家の仕返しによって暗殺された。

七代将軍の義勝は享年十で夭折した。八代将軍はいまだに就任していない。武士たちの好き勝手を制することのできる者が、この国にはいない。

「なるほど、それで関東の武者どもは、私欲のために戦を続けておるわけか」

「ここで、お心に留め置き願いたいことがございまする」

「なんじゃ」

「半済令には弊害が多いとは申せども、なくすことはできませぬ。我ら武士の首を自ら締めることになりまする」

そもそも幕府（武家政権）は、武士の利権を守るために組織されたのだ。武士たちは、荘園領主ではないがゆえに、社会的地位が低い。おまけに本来は貧しい。

「半済令によって、各地の荘園に公事米を課すことができまするがゆえに、我ら武士は朝廷の公家や寺社の高僧がたと肩を並べることが叶うのでござる。半済令を失くせば、我ら武士は、御先代様（源頼朝の鎌倉幕府）以前の姿にかえされてしまいまする」

平安時代の武士は貴族の使用人、下人であった。侍とは〝侍る者〟という意味である。貴族の馬前や牛車の脇に侍って仕える、低い身分の者たちこそが侍であった。

半済令に弊害が多いことはわかっているが、これを失くせば、将軍とて、京都に御所を構えることができなくなる。幕府を経営する予算がなくなってしまう。

「それならば、なんとする」

伊勢貞国にも名案はない。

「今は六代様の薨去(こうきょ)で傾いた幕府の屋台骨を建て直すことが第一にござる。義成様の将軍職ご就任を急がねばなりませぬ」

室町将軍の空位につけこんで、関東の武士たちが好き勝手をしている——これが伊勢貞国の見解だ。たとえ幼君であろうとも、将軍が京より関東に目を光らせている、と装うより他にないであろうと考えていた。

「心得た。義成様の将軍ご就任の件は、畠山と斯波、ならびに四職に諮(はか)ることにいたそう」

「吉報をお待ちいたしまする」

「伊勢守殿は、関東から目を離さぬように頼みいる」

「心得ましてございまする」

勝元に言われずとも、目を離せるものではない。

細川勝元は奥へ下がり、伊勢貞国は低頭して見送った。

この年、義成（三寅）は正式に元服し（それまでは仮元服）、四月二十九日には将軍職に就任した。

八代将軍足利義成の誕生である。十四歳（満十三歳）の少年将軍であった。

七月、元号が改正され、文安六年は宝徳元年となった。

三

宝徳二年（一四五〇）三月――。

かつて信州佐久でかくまわれていた流浪の貴種、万寿王丸（まんじゅおうまる）も、今では押しも押されもせぬ関東公方、足利成氏である。鎌倉の洞ケ谷にある公方御所で関東の政治に取り組んでいた。

関東管領、山内上杉家の館は山内（地名）にあった。鶴岡八幡宮から東へ進み、巨福呂坂の切り通しを越えた塞外の地だ。

いっぽう、扇谷上杉家の館があるのは扇谷（地名）である。亀ヶ谷坂の切通に近い要害の地だ。狭い谷間に居館が建てられてあった。扇谷上杉家は相模（さがみ）国守護でもあり、館は守護所（役所）でもある。いささか手狭な感じもしないではない。

その扇谷館に、秘かに訪いを入れた者がいた。

騎馬のまま門をくぐって入る。扇谷館に仕える侍や小者たちが、皆、緊張の面持ちで迎えた。

客は馬から下りると、手綱を厩の小者に預け、太田家の館に向かった。扇谷上杉館の敷地内に、太田家の館も建っているのだ。

「昌賢入道様。ようこそお渡りくださいました」

太田道真の弟、大和守資俊が低頭して迎える。

昌賢とは、白井長尾景仲の戒名（僧侶としての名前）である。この年、六十三歳（満六十二歳）。長らく山内上杉家の采配を振るってきた名将は、山内上杉家の家督の問題を解決させたのちに入道した。主君の長棟の意に逆らったことへの、せめてもの謝罪であった。とはいえ政界から引退したわけではない。寺に籠もるつもりなど毛頭ない。ただ今の鎌倉は、成氏（万寿王丸）の帰還によって風雲急を告げている。景仲改め昌賢が目を離すことのできる情勢ではなかったのだ。

昌賢は濡れ縁を押し渡って会所に入った。いまだ関東では畳が普及していない。床板に円座を敷いて座る。武士の社会では円座すら軟弱な風儀であるとして嫌われた。円座を使う者は老体に限られていた。

大和守も部屋の隅に控えて座る。

館の奥から道真が出てきて、昌賢の正面に座った。

「わざわざのお運び、痛み入りまする」

「くどくどしい挨拶は抜きだ。道真入道殿、容易ならぬ説（情報）を耳にした。鎌倉様にかかわる話じゃ」

鎌倉様とは、関東公方の成氏のことだ。

昌賢は小声の早口で言った。

「鎌倉様は、結城七郎に旧領を返そうと図っておるぞ」

太田道真の顔色が変わった。

「やはり……で、ござるな」

「いかにも『やはり』じゃ。結城ばかりではない。簗田(やなだ)や一色など、持氏様や安王丸(やすおうまる)様に与した者どもに、兵糧料所を授けようとしておられる」

横で話を聞いていた大和守は、たまらずに色をなした。

「鎌倉様は、両上杉が苦心して鎌倉に帰参させた御人ではござらぬか！　京都様への詫び言も両上杉が代弁してやったようなもの。我らの忠勤を無にし、両上杉を目の敵(かたき)になさるとは何事にございましょうや」

道真は横目を弟に向けた。

「武士にとって、もっとも憎むべきは〝親の仇〟だ。鎌倉様の身になって考えれば、我ら上杉と手を取り合って――というわけにはゆくまいぞ」

上杉一門は室町将軍義教の手先となって関東公方家と戦ってきた。成氏の父の持氏や兄たちを死に追いやったのは上杉一門である。

昌賢も諦め顔だ。

「我らが成氏公を鎌倉様に担ぎ上げたのは、長棟様との諍いに勝ちを得るためであった」

山内上杉家の家督を巡っての無意味な政争が長く続いた。関東の政治は空転し続けた。このくだらぬ混乱を終結させるために昌賢と道真が打った〝禁じ手〟が関東公方家の復活であった。

奏功して山内上杉家は崩壊を免れたわけだが――、

「こうなってくると、成氏公が目障りでならぬな」

昌賢は冷たい口調で言った。道真も「いかにも」と同意した。

「目障りなだけでは済まされそうにござらぬ。なんと申しても、かの御仁は関東公方様。今は、我ら両上杉の力で押さえ込んでおり申すが……」

「成氏公は、お飾り物の公方の座では飽き足りなくなったのであろう」

成氏にとってすれば、両上杉を打倒しないことには、真の関東公方として覇権を振るうことができない。

成氏は、じわりじわりと自らの権勢を拡大させようと図っている。結城合戦で没落した奉公衆（関東公方の直臣）に旧領を返してやろうとしているのも、その一環だ。

昌賢は頭髪を剃っていたけれども、顎鬚は細長く伸ばしている。その鬚をしごきながら語る。

「誰をどの国の守護職に据えるか。誰に、いずこの地を兵糧料所として授けるか。それを定めるのは、関東公方様のご一存だ」

室町時代の守護や守護代は〝領主〟ではない。上位権力者に命じられて任国に赴任する役人だ。

この感覚は桃山時代や、江戸時代の大名たちも共有している。豊臣秀吉(とよとみひでよし)に国替えを命じられた徳川家康(とくがわいえやす)や上杉景勝(うえすぎかげかつ)が、唯々諾々(いいだくだく)として移住したのは『大名は、領主ではなく役職だ』という認識があったからである。土地の持ち主は荘園主と百姓たちだ。

江戸時代の国替えや改易もまた同じだ。どんな無茶な難癖であろうとも改易処分に従うのは『大名の地位は恒久のものではなく、上位権力者から命じられている期間だけ有効だ』と考えていたからである。辞令が下った期間だけ大名という役職に就いている。武士たちは皆、そう考えていたわけだ。

「成氏公が、我らの手より武蔵守護職や相模守護職を取り上げる――と言うのであれば、我らは従うより他にない」

昌賢がそう言うと、太田道真は不穏な目つきで昌賢の顔を覗きこんだ。

「よもや、黙って従うわけではござるまい」

「いかにも。黙って従うわけがあるまいぞ」

昌賢もニヤリと笑った。

「かくなれば、成氏公には関東公方を下りていただく。成氏公は我らが担ぎ上げた神輿である。成氏公の役目はもう終わった。神輿を地に下ろす時がきたのじゃ」

昌賢の目が爛々と光る。政争に没頭する時、この男はもっとも生彩を放つのだった。

「京都様（八代将軍義成）には、異母兄様がおわす」

母親の身分が低かったので将軍家の後継者には選ばれなかった兄がいた。将軍家の跡継ぎの条件には『正妻の子であること』という一事も含まれるのだ。

側室が産んだ子だが、六代将軍義教の子であることにかわりはない。

「関東公方様としてお迎えするのに、相応しき御身分である」

「ならば、将軍家ご令兄に、鎌倉へのご動座を願うのですな」

「左様じゃ」

「ご令兄のお人柄はいかに」

「知らぬ。じゃが、成氏公よりはマシであろう」

関東公方がどのような人物であれ、政治の実権を握っているのは、この昌賢入道なのだ。

そして彼を補佐する太田道真だ。

関東公方の存在がこの二人にとって好都合であれば、推戴し続ける。不都合ならば追い落とす。

　ただそれだけの話であった。

　昌賢入道は山内の館に帰っていった。扇谷館の門外まで見送ってから、大和守は太田家の館に戻った。

　首を傾げながら濡れ縁を渡る。

「解せぬ。なんとも解せぬ」

　貫禄をつけるために伸ばし始めたひげをいじりながら呟く。思いが勝手に口を突いたのだ。独り言を漏らしたという自覚もなかったのだが――、

「なにが解せぬのでござるか」

　カラッと明るい声で話しかけられて、瞬時に大和守は我に返った。

　館の奥から廊下を渡って一人の若侍がやってくる。白い歯を見せて朗らかに笑っている。

　大和守は不快な気分になった。

　――鎌倉様もいけ好かぬ若造だが、こやつよりは、まだ少しマシだ。

「いつもながらご機嫌麗しくないご様子。叔父上には気苦労が絶えませぬな。しかして何事が出来いたしましたか」

　馴れ馴れしげに歩み寄ってくる。他人の都合にはお構いなしにズカズカと踏み込んでく

るのだ。まことにもって厚かましい。

「なにも起こってなどおらぬ。下がれ」

大和守は邪険に手を振った。相手は兄の子。道真が隠居するか死ぬかすれば、太田家の当主となる身だ。大和守にとっては主君となる。ところが大和守は、この生意気な若造に頭を下げる気にはどうしてもならない。

「童の知ったことではない。大人の話に黄色い嘴を突っ込むな」

「これはしたり。拙者は元服も果たしもうしたが」

——童は童だ。鶴千代丸と呼ばれた頃と性根が何も変わっておらぬ。

鶴千代丸は四年前、下野国の学校より鎌倉に戻されて元服した。諱を資長、仮名を源六郎と更めた。

太田源六郎資長である。

鶴千代丸だった頃の面影は残っている。色白で、豊頬で、目がクリクリとしている。

「叔父上もついに耄碌をなされたか。拙者の元服をすっかりお忘れとは嘆かわしい」

可愛い顔をしているくせに、軽薄な薄笑いを浮かべつつ、さも小馬鹿にしたような口を利く。まことにもっていけ好かない。

——こやつは他人に憎まれるために生まれてきたのか。

そういう困った人間が稀にはいる。

「ええい、今は両上杉の大事なのだ。お前に構っておる暇などない」

犬でも払うかのように手を振ったが、資長は引き下がる様子もない。

「昌賢入道様は、鎌倉様を討つおつもりでござるな」

そうサラリと言ってのけた。大和守はギョッとなって源六郎資長を見た。

「盗み聞きをしておったのか！」

目を怒らせると、資長はいっそう軽薄に笑った。

「いいえ。この程度の話、盗み聞きをせずとも推察できましょう。昌賢入道様や父上のお顔には『鎌倉様を討つ』と書いてありましたゆえ」

「ええい、こっちへ来い！」

大和守は資長の袖を摑んで、たまたま空いていた小部屋に引っ張りこんだ。廊下に誰もいないことを確かめてから戸をピシャリと閉めた。

振り返って資長を睨みつける。

「お前は昔から妙に勘の鋭いところがあった。教えてもおらぬことを嗅ぎつけおる」

「ということは、拙者の当て推量は的を射ていたのでしょうかな」

「その当て推量、他人に吹聴しておらぬであろうな！　勝手な当て推量であろうとも、太田家の惣領息子であるお前が語れば、太田家の思惑だと勘違いをされる！」

するとと資長はまたしても癇(かん)に障る笑みを浮かべた。

「わざわざ拙者が推量などを口にせずとも、鎌倉の武家たちは皆、おのれで推量いたしており申すが？　目と耳のある者ならば誰でも、鎌倉様と両上杉の不仲を察しておりましょうに」

大和守は「むむむ」と唸った。顔色が怒りで赤くなったり、不安で青くなったりした。

資長は笑顔のまま首を傾げた。

「なにをそんなに案じておわしますのか」

「これが案じずにおられようか」

「信濃の佐久より鎌倉様を連れ帰られたのは叔父上でございましたな。叔父上には、鎌倉様への愛着がござるのか」

「愛着などあるはずもない。あんな憎体の童」

憎らしさでは源六郎資長に比肩する。可愛げというものがまったくない。両人ともに。

「じゃが」

と大和守は思案する。

「兄者と昌賢入道様は、鎌倉様の憎体を承知で鎌倉に呼び戻したのではないのか。今、ここで両上杉が鎌倉様に矛を向けることが得策だとは思えぬ」

「左様ですかな？」

源六郎はニヤニヤと笑っている。大和守はキッと甥を睨みつけた。

「なんぞ異論があるのか」

「鎌倉様をこのままにしておいたならば、両上杉はいずれ鎌倉様に討ち滅ぼされましょう。どうせ、いずれは戦うのでござる。されば、敵の弱いうちに叩き潰すに限りまする。我らが日延べをすれば、その日数分だけ鎌倉様の味方が増えましょう」

「よくもそう簡単に割り切れたものだな」

「いかにも割り切って考えれば良い話にござるよ。鎌倉様に殺されたくないならば鎌倉様を殺しておく。ただそれだけの話でございましょうに」

「鎌倉府は――すなわち東国の武家は、関東公方様を戴くことで成り立っておるのだぞ！」

「関東公方家は滅亡して久しゅうござったが、なにか不便があったとは思えませぬな。両上杉が関東管領として関東を治めておれば、関東公方など無用にござる」

「坂東八屋形など、東関東に盤踞(ばんきょ)する大名(たいめい)たちは、関東公方様にしか従わぬ」

「両上杉に力がないからでござる。両上杉が力を増やし、大名たちに睨みを効かせる。さすれば坂東は治まりまする。関東公方などをありがたがっておるから、いつまでたっても両上杉の力が伸びず、関東を治めることがかなわぬのでござる」

「うぬは……！」

大和守は歯噛みした。

「おのれが何を言っておるのか、わかっておるのか！」

「思うたまでを申しました」

「賢しらぶりおって！　この世の中は人の心でできておる！　そう簡単に割り切れたものではない！」

「左様で」

大和守は、この甥と話していると自分の頭までおかしくなってしまいそうだ、と感じた。

「ともあれ、思うたことや、推察したことを、外では話すな！　否、屋敷の内でも話してはならぬ」

憤然として戸を開けて出て行こうとして、身を返して戻ってきて、質した。

「なにゆえにお前はいつでもそうやって薄笑いを浮かべておるのだ！」

真心のまったく感じられない笑みだ。

源六郎はその薄笑いを顔に張り付けたまま答えた。

「父上より『人に好かれるように、いつでも笑顔でいろ』と諭されたもので」

「なんじゃと？」

笑顔は大切だが、この甥に限ってはまったく良くない。と、大和守は思った。

四

宝徳二年（一四五〇）四月、両上杉家は伴類（家の子、郎党）を鎌倉に招集し、与党の大名、国人、地侍の一揆（小武装勢力の結盟集団）にも飛檄して、決起を呼びかけた。

関東公方の足利成氏は、父や兄たちに従って敗れた者たちの復権を目指している。即ちそれは、ただ今の〝勝ち組〟が利権を剝奪される、ということを意味していた。

両上杉は形式の上では、関東公方の管領（家老）である。臣下が主君に刃を向けることは、逆心として嫌われる。

はたしてこの決起は成就するのか。関東の人士は皆、固唾を飲んで見守っている。

英泰は太田家の陣僧として扶持を受けている。日々ほとんど何もすることがなく太田館で冷や飯を食ってきたのであるが、ここにきて突然に多忙になった。各地に送る手紙を何通も書かねばならない。英泰が文面を書き写し、最後に道真が署名するのだ。祐筆である。

太田館の一室に机を据えて筆を走らせていると、大股の足どりで源六郎資長が入ってきた。

「これを見よ」

物だ。英泰は受け取って目を通した。

資長は檄文を英泰に差し出した。彼の父親の道真が、白井長尾昌賢と連名でばらまいた物だ。英泰は受け取って目を通した。

資長はドッカリと腰を下ろす。なにやら憤懣やる方ない、といった顔つきと態度であった。

「昌賢入道も、親父も、大温いことをする」

大温いとは〝手ぬるい〟のさらにもっと酷い状態のことをいう。

英泰は檄文を読み終えて資長に返そうとしたが、資長が受け取ろうとしないので、困った。

資長の鼻息は荒い。

「『君側の奸を除く』などと書かれておる。馬鹿な！『成氏を弑する』と書けば良いものを！」

英泰は呆れた。

「そのような物言いをしたなら、家宰様（太田道真）も昌賢入道様も、逆臣として青史に汚名を刻まれてしまいまする」

「汚名が残ってなにが困る。両上杉はすでにして汚名に塗れておるぞ。先代公方の持氏を殺したのだ。成氏を殺したところで、今さら誰も驚きはせぬ」

「家宰様がたには、深いお考えがあるのでござろう」

「親父たちに深い考えなどあるものか。たんに腰が引けておるのよ。英泰、お前はどう思う」

「拙僧に御諮問にございまするか。ならば有体に申し上げる。関東公方様と戦をすることは、天罰ほども恐ろしゅうござる」

「お前は阿呆か。天道の是非を問うておるのではない。今、大事なのは戦に勝てるかどうかだ。戦に勝ちさえすれば、大義などいくらでも後からついてくる」

資長は大きな目を細めて庭のほうを見た。別に庭に何かがあるわけではない。目を逸らすのは考え事をするときの癖だ――ということを英泰は知っている。

「戦は勢いだ」

「夫れ兵は水に象る」

「そう。それ。激流は堅固な堤をも突き崩す。坂東の平野をも一面の泥で満たしてしまう。――我らの戦はそのようにして進めねばならぬ。しかるに親父は」

資長は憤激し始めた。

「自らの勢いを、自ら矯めようとしておる！『主君を討つのではない。主君の側で奸計を巡らせる痴れ者どもを討ち取るだけである』などと言い訳をはじめおった！これをなんと見る。自ら堤を造って自軍の勢いを遮るようなものではないか！なぜ怒濤の勢いでもって、関東公方府を粉砕し尽くしてしまわぬのだ！」

「家宰様も、昌賢入道様も、慎重なのでございましょう。なるほど兵は勢いでござるが、勢いがつき過ぎれば、もはや人の手には余りまする」

「何を言うておる」

「十二年前、両上杉様は持氏様を討つために、お味方の兵に勢いをつけ申した。その勢いで以て、持氏様や安王丸様を討ったはよろしいが、勢い良く放たれた兵馬の始末が、今でもまったくできておりませぬ」

「ふむ。さすがは英泰。物がよく見えておるな。そのとおりだ」

「恐れ入る」

「致し方なく親父たちは、成氏を関東公方に立てて、関東公方の権威で関東を鎮めようとした」

「勢いを以て放たれた兵馬は、まさに、堤を破った出水の如きもの。両上杉家の御力を以てしても、鎮めることは難事。まさに、兵は水に象る。暴れ水を元の静かな流れに復すことは、あまりにも難しゅうござる」

資長はジロリと英泰を睨んだ。

「だからと申して、チョロチョロと盃に注ぐが如くに兵を小出しにして、戦に勝てようものか！」

「家宰様と昌賢入道様は、戦に勝つことよりも、勝ったあとの治世を重視なさっておわす

「まずは勝たねばなるまいよ！　古人に曰く、『天佑の下りし者が、その天佑に背を向ければ、天佑たちまち天罰となって害をもたらす』じゃ。成氏を討ち漏らした後、両上杉家に下る天罰のほども恐ろしいわ！」

資長は憤激しながら出ていった。

両上杉の決起を知った成氏は、四月二十日、夜陰に乗じて鎌倉を脱出し、江ノ島に入った。

江ノ島はかつては陸続きの半島だったのだが、いつしか浸食されて離れ小島となった。次には、その浸食された部分に砂が運ばれてきて砂州となった。干潮時にだけ砂州を通って島に渡ることができた。

江ノ島に逃げ込んだ成氏とその与党は、砂州の陸橋を封鎖した。この地形ならば少数の兵で大軍の攻撃を退けることができると踏んだのだ。

両上杉の軍勢が江ノ島を攻めるためには、兵船を集めなければならない。しかし兵船は容易に集まらない。鎌倉近くの水軍や、漁師、舟運商人たちは皆、成氏に与した。

成氏もまた、檄文を諸勢力にばらまき始めた。

両上杉勢は成氏を追撃するために鎌倉より出陣した。海岸線に沿って延びる東海道を進んで腰越に達した。その地で両上杉勢は、下野国守護職、小山下野守持政の手勢に迎撃された。成氏与党の大名である。最初の軍事衝突が勃発した。

源六郎資長は、緋縅の大鎧で身を固め、隊列の後陣に従っている。

「そら見たことかよ英泰！　早速にも、かつての味方が敵側についてしまったではないかッ」

小山持政は、結城合戦では幕府軍（上杉方）に参陣して、春王丸と安王丸を攻めたのだ。その功績を認められて下野守護に任じられていた。関東公方の成氏からすれば、もっとも激しく敵対しなければならない兄の仇だ。

小山持政には〝下野守にしてもらった恩義〟が関東管領上杉家に対してあったはずなのだ。

それなのに小山勢は成氏側にまわっての奉公を決意した。

小山家は鎌倉にも下野国守護所と屋敷を構えている。鎌倉に近在していた伴類を急遽まとめあげると「いざ鎌倉」とばかりに成氏の許に駆けつけたのだ。

前方から干戈を交える喧噪と、諸隊の兵の喚き声が聞こえてくる。

「小山下野守様が寝返った！」

「まさか、あの下野守様が……」

上杉方の兵たちは思わぬ成り行きに動揺している。

資長は歯嚙みした。

「両上杉が、成氏を討ち取る意気込みで事に望めば、こちらに勢いがつき、旗色を見ていた連中が味方に慕い寄って来たのだ！　それをみすみす……」

資長は、この一件が始まって以来ずっと、昌賢と道真の腰の重さを批判している。成氏を暗殺してさえいれば、あっと言う間に終わったはずの反乱が、思わぬ泥仕合の様相を見せてきた。

情勢を傍観していた大名たちは、両上杉のもたついた対応を見て『成氏側のほうが若干有利』と見て取ったらしい。

「落ち着かれよ。今さら悔やんでも始まりませぬ」

英泰が窘めた。資長が食ってかかった。

「わしは何も悔やんでなどおらぬ！　親父殿を責めておるのじゃ！」

「ともあれ、兵どもの見ている前で取り乱した姿を晒してはなりませぬ。皆が動揺いたしまする」

「お前はよくもそんなに落ち着いておられるものだな。わしは親父殿のところへ行ってくる。我が隊の采をいっとき任せるぞ」

資長は馬を進めて本隊へと向かった。

資長が前へ進めば進むほどに、戦場の混乱が激しくなってきた。

資長は父道真の姿を見つけた。僧形ながらに鎧を着けて、禿頭（坊主頭）に頭巾をかぶっている。馬より下りて床几を運ばせ、大儀そうに腰を下ろそうとしていた。

資長も馬から下り、鎧を鳴らしながら駆け寄った。

「父上！」

「おう。お前か」

道真は長閑にも見える顔を向けてきた。まるで、花見の最中に息子と出合ったみたいな風情であった。

資長は目尻を吊り上げて父親に迫る。

「こんな所で何をなさっておられる！」

「何を、とは、なんのことじゃ？　見ればわかるであろう。我らはこの地に本陣を敷く」

「御本陣を？」

資長は左右を見回した。

「管領様は、いずこにおわしまするか」

両上杉勢が出陣してきたからには本陣には関東管領の山内上杉憲忠（龍忠丸）の姿があるはずなのだが、見当たらない。

「管領様は鎌倉じゃ。御出馬を願ってはおらぬ」

「なにゆえ」

「これ以上、山内様のご面目を損なうことはできぬのでな。この一件は〝山内様の与り知らぬこと〟としてあるのだ」

「なんですと」

資長は驚き呆れた。総大将不在で戦に勝つことができるのか。

「されば、我らの御屋形様は」

太田家の主君、扇谷上杉家は、持朝が出家隠居し、子の顕房(あきふさ)に代がわりしている。顕房は永享七年（一四三五）生まれの十六歳（満十五歳だ）。

道真は難しい顔をして、首を横に振った。

「初陣に等しき御屋形様を此度の戦にかり出すことはできぬ。荷が重い」

「ならば、昌賢入道様はいずこにおわす」

「鎌倉で管領様と御屋形様をお護りしておる。鎌倉を敵方に押さえられぬよう、用心をせねばならぬのだ」

「父上が御陣代にございまするか」

喜んでいいのか、不安になるべきか。若い資長は父親の実力を量りかねている。

「お前もそこに侍れ」

兵たちが掻楯(かいだて)を並べ、幕奉行が夫丸(ぶまる)（戦場で働く男手）たちを指図して陣幕を張らせようとしていた。資長は異様な胸騒ぎ、あるいは不安を覚えた。

「布陣などご無用にござる！　疾く、軍兵を進められよ！」

「お前は何をそんなに焦っておるのだ。大将が居場所を顕かにせぬことには、諸隊は戦いができぬのだぞ」

「小山勢など物の数ではございませぬ！　鎌倉の下野守護所に侍っていた武者は、多く見積もっても三十騎でござろう」

一方、味方の兵力は、扇谷上杉家の被官や家臣団、山内上杉家の手勢も合わせて、千五百の軍容だ。

「総掛かりで攻めたてれば、即刻に攻め潰すことが叶いまする！」

その時、陣幕の外から豪傑笑いが聞こえてきた。

「さすがは太田の若殿、勇ましき物言いにござるな！　末頼もしき若大将にござるぞ」

一人の鎧武者が、張られたばかりの陣幕を捲って入ってきた。太田家の家士が急いで床几を用意する。鎧武者はドッカと腰を据えた。

「若大将の見立てられた通りじゃ。小山の手勢など物の数ではござらぬ。拙者に先手を申しつけられたし！」

その武者は道真に向き直って低頭する。道真は「よくぞ申された」と大きく頷いた。

「さすがは下野国にその人ありと謳われた小野寺中務少輔殿。其処許のほうこそ頼もしき大将じゃ」

大仰に褒め上げる。小野寺も自尊心を満たされたのか、満足そうに頷いた。端で見ている源六郎資長は鼻白む思いであった。下手な狂言（芝居）を見ているような心地であった。

——この男が小野寺朝道か……。

下野国は足利荘の住人（地侍）だと聞いている。結城合戦以来の上杉与党だ。歳は五十を越えたばかりだが、鬢の毛や口髭には白毛も混じっていた。顔の血色が良く、声も大きい。

「しかれども、お気をつけなされよ道真入道殿。小山持政は下野国守護。守護の命でもって下野国の地侍や一揆に檄を飛ばせば、数千の軍兵を集めることも叶いましょうぞ」

資長は——うむ——と内心で頷いた。わかっている者は、わかっている。だからこそ小山勢は即刻に攻め潰すべきなのだ——と思っていたら、小野寺は予想外の物言いを始めた。

「されば、京都様（室町幕府）に使いを送って、小山持政の守護職罷免をお勧めなさいませ。小山家は下野守護に相応しからぬ。憚りながら、この中務少輔が守護の重責を担ってご覧にいれましょうぞ！　さすれば下野国の軍兵は、残らず両上杉の味方となりましょうぞ！」

資長は茫然とした。

——戦も始まったばかりだと申すに、いきなり恩賞の催促とは……！

浅ましいとしか言い様がない。父はなんと答えるのだろうか。急いで目を向けると、道真は笑みを含んで答えた。

「いかにもいかにも。小野寺殿こそ下野国守護に相応しい」

機嫌取りにしか聞こえぬ物言いをして、頷いたのだ。

それを良いことに、小野寺朝道はますます図に乗って身を乗り出してきた。

「左様ならば、拙者に一筆、賜りたく存ずる」

何を一筆取り付けようというのか。

「こたびの戦に勝ちを得ましたならば、小山持政を罷免し、拙者を下野国守護職に就けると……。道真殿の約定を我が伴類に披露いたせば、我が兵どもはますます意気上がり、忠勤に励むと申すもの！」

「いかにも。誰(たれ)かある。紙と筆を持て」

道真は近習に命じて用意させると、誓詞を記して花押を押した。

「おおッ、かたじけなし！　さすれば我ら主従、これより小山勢に攻め掛かり、持政の首を討ち取って参りましょうぞ！　なにとぞ先陣をお命じくだされ！」

「拙僧に断りを入れてくださるまでもござらぬ。功名手柄は中務少輔殿のご一存のままになされよ」

「さればこれより出陣いたす！　御免ッ」

「ご武運を祈念いたしますぞ」

小野寺朝道は勇躍、本陣から出て行く。資長は父道真に詰め寄った。

「管領様のご同意も得ず、父上の一存であのような約定を交わしてよろしいのでござるか！」

「良いはずがあるまい」

「ならば――」

「されど仕方があるまい。恩賞を約してやらねば小野寺は働かぬ」

道真は、まったく悪びれた様子もない。

「ところでお前は幾つになったか」

「十九にござる」

「覚えておけ。家宰の仕事は〝清濁併せ呑む〟どころではない。濁濁併せ呑む器量がなくては務まらぬのだ」

絶句した資長を尻目に、その後も武蔵国の一揆や、相模国の地侍などが次々と挨拶にやってきた。道真はいちいち懇(ねんご)ろに応対し、求められるがままに、どこそこの地を兵糧料所にして良い、だの、どこそこの地頭や下司に任ずる、などと、気前良く恩賞を約束した。

まるで恩賞を売り物にした商人のような振舞いだが、これこそが当代（室町時代）の戦のありさまなのだ。

「そこもとたちと交わした約定が奏功するためには、この戦に勝つことが肝要にござるぞ。さぁ、お励みなされ。手柄功名、思いのままにござる！」

道真は大売出しの商人のような顔つきで、味方を戦場に送り出した。

椀盤振舞いがものを言ったのか、それとも最初から兵力が隔絶していたが故なのか、合戦は呆気なくけりがつき、小山勢は突き崩されて江ノ島へ敗走した。味方は敵の武者の数人を討ち取って帰陣してきた。

五

「英泰、今朝の合戦を見たか」

源六郎資長は憤然とした顔つきで、陣僧の英泰に質した。

「あんなものが合戦と言えようか。敵と味方の騎馬武者が行き交って、矢を射かけあっておるだけではないか」

鎧姿のまま、大木の根元にゴロリと寝ころがった。英泰が窘める。

「そのようにだらしのない姿を人に見られたらどうなさる。太田家の面目がつぶれましょうぞ」

小山勢を退けた両上杉勢は、いったん兵を纏めて陣営を立て直した。手柄を立てた者たちの名と、討ち取った相手の名を、首注文に書き留めるなどの手続きも行われた。

手柄は恩賞に直結するので、証人から状況を聞き取るなどの煩雑な手続きを要する。その間、行軍は停止だ。

「なんという退屈な戦か。陣形もなければ駆け引きもない。数の多い方が勝つ。当たり前の話ではないか。戦とはこんなものか。わしは虚しくなってきたぞ」

英泰も考え込んでいる。

「いかにも、兵を多く集めた方が勝つようでござるな。家宰様が恩賞を椀飯振舞いするのも頷けまする」

英泰も足利の学校で学んだ俊才だ。見るべきところはきちんと見ている。

「多くの兵を集めれば集めるほどに、お味方は、気心の知れない者たちの集まりとなりましょう。互いに顔も名も知らぬ者同士でござれば、陣形を組んでの駆け引きなど、できたものではござらぬ」

「数を頼んでの叩き合いか。どこの誰が、どこで戦っているのかすらわからぬのだからな。敵将の首を取った者が本陣に戻ってきて、初めて敵に勝ったのだと知れる。これでは軍配（作戦）の立てようもない」

「戦が始まる前に軍配を巡らせたところで、戦が始まった刹那に、すべてが無駄になりましょう」

「これではなんのために兵法を学んだのか、わからぬ」

「源六郎様らしくもない物言いでござるな。兵は勢いがすべて。大水の如くに敵を飲みこめばそれで良い。常々そう申しておられたではござらぬか」

「ふん。どこの若造が賢しらぶって、そのような高言を吐きおったのか」

資長は腕枕をして横を向いて、やがていびきをかき始めた。

――固い鎧を着けたまま寝入るとは……。いつもながらに器用な男だ。

英泰はまたしても呆れた。

小山勢を撃退した両上杉勢は、いよいよ意気揚がって、江ノ島に向かって進軍を開始した。兵船の手当てさえつけば両上杉の大軍も江ノ島に上陸できるのだ。成氏を討ち取ることなどわけもないと思われた。

ところがである。江ノ島を目前にして両上杉勢は逡巡し始めた。成氏は関東公方だ。主君を弑して逆臣の汚名を着せられるのは御免だ、と、誰もが考え始めたのだ。

軍勢は停止し、江ノ島を目の前に望みながら一歩も動かなくなってしまった。

「呆れた老体たちだ！」

資長は本陣から戻ってくるなり、英泰に向かって怒りをぶつけた。

老体とは、本陣に集まった諸将に対する蔑称である。確かに資長よりは年長の者たちばかりだが、老人と呼ばれるほどの高齢でもない。

ともあれ英泰は資長の愚痴を聞くのが毎日の仕事のようになっている。資長が暴れ出さないように諭さねばならない。

「そもそもこたびの戦は『君側の奸を除く』という名目で挙兵したのでござる。『鎌倉様を討て』と命じられれば『話が違う』と言い出す者が出てくるのは仕方がございまするまい」

「左様ならば公方などは放っておいて、結城七郎や簗田持助(もちすけ)に兵を向ければよかったのだ！　江ノ島まで大勢で繰り出して、いったい何がしたかったのだ。遊山(ゆさん)か」

「ははは、面白い」

「笑い事ではないッ」

「家宰様には深いお考えがあったのでございましょう。例えば、両上杉の大軍を江ノ島の公方様に見せつけて、お心を更めていただく、など」

「我らが大人数であることを示して、公方を脅そうという魂胆か」

「公方様に矛を納めさせるための良きご思案と思われまするが。そもそも此度(こたび)の一件は公方様が両上杉様を蔑(ないがし)ろになさったことから起こり申した。これで公方様にご改心をいただけるのならば、なによりのことと存ずる」

「呆れた物言いだ」

資長はさも小馬鹿にしたような顔で嘲笑った。

「あの公方が脅かされたぐらいで改心したりするものか。かえって意地を張るだけだ」

「なにゆえそう言いきれるのでございましょう」

「わしが公方だったら、大人に脅かされたぐらいで、改心はしないからだ」

資長はチラリと本陣のあるほうに目を向けた。

「大和守の叔父貴がついていながら、なぜこんな道理もわからぬのか」

「大和守様は、物の道理のわかった御方でございまするか」

「違う。叔父貴はさんざん、このわしを脅してきたが、わしは叔父貴のいいつけに従ったことなどない。わしとの長い付き合いで、てっきり叔父貴も生意気な若造の扱い方を心得ておると思ったのだが、とんだ買い被りであった」

これには英泰のほうが呆れて物も言えない。資長は続ける。

「思うに、本陣に集まった大人たちは、若造の扱いどころか、戦のやり方すら、知っておらぬのではないか」

「まさか。先代関東公方様の挙兵以来、十八年もの間、戦に明け暮れてきたお歴々にござるぞ」

「戦をせずに睨み合いをしてきただけだ。考えてみもよ。あいつらが本当に戦をしてきたのであれば、この関東での戦乱など、とっくに勝ち負けが決しておるはずではないか。関東平野がいかに広いといえども、五年もあれば片がついたはずなのだ」

「いかにも」

「わしの親父を含めた老体たちは、決戦に打って出ようともせず、ただ今のように長陣の睨み合いで時を過ごしてきたのに相違ないぞ！」

「孫子に曰く、戦わずして勝つが最上策にござる。戦に打って出て、万が一にも負けようものならば大変なことになりまする。家宰様方のなされようには、理があることと思われまする」

「フン。理屈と膏薬はどこにでもくっつくものだな。わしは、親父たちは戦のやり方を知らぬと見た。そう見たと言うからにはそう見たのだ」

「もしも、そうだとしても、案ずるには及びまするまい」

資長は口を尖らせた。

「その心は」

「お味方のお歴々が戦の仕方を知らないといたしましょう。されば敵方は、もっと、戦の仕方を知りませぬぞ。敵方の御大将は二十歳（満十九歳）の若君にござる」

英泰は南に目を向けた。海がキラキラと輝いている。その沖には江ノ島があった。

「関東公方様にとっては此度が初陣。何事であれ、初手から上手くやれるものではござらぬ。戦ならば尚更にござる。公方様は今頃、いかに采を振るべきかで悩まされ、忸怩たる思いで時を過ごしておるに相違ござらぬ」

「余を若輩と見てあなどるかッ」

足利成氏の甲高い声が響きわたった。

ここは江ノ島に建つ沖津宮の拝殿。源頼朝が勧進した弁財天の社だ。

社殿を背にして床几を据えさせ、でんと陣取った成氏が目を怒らせている。

「両上杉の暴挙、許してはおけぬッ。島に居すくんでおるなど真っ平である。関東公方の名に傷がつく。余は撃って出るぞ！」

キンキンと高い声が沖津宮の天井に突き刺さった。

拝殿には、参陣してきた公方方の諸将、千葉胤将、小田持家、宇都宮等綱などの姿があった。腰越浦の戦いで苦杯を舐めた小山持政も、面目無い顔つきで末席に侍っていた。彼らは皆、東関東——上総、下総、下野——の大名たちだ。平安期や鎌倉時代からの由緒をほこる名門武士たちであった。

東関東の大名たちも、結城合戦では上杉方について戦った。しかしそれは、上杉方の総大将が京の足利将軍だったからだ。上杉単独での合戦となれば、上杉方に味方をするつもりなどさらさらないのである。

そもそも上杉家は公家の出であり、丹波国（京都の北西）に本領を持っている。足利幕府が東国の武士たちを押さえ込むために送り込んだ目付役だ。関東の武士たちとの仲は最初から良くない。よってこの一戦は『西関東を領する上杉一門対、東関東の大名たち』という対立構造で進んでいる。

かくして、関東では錚々たる大大名たちが江ノ島に顔を揃えていたわけだが、その顔色はあまり、芳しくはない。なにしろ兵力が乏しい。大名たちが鎌倉の屋敷に、たまたま、連れて来ていた家臣たちのみしか、兵がいないのだ。大名たちは東関東に何千もの兵を養っているが、急のこととて、駆けつけることができていない。

資長からは「腰が重い」と詰られているが、太田道真と白井長尾昌賢が企図した奇襲策は、功を奏していたのである。

だから公方勢は島などに皆で隠れている。兵力が整うまでは身動きできない。

ところがこの状況が、驕慢な成氏には堪えられないのだ。

「関東公方が両上杉の軍勢に怯えて居すくんでおる——などと諸国に伝わろうものなら、なんとする！　余を侮る者も出てまいろうぞッ。その者どもが上杉に与したらどうなるのだ！」

大名たちも口惜しそうに顔を伏せている。しかし撃って出たところで多勢に無勢だ。小山持政のように敗北を喫して、恥を天下に晒すことになってしまう。

そのくらいの道理は成氏も理解している。だから「余が自ら陣頭に立つ」とは言い出さない。怒鳴り散らしているけれども、内心、いちばん困っているのは成氏であった。

この拝殿には、結城七郎成朝や、簗田持助（成氏の生母は簗田家の女（むすめ））など、成氏の側近衆も控えていた。

結城七郎が言上する。

「ともあれ、お味方の集まるのを待つにしくはございませぬ。我らは臆しておるのではござらぬ。勝機を見極めんとしておるところでござれば、公方様もお心を安んじられませ」

こんな時に場を取りなすのは側近衆の務めである。中でも、結城家の再興を願い出た結城七郎と、その嘆願書を京都に取り次いだ簗田持助には、今度の事態を引き起こした責任もあった。

成氏は口惜しそうな顔つきで、床几に座り直した。

「いかにも、七郎の申す通りである。目の前に謀叛人どもの姿を見ながら何もできぬは沙汰の限りであるが、味方の兵が集まるまでは、致し方もない」

簗田持助が鎧を鳴らして立ち上がり、諸将に顔を向けた。

「左様ならば、軍議はこれまでにいたしとうござる」

成氏も「うむ」と頷く。怒鳴り散らして疲れた、という顔つきであった。

「両上杉の兵が砂州を押し渡って来ることのないよう、厳しく見張るように命じおくぞ」

そう言って軍議を切り上げようとした、その時であった。

「この勝機を目の前にして、何も手を打たれぬとは、関東公方家のお弓の末も衰えたものにござるな！」

明らかに成氏を誹謗する物言いが拝殿の外から聞こえてきた。高笑いと鎧の鳴る音を同時に響かせながら、何者かが階を上ってくる。

成氏はカッと激怒して吠えた。

「無礼な！　何奴ッ」

拝殿の戸口に逆光となって鎧武者の影が立った。鎧武者は傍若無人な態度で断りもなく、ズカズカと拝殿に踏み込んできた。

「武田信長、ただいま着到！」

「おおっ、右馬助か！　待っておったぞ」

途端に成氏の機嫌が直った。

武田右馬助信長は歴戦の老将。白髪の蓬髪を鬣の様になびかせた眼光の鋭い男である。鼻筋が高く、なにやら猛禽を思わせる風貌だ。

「そのほう、どこから島に入って来たのだ。砂州には柵をこしらえて人馬の行き来ができぬ様にしてあるはずだが」

「公方様は、拙者が上総におるということをお忘れか。船でござるよ。島の南側に着け申した」

「なるほど船か」

成氏は近習に命じて床几を用意させた。武田信長はドッカと座る。その顔には不敵な笑みが浮かんでいる。いかにも頼もしげだ。成氏は身を乗り出した。

「して、いかほどの兵馬を引き連れて参ったのだ」

今はなにより軍兵が欲しい。

武田信長は涼しい顔で答える。

「騎馬武者の五騎と、兵の三十でござる」

「なんだと！　たったのそれだけか」

露骨に落胆した成氏を尻目に、信長は不遜な含み笑いを漏らした。

「拙者は船で来たのでござるぞ。廻船で運ぶことのできる兵馬の数など、たかが知れておりましょうに」

「それでは形勢の逆転は儘ならぬな……」

成氏は悄然としている。それを見た信長は、カラカラと笑い声を上げた。

「なにを気弱なことを申される。彼我の形勢をひっくり返すための援軍など、拙者一人で十分にござる」

「なんじゃと」

「畏れながら公方様は――加えてこちらにご着陣の諸将は、戦の仕方を知らぬと見えまするな」

「なんと申すか」

成氏が目を剝き、この場のすべての大名たちが色めきだった。

「無礼な！」

「口を慎め！」

皆それぞれに、東関東に領国を持ち、ここ二十年来の動乱を生き抜いてきた者たちである。一方の信長は、元は甲斐国守護の嫡男で、相模半国の守護に任じられていたかもしれないが、今の身分は落武者だ。公方や大名に対してこの無礼な物言いは許されることではなかった。

憤然として立ち上がり、太刀の柄に手を掛けた大名もいた。怒りの目に取り囲まれても、信長は悠然と床几に腰掛けていた。

「この島に、こうして雪隠詰（せっちんづめ）になっておられる。これこそが戦を知らぬなによりの証拠」

「まだ抜かすかッ」

激昂（げっこう）して刀を抜こうとした小山持政を、

「待て」

成氏が制した。

「右馬助よ、そうまで高言するからには、必勝の秘策があるのであろうな」

信長は鎧の胸を反らせて大きく頷いた。

「ござる」

成氏は眉根を寄せていたが、やがて大きな溜息を吐くと、床几に座り直した。

「いかにもそなたの見抜いた通りじゃ。わしは軍配（作戦）の案を持たぬ。今さらながらに思い知った。わしは若く、未熟である。そこで問う。いかにして兵馬を動かし、勝ちを得ればよいのか」

「公方様にお答えいたしまする。ただ今のお手持ちの兵でもって対岸の浜に渡り、真っ向から上杉勢に攻めかかりなされませ」

またも大名たちが色めきだった。口々に信長を罵り始めた。

「なんたる無策！　なんたる妄言！」

「かような無謀を軍配などと呼べようか」

「多勢に無勢ぞ！　兵を押し出せば、たちまち両上杉の大軍に押し包まれ、四方八方より攻めたてられよう」

一斉に喚くので、誰が何を喋っているのかわからない。

成氏も不満げな顔つきであった。

「諸将の申す通りだと余も考える。浜に渡って陣を布けば、上杉勢に取り囲まれるぞ」

ところが信長は自信たっぷりである。

「それならばますます好都合。上杉勢が我らを包囲するというのであれば願ってもない話。いよいよお味方の御勝利は疑いなし」

信長の余裕は薄気味が悪いほどだ。軍議の場が静まり返る。成氏が問う。

「いかなる所存か」

「上杉勢が公方様を包囲せんとすれば、敵の陣は横に伸びて、その分だけ厚みが損なわれましょう。陣が薄くなるのでござる。そこで我らは一塊となり、錐のように揉んで、薄くなった敵陣を突き破りまする」

「そのように首尾よく運べばよいが……」

「首尾よく運びまする」

「なにゆえそう言い切れよう」

「上杉勢は数を頼んでの烏合の衆。拙者の見たところ戦意は乏しゅうござる。我らが決死の覚悟で攻めたてれば、きっと攻め破ることが叶いまする」

そう言ってから信長は、実に嫌らしい笑みを浮かべて、小馬鹿にしたような口調で成氏に質した。

「なにゆえこうまで敵に戦意が乏しいのかと申せば、それは、公方様を侮っているがゆえにござる。『公方様は戦の仕方も知らぬ若造じゃ。江ノ島を出て、攻め寄せてくるはずがない』と、上杉の軍兵は、飲んでかかっておるのでござるよ」

「おのれッ、右馬助！　口を慎め！」

成氏に叱られても、武田信長の口舌は止まらない。

「敵の誤算はただ一つ。この右馬助信長が参陣したことに気づいておらぬこと。攻めかかるなら今でござる。公方様、拙者に采をお貸しくだされ。公方様の奉公衆の兵をもって、拙者が上杉勢を打ち破ってご覧に入れましょうぞ」

「抜かしおったな！」

次第に成氏も、信長に巻き込まれ始めている。

なんとかして上杉勢に勝つ手段はないものか、と苦慮していたのは事実なのだ。「勝てる」と断言する信長の登場は頼もしい。

「じゃが――」

難色を示したのは、成氏側近の簗田持助であった。

「武田殿の将才を疑うわけではござらぬが、万が一、お味方が負けたらどうなさる。多勢に無勢で総崩れとなり申そうぞ」

「左様なことがご心配なら、手前の乗ってきた船をお貸しいたす。我らが負けたら、船で上総にお逃げなされ。大将が敗れて上総に逃げるは頼朝公以来の吉例でござれば逃げるも恥ではござらぬ。うむ、それが良い。手前の船と公方様の軍兵の取り替えっこと参りましょうぞ」

成氏の御身大事で頭がいっぱいの簗田持助も、それならば一安心、という顔をした。

成氏も「うむ」と頷いた。

「そこまで申すのであれば、武田右馬助に采を預ける。異論のある者は今のうちに申せ」

諸大名からも、今度は文句が出なかった。

武田信長は肉食獣が舌なめずりをするような顔をした。

「上杉勢を、たちまちのうちに討ち平らげてご覧にいれましょうぞ」

時刻はあたかも干潮で、江ノ島から砂州を渡って対岸に向かうことができる。

公方勢は島を出ると由比浦に陣を敷いた。

六

太田源六郎資長は、陣僧の英泰を連れて由比浦を見下ろす高台にのぼった。

「見ろ。親父殿たちが攻めかかってゆかぬから、敵の方からやって来た」

公方の軍勢が浜辺で一塊になっている。

四月二十一日（旧暦）。そろそろ梅雨に入ろうとしている。雨雲が空を覆い、蒸し暑い大気が野にも浜辺にも満ちていた。

「せっかく出てきてくれたのだから、さっさと攻めたてて、討ち取ってしまえばよいのに」

この期に及んでまだ両上杉勢（主体は太田勢）は動かない。軍使を乗せた馬が鎌倉へ向かって駆けていく。関東管領の山内上杉憲忠と、家宰の白井長尾昌賢の出馬を願ってから合戦に及ぼうという、太田道真の考えだった。

「管領様は、参陣なされましょうか」

「来るまいよ。わかりきったことだ」

資長は吐き捨てるように言った。

関東管領は腰を上げようとしない。「東関東から攻め寄せてくる敵勢より鎌倉の地を守るため」などと言っているが、実際には、主君である公方と戦うことでかぶせられる汚名を恐れているのだ。

「この戦は、わしの親父殿と白井長尾昌賢入道殿が始めたものだ。だから太田と白井長尾で片をつけねばならぬ」

山内上杉憲忠が乗り出さずとも、太田家と白井長尾家の兵力だけで成氏を討ち取れると判断していた。

武田信長が見抜いたとおりの油断がそこにあったわけだが、資長たちは信長に内情を見透かされているとは、まったく考えていない。

「おっ。家宰様が兵を動かされまするぞ」

使番が走り、軍令を各所に伝えて回っている。太田道真の本陣では盛んに太鼓が打たれ始めた。一定の間隔で鳴らされるこの太鼓は〝押し太鼓〟と呼ばれる。進軍の合図であった。

武者や雑兵たちが喚声をあげた。行軍を開始したことで、彼らの鎧や武具が鳴って、耳障りな音を響かせる。

公方側も負けじと叫び返してくる。威嚇(いかく)するため、盛んに鎧を鳴らした。

太田勢を主体とする上杉勢は、左右の腕を大きく広げるような陣形で、公方勢を包囲しにかかった。

「英泰よ、敵陣の中に公方がいると思うか」

「さぁて。五分五分でございましょうか」

もちろん物見(ものみ)（偵察）は走らせてある。敵陣の奥深くに由緒ありげな大鎧を着けた貴公子の姿を確認していた。だが、その人物が本当に成氏なのかどうかはわからない。影武者を立てているとも考えられた。

ともあれ上杉勢は、敵陣に成氏がいるという前提で陣形を動かしていく。決して取り逃がすことのないように、十重二十重に取り囲むのだ。

若くてせっかちな資長にとって、戦陣の動きは悠長に過ぎる。見ているだけで欠伸(あくび)が出るほどに退屈だ。

英泰は、陣僧として初めての実戦だ。興味深そうに両軍の動きを注視している。

「公方勢は、なにゆえ江ノ島から出て来たのでございましょう。島に籠もって、味方が集まるのを待てばよろしかろうに」

資長は馬の鞍の上でそっくりかえっている。

「お前が軍師ならば、そのように進言するか」

「いかにも」

「成氏は短気だ。狭い島の中に閉じ籠もっておるなど、性に合わなかったのであろうよ」

「参陣の大名様がたが、公方様の我が儘に唯々諾々と従いましょうか」

「思った通りだ。戦のやり方を知らぬのだろう。関東の戦といえば、弱い方が城に籠もり、強い方が取り巻いて睨み合う。こんなことばかり続けてきたのだ」

英泰はクスリと笑った。

本来ならここで資長の、若さゆえの傲慢と、浅薄な物の見方を窘めなければならなかったのであろうが、なにぶん英泰も若い。世間知らずを原因とする傲慢さを共有している。

「いずれにしてもだ」

資長が言う。

「親父殿たちの戦は、互いに馬で寄せ合って矢を射かけるばかりだ。それしか芸がない。騎馬武者を多く揃えたほうが勝つ。この戦、親父殿の勝ちだ」

由比浦は見通しが良く、矢を隔てる遮蔽物はない。兵の少ない公方勢は、一筋の矢を射るごとに上杉勢から二本以上の矢をくらってしまう。勝ち目はない。

上杉勢は公方勢に対する包囲を完成させようとしている。大軍が左右に長く引き伸ばされた。

黒々とした雨雲が頭上を覆う。湿った風が吹きつけてきた。

「雨か」

資長は空を見上げた。その顔にサーッと雨が降り注いできた。

「いきなりの本降りとなったな。いよいよ梅雨か」

資長は憎々しげな顔で天を見上げている。

「わしは長雨ってやつが大嫌いだ」

「梅雨の雨ではないかも知れませぬ。古来より合戦で人が大勢に集まりますると、天候が崩れるとされております。人の温気が空の雲をかき回すのでございましょう」

理があること（科学的）なのか迷信なのか、よくわからないが、確かに雨は降ってきた。

資長は厭わしくてならない。

「首が疲れるが、兜でもかぶるか」

資長は雨除けに兜を使った。これでも太田家の若君なので雑兵や小者を従えている。普段は兜は彼らが預かっている。

英泰は陣笠を被った。

その間にも上杉勢の意気はますます揚がる。大声で罵声を浴びせかけ、威嚇しながら公方勢に迫った。

その時であった。公方勢の中から騎馬武者の一群が踏み出してきた。彼らが前に出たことで、公方勢の陣形が円陣から楔形（くさびがた）へと変わった。

「なんじゃ、あやつらは」

資長は目が良い。即座に、その騎馬武者たちの異常さに気づいた。

「弓を手にしておらぬぞ？ 代わりに槍を抱えておる」

騎馬武者とは、馬上より矢を射る者をいう。弓矢を持たぬ、という行動は、常識では理解し難い。

騎馬武者は馬の機動力で戦場を駆け回り、矢という遠距離武器で攻撃する。現代の戦場でいえば戦車に相当する兵科だ。弓矢を持たない騎馬武者は、大砲をわざと外した戦車に等しい。常識外なのである。

槍という武器も、この時代には極めて珍しかった。長柄の近接兵器としては、平安時代以来このかた、薙刀（なぎなた）が主流である。槍は異形の凶器だったのだ。

「公方勢は何を考えておるのだ。それともあれが足利家に伝わる兵法か」

「聞いたこともございませぬ」

雨はますます激しくなってきた。資長の兜の目庇(めびさし)や、英泰の笠の縁から雨水が滴った。

由比浦も雨で白く曇って見える。大雨を遠くより眺めれば空中に筋を作って揺れているように見える。まるで几帳が風に靡いているかのようだった。

その雨の幕を振り払い、公方勢の騎馬武者が突進してきた。

英泰は愕然としている。

「なんたること！　矢合わせもなく、いきなり騎馬を進めて来るとは」

合戦はまず、怒鳴り声をあげ、騒音を立て、自軍の大人数を誇って相手を威嚇することから始まる。これを『詞戦(ことば)い』という。兵力差がある場合、それだけで決着がつくこともあった。

次に、遠矢を射かけ合う。矢の数で圧倒された側の戦意が損なわれていく。

敵の戦意が萎(な)えたと見た側は、いよいよ騎馬武者を投入する。騎馬武者は戦場を行き交いながら矢を放って、敵を射殺してゆく。

最後に雑兵が薙刀を構えて突入し、敵陣を蹂躙(じゅうりん)し、制圧する。

これが戦の常道であったのだ。

ところが公方勢は常道を無視していきなり騎馬の集団を突進させてきた。しかも槍などという〝珍妙な物体〟を持たせている。邪道にもほどがあるというものだ。

騎馬武者たちは、浜辺の濡れた砂を蹴立てて、一丸となって走ってくる。雨水を吸ったことで砂は湿って締まっている。騎馬が駆けるのにさほどの難はなかった。

「弓矢で防げ！」

資長が叫んだ。もちろん、遠く離れたこの高台から命令が通じるはずがない。思いが声となって迸ったのだ。

同様の命令を先手の大将も発したらしい。上杉勢は弓矢をつがえて放ち始めた。

だが矢の勢いは実に弱々しい。英泰は「ああ……」と嘆じた。

「弓と弓弦が、雨で濡れてしまっているのでございましょう」

乾いた弓と弓弦は強い力で矢を飛ばすが、水を吸った弓と弦はたちまちにして弾力と張力を失う。

矢は弱々しく飛んで、ポトポトと砂浜に落ちた。弓を習い始めた子供が射る矢のようだった。これでは突進する騎馬の勢いを削ぐことはできない。

馬蹄の音を轟かせ、公方勢の騎馬武者は上杉勢の先手（最前列）に突入した。槍を振るい、手当たり次第に雑兵たちを殴り倒し、突き転がしていく。さらには馬ごとの体当たりで兵はおろか、上杉方の騎馬武者をも押し倒した。

英泰は総身の粟立つ思いで見守っている。

「なんたる蛮勇か……！」

公方勢の騎馬武者は、なおも無理押しに攻め込んでくる。上杉勢の先手の隊列が崩れた。公方勢の攻勢は止まらない。先鋒の騎馬が空けた穴に、後続の騎馬が次々と雪崩込んでゆく。戦線に空いた穴がどんどん押し広げられていく。上杉勢は慌てふためくばかりで為す術を知らない。陣形を組み直そうとして兵を叱咤する大将もいたが、かえって自軍を混乱させる結果となった。

ひとたび始まった混乱は収まらない。公方勢の連続突撃によってさらなる混乱を引き起こした。もはや、目も当てられない。

「何をやっておるのだ、あの者どもは！」

資長が半ば呆れ、半ば激怒して叫んだ。

英泰は長い袖をこまねいて考えている。

「高い所から見下ろしている我らはすべてを見通すことができまするが、戦場にいる者たちは、今、何が起こっておるのかがわからぬのでしょう」

敵の槍を目の前に突きつけられて、初めて事態を察する有り様だ。これでは戦にならない。

「敵方の騎馬武者は、お味方の乱れにつけこんでおりまする。お味方の大将が戦況を合点するより先に斬り込みまする」

「あれが〝戦上手〟というものか。見よ、たった一騎の斬り込みによって上杉勢は手玉に取られておる。慌てふためくばかりだ」

そして資長は「話にならん！」と吐き捨てた。

上杉勢は、公方勢を包囲しようとして、両翼を引き伸ばし、敵陣の背後に回り込もうとしていた。まさにその時、敵の全軍の一丸となった突撃を受けたのだ。敵の攻勢正面に立たされた隊列は、人数も少なく、陣の厚みにも乏しい。

包囲策が裏目に出たのだ。敵の裏に回り込もうとしていた者たちは、戦闘に参加できずに取り残されている。公方勢と激突している者たちは、その場所だけを見れば、公方勢より兵数が少なく、それゆえに圧倒されている。

雨中の戦闘は半時（一時間）ばかり続いた。上杉勢は、陣の真ん中から分断された。為す術もなく浮足立っている。戦が始まる前は意気軒昂に上げられていた雄叫びが、今では悲鳴に変わっていた。

上杉勢とて無策のままではない。退勢を挽回しようと試みてはいる。だが、それらのすべてを逆手に取られて、ますます傷口を広げられていく。

崩れかけた陣形を整えるために雑兵を下がらせれば、すかさず敵に猛追される。後退途中の雑兵は敵の突進を支えきれずに、そのままズルズルと下がっていく。

代わりに騎馬隊を前に出して迎え撃とうとすれば、「得たりや応」と待ち構えていた敵兵に近接戦闘に持ち込まれ、馬上から引きずり下ろされ、泥だらけの取っ組み合いを強いられた。

上杉勢の華麗な戦法、戦術は、敵が仕掛けた泥仕合に巻き込まれて、脆くも崩されていく。騎馬武者がまた一人、四方八方から槍で突かれて悶死(もんし)した。

「なんたることだ……！」

資長は激怒に身を震わせている。

「ああ、御覧なされ。美々しい鎧武者が逃げてゆかれまする！」

英泰が指差した。崩れた陣の中から、緋色(ひいろ)の縅糸(おどしいと)の鎧武者が逃げ出した。下野守護職を約束されていた小野寺だ。

「進むとなると慎重に慎重を重ねるくせに、退くとなると決断が早い。あの年寄りたちらしい変わり身だな」

資長は手綱を握り直して強く引き、馬首を巡らせた。

「我らも逃げるぞ。戦は負けだ！　見ろ、兵どもまでもが我先にと逃げていく。置いてゆかれて、落武者狩りにあったら大事だ」

上杉勢は総崩れ、武者も兵も我先に遁走を始めていた。

合戦に勝利した公方勢は、勢いに乗って両上杉勢を攻めたてた。白井長尾昌賢と太田道真が集めた味方（国人や一揆）は、不利を覚って各々の領地や館に引きあげてしまう。両上杉は、根幹兵力の一族郎党だけになってしまった。

一方、公方勢は日に日に兵力を増大させた。東関東からの兵が集ってくるうえに、日和見を決め込んだり、あるいは上杉方に与していた者たちが公方成氏の許に参陣しだしたのだ。

一転して大軍に膨れあがった公方勢は、両上杉勢を攻めたてながら北上した。

両上杉勢は、扇谷上杉家の所領である糟屋に入った。北方の七沢山に急遽、城を築いて籠城（ろうじょう）した。

七

七沢山の尾根筋にいくつもの曲輪（くるわ）が作られた。木を伐り払って土地を平らに開削し、柵で囲って、寝泊まりするための小屋が建てられる。

源六郎資長は曲輪の一つに入って、眼下の谷を見下ろしていた。

谷地（谷の間の平らな土地）には公方勢の軍兵が犇（ひし）めいている。『丸に二つ引き両』の家紋（足利家）を染めた旗が揺れていた。

尾根伝いの小道を辿って、英泰が曲輪に入ってきた。資長はチラリと目を向けるなり、

「お前、飯は？」

と質した。

資長は大食漢ですぐ空腹になる。誰もが同じ体質なのだと勘違いをしているらしいが、英泰は食が細い。僧侶特有の懐石料理でも苦にならぬほどだ。

「飯なら、先ほど頂戴しました」

「それなら、般若湯だ」

資長は瓶子を片手で鷲摑みにしていた。瓶子ごと呷って酒を飲む。英泰は呆れながら見ている。

「酒に酔っていては、いざという時に不覚を取りましょう」

「しかし城内の水は小便臭くて飲めたものではないぞ」

大勢が山の中に籠もっている。糞尿は山中に垂れ流しなのだ。

「誰かが谷川の上流で小便をしているのであろうな」

そう悪態をついてから、資長は「ふふふ」と笑った。

「我らはまだ良い。麓の敵兵は哀れだな。我らの糞尿があやつらの許に流れていくのだ」

英泰は敵陣を遠望した。

「我らが籠城してから半月。敵はいっこうに攻め上がって参りませぬな」

「今度は彼奴めらが大軍の弊害に遭っておるのだ。皆で互いの腹中を読み合うばかりで、先陣を切って戦おうとする者などおらぬ」

「その先陣でござるが……」

英泰は資長に向き直った。

「由比浦の戦いで先陣を切って攻めかかってきた者が誰なのか、わかり申した」

「ほう。あの、馬上で槍を振るっていた男か」

「いかにも。武田右馬助信長にございました」

資長は唇を尖らせて、不思議そうな顔をした。

「どうしてそれを知っている」

「公方がたにも陣僧がござる。その陣僧、学校での知り人でござったゆえ――」

「陣僧同士で渡りをつけておるのか。これは油断がならぬな」

「拙僧は、お味方の内情を敵方に売り渡しなどは――」

「ああ、わかった。そんな話より武田信長だ。そうか、あの年寄りであったか」

「右馬助殿は甲斐を追われてよりこの方、幾多の戦塵をくぐり抜けてこられました」

「なるほど、道理で戦のやり方を知っておるわけだ。親父殿や昌賢入道殿では相手にならぬ」

「右馬助殿は苦難の末に相模半国の守護となられ申したが、家宰様の手で上総に追われ申した」

「さぞや親父殿を憎んでおることだろう。厄介な敵を作ったものよな」

「幸い、武田の花菱(はなびし)は見えませぬな……」

英泰は柵から身を乗り出して眼下の軍兵に目を向けた。武田勢の旗のあるなしを確かめている。資長は関心がない様子で背を向けた。

「やれやれだ。そんなことより飯！ 腹が減ったぞ」

やれやれと言いたいのはこっちだ——と英泰は思った。

第五章　関東管領謀殺

一

京の町にも東国の動乱の詳報が伝えられた。

室町幕府の管領、細川右京大夫勝元の屋敷に、政所執事、伊勢伊勢守貞国が伺候している。表御殿の対面所で、二人きりで座していた。

勝元は手元の書状に目を落としている。

「関東公方様の申し条は、これだけにござるか」

伊勢貞国は頷いた。

「左様にございまする。曰く、『山内上杉ならびに扇谷上杉家の当主は助命し、関東公方府に出仕を許す。さりながら、白井長尾と太田は、此度の一件の張本（首謀者）なれば誅殺したい』……と、かように訴えてこられました」

「して、伊勢守殿のご存念やいかに。ただいまの柳営（室町幕府）において最も関東の諸情勢に通じておられるのは伊勢守殿だ。お考えをお聞きしたい」

「恐れ多きお言葉。この老体には過ぎるお褒めを頂戴いたしました」

貞国は低頭してから、答えはじめた。

「根本から申し上げまするに、柳営が取るべき道はひとつしかござらぬ。両上杉を救うのでござる」

「伊勢守殿は、此度の一件、両上杉の側に道理があったとのお考えか」

「道理の是非ではございませぬ。我らは負けたほうに味方をする。その一事のみにございまする」

若い勝元が不得要領の顔をしているので、貞国は詳しく語りだした。

「関東の武家が、何者かの手によってひとつに纏められたといたしましょう。さすれば恐るべき〝東国幕府〟が出現いたしまする。東国幕府が京に向かって攻め上って参りましたならば、室町の柳営は滅びまする。上方が東国に武力で勝ったためしはございませぬ」

「おそろしきことじゃな。いかがいたす」

「柳営が取るべき道は東国を一つにさせぬこと。関東の武家を二つに割って、相争わせることのみにござる」

「ただ今、関東公方と関東管領とをいがみ合わせておるのが、まさにそれじゃな」

「御意にござる。六代様の謀（はかりごと）が成就し、関東の公方と管領は憎み合っております。関東の武家が二つに割れておる間は、我ら京の柳営は安穏なのでございまする」

「なるほど、良くわかった。この争いをいつまでも続けさせることが最良じゃな。公方と上杉、どちらが勝っても、我らにとっては都合が悪い」

「ご賢察にございまする。貞国より管領様に進言申し上げる。関東公方様に白井長尾と太田を討たせるなどもってのほか。かの両名が亡き者となれば、関東公方様は勢いに乗って東国を併呑し、次には京を目指して攻め上って参りましょう」

「ここは白井長尾と太田に力を貸して、関東公方様を防ぐ城柵とせねばならぬのじゃな」

「仰せの通りにございまする」

「なれど、勝ち戦で勢いに乗る関東公方様が、我らの申し条に従われるであろうか」

若い勝元の顔に不安が覗いた。

老練な伊勢貞国は、すでに十全の策を練ってある。

「駿河の今川と、越後上杉の軍兵を関東に送って威圧を加えれば、関東公方様はひとたまりもございまするまい。かの御方はいまだお若く、お足元（政権の地盤）を固めきってはおられませぬ」

勝元は力強く頷いた。

「心得た。ならばそのようにいたす。斯波殿や畠山殿とも、諮（はか）るといたそう」

斯波家と畠山家は細川家と同格の管領家である。八代将軍義成が幼年のただ今、室町幕府は、管領三家の合議によって運営されている。

「伊勢守殿、本日はまことに大儀でござった」

細川勝元は腰を上げた。伊勢貞国が平伏する。勝元は館の奥へと去っていった。


京の幕府の圧力と和平交渉が成就して、鎌倉府の政局は、白井長尾家と太田家が挙兵する以前に戻された。

関東公方足利成氏は洞ケ谷の御所に戻り、山内上杉憲忠は山内の上杉館に戻り、扇谷上杉顕房も、家宰の太田道真を伴って扇谷の館に戻った。

両上杉の中で唯一、責任を取らされたのが白井長尾家であった。だが取られた処分は〝昌賢の隠居〟という、この大動乱を引き起こした者に対する処罰としては、非常識なまでに穏便なものであった。

しかもである。この隠居は、昌賢自らが言い出した――ということに、表向きには、なっていた。

そうなるとこの謀叛事件では〝誰も処罰を受けなかった〟ということになる。

こんな不思議な話があるのであろうか。日本国の誰もが首を傾げている。夫婦の痴話喧嘩ではない、武士と武士との合戦なのだ。「元の鞘に納まって良かった」などとは、決して言えない。

ともあれ昌賢は鎌倉を去った。山内上杉家の家宰職は、鎌倉長尾家の但馬守実景の手に渡った。

同じ長尾を苗字としているが別の家である。白井長尾家は失脚した。

室町幕府は三管領の主導で運営されている。そのうち、細川勝元は上杉に加担する姿勢を見せている。一方、畠山持国は、成氏の側に立った発言を繰り返していた。成氏にとっては頼もしい後ろ楯であったろう。

ところが、この畠山家に内紛が勃発した。

畠山持国には義就（よしひろ）という嫡男がいたのであるが、この嫡男の母親が桂女（遊女）で、畠山家の家臣たちは「本当に殿の血を引く子なのか」という疑念を抱いていた。

持国は義就を溺愛している。あくまでも義就を実子として跡継ぎに据えたい持国と、納得できない家臣団との間に亀裂が生じた。家臣団は、持国の甥の弥三郎なる若君を立てて対抗する。

実は、こうした御家騒動はさして珍しいものでもなく、将軍が裁定に乗り出して結論を出せば収まるのだが、なにぶんこの時期の室町将軍は幼少である。三管領に政治を代行してもらっている。将軍に『決断を下せ』と言うのは無理があった。

三管領が合議で決することもできない。管領の家の問題だからだ。

この問題はズルズルと後を引いて、畠山持国は成氏の味方をするどころではなくなってしまった。

成氏は孤立した。

二

享徳三年（一四五四）、十二月二十七日――。

関東管領山内上杉憲忠は、鎌倉の西御門御所で政務を執っていた。この西御門御所には関東管領の政庁が置かれ、上杉一門に与する者たちが日参している。

御所とは呼ばれているが、この館に足利成氏の姿はない。成氏は洞ケ谷に新しい御所を構え、与党の大名を集めて〝鎌倉府〟を開いている。

関東管領上杉憲忠は、西御門御所から、上野国、武蔵国、相模国、伊豆国の西関東を統治している。

関東公方足利成氏は、洞ケ谷御所から、常陸国、下野国、上総国、下総国、安房国の東関東を統治していた。

鎌倉に政庁が二つできてしまった。関東が東西に分裂したのだ。

本来ならば関東管領は関東公方（鎌倉公方）の補佐役。車の両輪の如くに関東の統治に当たるべきなのだが、両者の仲違いは上杉禅秀の乱以来、三十八年に及んでいる。もはや信頼の回復は期待できない。

夜も更けた。山内上杉憲忠は屋敷に戻ることを諦めて、今夜は西御門御所の関東管領政庁に泊まることにした。

山内上杉家の館は鎌倉の外にある。鎌倉という町は七つの切通によって外界と隔てられているが、山内家の館は巨福呂坂切通の外に置かれていたのだ。

夜の闇の中、険しい切通を抜けるのは面倒だし、明日やらねばならない政務も山積みだ。

憲忠は近臣を呼んで寝所を用意させた。

床が用意される間のわずかな暇を盗んで、西関東の各所から送られてきた書状や嘆願書に目を通す。

憲忠は、父の憲実（長棟）と対立し、一時は義絶（勘当）を言い渡された。関東管領職を継承することはならぬ、と厳しく申し渡されたこともあった。家宰の白井長尾昌賢に推戴されて、山内家の家督と関東管領職を継いだのが七年前。憲忠も二十二歳（満二十一歳）となった。若い頃から苦労をしてきただけに人格の熟成も早い。

昌賢は、由比浦の敗戦の責めを負って隠居し、鎌倉の政界を去った。だが憲忠は、もはや昌賢の助けを必要としていない。

関東公方の成氏の横暴は目に余るけれども、京の細川勝元や伊勢貞国の力を借りて、なんとか押さえ込むことができた――と自負していた。

近臣が濡れ縁に膝を揃えて低頭した。

「ご寝所のお支度が整いましてござる。お休みくださいますよう」

憲忠は「うむ」と頷いて筆を擱いた。

執務部屋を出る。管領の公的な仕事は〝表向〟と呼ばれる建物で行われ、食事や入浴、就寝などは〝奥向〟と呼ばれる建物でなされる。ふたつの建物の間は屋根つきの渡り廊下によって繋がれていた。

渡り廊下の下には、屋敷の外から引き込まれた川の水が流れ、魚が放たれている。昼間ならば風情のある眺めが楽しめるのだが、今夜は月もなく、真っ暗で何も見えなかった。

と、憲忠は、真っ暗であるべき夜空に異変を見つけた。

「なんじゃ、あれは」

西の空が赤く染まっている。同時に「わあっ」と喚き声が風にのって聞こえてきた。

「あれは山内の辺りではあるまいか」

自らの屋敷のある方角から不穏な気配が伝わってくるのだ。穏やかでない。

そこへ、

「管領様ァ！」

大声を張り上げながら一人の武者が庭に駆け込んできた。憲忠も良く見知った郎党であった。憲忠の姿を探して目を左右に泳がせている。それほど暗い夜だった。

「何事だ」

憲忠が質すと、憲忠の姿を見定めて寄ってきた。渡り廊下の下で拝跪する。

「山内の御館に敵襲でございまする！　敵方には、結城、里見らの旗が見えまするッ」

「なんじゃと、公方様の奉公衆が攻めて参ったのか！」

里見家も結城家も、関東公方足利成氏に忠誠を誓って近仕している大名たちだ。もちろん地盤は東関東にあった。

「……これは、公方様の夜討ちかッ」

続いて狩衣姿の男が廊下を走ってきた。眉を逆立て口をへの字に曲げ、怒りの形相だ。山内上杉家の家宰、鎌倉長尾家の但馬守実景であった。白井長尾昌賢に代わって家宰に就いた男である。この年、四十三歳（満四十四歳）。

実景は廊下にサッと跪いてから言上する。

「敵が攻め寄せて参ったは、山内のお館のみにあらず！　こちらの御所まで包囲されようとしておりまする！　敵勢には、花菱の旗ッ」

花菱は武田信長の家紋だ。

「管領様、ただちに戦のお支度を！　ご門前は我らが防ぎまする！　御免ッ」

御所の門へと走って去った。

火矢が何本も飛んでくる。夜空に炎の軌跡を描いて、柱や檜皮葺き（ひわだぶ）の屋根に突き刺さった。

塀の外からは軍兵の雄叫びが聞こえてきた。


「英泰、起きろ」

手荒く揺さぶられて英泰は目を覚ました。

目を開けたが真っ暗である。闇の中にぼんやりと人影が見えるばかりだ。

「起きろ、今すぐにだ」

その声は太田源六郎資長のものだ。

ここは糟屋にある太田家の屋敷。鎌倉から北西へ七里ほどもある。その一室で英泰は寝起きしていた。

「……今、何刻（なんどき）でござろう。まだ真っ暗ではござらぬか」

寝ぼけた声で問うと、「まだ夜明け前だ」と資長の返事があった。

「一大事だぞ。山内様が公方に襲われた」

英泰は一瞬で目を覚ました。眠気が吹き飛んだ。

「管領の山内様が？　鎌倉で変事が起こったのでござるか」

「早馬で報せが来た。山内谷にある山内様の館には火がかけられた。山内様ご本人は西御門御所にいたらしいが、いまだ生死はわからぬ」

　この時代、事件の全容が判明するまでには数日から数週間を要した。死んだのか、捕らえられたのか、脱出に成功したのか、などなど、遠隔の地にいる者には知りようがない。

「ともあれ着替えるのだ。ほうぼうに文を遣わさねばならぬ。陣僧の出番だぞ」

「こっ、心得申した」

　英泰は夜具を払って立ち上がると、寝崩れて緩んだ帯を締め直した。

「御屋形様（扇谷上杉顕房）は……、それと道真入道様は、ご無事なのでしょうか」

「無事だ。御屋形も親父殿もたまたま鎌倉を離れておった」

「それは重畳（ちょうじょう）」

「否、親父殿たちが留守にしていたからこそ、公方は挙兵したのかもしれぬな。危急の際に山内様の御所に駆けつける者がいないのだから好都合だ」

「なるほど。お味方の油断でございましたか。ともあれご両所がご無事でなによりのこと」

「話を飲みこんだらすぐ諸方に走ってくれ。今、祐筆どもに総掛かりで書状をしたためさせておる。とにもかくにも兵を集めるのだ。国人、一揆、なんでもよい。こちらに味方をさせよ」

「心得申した」

「それと、お前がこっそりと通じ合っている敵方の陣僧と繋ぎをつけてくれ。山内様のご消息と、敵方の魂胆を知りたい」

「それについても、心得申した」

資長は英泰の寝所を出て、表向の御殿に向かっていく。足音を大きく立てているが、それは慌てているからではなく、いつもの不作法だ。

この夜、おそらくは関東中を物見と使番、それに細作（忍者）が全速力で走り回っていたことだろう。説（情報）は交錯し、なにがなにやらわからない。

東の空が白む頃には、糟屋の太田勢は戦支度を整えて進軍を開始した。鎌倉から攻め寄せてくるかも知れない公方軍の攻勢を防ぐためだ。

急遽かき集められた軍勢は、騎馬武者の数十騎と、その五倍の人数の徒武者（かちむしゃ）と雑兵たちである。

緋色のむながいをつけた白馬に跨がり、資長は軍勢の真ん中を行く。父親の道真は糟屋に逃げ戻ろうとしている最中だ。そこで嫡男の資長が、ひとまず大将を務めて出馬したのであった。

兜は従者に掲げさせ、烏帽子を被り、色々縅の大鎧を着けている。昇り始めた朝日を浴びて、鎧の金具が眩しく光った。

そこへ馬蹄の音を響かせながら一騎の若武者が馳せ寄ってきた。

「兄上！」

資長は振り返る。まだ声変わり前の若者が小さく軽く作られた鎧を着けて馬に跨がっていた。

「図書助か」

若武者は資長の弟、図書助資忠であった。なにやら嬉しそうに微笑んでいる。両上杉の置かれた危機的な状況については、いま一つ、理解ができていないらしい。

こんな若者までもが出陣をせねばならないところまで、たった一晩で追い詰められてしまったのだ。だが、変な物言いをして弟の意気を削ぐべきではない——という程度の常識はある。

「これが初陣か。めでたいの。励むが良いぞ」

図書助は左右を見回している。

「英泰の姿がありませぬな」

「ヤツなら、ほうぼうに繋ぎをつけるため送り出した。兵をかき集めねばならぬし、味方も募らねばならぬ、……英泰に何ぞ用か」

「彼我の優越をどのように見ておるのか、質したいと思ったのです」

「ずいぶんとヤツの見識を買っておるのだな」

「兄上はどう見立てまするか。お味方と敵方、どちらが強うございましょう」

「左様さな……」

こう真っ向から問われると、資長も更めて熟考せねばならない。

「公方は戦上手だ」

「父上よりもですか」

「親父殿より、ずっと上手だな。思い切りが良い。これは大事なことだぞ。江ノ島の合戦で親父殿は思い切りが悪かったがゆえに公方を討ち取り損ねた。真っ先に公方の首を上げておれば、ただ今の惨状はなかったのだ」

資長は弟に向かって語りながら、次第に怒気を発してきた。

「なにゆえにあの時、公方をみすみす江ノ島に逃がしたのか。それにひきかえ、こたびの公方の手回しの良いこと！」

「公方様は、管領様を逃がしは、しませんでしたか」

「きっと討ち取ったであろうな。公方がやらずとも武田信長が必ずや管領様を仕留めておる。管領様は両上杉の首魁じゃ。管領様が亡き者となれば両上杉はたちまちにして柱石を失い、上野、武蔵、相模、伊豆の大軍も四分五裂……」

資長は急に沈思した。

「いや、待てよ」

「兄上、いかがなさいましたか」

「公方は、真っ先に殺すべき相手を間違えておるぞ」

それから急に、白い歯を見せて笑った。

「両上杉の柱石は管領様にあらず。白井長尾の昌賢入道殿だ！　入道殿が生きておるかぎり、両上杉は安泰だ。喜べ図書助。この戦、我らの負けと決まったわけではなさそうだ！」

資長は手綱をきつく引いて馬首を急に返した。元来た道を走りだす。

「兄上、どこへ行かれるのですッ」

「上州白井に行って参る！　あの隠居を再び世に引きずり出さねばならん。わしが説得する。ここはお前に任せるぞ。しっかりと敵を防げ」

資長は北へ向かって駆けていった。

三

年が明けて享徳四年（一四五五）正月。西御門御所の変事から数日後。

足利成氏が率いる関東公方勢は、鎌倉とその周辺をあらかた掃討し終えて、両上杉の脅威を取り除くことに成功した。

この頃には、関東管領、山内憲忠の死は誰の目にもあきらかとなっていた。家宰の鎌倉長尾実景の討ち死にも判明した。

両上杉は、兵をかき集めるのに必死だ。鎌倉に向かって反撃を仕掛けるどころではない。集めても集めても兵たちが逃げ散っていく。

関東管領の死は、やはり大きな衝撃であったのだ。今までは両上杉に与してきた者たちも、「これで勝負があった」と見切りをつけたのである。

この退勢を一変させたのが、白井長尾昌賢の出馬であった。昌賢入道が本陣に入ったことで上杉与党の動揺は嘘のように鎮まった。

隠遁生活から復帰し、白井城を出陣した長尾昌賢は、上野と武蔵の国一揆（地侍たちの結盟集団）を糾合しながら、武蔵国の立川にまで進出した。

「上野武士にとって、この地に陣するは吉例である。この地にて兵の集まるを待つ」

昌賢は遠く鎌倉を遠望しながら言い放った。

百二十二年前の元弘三年（一三三三）五月、新田義貞は上野国生品（いくしな）神社で挙兵、立川の周辺で鎌倉幕府軍に勝利して、ついに鎌倉幕府を滅亡させた。

上野国の武士たちにとっては栄えある戦勲の地である。縁起が良い。

「鎌倉勢、なにするものぞ。恐れるに足りず。此度もまた、打ち負かしてくれるまでのことよ」

昌賢はがらにもなく壮語して、豪傑笑いを響かせた。

同じ頃、扇谷上杉勢は、相模国の馬入川の西岸、鳥河原に集結していた。

扇谷上杉家は相模守護職である。相模国を守らねばならない。武蔵国立川には向かわない。

公方勢の集結する鎌倉の近くに小勢で布陣しているのは不安であったが、ここで兵を引いてしまったなら相模国は公方の奉公衆（例えば武田信長など）に奪われてしまう。

太田源六郎資長は陣幕をくぐって太田家の陣所に入った。

陣所には床几が並べられ、叔父の大和守資俊が難渋そうな顔つきで座っている。その背中が丸い。

──叔父上も、お歳を召されたな。

資長は叔父の姿に一抹の寂しさを覚えながら、向かいの床几に座った。

「叔父上におかれましては、ますます意気お盛んなご容色、心強い限りにございまする」

挨拶すると大和守はますます顔をしかめさせた。ただでさえ皺の増えてきた顔に、もっと深い皺ができた。

「お前が世辞を口にするとは、なんたることだ。我ら扇谷勢の意気は、よほどに消沈しておると見えるの」

「ははは。つねづね『他人(ひと)の話は素直に聞き入れろ』とお諭しくだされた叔父上らしからぬ物言い。そのようにひねくれて受け取るものではござらぬぞ」

「お前にそれを言われるようでは、このわしもお終いだわ」

大和守は「フンッ」と鼻息を吹いて鎧の胸を反らせた。

叔父に元気が戻ったのを見た資長は、いつもの皮肉げな顔つきに戻ると、今度は陣中の様子に目を向けた。

「父上はいずこ」

「御本陣だ」

今、扇谷上杉家の本陣には、扇谷上杉家の重臣たちや、参陣してきた国衆、一揆の首魁たちが集っている。本陣に侍ることができるのは一家に一人と習慣で決まっていた。太田家ならば当主の道真一人だ。継嗣であろうとも、資長は本陣に立ち入ることが許されなかった。

「御本陣には御屋形様が入っておわすのでござるか」

「御屋形様はおられぬ」

「なにゆえでござろう」

「御屋形様は立川に赴かれた。両上杉の総大将として軍配を取られる」

上杉一門の総領は山内上杉憲忠だったが、殺された。そこで扇谷家当主の顕房が総領を代行すべきだと、一門の皆が考えたのである。真の実力者は白井長尾昌賢であったが、上杉一門の殿様を表看板として立てる必要があった。

大和守は、扇谷上杉勢の本陣がある方角に目を向けた。もっとも、太田家の陣幕しか見えはしないのだが。

「この地の御本陣には道朝法師様が入っておられる」

道朝――扇谷上杉持朝――は扇谷上杉家の先代当主で、当代顕房の父である。法体となって隠居をしているが、まだ四十一歳（満三十九歳）の若さだ。大将を務めるのも苦にはなるまい。

道朝が出家したのは、打ち続く戦乱の責任を取ってのことだった。当主としての能力に問題があったわけではない。

「道朝法師様が御本陣にあれば、相模一円の武士たちも慕い寄って来ることであろう。まずは心強い」

大和守が言った。資長も、

――今年で弱冠（満二十歳）の御屋形よりは、心強いことだろう。

などと考えた。

幕を捲って英泰が入ってきた。黒い僧衣が真っ白に旅塵をかぶっていた。

「おお、英泰か」

英泰が拝跪して挨拶するより先に大和守が声を掛けた。

――叔父上は、昨今ますますせっかちになられたなぁ。

資長は呆れながら見ている。

大和守は身を乗り出した。

「大森殿の返答は、いかがであったか」

「ただ今、戻りました」

英泰は饅頭笠を脇に置いて座り、低頭してから答えた。

「大森様は、お力添えを確約してくださいましてござる」

「おおッ、心強い！　英泰、良くやった」

「恐れ入りまする」

大森氏は箱根権現の別当（箱根権現が所有する領地の運営と徴税を請け負う役人）を務める国人で、小田原に城を構えている。西相模最大の勢力を誇っていた。

相模守護職の扇谷上杉家の被官（家臣化のすすんだ国人）と見做されていたが、いざとなれば去就が定かでなくなるのが、当代（室町時代）の武士というものだ。

そんな理由もあって資長は疑わしそうに英泰を見た。

「大森は、本当に兵を出す様子であったのか」

「いかにも出陣の触れを発し、小田原城の門前に伴類を集めており申した。この目で見届けて参りました」

膝を打ったのは大和守だ。

「それならば良い！　我らは大森勢の着陣を待とうぞ」

資長は、あまり良い顔をしていない。ここで〝待つ〟ことに反対なのだ。またぞろ老体たちの〝腰の重い病〟が始まった、などと考えている。

続いて道真が入ってきた。資長と大和守、英泰は、サッと立ち上がり、低頭して迎える。道真は皆の真ん中を押し通って当主の座に腰を下ろした。その背後には太田家の旗と馬印が飾られてあった。

――親父殿も、こうして見るとなかなかの貫禄だな。

などと資長は思った。

「皆、座れ」

道真が重々しく命じる。資長と大和守は床几に腰を下ろし、英泰は陣の隅に座った。

「御本陣で軍配が定められた。お前たちにも知らせおく」

資長と大和守は緊張して傾聴する。道真は続ける。

「鎌倉の公方様は、鎌倉よりご出陣の様子が見られる」

この期に及んでまだ敬語を使う理由が資長には良くわからないが、道真としては、『公方に反逆したわけではない。君側の奸を除くための戦いだ』という建前で押し切るつもりなのであろう。

「公方様は鶴岡八幡宮寺を始めとして、神社に願文を掲げられた」

神に対して戦の正当性を訴え、戦勝を祈願し、戦に勝った暁には寺社への恩賞を確約する。出陣の前の儀式であるのだが、これによって誰の目にも『これから出陣するつもりなのだな』とわかる。

「問題は、公方様がいずこに兵を向けられるのか、である。公方様が立川に向かわれるのならば、鎌倉は、わずかな留守居の兵を残すのみとなろう。そこを我らが突いて鎌倉を取り戻す」

鎌倉は武士の都だ。東国武士の信仰の拠り所、鶴岡八幡宮寺もある。鎌倉を制しているかいないかで信用や面目を問われる。威勢のほどを推し量ることもできる。

「もしも公方様が我らのほうに向かって来られた際には、立川の山内勢が南進して鎌倉を奪い返す」

「なるほど。両頭の蛇の如き策にござるな」

大和守が言った。道真は頷いた。

「公方様の動きから目を離すではないぞ」

道真は立ち上がって陣所を出て行った。皆は低頭して見送った。

四

一月五日。ついに公方勢が鎌倉を発向した。大船から戸塚を通って北上する。

報せを聞いた大和守資俊は「うむ」と大きく頷いた。

「公方様は武蔵府中に向かったか」

武蔵国の立川に集結中の山内上杉勢と決戦するつもりでいるらしい。

相模国の鳥河原には扇谷上杉勢と太田勢が布陣している。陣所には、大和守と源六郎資長、弟の図書助資忠、陣僧の英泰など近仕の者たちが侍っていた。

正午に近い。皆で飯を食っている。資長だけが地べたに毛氈を敷いてその上に胡座をかいている。他の者たちは麻布を敷物にしていた。

陣所では朝に焚いた飯を昼も夜も食う。この頃はまだ一日二食の習慣だったのだが、武士が野陣を張る時だけは、三食を食べた。

資長は冷や飯を湯で戻した物をサラサラと喉に流し込んでいる。流し込むや否や、椀を突き出しておかわりを近習に命じた。

そんな兄の様子を図書助資忠が、困ったような、悲しいような顔で見ていた。それに気

づいた資長が、

「お前は食わぬのか」

と質した。

「拙者は腹が空いておりませぬ」

緊張のせいで喉が詰まってしまったのだ。図書助が手にした椀の湯漬は、ほとんど手がつけられていなかった。

「ちゃんと腹を満たしておかねば討ち死にをした後、餓鬼道に落ちるぞ」

資長はそんな物言いをして、ますます弟を深刻な顔つきにさせた。それから英泰に顔を向けた。

「道朝法師様と親父殿は、いかにするおつもりなのか」

英泰は陣僧なので、陣の各所に出入りすることができる。雑用などを務めるためだが、本陣での重臣たちのやりとりを資長より先に知ることができた。

「法師様と家宰様は、大森勢の参着を待って、鎌倉に発向するよしにございまする」

「ここに至ってもまだ味方が集まるのを待つのか。いつもながらに気が長い」

それから資長はまたもおかわりを近習に命じた。

結局その日、大森勢の参着はなかった。扇谷上杉勢は鳥河原に陣を敷いたままで夜を迎えた。

深夜になっても、陣僧の英泰はなかなか寝つくことができなかった。

陣幕に囲まれて地べたに横たわっている。夜警のために篝火は絶えず焚かれていた。白い幕に炎が映えて眩しい。おまけに幕は風にはためいてバタバタと音を立てている。気になって眠れたものではなかった。

資長や大和守は、近在の寺や富農の建物を徴発して寝所にしている。屋根の下、床の上で就寝できる。ところが英泰は星空の下だ。正月（旧暦）になって、いくらか春めいてきたとはいえども、夜の寒さは身に凍みた。

突然、陣幕をバッと捲って資長が入ってきた。英泰は驚いてその顔を見た。

「胸騒ぎがしてならぬ。お前はどうだ、英泰」

「どう、と問われましても……」

「寝坊助のお前がまだ起きておる。これはいよいよおかしい。そうは思わぬか」

資長は陣幕を再びくぐって外に向かった。英泰も急いで起き上がって後を追った。

資長は何度も宿直の雑兵に薙刀を突きつけられ、誰何された。兵たちは陣所を警固しているのだ。誰であろうと呼び止める。それでもなお進み、陣所の外に出た。馬入川の川岸まで走って、自然堤防の上に立つ。

英泰は、だいぶ前にもこうして二人で堤の上に立ったことがあったな、と思い返した。

資長は、昔を懐かしむような甘い顔をしてはいない。

「何を案じておられるのです」

英泰は訊ねた。心配することなど何もないと英泰は考えている。

「公方様方は、諸将揃って武蔵府中へ向かいましてござる。物見の者を放って公方様の軍勢を見張らせておりまするゆえ、万が一、公方様がこちらに向かって来たとしても、すぐにそれと知れまする」

「親父殿らしい手配りだ」

「いかにも、手抜かりはございませぬ」

「だが——」

資長の眉根が険しくひそめられた。

「鎌倉そのものには、物見を張りつけてあるのか」

「とは、いかなる仰せで？」

「鎌倉には公方勢の留守居の兵が残されておるはずだ。その兵どもの動きは見張っておるのか」

「留守居の兵が出陣するとは思えませぬが。鎌倉が空っぽになりまする」

「その『まさか』だ。見ろ！」

資長が対岸を指差した。木々の枝がざわめいている。

「あれは風で揺れているのではないぞ！」

続いて不気味な地響きが川面を伝わってきた。

「馬蹄の音だ」

「よもや、敵の夜襲？」

「急を全軍に報せろ！　どこかに鐘があるはずだ。鐘を打ち鳴らせ！」

資長は走りだす。

「源六郎様はいずこへ」

「わしは本陣に報らせて来る。武運があればまた会おうぞ英泰！」

資長の姿は闇の中に消えた。

英泰は近くの陣地に向かった。誰が指揮する陣地なのかはわからない。

「敵襲ッ、御敵到来にござるぞッ」

梯子を三本組み合わせて作った物見梯子があった。鐘が下がっている。英泰は梯子を昇る。激しく撓んで大きく揺れたが、怖いなどとは言っていられない。鐘の下に吊るしてあった撞木を握って連打した。そして振り返り、敵勢を見た。

馬入川を無理押しに騎馬武者が渡って来る。先頭を行くのはひときわ巨大な馬に跨がった老将だ。その斜め後ろに従う武者は、武田の花菱を染めた旗を高々と掲げていた。

老将――武田信長は、馬入川の西岸に辿り着き、岸辺の土手を駆け上った。

「者ども、かかれッ、かかれッ」

息急き切って下知した。

配下の武将が馬を寄せて来る。

「徒士武者や雑兵どもが、いまだ川を渡り切っておりませぬ！　今しばらくのご自重を！」

信長は怒鳴り返す。

「人の足では、この川は容易に渡れぬ！　騎馬だけで行く！　首を取ることなど無用じゃ。敵の首は討ち捨てにせよ！　そのぶん一人でも多くの敵を倒し、踏みにじるのじゃ！」

白髪を振り乱し、馬を駆けさせて行く。その後を追って数十騎の騎馬軍団が蹄の音を轟かせながら進撃した。

「敵襲ーッ、敵襲ーッ！」

英泰は叫び散らしながら鐘を叩いている。

敵の動きはよく見える。闇の中から突然に出現した騎馬の集団が、扇谷上杉の陣幕を踏み破り、掻楯を蹴倒しながら突入してきた。

寝起きの雑兵が薙刀を手にして立ちふさがろうとしたが、たちまち馬の前足で蹴られて吹っ飛んだ。これには英泰も驚いた。

——武田の馬は人を蹴り、踏みつけるように馴らされておる！　馬そのものを凶器として調練しておるのだ！

扇谷上杉と太田の将兵は完全に油断しきっていた。寝込みを襲われ混乱の極致に達している。

兵舎としている小屋から飛び出して来た兵が、外に出た順番に、待ち構えていた騎馬武者に射られて死んでいく。

「なんと無惨な！」

敵の騎馬武者はさらに続々と乗り込んでくる。英泰の立つ梯子にも体当たりが加えられた。

「うわぁ！」

梯子が傾いて倒れる。英泰は地べたに叩きつけられた。

気を失いそうになるのを必死でこらえた。逃げなければならない。ここで気を失ったら殺される。

真っ黒な馬体が闇の中を駆けてゆく。右も左も阿鼻叫喚の渦だ。篝火が倒されて、陣幕や秣に火がついた。兵舎の屋根にも燃え移っていく。

英泰は四つん這いで逃げた。ふいに目の前に雑兵がドサリと倒れ込んできた。雑兵は喉に刺さった矢を抜こうとして両手で矢を握り締め、身を痙攣させて絶命した。大きく剝いた目は、もはや何も見てはいなかった。

英泰は死体を押し退けて這った。陣所の奥のほうから騎馬武者が三騎、駆けつけてきた。

――今度はお味方だ！

歓喜で顔を綻ばせたその直後、敵の騎馬武者が群れをなして駆け寄って来て、味方の騎馬に次々と矢を浴びせかけた。

まるで流鏑馬（やぶさめ）の的だ。扇谷の騎馬武者たちは咽首――鎧に守られていない部位――を見事に射貫かれ「ぐわっ」とおめきながら落馬した。

――彼我の力量がかけ離れ過ぎておる！

武芸に疎い英泰ですら一目瞭然だ。まずもって馬の大きさが違う。次に馬を乗りこなす馬術の巧みさが違う。

甲斐国は古来より官牧（国営牧場）が多く、名馬の産地として知られている。また、甲斐で育った武士は、馬を揺籠代わりにして育つ、などとも言われていた。

名にし負う甲斐の黒駒に跨がった武田勢は、扇谷や太田の騎馬など鎧袖（がいしゅう）一触、蹴散らしていく。

英泰は、大混乱の陣中を逃げまどった。

扇谷上杉と太田の将兵が慌てふためいて逃げまどってくれたことが、かえって良かったのかも知れない。英泰は黒墨の僧衣を着けていて、闇の中では目立たない。田圃の畦を走って本陣に向かう。本陣は、まだどうにか、その陣容を保っていた。

「英泰か。無事だったのか。どうせ生きてはおらぬと諦めておったところだ」

馬に跨がった資長が、資長らしいといえば資長らしいが、あまりといえばあんまりな物言いで英泰を迎えた。

それにはめげずに英泰は、我が目で見てきたことを報告する。

「敵は武田信長勢にござる！」

資長は露骨に舌打ちした。

「またあの爺様か。親父殿に相模半国守護の座を追われてからというもの、扇谷上杉を目の敵にしておるな」

「上田様の手勢が敵勢を防いでおりまするが――」

上田一族は扇谷上杉の家臣で、家中の序列は太田家の次席に位置している。一族の数が多く、この陣には上田伊賀守が加わっていた。

「上田様の奮闘も、果たしていつまで持つことやら。すぐにも敵が攻め寄せて参りましょう」

「よし、今のうちに道朝法師様をお落としするぞ」

本陣の陣幕が味方の手で切り払われた。馬に跨がった頭巾の男が出てくる。先代の扇谷上杉当主、道朝法師であった。隠居したとはいえ三十九歳（満年齢）。気品のある白い顔が緊張で強張（こわば）っている。

資長は駆け寄って法師に声をかけた。

「まっすぐ西へお逃げくだされ。大森勢はすでに小田原を出陣しておるはずでございます。ただし、大森には匿われまするな。大森の去就は定かではござらぬ。箱根を抜けて伊豆の守護所までお逃げくださるよう、進言つかまつる」

道朝法師は無言で頷くと馬腹を蹴って駆けだした。側近の武将たちが続く。東海道を西へ向かって走り去った。

道朝法師の一行が遠ざかるのを見送ってから、英泰は資長に質した。

「太田勢はここに踏みとどまって戦いまするか」

討ち死にの覚悟で敵前に立ちふさがり、道朝法師を逃がす時を稼ぐのかと英泰は考えた。

「馬鹿を言え」

資長は首を横に振った。

「我らも逃げるぞ。ただし西へではない。立川の山内上杉勢と合流する」

「なんと」

「こんなところで討ち死にしても誰も喜ばぬ。否、敵を喜ばせるばかりだ。敵は法師様が逃げ出したことに気づいただろう。法師様を追って西に向かうはずだ。我らはその隙に北へ逃げる」

「法師様を囮(おとり)にするおつもりでござったか！」

「武田信長勢を大森に押しつけて我らは生き延びるのだ。急げ英泰！　放れ馬がおるだろう。馬を捕まえてこい。お前も馬に乗らねば助からぬぞ」

馬の大軍が北へ向かって走り去る音が聞こえた。太田道真入道と大和守が先頭に立ち、太田勢を引き連れて逃げ出したのだ。

――家宰様も同心の謀か！

「我らはこれより、御屋形様の馬前に駆けつけるのである」

資長は堂々と言い放った。

扇谷上杉当主の顕房は、山内上杉勢の総大将として武蔵国の立川にいる。『理屈と膏薬はどこにでもくっつく』とはこのことだ。

「先に行って待っておるぞ」

資長は後ろ足で泥をかけるようにして、走り去った。

仕方なく英泰は馬を探して陣所を巡った。確かに、馬がなければ生き延びることは難しい。

五

そのころ関東公方、足利成氏が率いる軍勢は立川の山内上杉勢と決戦するべく進軍を続けている。道々、味方の大名衆を迎え入れながら北上した。武蔵府中に達した頃には一万の大軍に膨れ上がっていた。

対する上杉勢は、上野、武蔵両国の兵に加えて、図らずも相模の兵の一部まで合流させ（鳥河原から逃げてきた）二万の陣容で対峙した。

「公方様は、高安寺に本陣を据えましてござる！」

物見の者が上杉の本陣に駆け戻ってきて報告した。高安寺は新田義貞が鎌倉攻めの際に本陣を置いた名刹だ。大堂伽藍は七十基を越え、四方を水堀で囲まれた巨大寺院であった。武蔵府中の西南にある。

対する立川の上杉本陣には、総大将に任じられた扇谷上杉顕房（数え歳二十一歳、満十九歳）以下、百名を越える武将が居並んでいた。

「どうしてこんなに大勢を本陣に入れたのだ」

資長が小声で英泰に悪態をついた。

「わしやお前の席まで用意されておるとは、只事ではないぞ」

これほどまでに大人数の本陣は珍しい。

もっとも、末席で集められた国衆や国人一揆の首魁、重臣の子弟などに発言権はない。顕房の近くに座を占めた重臣たちが決議するのを黙って聞いているだけである。

そこへ幔幕を捲り上げさせて一人の武将が入ってきた。

「なんと驚いた。あの男、まだ関東におったのか」

一目見るなり資長が呆れたように言った。

「どなた様です」

「犬懸(いぬがけ)上杉の憲秋(のりあき)だ」

十五年前、結城合戦に勝利した武田信長と犬懸上杉家には、関東内に所領と地位とが与えられた。だが、その直後に将軍義教は暗殺された。

山内上杉と扇谷上杉は、将軍が死んだのを良いことに、武田と犬懸上杉に約束された恩賞をなかったことにしてしまい、武田信長を上総国に追い払い、犬懸上杉の当主、教朝(のりとも)を京に追い返した。

「それでも、十五年も諦めきれずに、関東を彷徨(さまよ)っておったのだな。一所懸命とは申すが、ずいぶんしつこいぞ」

そもそも犬懸上杉家は、上杉一門の筆頭であり、山内上杉の上席を占めて、関東管領にも就任していた。

代々関東の統治を担ってきたのであるが、重職であるがゆえにその権勢が主家（関東公方足利家）をも凌ぐようになり、四代関東公方の持氏（安王丸や成氏の父）に疎まれて排斥された。

この仕打ちに激怒した犬懸上杉家の当主、禅秀は、反乱を起こしたものの鎮圧され、禅秀の子たちは散り散りとなって上方に逃れた。

かくして――、犬懸上杉家に代わって山内上杉家が上杉一門の筆頭となり、扇谷上杉家はその次席となって家運が上昇した。

犬懸上杉家の面々にとっては、はなはだ口惜しい次第となった。

犬懸上杉家にとって、関東の政権に復帰することは一族を上げての悲願である。成氏と両上杉の軍事衝突を家運回復の好機と見て取って、参陣してきたのに違いなかった。

資長は、この男にしては珍しく、難しい顔つきで顎など撫でている。目は本陣上座の犬懸上杉憲秋に向けられていた。

「管領様は討たれた。ただいま山内家の当主は空席だ。山内家を代行すべき我ら扇谷上杉の御屋形様は若い。一門の総大将を務めるには無理がある――などと不遜な物言いをする者も出て来よう。わしが扇谷上杉の家臣ではなかったなら、きっとそう申しておる。……

笑い事ではないぞ」

「笑ってなどおりませぬよ」

「戦の大将ともなれば、それなりの年功が要る。我らの御屋形様と犬懸殿を比べれば、どう見ても犬懸殿に重みが感じられてしまうぞ」

犬懸上杉憲秋は禅秀の子だ。生年は不明だが、彼の弟の教朝が応永十五年（一四〇八）生まれで今年四十九歳（満四十七歳）なので、それより年上なのは確実である。十九歳の扇谷上杉顕房と並べば、祖父と孫ほどもの年齢差があった。

憲秋は、堂々たる態度で扇谷上杉顕房の隣に腰を下ろした。由緒ありそうな大鎧に身を包んでいる。口をへの字に曲げて本陣の一同を睥睨する。目が合って、思わず低頭してしまった者たちもいた。

これには英泰も唸ってしまう。

「まるで上杉一門の総領気取りでございますなぁ」

「そうなってくれようと目論んでおるのよ。上杉一門が勢ぞろいしたこの戦……しかも山内様は死んでおる。犬懸上杉にとっては千載一遇の好機だ」

実力で上杉一門宗家の座を取り戻そうという魂胆だ。その野心を隠してもいない。

「一同の参陣、大儀である！」

なんと、扇谷上杉顕房を差し置いて、いきなり諸将に声をかけた。

「ハハーッ」と低頭した者と、低頭しなかった者とに別れた。低頭したのは犬懸上杉家に与する者。しなかったのは両上杉に与する者だ。この場で何が起こっているのか弁えず、何も考えずに低頭した者もいただろう。国衆や一揆の首魁などは、ほとんどがその類だったに違いない。

「ええい、面倒な話になってきたぞ」

資長が小声で悪態をついた。

英泰は考え込んでいる。

「手前のような者にまで本陣に入るのを許されたのは、犬懸上杉様のお味方を増やすため

だったようですね……」

「おう、それに違いない。我らが何もせずにおったなら、犬懸上杉憲秋は、皆に担がれて

総大将になってしまうぞ」

陣の外にも敵、中にも敵。扇谷上杉家にとっては、まことに厄介だ――と英泰は、口に

は出さないけれども、思った。

軍議は、威勢よく主戦論を展開する犬懸上杉憲秋と、自重を促す白井長尾昌賢ならびに

太田道真との間で平行線を辿った。

扇谷上杉顕房に対しては誰も発言を求めないし、その意向を伺おうともしない。本陣の

最上段の飾り雛にされている。

「道朝法師様がこの場にいてくだされたならば……。伊豆に落としたのは、しくじりだったな……」

などと資長は今さらながらに後悔している。

軍議はいつまでも終わらない。嫌になるほどの水掛け論だ。

白井長尾昌賢と太田道真も、関東公方勢と戦わねばならないことはわかっている。だが、その大将に犬懸上杉憲秋を据えることに、難色を示しているのだ。

資長は苛立っている。

「親父殿は、『扇谷の御屋形を先頭に立てて突っ込ませる』と言ってしまえばいいのだ。さすれば嫌でも御屋形様が総大将となるのに！」

英泰は、「また、そんな無茶を――」

と言いかけたのだが、案外それが正論なのではあるまいか、という気がしてきた。新田義貞も足利尊氏も陣頭に立って奮戦した。だからこそ武門の棟梁の座に就くことができたのである（新田義貞は南朝の武門の棟梁）。

「御屋形様や親父殿に、武田信長の半分でも覇気があったなら、こんな軍議は要らぬのだ」

――確かに、上杉一門の二万が総攻めに打って出たなら、戦はすぐに片づきましょうな。

などと英泰も、思わぬでもない。

「ええいッ、御一同が動かぬと申すのであれば、わし一人でも戦うぞ！」

業を煮やした顔つきで犬懸上杉憲秋が立ち上がった。

「山内と扇谷の面々は、この場にて見ておるが良い！　上杉の戦いぶりがいかなるものか、犬懸上杉が示してくれるわッ」

本陣の諸将に向かって、カッと両目を見開いた。

「我と思わん者はわしに続けッ。高名手柄は思いの儘ぞ！」

犬懸上杉憲秋は傲然と本陣を出ていった。扇谷上杉顕房は、最後まで無視された恰好であった。

本陣の全体がザワザワと揺れている。皆、私語を交わし、同輩と顔を見合わせ、何事か相談している。

「さぁて、これからどうなる」

資長は渋い顔つきだ。

六

一月二十一日。犬懸上杉勢は進軍を開始した。高安寺の成氏軍に迫る。

成氏は即座に反応した。奉公衆や与党の大名たちに迎撃を命じる。両軍は分倍河原で衝突した。

「分倍河原を戦場に選ぶとは。どこまでも吉例を重んじるのだな」

太田勢も進軍だけはしている。資長はゆったりと馬を進めていた。

「新田義貞はこの地で北条軍を破り、御先代（鎌倉幕府）を滅亡に導いた。上野国を発して鎌倉を目指す上杉家にとっては、縁起のよい土地だ」

一方、英泰は周囲の地形に目を向けている。

「先例を重んじるばかりではないのかも知れませぬぞ。大軍の布陣が叶う場所は、この川原しかござらぬ」

大軍が展開し、騎馬武者が行き交って戦うことのできる場所は限られる。広大な平地が必要だ。

資長は「ふむ」と鼻を鳴らした。

「先例などにこだわらずとも、同じ地で戦になるのは必然ということか」

「拙僧はそのように見立ててました」

『わあっ』と兵どもの喚く声が陣頭から聞こえて来た。

「どうやら始まったらしいな」

それから資長は「腹が減った」と小声で呟いた。

戦が始まって四半時（約三十分）が過ぎた。兵士の雄叫びと戦戈を交える騒音が聞こえてくる。だが、後陣についた太田勢は、前がつかえてしまっているので、まったく前に進めなかった。

「前陣ではいったい何が起こっておるのだ」

資長は苛立っている。

「わしは前に行って戦を見て参る」

馬を出そうとするので英泰は慌てて轡にしがみついて止めた。

「勝手な真似をなされては家宰様に叱られまする」

「かまわぬ。大物見だ」

大物見とは将自らが敵情を探りに向かう偵察のことをいう。大物見ならば誰に憚ることもない。

資長が走りだしたので英泰は急いで小者に馬を引いて来させて跨がった。陣僧は普段、馬などには乗らない。

資長の近習たちと一緒になって資長を追う。分倍河原は多摩川の河川敷だ。多摩川は多摩丘陵の大地を削りながら流れている。段丘やその痕跡がいたるところにあって、戦場を見下ろす高台に不自由はなかった。

「ここが良かろう」

資長は崖の上に馬を止めて眼下に目を向けた。

地響きをあげて騎馬の集団が東へと駆けてゆく。河原の砂が蹴り上げられて濛々たる煙をあげていた。

「あれは犬懸の子飼いどもか。フン、上杉一門にしては威勢が良いな」

兜を傾け、鞍の上で身を伏せて、敵の矢をものともせずに遮二無二突進して行く。敵陣の前面に達するや、敵の矢の二、三本を食らおうとも意に介さず、矢を鎧に突き立てたま、自らも弓矢をつがえて射返すのだ。

「我らが上杉に、あのような剛の者どもがおったのか」

もともと上杉家は武士ではない。勧修寺藤原氏の流を汲む公家だ。初期の室町幕府で期待されていたのも文官としての才覚であった。それゆえ、いまだに戦には弱い。

それを思えば犬懸上杉勢の蛮勇ぶりは驚くべきものがあった。

――犬懸様がたは、この一戦に賭けておわすのだ。

英泰は思った。

犬懸上杉家は『上杉禅秀の乱』に破れて以降、落武者同然の暮らしを強いられてきた。その屈辱は察するに余りある。この一戦に勝利し、赫々たる武功を認められさえすれば、関東の政権に復帰できる。関東管領に返り咲けるかも知れない。

武田信長と同じである。失うものの無い者は、戦うことを恐れない。

犬懸上杉家は獅子奮迅の働きで公方勢を攻め続ける。これまでの上杉勢は、公方勢の武勇に圧倒されて常に押し負けてきた。ところがこの日ばかりは、公方勢のほうが犬懸上杉家に圧倒された。

合戦開始から半日、犬懸上杉勢は公方勢の兜首を百五十級ばかり取った。次々と届けられる戦捷に、上杉本陣は沸き立った。

公方勢は多摩川に沿って後退していく。

「敵が退きまするぞ」

英泰が敵勢の動きを指摘した。

「敵が逃げて行く！　我らの勝ちだ」

敵勢の正面にあって、犬懸上杉勢の猛攻に晒されていた備（そなえ）（部隊）が引いていく。敵が総崩れとなる予兆にも見えた。

「いや待て」

資長は目敏（めざと）く目を凝らしている。

「喜ぶのはまだ早い。別の備が前に出てきた」

先鋒の入れ替えを図っているだけだったのだ。

新手が犬懸上杉勢の前に立ちはだかる。再び罵声の浴びせあいと、弓矢の応酬が始まった。

「敵は一万の大軍だ。そう易々とは崩れぬな。ふむ、先手が多く討たれたのならば、備を交代すれば良いわけだな」

資長もまだ若い。公方勢の動きを見て学ぶことも大だ。

「それにしても見事な軍配だ。誰が指図しておるのであろうな。まさか公方ではあるまいが」

関東公方の足利成氏も、また若い。おおかた武田信長や小山持政など、歴戦の勇将が本陣に侍って、成氏に進言しているのに違いない。

今度は犬懸上杉勢が圧され始めた。

「朝からの戦いで疲れておるのだ」

資長が指摘する。

英泰は伸び上がって上杉勢の後備を見た。

「お味方は、動く気配がございませぬな。敵が新手に換わったのでござる。味方も新手に換えねば、競り負けまするぞ」

それから半時、いよいよ犬懸上杉の退勢が濃厚になってきた。

「犬懸勢を下げねば崩れまする！」

英泰が悲鳴に近い声を上げた。公方勢は次々と新手を繰り出し続ける。犬懸上杉の武者は、鎧の袖も千切れ、矢を幾筋も突き立て、満身を血で――己自身の血なのか、返り血なのかはわからぬが――染めた無惨な姿だ。またしても矢で射られ、次々と落馬していった。

公方勢はさらに新手を差し向けてくる。騎馬武者は左右に大きく展開して、犬懸上杉勢を包囲攻撃せんとした。

「上杉様御本陣は動きませぬ！」

扇谷上杉顕房を主将とした一万数千の軍勢は、遥か後方に布陣したまま、まったく駆けつけてくる気配がない。

「よもや、犬懸勢を見殺しに……公方様の軍勢に犬懸様を攻め殺させようという魂胆では？」

英泰はこの寒空の下、冷や汗を滲ませている。

確かに、両上杉にとって犬懸上杉憲秋の存在は目障りである。討ち死にしてくれたほうが助かる。

資長は馬上で腕を組んでいる。その顔つきは険しい。

「そのような悪巧みができるようであれば、かえって安心というものだが……。親父殿たちは、今、なにをなすべきなのかを量りかねておるだけ、なのではあるまいか。このような大戦は、御屋形様はもちろんのこと、親父殿や昌賢おじとて初めてであろう。しかもである。本陣におったのでは、今、我らが目にしているものが見えておらぬ。犬懸上杉勢の苦境に気づいておらぬのかも知れぬぞ」

「しかし、犬懸様の御陣からは、助けを求める軍使が走っておるはず」

「犬懸が意地を張って助けを求めぬ、ということも考えられる」

その時、資長に仕える武士が、高台の下で叫んだ。

「若殿ッ、敵の手勢がこちらに向かって参りまするッ」

「我らがここで見ておることに気づいたか。皆、本陣に戻るぞ!」

言うが早いか、資長は手綱を引いて馬首を返した。


血まみれになった怪我人が後陣に下がってくる。戸板に寝かされている者もいれば、槍を杖がわりにしている者もいた。

資長は馬から下りると本陣に駆けた。山内上杉家の小姓が捲り上げた陣幕をくぐって中に入る。

「新手を遣わしなさいませ! 間もなく犬懸勢は総崩れとなりまする!」

道真と昌賢が驚いた顔で資長を見ている。すぐに道真は渋い顔つきとなった。

「まずは膝をつけ! 御屋形様の御前なるぞ」

資長は膝をついた。

「戦陣のことゆえ無礼は御免。拙者、大物見にて戦場(いくさば)を見て参りました。犬懸勢の敗色はもはや明白にございまする」

道真は息子の報告を聞いて、ひげなどひねりながら悠長に考えてから、答えた。

「ならば尚のこと、動くことまかりならぬ」

「なにゆえ」

「今、迂闊に陣を動かせば、犬懸勢の敗走に巻き込まれて総崩れとなる。犬懸勢を追って敵が攻め寄せて来るはずじゃ。それへの備えが先である」

道真が献策し、若い扇谷上杉顕房が承認して、上杉勢は兵を前に出すどころか、後退して陣を引き締めさせた。公方勢の蛮勇とは正反対の対応であった。

道真は空を見上げる。

「間もなく日が暮れる」

正月（旧暦）はまだ、陽の短い季節だ。

「夜中に無闇に兵を動かせば、同士討ちの恐れもある」

「父上は恐れてばかりでございまするな」

資長の揶揄（やゆ）めいた物言いにも、道真は動じなかった。

「当たり前だ。我らは、戦って得るものよりも、戦って失うもののほうが大きい。我らは失うことを恐れるのだ」

日暮れまでには大勢が決した。犬懸上杉の大敗である。

軍使が本陣に飛び込んできた。

「犬懸憲秋様、お討ち死に！」

それだけ叫ぶと、すぐに走り出て行った。

本陣の諸将は沈痛の面持ちだ。

「犬懸殿が死んだか……」

扇谷上杉顕房の呟き声が――それはほんの小さな声だったのだが――静まり返った本陣の隅々にまで聞こえた。

第六章　分倍河原の戦い

一

一月二十一日の決戦は上杉方の敗北で終わった。

犬懸勢は午前中の戦いでは百五十級もの兜首を上げたが、午後にはそれに倍する被害を出して敗走した。

この時点で上杉勢が総崩れとならなかったのは、本陣が動かなかったことと、山内上杉と扇谷上杉の軍勢が無傷だったからである。夜の闇が深かったことも、雑兵たちの勝手な敗走の妨げになっていた。

本陣に篝火が焚かれた。白い陣幕が赤々と照らし出されている。太田源六郎資長は苛立たしげな足どりで本陣に向かう。雑兵に陣幕を上げさせて中に入った。

夜が更けるにつれて寒さが厳しくなってきた。本陣に居並んだ老武者たちは鎧の上に犬の毛皮を羽織っていた。大将の扇谷上杉顕房は異国（とつくに）から取り寄せた虎の敷物の上に座っていた。

顕房は満十九歳。まだひげも生え揃わぬ細面だ。幼さの残る顔には不安の色が浮かんでいる。資長が入ってきても声もかけない。心ここにあらずといった様子だ。

資長は本陣を見渡した。上杉一門とそれに仕える家臣たちは皆、渋面で押し黙っていた。

左の列に床几を並べて腰掛けているのは、上座から順に、山内上杉家の家宰に返り咲いた老将の白井長尾昌賢。その嫡男の左衛門尉景信。

続いて、昌賢の息子で総社長尾家を継いだ孫六左衛門忠景。

山内上杉家の宿老、大石憲儀（のりよし）。

反対側の列には、扇谷上杉家の家宰の太田道真。

上杉家の分家の庁鼻和（こばなわ）上杉性順（せいじゅん）。小山田上杉藤朝（ふじとも）などなど。

加えて戦場から逃げ戻ってきたばかりの犬懸上杉家の家臣たちが、戦塵や返り血に塗れた姿で下座に控えていた。

大所帯の陣立てだが、誰も発言する者はいなかった。資長はズカズカと左右の列の間に割って入って、扇谷上杉顕房の正面で折り敷いた。

「今こそ、兵を進められませ！」

許しもなく大音声で具申する。皆が呆気にとられた顔つきで資長を見た。

総大将の扇谷顕房は何も言わない。諸将は顕房の顔色を盗み見ている。無言の時間が流れる。資長だけが歯を食いしばり、拳を握って、身につけた鎧を震わせていた。

「敵は疲れておりまする。一方、我らは、山内勢、扇谷勢ともに無傷。今、兵を出せば必ずや公方勢を突き崩すことが叶いまする！」

息子の傍若無人にたまりかね、父の太田道真が声を荒らげた。

「馬鹿を申すな」

「なにが馬鹿にございまするか」

道真は一呼吸の間を置いてから、静かな口調で答えた。

「闇夜でいたずらに兵を動かしても益するものはないぞ。夜盗が村を襲うのとは違うのだ。万余の兵が闇の中を動けば、必ず同士討ちが起こるであろう」

昌賢の嫡男の白井長尾景信が、尻馬に乗って口を出してきた。

「盗っ人の如く闇に身を隠して卑劣な手段で公方を討たんとすれば、我らに疚しきところがあるのでは、と疑われようぞ」

景信の父の昌賢は、いったん政界を退いた身で、その間、この景信が白井長尾家を率いていた。四角い顔で瞼が厚い。目は細い。ひげは薄い。身体も四角く肥えている。年齢は四十三歳（満四十一歳）。堂々たる武将である。その発言は重く諸将に受け止められた。

同じ家宰の子とはいえ、いまだ二十三歳（満二十一歳）の資長とでは重みが違う。

その父の昌賢も、白い顎ひげをしごきながら言う。

「逃げ散った犬懸の兵も集めねばならぬ。我らが動けば、犬懸の兵どもは本陣を見失う。さすれば勝手に領地に逃げ帰ってしまうであろう。我らが陣容を固く引き締めておればこそ、いったん逃げた兵どもも戻って来るのだ」

資長には、昌賢がなにを言っているのかがよくわからない。

「敵に敗れ、鎧兜を脱ぎ捨て、武器を投げ捨てて逃げた者どもを再び集めて、なんとなさるのだ」

「兵を集めねば戦にならぬ」

「落武者など、いくら集めようとも戦にはなりませぬぞ」

この夕刻、惨めな姿で敗走していく犬懸の将兵たちを、資長は目の当たりにしている。

ところが資長のこの物言いに犬懸上杉家の敗将たちが激怒した。

「なんたる無礼な物言い！」

「許さぬぞ！」

夕刻まで敵と殺し合いをしていたので気が立っている。太刀に手を掛けて立ち上がり、血走った目で資長に詰め寄ってきた。

「待たれよ！」

白井長尾景信が割って入って押しとどめる。

「味方同士で争うても、敵を利するばかりぞ」

景信の肥えた身体は押し出しが良い。犬懸家の将たちは刀を抜くのを思いとどまる。

資長も――こんな所で争っている場合ではない――と考えている。

公方勢に攻めかかるのであれば急いで動かねばならない。こうしている間にも敵は陣容を立て直しているはずなのだ。『犬懸勢との戦いで乱れた敵陣を突くべきだ』というのが資長の策である。急がねばならない。

「左様なれば、我が手勢のみにて攻めまする。我が手勢の奇襲が首尾よく運んだならば、お歴々はゆるゆると後詰をお送りくだされ」

「ならぬ、と申しておる！」

景信が細い目を逆立てて怒鳴りつけた。父子ほどもの年齢差のある同輩（家宰の子）だ。

「源六郎、慎め！」

実父の道真も声を荒らげて歩んできて、資長の腕を摑み、景信たちから引き離そうとした。

「総大将の御前であるぞ。扇谷上杉家の家来であるお前が、山内様や犬懸様のご家来衆と争ってなんとする！　我らの主君に恥をかかせるつもりか」

そう窘められると、さすがの資長もこれ以上の我意は張れない。

ただ今の時点で上杉一門の総領家は扇谷上杉家なのだ。他の上杉一門の家来衆の顔を立て——あるいはご機嫌を取らねばならない立場なのであった。それが総領家の務めであった。

「悪うござった」

資長は、ぜんぜん悪いとは思っていない顔と口調で皆に詫びた。

結局、上杉勢は陣形を固く引き締めて、犬懸の兵を収容しつつ、敵の夜襲に備えることに決した。

例によって腰の重い、無事が第一の策だ——資長は内心で悪態をついた。

軍議の最後に白井長尾昌賢が総意を纏めて発言した。

「犬懸様のご奮闘は無駄ではなかった。公方勢は大いに兵の数を減らしておる。一方、我らはいまだ二万の大軍。公方勢を上回っておる。明日は二万の軍容でもって押し出す。力押しに押して、公方勢を退治する」

そのための陣形も定められた。真横に長い隊列を組んで多摩川の河原を平押しに進軍するのだ。左翼が山内勢、右翼が扇谷上杉家の家臣団の兵。その間に守られるようにして疲弊した犬懸勢が布陣する。総大将を擁した扇谷上杉家の本隊は、後陣に控えて、隊列の後尾を進軍することとなった。

扇谷上杉本陣と家臣団が切り離されていることが不安だが、これは上杉一門を挙げての戦なのだ。致し方ない。

「後陣の御本陣には、この昌賢入道と道真入道殿が詰める。諸隊は、諸将が率いるがよろしかろう」

一同は「ははっ」と答えると、扇谷顕房に向かって低頭し、それぞれの陣に戻って行った。

道真が本陣で扇谷上杉顕房を補佐することになったので、太田家臣団の兵は資長が代わりに率いることとなった。資長が陣所を出ようとすると、父の道真が歩み寄ってきた。

「くれぐれも申しつけておくぞ。本陣よりの命もなく勝手に兵を動かすことは許さぬ。父の命に違えるならば廃嫡といたすぞ」

――廃嫡？

どうやら本気で言っているらしいと、資長は父の顔色を見て思った。

「心得たな？」

「心得ました。されど――」

「『されど』も『しかれども』もない」

「心得ました。御本陣より送られる軍使の命に従いまする」

「それでよい」

「されども、御本陣との繋ぎが断たれた際には、なんとすればよろしいのか」

「なんだと？」

「いいえ、なんでもござらぬ」

資長は一礼すると、

「ご武運を」

とだけ言って、父親に背を向けた。

背後で道真の溜息が聞こえたような気もしたが、そんなことを気にかける資長では、元よりない。


翌朝は冷え込みのきつい冬晴れであった。両上杉家の軍勢と犬懸上杉の残党は、多摩川の河原に沿って粛々と進軍を開始した。

犬懸上杉憲秋とその伴類が数多く討ち取られたとはいえ、昌賢と道真の手配りによって犬懸兵の駆け落ち（戦場を放棄しての逃走）は未然に防ぐことができた。兵数は思ったほどには減っていない。

総勢で二万。今もって圧倒的な大軍だ。河原で真横に大きく広がってなお、三段の備えを保っていた。先鋒、中堅、後備の三列からなる厚みをもった隊列で押し出していく。

いちばん後ろには、扇谷上杉顕房の本陣があった。上杉家の家紋〝竹丸両飛雀〟を染めた旗が冬空の下で揺れている。長尾家の〝九曜巴〟や太田家の〝桔梗〟の旗も、朝日に照らしだされていた。

二

上杉勢の威容は、武蔵府中の高安寺に陣取る足利成氏からも一望できた。

高安寺には足利尊氏や新田義貞らが寄進した大塔伽藍が並び建っている。屋根に上ればいくらでも遠望が利いた。

寒い季節で川面から湯気が立ち上っていたが、視界を妨げるほどではない。両上杉勢の旗や幟がよく見えた。

「小癪な！」

僧坊の大屋根の上で足利成氏が切歯扼腕している。錦の鎧直垂に烏帽子を着けた姿。弓手（左手）に籠手を巻いている。甲冑はつけていなかった。

同じ恰好の武将たちが十人ばかり、同じ屋根の上で控えている。公方の本陣が一時、屋根の上に移された恰好だ。

両上杉の大軍が西から押し寄せてくる。成氏にとっては悔しい話だが敵味方の戦力は隔絶していた。

そもそもここは武蔵国だ。山内上杉家の分国で、山内家臣の総社長尾家が守護代を務めている。敵の地盤なのだ。北方の上野国も山内家の領国。南方の相模国は扇谷上杉家の領国だ。よって上杉勢は速やかに兵を集めることができるのである。

一方、足利成氏を支持する勢力の地盤は関東の東半分に広がっていた。兵馬や兵糧を移動させるだけでも四苦八苦だ。

関東平野を東西に分断しているのは利根川という大河である。

この時代の大河に橋は架かっていない。渡河をするためには渡し舟を使うか、あるいは徒歩で瀬渡りをするしかなかった。渡し舟で往復していたのでは、軍の一つを渡すのに何日もかかる。さりとて瀬渡りを強行すれば、季節は冬だ。兵たちは凍え死んでしまう。

この時代の合戦は、太田資長が喝破した通りに、単純な数と数とのぶつかり合いであった。兵数で勝った方が矢の数で敵を圧倒して勝利する。ただそれだけの単純な戦術がとられていた。

となれば、成氏方に勝機はない。それがゆえに成氏は激昂している。

成氏の側近の結城七郎（元は下総国の結城城主で今は領地を奪われている）や簗田持助（下総国、古河城主）、奉公衆の小山持政（下野国守護）、里見義実（安房国の大名）、新田岩松持国（上野国の大名）たちも揃って顔色がない。

ちなみに彼らの多くの名前に〝持〟の字がついているのは、足利成氏の父、持氏から一字を拝領したからである。足利持氏が股肱と頼んだ重臣の証だ。

その重臣たちは皆、畏れ慎んで発言しない。

勇気を尊ぶ武士であればこそ、「この戦に勝ち目はございません」とは言いたくない。それがいかに正論であろうと臆病者呼ばわりをされてしまうからだ。

誰もが苦虫を嚙み潰したような顔で黙っている。その間にも両上杉勢は堂々と進軍してくる。馬蹄の轟きと武具の金音が次第に大きく聞こえてきた。

「公方様」

たまりかねて簗田持助が発言する。

「ここはいったん、御馬を納めるべきではないかと……」

馬を納めるとは、退却や和議を意味する言葉だ。

成氏の体面を傷つけぬように言い換えているわけだが、それでもこの物言いが許されるのは簗田持助ならではであった。持助の姉が成氏の生母だからこそ、憚りのない直言ができた。

案の定、成氏は目を剝いて激昂しだした。

「余に『逃げよ』と申すかッ」

簗田はいっそう平伏した。

成氏とて勝ち目がないことはわかっている。本心では退却しかないと理解しているはずだ。しかし関東公方の面目が邪魔をして『退却せよ』とは言い出せない。となれば側近が悪者になって、成氏の面目が潰れぬように図らなければならない。簗田は続けた。

「逃げるのではございませぬ。勝負を他日に期すのでございます。この地で戦うは、お味方にとって不利。お味方にとって有利な地で戦うのが、名将の軍配にございまする」

居並んだ諸将の誰一人として異議を唱える者はいなかった。内心では皆、退却に同意なのだ。無言の同意を受けて簗田は意を強くした。

「昨日の戦で公方様は勝鬨をあげられました。叛将の犬懸上杉憲秋を御見事に成敗したのでございまする。これにて御面目は十二分に立っております。昨日の御勝利の評判こそ、大事にするべきかと愚考つかまつりまする」

ここで戈を納めれば今回の合戦は足利成氏の勝利――ということになる。成氏の名声も上るに違いない。

逆にここで戦って敗北を喫すれば、昨日の勝利は帳消しとなり『関東公方は両上杉に負けた』という評価がくだされてしまうのだ。

下野国守護、小山持政が大きく頷いた。

「拙者も簗田殿に同意でござる。大戦は一時に片をつけるものにあらず。ゆるゆると時勢を見極めながら、進めるのがよろしかろう」

小山は江ノ島合戦からの成氏与党だ。小山家は鎮守府将軍、俵藤太秀郷の直系子孫で下野守護職を何度も務めた名門だ。その発言には重みがある。

「うむ……。皆がそれほどまでに申すのであれば、ここは皆の顔を立て、兵を退くといたすか」

内心では成氏も同意していただろうが、表向きには悔しくてならぬ、という顔つきで頷きかけた。

と、その時であった。

「勝ち戦を目の前にして兵を退かれるとは何事！　公方様らしからぬ物言いにござるぞ！」

破れ鐘（われがね）のような大声をはりあげた者がいた。

またあいつか――と、その場の全員が、辟易としたに違いない。

その男、武田右馬助信長は、屋根瓦を踏み壊す勢いでやってきた。大鎧を着け、袖や草摺（くさずり）の金具をガチャガチャと鳴らしている。老体に鎧の重みは堪えるはずだが、軽々とした足どりで成氏の御前までやってきて、片膝をついた。

「ただいま大物見より戻りましてござる！　公方様、お喜びくだされ。御味方の勝利は疑いなしにござる！」

大変に頼もしい物言いで、普段の陣中であれば心強く聞こえるのであろうが、この場ではなんとも場違いな空元気である。

退却と決したばかりなのだ。皆、苦々しげに顔をしかめた。

成氏も、ここは信長につり込まれることもなく、落ち着いた口調で対した。

「勇ましいぞ右馬助。じゃが、ただ今は、その武勇も無用のことぞ。我らは兵を退くと決した。お前も退き陣の支度をするがよい」

静かに言い聞かせたのだが、信長は「なんと？」と、わざとらしく表情を変えた。

「それがし、いよいよ耳が遠くなり申したかな？　この好機を前にして退くとのお言葉が聞こえたぞ。こりゃなんとしたことじゃ。皆でこの老人をからかおうというご趣向か！」

諸将はますます持て余している。こうする間にも上杉勢が迫ってくるのだ。

「公方様！」

簗田持助が膝を進めた。

「戦場を離れる際に背後から襲われたなら大変なことになりまする。退き陣を急がれませ！」

「うむ」と答えた成氏が屋根から下りるべく梯子に向おうとすると、

「お待ちくだされ！」

武田信長が立ち上がり、両腕を広げて立ちふさがった。

「退却などご無用のこと！　この戦、必ずや勝てまする！」

ずいぶんとしつこい。諸将もたまらず色めきだった。口々に信長を罵り始めた。

「負け惜しみもたいがいにいたせ！」

「口から出任せの雑言で、公方様を窮地に陥れるつもりか！」

誰も彼もが異口同音に難詰する。武田信長はカッと目を怒らせて諸将を睨み付けた。

「お主たちには、何故わからぬッ」

「待て」

と制したのは成氏だ。昨今の成氏は、諸将の仲違いを仲裁する場面が多くなってきた。勢力が拡大するにつれて膝下に従う人数も多くなり、必然的に諍いが増える。成氏の気苦労も増える。

「右馬助よ、我らが勝てるとはいかなる理由での物言いか。兵の数では我らは劣勢ぞ」

簗田持助が頷いた。

「ここはいったん退いて、兵が集まるのを待つべきじゃ」

すると信長が呵々大笑した。

「味方が揃うのを待つまでもない。ここにいる手勢のみにて勝てる。目を凝らしてご覧あれ！」

信長は腰に差してあった軍扇を抜いて、敵陣を指し示した。

「敵勢の真ん中に犬懸上杉の残党が布陣しておる。……わしの目では遠すぎて見えぬが、お若い公方様の御目ならば見えるに違いない。犬懸上杉の旗は、山内や扇谷の旗とは異なりまするからな」

上杉一門の家紋は〝両飛雀〟といって、二匹の雀の絵柄なのだが、丸で囲ったり竹で囲ったりなど図柄を変えて、分家の見分けがつくようになっている。

信長は続ける。

「犬懸上杉の主将の憲秋は昨日、討ち取ってござる。さすれば犬懸上杉勢は将を持たぬ烏合の衆！　敵を前にして指図をくれる者もおらず、手柄を立てても認めてくれる大将がおらぬ。これでは兵の意気が上がるはずもござらぬ」

信長は成氏に眦（まなじり）を据えた。

「我らが真っ向より犬懸勢に攻めかかれば、たちまちにして犬懸勢を攻め崩し、敵陣を真っ二つに割ることができ申す！」

成氏も「うむ」と頷いた。武田信長の軍配が見えてきた。

信長の雄弁はさらに続く。

「敵陣を二つに割れば、数が頼みの敵軍も、その数を利することができなくなり申す。逆（さか）しまに、数が多いがゆえの混乱を来（きた）し、右往左往するばかりとなりましょう」

若い成氏は気をよくして大きく頷いたが、諸将の中には懸念を隠さぬ者もいる。その中の一人、簗田持助が信長に問うた。

「されども……それでは我らの側から、敵の包囲の只中に飛び込むことにはならぬか」

「ならぬ！」

「なにゆえ、そう言い切れようぞ」

「上杉勢は、あれほどの大軍であるにもかかわらず、軍配を執る将が足りておらぬ。山内上杉の当主はすでに殺した。犬懸上杉の憲秋は昨日の戦で討ち取った。最後に残った扇谷の当主は、これが初陣の若造だ」

信長は彼方の敵陣を睨み付けた。

「上杉勢の二万の大軍。その采を振っておるのは白井長尾の昌賢であろう。昌賢ならば、身分格式、軍功ともに不足はない。逆に言えば、昌賢の他には上杉勢を率いることのできる者がおらぬのだ。……ふむ。せいぜい、太田道真ぐらいか」

「ならば、どうしたと言うのだ」

簗田持助が訊いた。

「わからぬのか」

と、信長は吐き捨てた。

「二万の大軍は、いちいち昌賢の指図を仰ぎながら戦わねばならぬのだ。ならばこそ我らは敵陣を二つに引き裂く。昌賢の指図の届かぬように分かてば、いかなる大軍も、たちまちにして動きを止める」

「そうそうこちらに都合よく話が進むであろうか?」

「敵は、両上杉に犬懸上杉、上州、武州、相州の一揆の寄せ集めである。主将から切り離され、軍命が届かなくなってなお、踏みとどまって戦う意気地など、元よりない！」

「中務丞」

成氏が簗田持助に向かって発言する。

「わしは右馬助の軍配に賭けてみたい。承諾してくれ」

成氏は諸将の顔をゆっくりと順に見た。

「ここは敵地。我らは寡勢。それでも臆せずに戦って勝ったとなれば、我らが武功は満天下に轟こう。皆が懸念するように、不利であるのは承知のうえじゃ。不利ならばこそ、ここで勝ちを得されば、我らの強さが知れ渡り、我らに従う者どもも増えるのじゃ」

「尤も道理！　言うには及ばず！」

信長が拳で鎧の草摺を叩いて音を鳴らした。

成氏が言う。

「皆の者は戦うことを願っておったのではないのか！　まさに願ってもない戦であるぞ。ここで兵を退くという法があるものか！」

関東管領上杉家は、室町幕府から送り込まれてきた目付役だ。上杉家の本領は丹波国（京都北西部）にあるのだ。

関東の大名たちは、上方から来た余所者に支配され、頭を押さえつけられ、嫌がらせや苛めを受けて堪えてきた。その鬱憤を、この一戦で張らすことができる。ここで勝利しさえすれば、上杉一門を滅亡に追い込むことができるのだ。

信長の両目からは瞋恚の炎が噴き上がった。

「すでにして、山内上杉、犬懸上杉は殺したのだッ。残すは扇谷上杉のみ！　ご覧あれご一同、扇谷の当主はあそこにござるわ！　これを殺さずにいられようかッ」

成氏も大きく踏み出す。

「皆の者ッ、戦ってくれ！」

こうとなれば、ここに集まった大名たちも武士である。否やはない。

「おうっ」と拳を突き上げたのであった。

三

その間にも上杉勢は、多摩川の河原沿いを進軍している。

総勢二万の騎馬と雑兵、陣夫（近在の農村から徴発された人足）たちがあげる土埃によって空が黄色に霞む。自分たちの足が巻き上げた埃で視界が塞がる。それほどまでの大軍だ。

「何も見えぬではないか。敵勢はどうなっておる」

馬上では例によって太田源六郎資長が癇癪を起こしている。その横には陣僧の英泰が徒歩で従っていた。

「物見が戻って参りましょう。しばしのお待ちを」

「そんな悠長なことを言っておられようか。前に出て見てくる」

本気で馬を進めようとしているので英泰は慌てて轡にとりついて止めた。

「遠矢で狙われまするぞ。おやめくだされ」

「矢の届く間合いではない」

「弩（ボウガン）を使ってくるかもしれませぬ」

「弩など、どこにあるというのだ」

飛鳥時代の日本国軍には装備されていたという話だが、弓術が普及してからは飛距離以外の利点がないので廃れた。

「公方の本陣は高安寺。古い寺の宝物蔵には、何が奉納されているか、わかりませぬから」

資長に無茶をさせないようにと、道真や昌賢からきつく命じられている。英泰も大変なのだ。

——それにしても。

と、英泰も思わぬでもない。周囲を見回しても、味方の馬の尻と、雑兵たちの背中しか見えない。あとは濛々たる土煙だ。

――昨日の戦では、なにゆえ犬懸様に援兵を出さぬのかと訝しく思っておったが……、なるほど、この有り様では味方の危急もわからぬぞ……。

河原の石を踏む足音が響く。鎧の金属音と馬の嘶(いなな)き、旗が風にたなびく音。それらが合わさって、戦場特有の騒音となる。聴力までをも奪われたかたちだ。英泰は必死に耳を澄ませた。

その甲斐があったというべきか、視界の塞がれた前方から、大きな声が聞こえてきた。

「公方様の手勢ッ、高安寺の陣所より押し出して参りましたッ」

物見が告げて回っている。

英泰は首を傾げた。

「まことであろうか？　押し出してきたのは敵の殿(しんがり)ではないのか」

退却する際、敵の前に立ちふさがって味方が逃げる時間を稼ぐ備（部隊）のことを殿という。

英泰は、多勢に無勢の成氏勢は退却するに違いないと考えていた。敵を侮ってのことではない。成氏にとって、ここで戦うのは不利だからだ。よほどの愚か者でないかぎり、兵を退いて他日の決戦を期すであろう。

資長は馬上で背伸びをしている。

「やはり、ここからではわからぬな」

「前に出てはなりませぬぞ」

英泰は太田家の騎馬武者を呼んで物見を命じた。「あたうかぎりすみやかに戻って来るように」と命じて送り出すと、言われた通りに、すぐに駆け戻ってきた。

「敵は総出陣にございまする！　先手は、里見勢と見受けられました！」

「なんと！　この地で決戦するつもりなのか」

英泰は意外の思いに打たれつつ資長を見上げた。資長も眉根を寄せて考え込んでいる。


足利成氏勢は、安房国の大名、里見義実に先鋒を命じて押し出してきた。里見氏は結城合戦でも安王丸に従って戦った。古参の公方奉公衆であった。

この一戦で軍配を練ったのは武田信長であったが、信長は本拠の甲斐国より追われた流浪の大名で、手持ちの兵はいたって少ない。少ない兵では敵陣を突き破ることができない。栄えある先鋒は、他人に譲るしかなかったのだ。

里見勢の戦意は旺盛だ。雄叫びを上げながら前進し、上杉陣の中央、犬懸上杉勢に迫る。

遥か後方、公方勢の本陣で大将の足利成氏が鏑矢（かぶらや）の大矢（おおや）をつがえて引き絞った。パンと音を立てて放つと、鏑矢は笛に似た音を鳴らしつつ、青空に弧を描いて飛んだ。その音こそが合戦の開始を味方と敵に報せる合図となった。

すかさず里見勢から一騎の騎馬武者が飛び出していく。上杉陣に十分に駆け寄るやいな

や、

「一番槍！」

大声で叫んで、手にした槍を投げた。上杉勢の兵がサッと避ける。槍は地面に突き刺さった。

黙って見ていた上杉勢からも「射よ！」と命令が下されて、弓兵たちが矢をつがえ、一番槍の武者を狙って放った。

一番槍の武者は自陣に逃げ戻ろうとして駆ける。その背の母衣に矢が何本かつき立った。

里見勢の弓兵も前に踏み出してくる。一番槍の武者を後ろにかばうと、遠矢での矢合わせが始まった。

矢を射ながら少しずつ、両軍の兵が距離を詰めていく。弓弦の鳴る音と矢の飛ぶ音、雄叫びと軍鼓の音が戦場を包んだ。

犬懸勢は昨日の戦で疲れている。敗北が後を引いて〝負け癖〟がついていたようだ。矢合わせでも圧し負けてジリジリと後退し、里見勢のさらなる進軍を許してしまった。

里見勢の血気はますます盛んだ。矢は、山なりに飛ぶ遠矢から、真っ直ぐに相手を射貫く近矢へと角度が変わっていく。矢の速さも上がり、犬懸の雑兵たちは次々と射倒されていった。

戦況は使番（総大将の使いを担当する軽装の騎馬武者）が見届けて、逐一、足利成氏の本陣に報告する。

使番が馬から下りて成氏の馬前で畏る。成氏の横に控える簗田持助が質した。

「彼我の旗色や、いかに」

「里見様の優勢！　犬懸勢は、攻められるがままに陣形を崩しておりまする！」

「よしっ」と大きく頷いたのは成氏だ。

「そのまま攻め続けよ、と里見に伝えよ。小山や岩松、世良田にも伝えるのじゃ。里見が切り開いた敵陣に騎馬を差し向けよ、となー　敵に立ち直る暇を与えてはならぬ。攻め続けるのじゃ！」

使番は「ハッ」と答えて走り去った。

里見勢の戦意はいよいよ盛ん。徒武者と雑兵たちが薙刀を振りかざして斬り込んでいく。犬懸勢を揉みに揉み、薙ぎ倒し、押し分けして、ついに陣列に穴を空けることに成功した。すかさず、先鋒大将の里見義実が采を振り下ろす。

「騎馬の者ども、今ぞ！　攻めかかれッ」

旗下の騎馬武者たちが一斉に、河原の小石を蹴りあげて走りだした。騎馬武者の役目は機動力を活かして敵に急迫し、矢を射掛けることだ。里見の騎馬武者は馬上から次々と矢を放っては、犬懸勢の兵を射殺していった。

まさに鬼神が乗り移ったかのごとき勢いであった。この奮戦には理由があった。実は、上総国や安房国の一帯は、かつて犬懸上杉家の分国であったのだ。犬懸上杉家は上杉禅秀の乱でいったん滅亡したが、結城合戦での奮戦が室町幕府に認められて再興を許され、旧領の上総と安房を取り戻すべく、在地の大名たちを威圧していた。

里見家を始めとする上総安房の在地武士たちは、ここで犬懸上杉勢を叩き潰しておく必要があった。さもなくば、いずれ自分たちが犬懸上杉に滅ぼされる。

足利成氏と武田信長が里見勢を犬懸勢にぶつけたのには、遺恨を見越したうえでの奮戦が期待できたからなのだ。

里見勢は期待に応えて戦い続ける。さらには、上野国の世良田勢など、上杉一門に虐げられてきた勢力が、積年の遺恨を晴らすのはこの時だとばかりに突進してきた。

戦場の轟音がまるで実体をもったかのように耳に襲いかかってきた。太田勢のすべてが身を震わせている。

「激戦のようだな」

太田資長は馬上で表情を曇らせた。

「だがやはり、何が起こっているのか、さっぱりわからん」

「もう一度物見を走らせましょう」

英泰は再び騎馬武者を呼んで物見を命じた。

資長は腕を組んで考え込んでいる。

「何が起こっているのかは、見に行かずとも、おおよそわかる」

「わかるはずがございまするまい。物見が戻るまで軽々に動いてはなりませぬぞ」

「そもそも本陣の軍命がなくば動けぬ。親父殿とそう約束した」

やがて物見が戻ってきた。

「敵が、お味方に攻めかかっておりまする！」

資長は呆れ顔だ。

「そんなことは言われなくともわかる」

「敵の雑兵に邪魔されて、肝心の戦場に寄りつけませぬ。何が起こっているのかと問われましても、これ以上のことはわかりかねまする」

資長は手を振って物見を下がらせると、英泰に顔を向けた。

「英泰よ。我らはこれまで敵の戦ぶりを何度も見てきた。今、何が起こっておるのかを想念してみよ」

「想念……と、申されましても……」

「お前が公方であれば、どのように兵を動かす？　これまで彼奴らは、どのように兵を動かしてきたのか、それを思い出せ」

「左様にございまするな……」

　戦場の音がますます大きくなって近づいてくる。馬蹄が起こした地響きが英泰の足元を揺るがした。流れ矢が飛んで近くの馬に刺さったらしい。馬が棹立ちになり、その周辺で大きな騒ぎとなった。

　資長は英泰の答えを待たずに自ら答えた。

「敵はいつものように真っ向から突っ込んでくるのに違いない。いつものように味方の陣を分断する策を取るに相違ないぞ。敵は我らよりも戦が上手い。敵が狙うとしたらどこだ？　上杉方の陣では、どこがいちばん弱いか」

「それは……」

「犬懸上杉がいちばん弱い。犬懸勢を目掛けて攻めるに相違ないぞ。犬懸勢は昨日の戦で疲れておる。矢も尽きておるはずだ」

　兵のあげる悲鳴が遠くから聞こえてきた。動揺が全軍に波のように伝わった。どよめきの声が、より大きくなった。

　いずこの陣からか、使番が走ってくる。

「敵の猛攻に晒されておりまする！　合力の兵を送って下さるよう、お頼み申す！」

　そう叫ぶと、駆け抜けて行った。

「今の武者、犬懸の合印をつけておりましたぞ。犬懸勢が危うい」

英泰は資長を見上げた。

「援兵を送りましょうぞ」

資長は無言で考えていたが、やがて、

「動くな」

と言った。

英泰は詰め寄る。

「なにゆえにございましょうか！　もしも犬懸勢が崩れたならば、源六郎様の見立てた通りに、我らは陣を二つに割られまする！」

「わしは父より『命なく動くな』と言いつけられておる。勝手に兵を動かすことはできぬ」

「こんな時だけ、なにゆえ素直に言いつけに従われまするか！」

いつもは好き勝手に振る舞っているくせに、独断が必要な今のこの時、親の指図を待つとは何事か。

「よく聞けよ、英泰」

戦場の轟音は太田勢をも包み込もうとしている。それだけ戦が拡大し、近づいてきたということだ。

「我ら上杉勢は真横に陣を広げておる。なにかに似ているとは思わぬか」

「……なにに似ていると仰せにございましょう」

「大河の堤だ。憶えておろう。『夫れ兵は水に象る』。我らは堤、公方は大水。公方勢という大水が、堤のいちばん弱い所を突き崩そうとしておる。そして今、堤は破れたのだ。公方の軍勢は怒濤の勢いで堤を乗り越えたに相違ない。こうなればもはや手遅れだ。多少の援兵を送ったところで、破れた堤に土を投げ込むようなもの。投げ込んだ先から押し流されて手がつけられぬ。なんの役にも立たぬ。兵を無駄に損なうばかりだ」

「『手をつけかねる』との仰せにござるか。しかしそれでは堤を次々と崩され、壊れた穴を広げられて、いずれは堤のすべてが崩れ去りましょう」

「もしもそうなれば、わしの勝手だ。わしは好きなように動くことができる」

　資長は引き攣った笑いを浮かべて、本陣があるであろう方角を見た。

「軍命など届かぬようになるからだ。軍命が届かぬのであれば、わしが勝手に太田勢を采配しても、親父殿はわしを廃嫡にはすまい」

　資長はカラカラと乾いた笑い声を響かせた。

「陣を二つに割られた親父殿の手抜かりだな」

「なにを仰せになっているのか……！」

「兵を纏めろ。太田勢は、一丸となって守れ」

「なにを守るのでございまするか」
「このわしをだ。方円の陣！」

四

武田信長は馬で戦場を駆け巡る。名にし負う甲斐の黒駒――ひときわ丈の高い肥馬に跨がり、同様にして肥馬に跨がった武田の騎馬武者を引き連れて、悠然と進んだ。鬣（たてがみ）のような蓬髪を靡（なび）かせながら炯々（けいけい）と光る目を戦場に向けた。

信長の献策したとおりの戦況である。上杉一門の横に長く伸びた陣形は里見勢の鋭鋒によって寸断されている。

上杉方も事態に驚き、手当てをしようと試みているが、救援に向かった小勢による逐次戦力投入では敗勢を挽回できるはずもない。

信長はほくそ笑んだ。

「上杉め、相変わらずの戦下手だ。戦のやり方をろくろく知らぬ」

いかにも文官（政治担当の役人）の一族らしい鈍重かつ時宜を得ぬ采配ぶりで、後手後手に回っている。

「いかなる大軍も愚かな大将が率いておれば無力に等しい」

もっともそれは、公方勢についても同じことが言える。

「公方方に大軍の采配ができる者は、わしをおいて他におらぬ。公方勢はわしの勝手次第じゃ」

甲斐守護職、武田の直系に生まれながら、跡部や穴山をはじめとする甲斐国衆の反乱によって故国を追放された。以来、苦節二十一年――。

全国を流浪し、戦場で陣借り（銭で雇われる傭兵）をして糊口をしのいだ。戦に次ぐ戦の歳月であった。銭で雇われた者は、勝ち戦であっても立身出世にありつくことはできなかった。雇った側からすれば使い捨てであった。

それが今では関東公方足利軍の軍配を一手に引き受けている。

信長は痛快であった。

「攻めよ！　攻め潰せッ。殺し尽くせッ」

公方勢の兵たちを叱咤しながら肥馬で駆ける。敵の総大将、扇谷上杉顕房はこの年二十歳を迎える若造だ。信長が流浪したよりも短い歳月しか生きていない。

扇谷上杉の本陣が見えた。高々と幟が掲げられている。上杉一門は長蛇の陣。扇谷上杉の本陣は後ろで孤立させられていた。

「敵中を突破するのだ！　敵の背後に回り込め！　そこに敵の大将がいる。騎馬武者を押し出せィ。休むな、休むな」

信長は声を嗄らして下知して回った。

足利成氏勢の猛攻は上杉の本陣にも伝わった。

「何が起こっておるのだ！」

太田大和守資俊は兄の道真に従って本陣に詰めていたが、動揺を隠しえず、馬を走らせて陣の前まで出てきた。

そして土煙の隙間から敵勢の突進を確認した。

「敵が、向こうから攻めかかってきたのか！」

公方の兵は昨日の戦いで疲れ果てているはずではないのか。しかも寡兵でもって突出してくるとは何事か。兵法の常道に照らし合わせても、およそ考えにくい。

敵は縦一列になって斬り込んで来る。

「しかし我らが正面で受け止めれば、左右から押し包むことができる」

大和守はそう思ったのだが、案に相違して上杉勢の長い陣形は、真ん中から突き破られている。

「いかん。策を練らねば」

大和守は馬首を返して本陣に駆け戻った。

本陣では急いで陣幕を張り巡らせようとしていた。ここは河原で陣を布くのに適地とは言い難いが、戦が始まってしまったのだから仕方がなかった。味方に大将の居場所を明示することは何よりも大事だ。

大和守は馬から下りると陣夫に轡を預けて、陣幕の中に走り込んだ。

総大将の扇谷上杉顕房が青い顔をして座っている。血の気のひいたその顔は胡粉（ごふん）を塗った武者人形のようだった。

周囲には床几が並べられていたが、座っている武将は一人もいない。皆、事態の対処におおわらわで、戦場を走り回っているのに相違なかった。

大和守は困った。顕房の御前に膝をついた。だが、どうするべきか。

ただいま見てきた情況を、総大将の顕房に向かって報告すべきなのだが、この若大将が実はお飾り雛だということは誰の目にも明らかだ。大事な報告は白井長尾昌賢か太田道真に聞いてもらわなければならない。若造の顕房に事態を報せて、顕房の一存で的外れな命令を下されたりしたら大変なのである。

などと考えて、言いよどむ。顕房のほうも、大和守になんと声をかければ良いのか迷っているらしく、何も言わない。騒々しい戦場の真ん中で気づまりな沈黙が続いた。

と、そこへ都合の良いことに昌賢と道真が戻ってきた。すかさず大和守は、

「総大将様に申し上げまする！」

そう叫んだ。

「聞こう」

答えたのは昌賢だ。鎧を鳴らして床几に座った。昌賢も道真も鎧姿で禿頭（坊主頭）を頭巾で隠している。

兵たちの上げる叫び声がますます近くなってきた。大和守は負けじと声を励ました。

「敵は正面より縦列で斬り込んで参りまする！　犬懸勢が突き崩されましたぞ」

昌賢は「ムッ」と唸った。太田道真に目を向ける。無言で意見を質した。道真も険しい面相だ。

「敵が攻めてきたのであれば、我らは大軍、左右に広げた両翼を前に進めて、敵勢を押し包めばよかろう」

道真が言うと、昌賢も大きく頷いた。

「敵の攻撃に晒されている犬懸勢には下がるように命じよ。さすれば自然と敵を押し包む陣形となるはずだ」

道真も頷いて同意する。

「犬懸勢は昨日の戦で疲れておるはず。そういつまでも敵を支え続けることはできぬ。犬懸勢を下げ、代わって大石勢に前に出るように伝えよ」

大石氏は山内上杉家の宿老で武蔵国守護代を務めたこともある。当然に大兵力を率いていた。

本陣に控えていた使番が「ハッ」と答えて、走り出ていく。

結局、扇谷上杉顕房は最後まで一言も発することはなかった。


上杉勢の本陣から使番が走る。敵の猛攻の正面に晒されていた犬懸勢は、決死の覚悟で踏みとどまっていたが、後退の命を受けて激しくよろめきだした。

敵の攻撃をはね除けながら後退するのは、よほどに戦意が充実していない限り難しい。犬懸勢を援護するために大石憲儀の率いる軍勢が前に出てきた。騎馬武者の四十騎とそれに三倍する徒武者、雑兵を率いている。

武田信長が気づいた。

「敵が動いた。敵の腰は据わっておらぬぞ」

上杉勢のこの陣替えこそを、信長は待っていた。

「今こそ好機到来だ。突かせよ！」

配下の武将に命じる。その武将は肩に掛けていた法螺貝を口に当てて吹き鳴らした。足利成氏に預けられた軍配（ここでは指揮権のこと）を貝の音で諸将に報せる。

法螺貝の響きが戦場の空に伝わった。里見勢の後ろに続く世良田勢や新田岩松勢は、押し太鼓の連打によって法螺貝に答えた。

次鋒の軍勢が雄叫びを上げて突進する。馬蹄の響きが大地を揺らす。

後退中の犬懸勢は旗を倒して崩れ始めた。

「犬懸勢が持ち堪えられませぬ！　お味方は真ん中より陣を割られまする」

大和守は本陣に駆け戻って報告した。

白井長尾昌賢は渋面だ。この老人はどんな時でも渋面なので、今の報告にどれだけ困っているのかは推察できない。

代わりに太田道真が床几から立ち上がって前に出た。

「わしがこの目で見極める。敵味方を良く望める場所に案内せい」

大和守は兄を連れて本陣を出た。二人で馬に跨がって戦場を駆ける。小さな丘の上に馬をとめた。

犬懸の兵たちは脆くも崩れて我先に逃げ出していた。敵に背を向け、恐怖を満面に張り付けていた。

真横に長い上杉勢の中央部が崩れた。そこへ公方方の騎馬武者が雪崩れ込んで来る。

太田道真は「いかん！」と叫んだ。

「我が太田の兵は、なにをしておるのだ。すぐさま駆けつけるようにと、源六郎に命じよ！」

しかし、本陣と太田勢との間には里見勢が割り込んでいた。軍使を送れば戦闘に巻き込まれてしまうだろう。使いを送ることはすでに困難となっていた。

武田信長は戦場を督戦して回っている。

上杉勢の大軍はひたすらに混乱し、兵どもは右往左往していた。本陣からの命が届かず、どう動けば良いのか、わからなくなっているのだ。

上杉一門は実力者たちが次々と病死し、隠居し、あるいは殺された。白井長尾の昌賢入道と太田道真の二人だけでは、二万の大軍を掌握できるはずもない。

（わしであれば、大軍は切り捨て、己で掌握できる兵だけを率いて戦う）

頼むに足る兵だけで奮戦し、退勢を挽回しようと図るであろう。

しかし昌賢と道真は『数を揃えたほうが勝つ』という思い込みから逃れることができていないようだ。

かくして上杉の大軍は、指揮系統を持たぬ烏合の衆となり、公方勢によって蹂躙されている。

（昌賢や道真は、城攻めの軍配しか執ったことがない。城攻めならばじっくりと腰を据え、軍使を使って命を伝えて将兵を動かしても、戦にはなる。じゃが野戦ではそうはいかぬ。諸隊を諸将の判断で疾駆させて、かつ、戦場のすべてを掌握せねばならぬのだ。そのような才覚は、昌賢にも、道真にも、あるまいぞ！）

将の将たる才覚が必要なのだ。その才覚の持ち主は、足利成氏勢と上杉勢の双方を探しても自分一人しかおるまい。信長はそう自負していた。

腹の底から笑いがこみあげてくる。不気味な忍び笑いを漏らしながら、崩れゆく上杉の長蛇の陣を眺めた。

と、その目が、ある一点で止まった。

「あれは……なんじゃ？」

上杉の陣の一箇所だけが、兵馬を他から切り離して、勝手に陣形を組んでいる。全軍が大混乱に陥った上杉勢の中で、その陣だけが静まり返っていた。

「なんだあれは」

信長は同じことを二度言った。それぐらいに訝しかったのである。信長は馬の足を止めさせて目を凝らした。

五

体格の良い壮士を十人集めて、肩を組ませて土台とし、その肩の上に五人の兵を立たせ、さらにその肩の上に三人の兵を立たせた。人を組んで作った櫓のてっぺんに鎧姿の太田資長がよじ登った。

兵たちの顔が苦痛で歪み、真っ赤に染まる。資長は太田家の若君だ。転落させるわけにはゆかない。兵たちは崩れぬように踏ん張って、総身を激しく震わせた。

「ようし見えたぞ」

資長が伝い下りてくる。

「犬懸の陣は破られた。公方勢は上杉方の前陣を突き抜けて、本陣に回り込もうとしている」

涼しげな顔で、人間櫓の上で見たものを英泰に説明した。その背後で櫓がドウッと崩れ、兵たちが悲鳴を上げた。

資長は馬の鞍に跨がる。

「堤が破れて大水が溢れ出たのだ」

そこへ使番が走り寄ってきた。

「家宰様（太田道真）よりの軍命にございまする！」

資長は「ほう」と、他人事のような顔つきだ。

「親父殿がなにを言ってきたのだ」

「『犬懸勢がいまにも崩れ掛けているゆえ、太田勢で助けよ』との御下命にございまする」

「犬懸ならとっくに崩れておるぞ」

「……本陣より駆けつけるまでに、時がかかりましたゆえ」

太田道真の命が届くより前に、戦況がよりいっそう困難に推移してしまったのだ。

資長は軍使に答えた。

「命には従う、と伝えよ。親父殿め、後手後手にまわっておる。そもそもだ、遠く離れた本陣から指図ができると本気で思っておったのか」

英泰は使番には本陣に戻るように命じた。それから、資長に囁きかけた。

「お父上の悪口はおやめなされ。兵どもに聞かれておりまするぞ」

「かまわん」

「犬懸勢を助けに行きましょうぞ」

「そう焦るな」

資長は手綱を引いて馬首を巡らせた。

「まだまだ早い。公方勢にはあと少し、暴れてもらうとしよう」

「なにゆえでございまするか」

太田勢がここに留まり続けることは、すなわち兵を遊ばせておくに等しい。いかなる大軍も総勢が全力で戦わなければ意味がない。

資長は馬上から冷たい目で見下ろして、英泰を制した。

「公方勢は今まさに勢いに乗っておる。出水に例えるなら大嵐の真っ最中だ。堤は破られ、水は勢い良く溢れ出ておる。ここで出水の前に立ちはだかっても益はない。自ら死にに行くようなものだ」

「では、なんといたしまするか！」

「『兵は水に象る』だ。水の勢いを穏やかにせねばならぬ。よいか。堤を破った水がなにゆえ勢い良く溢れ出すか考えろ。それは破れた堤が細いからだ。細い所を抜けようと殺到してくるから、水は勢いを増すのだ。だが、狭い所を乗り越えて広い所に溢れ出たならば、水はどうなる？」

「どうなる……とは？」

「湖沼の如く静かに広がって、もはや土塁を崩す勢いもなくなる」

「なにを仰せにございまするか」

「孫子の兵法だ。孫子はつまり、こういうことを言っていたのだ。今ようやくにして合点がいった。わしも存外な阿呆だな。実際の戦を我が目で見て、初めて覚ったのだ。孫子は我らにこのことを伝えようとしていたのである」

　英泰にはよくわからないけれども、詳しく説明を求めている暇はない。

「ならば、どうなさると言うのです。敵が湖沼の如くに我らの陣を満たすのを黙って見ておれとの仰せにござるか」

「そうは言っておらぬ。わしは、出水の前には立ちはだかるな、水の勢いの源を断て、と言っておるのだ」

茫然とする英泰を尻目に、資長は近習を呼んだ。

「飯はまだか。飯を食わせろ！　兵どもにもだ」

「飯……」

近習と英泰はともに茫然となった。


上杉顕房の本陣の旗も揺れている。旗を掲げる兵たちが動揺しているのだ。

太田大和守資俊は戦場から駆け戻ってきて、兄、道真の耳元で囁いた。

「太田勢は動かぬ」

道真は寄せた眉根をひくっと震わせた。

「源六郎は、なにをしておるのだ」

「わからぬ。兄者の子に対して、こう申すのはなんだが、臆したのではないか」

道真は何も答えない。

戦場の喚声はますます激しさを増している。使番が走り戻って来た。

「大石重仲殿、無念の御最期！」

大石重仲は大石家当主、憲儀の親族だ。兜首が討ち取られたのである。大石勢の苦戦のほどが窺える。もしかするとすでに、大石勢は突き崩されているのかも知れなかった。

それでも本陣の諸将——白井長尾昌賢や太田道真たち——は無言で座り続けている。総大将の顕房だけが身を揺すり、腰を浮かせて昌賢や道真に顔を向けるが、二人が黙しているので座り直した。

陽は中天に差しかかっている。冬の日差しは鎧を心地よく温めてくれた。

太田資長は箸と椀をカラリと投げ捨てた。

「腹もくちた！　これで夜まで、何も食わずともいられよう」

床几から立ち上がり、鎧の腰帯を締め直す。

食事のために急遽しつらえられた陣所には、英泰の他に、太田家の家来たちが侍って相伴に預かっていた。皆、箸を手にして資長を見上げている。

資長は鎧櫃（よろいびつ）に駆け寄って、蓋の上に置かれた自分の兜を手に取った。

「我ら太田勢はこれより公方を攻める！　敵勢を急襲する。皆には身軽になるよう命じる。重い物は外しておけ。荷はここに置き捨てにせよ。と、かように報せて回るのじゃ、急げ！」

「ハッ」と答えて使番が走り去った。

近習や陣夫がやってきて、急いで膳を片づける。家来たちも自分の伴類の許に戻っていく。

英泰は訊ねた。

「一口に敵勢と仰せになられましても……いずかたを攻めるのでございまするか」

資長は被った兜の下でフッと笑ったように見えた。

「今こそ堤の切れ目を塞ぐのだ。敵は上杉陣の裏に回り込もうとしておる。怒濤の勢いでもって、前陣を突き抜けた。そこで今こそ我らは破れ目を塞ぐ」

「なんと」

「想念するのだ英泰よ。堤を破った大水は低地に流れ込んだ。ここで堤の切れ目を塞いだら、出水はどうなる？　行き場を失くした泥水と化すのだ。出水は、後から後から堰(せき)を切って流れ込んでくるからこそ怒濤の勢いとなる。その流れを断ち切ってくれる！」

英泰は言葉もなく聞いている。資長は高らかに、謡うように、続ける。

「我らの一挙によって敵は勢いを失うのだ。上杉陣の背後に回り込んだ公方の鋭鋒は、一転して、味方から切り離された孤軍となる。かくして敵の猛攻は鎮まる。行くぞ英泰！　貝を吹かせよ！」

馬廻りの武者が法螺貝を吹き鳴らした。資長は鞍に上る。

すかさず馬廻りの騎馬武者が集ってくる。徒武者たちも薙刀を手にして従った。

「兄上！」

太田図書助が馬を寄せてきた。資長は弟に向かって一つ頷き返し、それから英泰に顔を向けた。

「英泰も馬に乗れ。弟を頼むぞ」

「頼むと仰せられましても、拙僧は沙門の身。武器を取っての太刀打ちはできかねまするが」

「進退を誤らなければ、それでいい」

いざという時に図書助を連れて逃げろ、という意味か。太田家の馬丁が馬を引いてきた。英泰は不恰好によじ登った。

「進め！」

資長が采を振り、自ら先頭に立って進んでいく。

陣の外れにあって戦を傍観していた太田勢がついに進軍を開始したのだ。味方の死体が累々と転がる〝陣の裂け目〟を目指した。

味方の長陣の前を通り抜ける。味方はその場に居すくんで進退もままならぬ様子だ。もしかするとこの期に及んでなお、何が起こっているのかがわかっていないのかもしれない、と英泰は思った。

破られた陣に、次々と、公方勢が雪崩込んでいくのが見える。

「横から攻めよ！」

資長が命じた。弓を手にして箙(えびら)から抜いた矢をつがえ、引き絞った。

パンッと弓弦が鳴る。ひょうと放たれた鏑矢が敵に向かって飛んで行く。これが太田勢の、合戦開始の合図となった。

太田家の伴類――家の子、郎党――の騎馬武者、徒武者たちも次々と矢を放つ。上杉陣の裂け目に突入しようとしていた敵を目掛けて、横から次々と矢を浴びせた。

太田勢の矢を受けたのは上野国の国衆、世良田氏の手勢であった。

世良田氏は南朝方の新田家の一族で、新田家は上総国の守護などを歴任したが、何かといえば朝敵呼ばわりをされて虐げられてきた。新田一族はこの動乱を奇貨として復権を果たそうと考えていた。

世良田勢は、横から迫ってきた手勢には気づいていた。しかし上杉陣の前を走ってきた数十人の集団を上杉方だとは考えなかった。足利成氏に従う小領主の手勢だと思い込んでしまったのだ。

そこへ一斉に、矢が飛んできたのだ。

世良田勢は、敵は正面にのみいると考え、鎧の大袖を前に傾け、我が身と馬を守っていた。雑兵たちも掻楯(かいだて)を上杉陣に向けていた。太田勢の矢は、鎧と楯で守られていない側面――将兵の肩口や脇腹に突き刺さった。悲鳴が上がり、馬は棹立ちとなり、兵は倒され、たちまちにして大混乱に陥った。

「何事ッ」

世良田周防守は、突然降ってきた矢に驚愕している。

「……て、敵襲なのか?」

太田家の旗、桔梗紋に気づいた。けれども正面にも敵勢——上杉陣がいる。咄嗟には軍勢を回頭できない。

太田勢は蹄を蹴立てて駆け寄ってきて、続けざまに矢を放った。もはや外れる距離ではない。世良田家の武者たちは次々と射貫かれていった。

資長は世良田の雑兵の群れに遮二無二馬を突き入れた。馬上から矢を放ち続ける。勢い余って近づきすぎた敵に対しては馬の体当たりと鐙の足蹴りで攻撃した。鐙は接近戦の武器となるように頑丈に、重く作られている。鉄の鎬(しのぎ)(鋭角に尖った角)もつけられていた。蹴られ所が悪ければ一撃で死ぬほどの威力があった。

馬は、ただでさえ大きくて恐ろしい。世良田家の雑兵たちは薙刀を手にしていたが、そんな物は放り出して逃げまどった。

資長は逃げる兵の背中を射た。兵の身体の前面は胸甲で守られているが背中に装甲はない。逃げまどう兵は恰好の標的であった。

太田家の徒武者と兵たちも薙刀を構えて突っ込んで行く。資長たち騎馬武者が崩した世良田の陣形に踏み込んで、斬り払い、打ち払いして、敵兵を追い散らした。

真冬の青空の下、真っ赤な血飛沫（ちしぶき）が噴き上がった。

六

武田信長はまだ、太田勢が動き出したことを知らない。

信長は足利成氏の本陣に戻った。前線で兵たちを采配しつつも、総大将の成氏に対して助言を与えなければならない。

足利成氏の本陣は枯れ野の中に敷かれていた。遠矢での狙撃を恐れて陣幕を張り巡らせている。簗田持助や結城七郎など側近の他、小山氏や八椚（やつくぬぎ）氏（下野国）、印東氏（下総国）など、後備を命じられた大小名たちが甲冑姿で居並んでいた。

敵に対した正面だけは幕が張られておらず、戦場の様子を遠望することができる。

信長は成氏の前に膝行して低頭した。

「お味方は上杉の前陣を攻め崩しましてござる。先鋒の里見勢は扇谷上杉顕房の本陣に迫っておりまする！」

諸将が「おう！」と歓喜の声を上げた。笑顔で頷きあう者もいた。

簗田持助が尻の下から床几を外し、足利成氏に向かって膝をついた。

「扇谷上杉顕房は、仇敵上杉一門の最後の生き残り。顕房めの首を上げれば、上杉退治は成ったも同然にございまする！」

成氏も大きく頷いた。満足げな表情だ。

ここぞとばかりに信長は膝をズイッと進めた。

「いまこそ全軍をお進めくださいますよう！　御勝利は目前にございまする！」

「よしッ」

成氏は鎧を鳴らして勢い良く立ち上がった。軍配を握り締め、総掛かり（総攻撃）を命じようとしたその時、血相を変えた使番が走り込んできた。

「次鋒大将、岩松左馬助様より急使！　お味方が行く手を遮られておるとの由にございまする！」

「なんじゃと？」

足利成氏の表情が曇る。気合の入ったところで腰を折られた恰好だ。

「なにが起こったのじゃ」

成氏は鎧を鳴らしながら陣の前に出た。前方に広がる多摩川の河原を遠望する。しかし、濛々たる土埃で視界を遮られている。騒動が起こっているらしい物音だけは伝わってきたが、なにが起こったのかまでは、わからない。

諸将も成氏を追って出てきた。

武田信長も戦場に目を向ける。

「ムッ……」

と唸って、白髪混じりの眉根を寄せた。

(味方の勢いが、急に萎えおったぞ)

怒濤のごとき勢いで上杉陣を突き抜け、扇谷上杉顕房の本陣に攻めかかろうとしていた軍勢が、突如として足を止め、右往左往しはじめたのだ。

信長は世良田勢を包んだ異常な土煙に気づいた。

(いかん……!)

千軍万馬の信長は、その土煙が激戦によってかき上げられたものだとすぐに気づいた。

(世良田勢が真横から敵に突かれて、崩されようとしておるのか……?)

世良田勢は次鋒を命じた新田岩松勢の先鋒である。世良田勢がくい止められたならば、新田岩松勢が停止し、ついには全軍が停止する。

一大事だ。後続の兵が途切れれば、上杉陣に突入した里見勢が孤立する。態勢を立て直した上杉勢に四方八方から攻撃されて全滅するに違いなかった。

(わしの軍配の急所を、見事に突きおったわ……!)

いったい何者が世良田勢に攻めかかったのか。上杉勢は総軍大混乱ではなかったのか。不利な乱戦の最中にあって、いかなる者が兵を動かし、信長の策の弱点を突いてきたのであろう。

成氏勢は兵数で劣る。〝勢い〟と奇計だけが頼りの軍配だ。勢いを遮られて真っ向からの潰し合いになれば数で押し負けてしまう。

信長にとっては幸いなことに、この状況の不吉さに気づいた者は、他に誰もいない様子であった。

剣呑なこの状況を諸将に覚られていたならば、信長は難詰され、責めを問われて軍配を取り上げられていただろう。信長とすれば、諸将の愚かさに感謝したい場面だ。

ところがそうも言っていられなくなった。足利成氏も、何が起こったのかまったく理解していなかったのだ。

「余みずからが向かうぞ。馬を引けィ」

出陣するつもりで逸っている。

「お待ちくだされ！」

信長は成氏の前に回り込んで両膝を突いた。

「ご出馬は危のうござる。今はひとまず、ご自重くだされ」

「なんだと？　右馬助らしからぬ腰の引けた物言いであるな」

「御大将は大事なお身体！　それがしが大物見を務めて参りまする！　それがしが戻るまでは、けっして御馬をお進めになられませぬよう！」

信長は返事も待たずに本陣から走りだした。陣の前に繋いであった愛馬に跨がる。異変

の起こった世良田勢に向かって駆けるのだ。配下の騎馬武者たちに、

「遅れるな！」

一声をかけて猛然と馬を走らせ始めた。

世良田勢は壊滅の危機に瀕していた。太田勢の突進を真横から受け続けて、もはや陣形の態をなしてはいない。

「あっ、あれを！」

英泰は敵陣の一角を指差した。世良田勢の中から大鎧の騎馬武者が、一騎のみで逃げていく。

資長が大声を張り上げた。

「あれこそ世良田周防守と見たぞ。逃がすなッ、討ち取れ！」

逃げ落ちようとする武者の背に向かって矢が何本も放たれる。そのうちの一本が馬の尻に刺さり、馬が棹立ちになった。世良田周防守はなんとか馬を鎮めようとするが、馬は狂奔して言うことを聞かない。そこへすかさず太田家の騎馬武者が馬を寄せる。鞍の上から身を投げるようにして世良田周防守に組みついた。

二人の鎧武者が同時に馬から落ちる。もつれ合いながら地面をゴロゴロと転がり、転がりながらも脇差しを抜こうとし、あるいは相手の腕を摑んで刀で刺されまいとした。上に

なり、下になりしながら組み打ちする。ついに太田家の武者が周防守を組み伏せて脇の下に刀を突き刺した。世良田周防守がうめき声を上げる。太田の武者は何度も脇差しを貫き通して、最後には刃を相手の喉首に押し当てた。体重をのせて圧し切っていく。世良田の全身が痙攣した。

「世良田周防守の首ッ、討ち取ったり！」

兜首を片手に掲げて勝利を宣言する。見守っていた太田家の将兵は「おおっ」と雄叫びを上げて歓呼した。

世良田家の家長が戦死したことで、世良田勢は大いに崩れた。太田家の手勢は世良田勢を追撃し、次々と首を上げていった。

「英泰、首を上げた者の名を書き留めよ」

資長が命じる。

「すでに、始めております」

英泰は腰から下げた墨壺に筆の先を浸しながら、首注文に戦功者の名を記していく。のちのちの論功行賞の証拠となる。大事な務めだ。

己の武功を大将に認めてもらおうとして、首を手にした者たちが資長の許に集ってくる。

資長は手を振った。

「首実検は後じゃ。まだ戦は終わっておらぬ」

資長の目は、別の隊へと向けられている。

「世良田は攻め潰した。次へ行くぞ！」

資長は馬を走らせる。英泰は、首注文に記載している最中で、資長を追うことができない。首注文に書き留めてもらうため、血の滴る首を抱えた者たちが集ってくる。大忙しだ。英泰は焦る。資長はさっさと兵馬を進めてしまう。ここは戦場の真ん中だ。味方に置いて行かれたら命はない。

資長が率いる太田勢は、上杉陣からますます離れて、単独で敵勢に迫っていく。悪く言えば深入りしていく。しかし資長に臆するところはない。

世良田勢に続いて新田岩松家の本隊が見えた。岩松勢を追い散らせば、先鋒の里見勢は完全に孤立する。上杉の陣に空いた穴も、両隣の備（部隊）が横に移動するだけで塞ぐことができるはずだ。

「我に続け！　進め！」

資長は馬に鞭を当て続けた。

——このままでは公方勢は敗れる！

信長は心の中で悲鳴を上げた。

なんたることか。信長の企てた必勝の軍配が脆くも崩されようとしている。世良田勢を横から突いた小勢によって、上杉陣に乱入するための勢いは完全に失われていた。

信長が世良田勢の許に駆けつけた時にはもう、戦闘は終わっていた。地面には首のない鎧武者の死体が転がっている。新田一門の家紋、〝大中黒〟の旗が倒れて踏みにじられていた。

信長は歯ぎしりした。

ここでとるべき道は二つある。せっかく敵陣に突入させた里見勢を後退させるか、あるいは、後続の新田岩松勢に、世良田勢の死体を踏み越えての進撃を命じるか……。

――もはや、里見勢を救う手立てはない！　今は勢いを取り戻すことが先決！

信長は名将だけに見切りが早い。ズルズルと被害を重ねることがもっとも愚かであることを知っていた。

「じゃが、世良田を攻めた敵は、どこへ行ったのだ」

影も形もないとは、どうしたことか。さながら旋風のように世良田勢を粉砕し、いずこへ走り抜けて行ったというのか。

信長はハッとなった。

「よもや……岩松勢を横から突く気か……！」

急いで武田の直臣団を呼び集める。もちろん皆、騎馬武者だ。

「我に続けッ」

武田の騎馬隊は馬首を返して走りだした。

七

太田勢は新田岩松勢に攻めかかるべく、東へ東へと進んでいる。

英泰は慌てて資長に馬を寄せた。

「いずこまで深入りなさるおつもりですか！　これ以上、太田勢だけで攻めかかるのは危のうござる！」

公方勢は、上杉勢よりは兵が少ないけれども、太田勢とでは比較にならない大軍だ。太田勢だけで攻めかかったなら、半時ともたずに皆殺しにされる。

「かまわん。敵が我らを見つけて襲いかかって来たなら、その時は背を向けて逃げろ」

「それは、いかなる軍配でしょうか」

「我らは餌だ。餌に食いつかせて公方の陣の向きを変えさせる。公方勢は今、上杉陣に真正面から食らいついておる。さながら海の鮫だな。ならばこちらは鮫の身体を横向きにさせるまでだ」

資長は声を上げて笑った。

「臆病で腰の重い親父殿や白井長尾の親子でも、鮫の腹になら、噛みつくことができるであろうよ」

「お言葉が過ぎまするぞ」

「わしへの諫言は後にしろ。敵は近いぞ。皆の者、弓をつがえよ！」

岩松勢が目前に迫っている。太田の騎馬武者たちは遠矢を射かけんとして、箙から矢を抜いた。

と、その時であった。

「なんだ、あれは」

土埃を巻き上げて、太田勢と新田岩松勢との間に割って入った騎馬の一団があった。資長は目を凝らした。

「花菱の旗印。……武田か！」

武田信長の騎馬隊が太田勢の行く手を塞いだのだ。たまらず資長は馬をとめた。

資長に率いられていた太田勢も武田勢を警戒し、一斉に手綱を引いた。太田勢の進軍は停止した。

武田信長らしき男が、何事か叫びながら采を振っている。

「遠矢が来るぞ！　用心いたせッ」

資長も叫ぶ。武田の騎馬武者が放った矢が山なりに飛んできた。英泰の馬の足元にもブスリ、ブスリと突き立った。

「クソッ」

資長が毒づいた。

「わしの策を見抜かれたかッ」

その間にも岩松勢は武田隊の後ろを通り、上杉陣の穴を目指して進軍していく。太田の小勢など眼中にない、と言わんばかりだ。

武田の騎馬武者が攻め寄せてくる。行き違いながら矢を放ってきた。

甲斐の馬は体格でも脚力でも相模の馬を圧倒している。しかも信長の配下たちは、信長とともに戦塵をくぐり抜けてきた古強者たちだ。

太田勢の騎馬武者などは〝良い標的〟に過ぎない。騎馬武者は次々と射られて馬の鞍から転落した。

資長の鎧の大袖にも矢が刺さった。資長は歯噛みした。

「彼奴めらは戦のやり方を知っておる！」

そう言ってから、「ううむ」と考え込む様子だ。

「上杉方に、せめて一人でも、ああいう爺ィがいてくれたならなぁ」

「なにを仰せになっておわしまするか！」

英泰は腕を伸ばして資長の馬の鐙を摑んだ。無理やりに馬の首を引っ張って、馬の向きを西へ——上杉の陣に逃げる方向へと変えさせた。

「敵が勢いを盛り返してござる。我らの勢いは押しとどめられました。それっ」

英泰は資長の馬をけしかけた。馬が走りだす。資長もあえて馬を返しはせず、仕方なさそうなそぶりで退却していく。

「ご一同、引き上げにござる！　引き上げ！」

英泰は皆に報せると、自分も馬を返し、資長の弟の図書助を忘れずに連れて逃げ出した。

太田勢の奮戦で一時だけ戦局をひっくり返し、先鋒の里見勢と世良田勢とを粉砕することができた上杉一門であったが、夕刻までには再び足利成氏勢の優勢となり、ついには崩れ始めた。

資長は本陣に戻ったが、すでに扇谷上杉顕房の姿はなかった。敷物にしていた虎の毛皮と床几だけが残されていた。

父の道真と叔父の大和守資俊の姿もない。顕房を護って、ともに逃げたのに違いない。

白井長尾の昌賢だけが残っていた。鎧を脱いで、几帳面にも鎧櫃に納めている最中であった。

昌賢は資長に見られていたことに気づいて、恥ずかしげな笑みを浮かべた。

「年寄りには鎧は重い。走って逃げるのに邪魔なのでな」

などと、言わずもがなのことを言った。

「わしは逃げる。お前も逃げよ」

それから急に目に光を取り戻した。

「わしの胸中には策がある。お前は相模に逃げよ」

「その策とやらに自信がおありのご様子ですな」

資長の心中は複雑である。

「その秘策とやら、戦の最中に、ご披露いただけなかったのですか」

昌賢は「おや」という顔をした。それからなにやら心中で自問自答しているような顔つきとなった。

「なるほど……、我が嚢中にあるのは政の策のみ。合戦に勝つための策はないとみえる。兵法はわしの得手とするところではないようだ。お前に言われて、今、初めて気がついたわい。こうまで長生きしておきながら、わしはまだ、わしという男がいま一つ摑みきれておらなかったようじゃ」

白井長尾家の馬蹄の手で馬が引かれてきた。昌賢は億劫そうに馬の鞍にしがみついた。

馬丁に尻を押してもらって、ようやく馬上の人となった。

「左様ならばわしは行く。わしの武運を祈ってくれ。わしもお前の武運を祈る」

そういうと、夜の闇の中に馬を進めて行った。

足利成氏勢による掃討は続いている。干戈の音と、鎧の音が絶え間なく聞こえた。松明が闇の中で揺れていた。

第七章　関東二分

一

太田資長は糟屋の太田館に帰還した。そこで待ち受けていたのは扇谷（おうぎがやつ）上杉家の若き当主、顕房が戦死したという凶報であった。退却の最中、足利成氏勢に追いつかれてしまい、踏みとどまって防戦しようとしたところを、討ち取られたらしい。

英泰が黒衣の長袖姿で控えている。急いで集めた説（情報）を資長に報せた。

「御屋形様は敵に押し包まれ、防戦虚しく、腹をお召しになられた由にござる」

「切腹したか」

資長は苦々しげな顔つきだ。

「妙なところで武門の意地を見せてしまったものだな。逃げまくっておれば良かったものを。愚かな話だ」

「口をお謹みなされませ」

英泰に注意される。

資長は白井長尾昌賢の姿を思い出した。いったん逃げると決めたなら、防戦などは一切考慮せず（だから鎧を脱いだのだ）いちばん逃げやすい恰好で逃げる。あれが年の功、老人の知恵というものか。

それに引き換え享年十九の顕房は、逸ってはいけないところで血気に逸ってしまった。その若さが命取りになったのだ。

資長は障子や板戸を外した広間の真ん中に仁王立ちとなって、近習に手伝わせながら鎧を脱いだ。

庭先を戦支度の兵たちが走り回っている。今にも糟屋に敵が押し寄せてくるかも知れないのだ。皆、騒然としていた。

女たちは泣きながら庭を歩んでいく。兵に護られつつ七沢山の砦に向かうのだ。

この糟屋の地は太田家が預かって居館を置いているけれども、本来は扇谷上杉家の所領であった。館には扇谷上杉家の女たちも暮らしていたのだ。死んだ顕房の母や姉妹もいた。

資長と英泰は女たちに目を向けたが、今となっては何を言っても詮ないことだ。武士の家に生まれた女人ならすでに覚悟はできているはず。なんの慰めも必要あるまい。今は弔辞よりも、上杉一門の壊滅を防ぐことのほうが先決だ。

「扇谷、山内、犬懸の、三上杉の当主が揃って死んだわけだ」

「さらに申し上げれば、庁鼻和上杉の性順様と、小山田上杉の藤朝様も、お討ち死にを遂げられたらしい、との由にございまする」

「皆、殺されたのか！」

上杉一門、分家も合わせて皆殺しである。

「公方め、情け容赦がないな。この手回しの良さはかえって敬服に値するかも知れぬ」

「まことに、そつのない采配ぶりでございます」

「上杉の一門が皆、死に絶えたならば公方の勝ちだ。昌賢入道殿や親父殿に聞かせてやりたい。手ぬるい戦ばかりしおるから、こちらはいつも負けるのだ」

悪態をついてから、

「……親父殿はどうなった」

ふと思い出した、という顔つきで質した。英泰は答える。

「家宰様も、大和守様も、ご無事のよしにございまする。先ほど急使が駆け込んで参りました。まもなく糟屋に御帰館なさいましょう」

「家宰が主君とともに死ぬこともできなかったとは」

ある意味では討ち死によりも情けない話だ。

「御屋形様と、はぐれたのでございましょう」

陣を引き裂かれ、主君と家臣が散り散りにされてしまったのだ。

「公方は、『他には目もくれずに上杉一門だけを狙え』と命じたのに違いない。クソッ、あの男、狙いだけはいつも金的を射ておる」

鎧を脱いで身軽な恰好に着替えた資長は、近習に顔を向けた。

「飯の支度をしろ」

英泰は呆れた。

「また、飯にございまするか」

「わしが食うのではない！　親父殿と叔父貴が兵を率いて戻ってくるのだ。兵どもに飯を食わせねばならぬ。米倉を開いて米をあるだけ炊け——と、台所の者に命じてまいれ！」

近習は台所へ飛んで行った。


道真たちが帰陣した。寂しかった糟屋の館が軍兵によって満たされた。

太田一家は公方勢の急襲に備えながら対策を練る。

扇谷上杉家には、太田氏、上田氏、三戸氏、萩谷氏の四宿老があって〝扇谷四天王〟などと呼ばれている。

重臣たちもまた散り散りとなって、生死すら定かではない。鎌倉にある扇谷上杉館が今どうなっているのかも気にかかったが、鎌倉は公方勢によって占拠されている。様子を探りにも行けない。

仕方なく、この場にいる太田一家と、近在の国人一揆の頭を集めての軍議となった。昼間だというのに、男たちの集まった主殿は夜中のように暗く感じられた。敗戦と、当主の討ち死ににによる衝撃が皆を打ちのめしている。誰もが沈鬱に面を伏せて口を開く者もいない。

広間の戸は敵襲に備えてすべて外してある。冷たい冬の風が吹き抜けていく。寒さでよけいに顔色が悪くなる。

「ご当主はどなたがお継ぎなさるのか。我ら、主君がいなければ奉公もできぬ」

大和守資俊が言った。武士は主君あってのものなので、大和守が第一に継嗣を懸念したことは（この時代としては）当然である。

戦死した十九歳の顕房には嫡男がいたが幼児である。武門の当主が務まる年齢ではない。

道真が口を開いた。

「もちろん若君には、いずれ家督をお継ぎいただく。だが今は、ご隠居のご帰還を待つしかあるまい」

扇谷上杉家の先代当主の道朝法師は、資長の勧めによって伊豆に逃れた。何が幸いするかはわからない。道朝は足利成氏に殺されずにすんだのだ。

いまや道朝は上杉一門でただ一人の壮年世代だ。政治能力も悪くない。道朝が生きているという一事だけが、上杉一門と家臣団に残された希望であった。

「京都様にも急を報せる」

道真は続けて言った。

この京都様とは室町幕府の政体を示している。政所頭人の伊勢氏を通じて、親上杉派の管領の細川勝元に援軍を要請するのだ。

しかしである。

室町幕府の代弁者として関東の混乱に深く関与してきた政所頭人、伊勢貞国が死んだ。病死である。

将軍義教の代弁者として結城合戦を指導し、義教の死後は細川勝元と協力して関東の戦乱を鎮めるべく奔走してきた、その貞国が遠い京の町で死んだのだ。

関東の武士たちは、足利将軍と、政所頭人という、ふたつの〝首魁〟を失った。関東公方の足利成氏からすれば、己を縛る軛（くびき）から解放された思いであったろう。成氏が好き勝手に暴れ出した原因の一つが、貞国の死にあったのだ。

上杉一門とすれば大きな後ろ楯を失ったことになる。由々しき事態だ。

「ともあれ、京都様の善処を待つ」

ただ今の上杉一門では、足利成氏とその与党には勝ちえない。となれば京都の幕府の力を頼るより他にない。

広間の隅に控える英泰は、チラリと資長に横目を向けた。跳ねっ返り者で自信過剰な資長も、この時ばかりは何も言わずに黙っている。

資長は「でき得る」と思案した事ならば過剰なまでに「でき得る」と主張する。「どうしてやらないのだ」と父親を含めた大人たちを難詰したりもする。だが、「できない」と判断したことまで「でき得る」と主張はしない。いつでもどこでも大人たちに歯向かっているわけではないのだ——と英泰は見ている。

しかし、それならそれで嫌な話だ。

自信家の資長でも手の打ちようがないのだ。英泰はますます暗澹たる心地となってきた。

——耳障りな大声で大言壮語してくれていたほうが、まだましだ。

などと、悄然と考えた。

「ところで」

大和守が道真に質した。

「昌賢入道殿は、いかがなされたのか。ご無事なのでござろうか」

上杉一門が壊滅した今となっては、白井長尾昌賢が上杉与党の要（かなめ）である。

「昌賢入道殿がご無事なのか否かによって、味方の戦意も大きく違ってこようぞ」

白井長尾昌賢まで死んだとなれば、上野、武蔵、駿河の国衆ならびに一揆は、雪崩（なだれ）を打って足利成氏に降参するであろう。さすれば太田家は滅亡だ。

「昌賢殿の生死はわからぬ」

道真は答えた。

「我らは道朝法師様の帰還と、上方からの援軍を待つ。敵が押し寄せてきたならば七沢山に籠城する」

道真はそう言って軍議を締めくくった。

——正直に申して、ろくな話は出なかったな……。

英泰は思った。太田家が窮地にあることを確認しただけで終わった。

十日後、ようやくにして白井長尾昌賢の居場所が知れた。それがあまりにも意外な場所だったので、太田家の面々は愕然とした。

「常陸国の小栗城に籠もっておられる……だと？　それは間違いのない説か」

大和守が耳を疑う様子で聞き返した。主殿の広間に太田家の面々が集っている。

庭には使番の騎馬武者が折り敷いていた。

「しかと確かめましてございまする。風説にあらず。実説でございます」

大和守は道真に目を向けた。道真も難しい顔で考え込んでいる。

大和守は「ご苦労」と労って、使番を下がらせた。

「小栗城とは……。なにゆえそのような所に逃げ込まれたのか」

大和守が首をひねったのは当然だ。

小栗城は常陸国と下野国の国境（くにざかい）を成す小貝川の、川岸に面した小山の上にある。天然の川を水堀とした要害だった。

地底世界に落ち、餓鬼身（ミイラ）となって地上に戻り、有馬の湯で復活した小栗判官の居城である——そういう伝説が伝わっている。

小栗判官を実在の人物だとは、室町時代の人々も信じてはいなかったであろう。ただ今の問題は、小栗城が、足利成氏支持派の大名たちの勢力圏によって囲まれている、という一事にあった。

大和守は顔をしかめて首をひねっている。

「簗田、結城、小山、印東の城に取り囲まれておるぞ。昌賢様は自ら雪隠詰（せっちんづめ）となられるおつもりで、城に入られたのか」

道真は腕組みをして考えてから答えた。

「昌賢入道殿のことだ、なんぞ深いご思案があってのことではないか」

「どのような」

父の代わりに資長が答えた。

「分倍河原の陣で別れた時、昌賢入道様は『我が胸中に秘策がある』と、たいそうな自信でございました」

　大和守が眉根をしかめつつ甥に目を向ける。

「その秘策とはなんだ？」

「さぁて……。互いに逃げるのに忙しく、そこまでは話をしておりませぬ」

「それではなんの役にも立たぬ！」

　資長は知らん顔でよそを向いた。

二

　白井長尾昌賢が小栗城に籠もったことで、足利成氏率いる大軍もまた、常陸国へと大移動を開始した。

　足利成氏の軍略は〝敵の組織の首魁の首を取ってしまうこと〟の一点に絞られている。上杉一門の総帥にして関東管領の山内上杉憲忠を暗殺し、山内家家宰の鎌倉長尾実景を併せて殺し、続いての合戦で犬懸上杉憲秋と扇谷上杉顕房を戦死させた。

　あと一押し、白井長尾昌賢を討ち取れば上杉征伐が完了するのだ。成氏の、否、関東公方足利家代々の、悲願達成であった。

　相模国と武蔵国とを席巻していた成氏勢は、両国の占領を後回しにして小栗城に殺到した。

さらにいえば、足利成氏にはもう一つ、小栗城を攻め落とさねばならない理由ができた。

これは、まんまと昌賢の謀略にひっかかったのである。

実はこの時、下野国の日光山内には、関東公方足利家の血をひく男子が一人、僧籍にあって匿われていた。足利義氏というらしい。

昌賢は『日光山におわす義氏公を招聘し、足利成氏に代わる関東公方に担ぎ上げる』と盛んに宣伝し始めたのだ。

成氏は激怒した。同時に不安にも苛（さいな）まれた。

東関東の大名たちが成氏の命に従うのは、成氏が関東公方だからである。他の誰かが関東公方に就任した後も、大名たちが成氏個人を支持するとは限らない。しかも困ったことに、関東公方の任免権は京都の将軍にあり、将軍は常に上杉家の味方なのだ。

日光山にいる義氏と昌賢を合流させてはならない。かような理由が重なって、成氏は東関東に自ら赴かなければならないことになった。鎌倉の防衛を里見勢、印東勢に託すと、まずは簗田持助の居城、古河城に入った。

成氏が相模国を離れたことによって、糟屋館と太田勢は成氏勢による正面攻撃を免れることができた。

太田道真は、伊豆国の三島にいる道朝入道との連絡を密にし、続いて室町幕府に対して盛んに使者を送り始めた。

「京より新しい関東管領様が下って参られる」

資長は英泰の部屋にズカズカと踏み込んできて、座るより前に言った。

通常、地下人（じげびと）（庶民）であろうとも、家の中では立って物を言わない作法だが、そのあたりは資長流である。英泰も、資長の行儀の悪さには、いちいち驚いたりはしない。

「ようやっとにございまするか」

窓の外を見れば梅雨の長雨が降っている。すでに五月（旧暦）だ。

山内上杉憲忠が暗殺されたのが昨年の十二月二十七日。分倍河原で両軍が激突したのが一月の二十六日と二十七日だ。四カ月近くが経っている。

この対処の鈍さが、いかにもただ今の幕府らしい。将軍が幼少なので、幕閣たちの合議に頼るしかないのだが、幕閣の一人一人にはそれぞれの思惑がある。なかなか合意に至らないのだ。

ともあれ、新しい山内上杉家の当主と、待ちに待った援軍がやってくる。

「梅雨の暗雲が晴れて、陽光が差したような心地にございまするな」

「そうでもないぞ」

資長は人が悪そうに笑った。悪餓鬼が悪戯（いたずら）を思いついたような顔つきであった。

「京都様がお決めになった山内家の跡継ぎは房顕様だ。フフフ……。親父殿たちは、さぞ頭を痛めておることだろう」

山内家の継嗣を巡っての政争で、白井長尾昌賢と太田道真は、龍忠丸（成氏に暗殺された憲忠）を擁立した。その結果、山内長棟ともども没落して、京都で細々と暮らしていたのが、今度やってくる房顕であった。昌賢と道真による排斥を受けた人物なのだ。

「親父殿と昌賢おじを憎んでおわすことであろうなぁ。そんな御仁が山内家の当主となり、関東管領に就任なさる。これは面白い。面白いことになりそうだ！」

「笑い事ではございまするまい」

「笑ってなどおらぬぞ」

「笑っておわしましたよ」

資長は不思議そうな顔をした。自分がどんな表情を浮かべていたのか、まったく自覚していないらしい。

「……まぁ良い。三島におわす道朝法師様は、援兵の今川勢とともに相模に戻られるそうだ」

「やっとの、ご帰還にございまするな」

「それと扇谷上杉家の家督についてじゃが、若君が元服するまでの間、道朝法師様が当主に返り咲くこととなった。京都様で、そう決められたとのことだ」

「それはよろしゅうございました。扇谷家もご当主様がいないのでは、何もできませぬゆえ」

「今川勢と道朝法師様が関東に入られ次第、我らもまた鎌倉を攻める。鎌倉を奪還するのだ。馬匹と兵糧が要る。整えておいてくれ」

「畏まってござる」

英泰が頭を下げた間に、資長はズカズカと足音を立てて出ていった。

その間もずっと白井長尾昌賢は小栗城に籠城し続けている。関東の東半分の大名たちを相手に果敢な抵抗を続けていた。

昌賢という人物は、野戦においては咄嗟の判断や勝負勘に欠けて、良いところなしなのだが、籠城戦では慎重な采配ぶりが良い方向に働いた。じっくりと時間をかけて軍略を練ることのできる戦でならば、鉄壁の防戦を展開することができたのだ。

昌賢によって用心深く守られた小栗城を、成氏方の軍兵は何度となく攻めた。そして撃退された。

かくして足利成氏は戦略の練り直しを強いられた。

昌賢に対する成敗はいったん棚に上げておいて、東関東諸国の地盤を固めることに専念しようと考えた。

下総、上総、安房の三国にも、上杉一門の息がかかった土地がいくつも広がっていた。成氏は兵を送ってそれらの土地を〝関東公方の名の下に〟収公しようと考えた。武田信長など、公方勢の戦力が小栗城の攻城軍から抽出された。

信長勢は小栗城を遠く離れて房総に向かう。

他にも「上杉領を攻める」という名分を掲げて、小栗城攻めの陣を離れる大名たちが続出した。

もしかするとその大名たちは、進展しない攻城戦にウンザリしていたのかもしれない。梅雨の長雨である。野原に陣を張っているだけでもつらい。

この当時の関東平野は乾いた土地ではない。陸地であるのか湿原であるのか判然としない土地柄だ。好天が続いている間は陸地だが、ひとたび雨が降れば湖沼と化した。兵たちが寝ている間に大水が押し寄せてきて寝藁（寝床）が水浸しになる、などということがたびたびあった。

兵たちの不満はつのる。この時代の兵たちに忠義は期待できない。不満があれば敵の勢力に〝保護を求めて〟走ってしまう。こちらの兵数が減り、敵の兵数が増える結果となるのだ。兵の鬱憤に応えてやることも、主君の大事な務めであった。

かくして大名たちは、櫛の歯の抜けるように小栗城攻めの陣より離れていった。兵の数の減った成氏の陣に侘しい風が吹き抜ける。

小貝川の川面の葦が雨に打たれて揺れていた。

太田家にとって、待ちに待った援軍が到来した。駿河の太守、今川民部大輔範忠が率いる大軍だ。駿河国だけではなく東海道五カ国（遠江、三河、尾張、美濃）から抽出された兵によって編成されていた。

今川範忠は〝在京守護〟である。室町御所に出仕して幕政に参画している。よって範忠は遥々京都から下向してきたことになる。

範忠は京で帝より錦旗を授けられていた。皇軍の印である。『朝敵を征伐するように』と帝から勅命を賜ったのだ。

ただ今の室町幕府は、将軍が幼少で、政務にも軍務にも就くことができない。そこで幕府の重職たちは、帝と朝廷の権威を借りることにしたわけだ。

かくして錦旗が関東の空に翻った。

関東公方足利成氏は〝朝敵〟となった。その衝撃が東関東の大名たちを激しく揺さぶった。

上野国より流れる大河、渡良瀬川の川岸に突き出した土塁の上に古河城がある。上流には渡良瀬の広大な湿地があり、下野国鬼怒川の水も流れ込んでいた。梅雨の長雨で水嵩は増し、曲輪の直下を轟々とおぞましい音を立てて流れていた。

小栗城を攻めるため古河に在城している足利成氏の許に、容易ならぬ報せが飛び込んできた。

「宇都宮下野守が裏切った、だと……！」

下野国の大名、宇都宮下野守等綱が上杉方に寝返ったのだ。

座していられずに立ち上がり、下座に控えた簗田持助を睨み下ろした。

簗田持助とすれば、宇都宮家の離反は無理からぬことだと感じている。

少なくともその予兆は以前からあったのだ。

小栗城攻めが膠着しきっていた頃、下野国の大名、那須越後守資持が参陣してきて成氏を大いに喜ばせた。

成氏は城を攻めあぐね、多少弱気になっていた。那須資持を歓待すると、関東公方足利家の御旗を授けた。それは成氏の陣代として総大将を務める者の印であった。

成氏自身は小栗城攻めのみには専念できない。そこで那須資持を抜擢して城攻めを託したのだ。

これが宇都宮等綱を激怒させた。

宇都宮氏は下野国の守護職を歴任してきた。他にも、豊前国や伊予国の守護職をも務めた名門武家だ。関東八屋形の一人でもある。屋形号は、天皇家か将軍家より許される名誉の称号だ。それだけになにかと気位が高い。

下野国は、南部を小山氏とその一門が、中央部を宇都宮氏が、北東部を那須氏が領有している。小山持政は江ノ島合戦で活躍した成氏派の巨頭だ。成氏の側近の結城七郎（結城家）も小山氏の分家であった。

小山一門が重用されているだけでも目障りであるのに、さらに那須資持までもがのさばり始めた。このままでは小山家と那須家に挟まれて宇都宮家は立ち行かなくなる――そう考えて、上杉方に鞍替えする気になったのだ。

もちろん宇都宮等綱の決断を後押ししたのは〝錦の御旗〟の存在であろう。

足利成氏が朝敵となったのであれば、気が咎めることもなく裏切りができる。宇都宮からすれば「裏切った」のではなく「見離した」といったところだ。

余談だが、この時代の下野国は関東で屈指の富国である。なぜなら米が取れるからだ。

武蔵国や下総国、常陸国などは、実は米作りには向いていない。雨が降るたびに全土が湖沼となってしまい、田畑が水の底に沈んでしまうからだ。

この当時、安定した米の収穫が望める土地は、あるていど標高の高い場所に限られていた。しかも内陸地は夏の気温が高い。下野国や信濃国などのほうが米作に向いていたのだ。

山内上杉家の分国の上野国は、天仁元年（一一〇八）の浅間山大噴火で農地がいったん壊滅している。高崎市の地下には二十センチもの火山灰層が埋まっている。火山灰は酸性なので植物は根付かない。よって田畑の稔りは悪い。

足利成氏が下野国の大名――農業生産力と、豊かな作物によって養われた大勢の兵――を頼りとしたのは、当然のことであったのだ。

宇都宮氏の離反に成氏は動揺している。拳を震わせて怒鳴りかけてみたと思えば、うろたえた目を左右に泳がせなどした。

「ともあれ公方様」

簗田持助も深刻な顔つきで言上する。

「小栗城を早急に攻め落とさねばなりませぬ。ここで前と後ろに敵を受けるは、破滅の元にございまする」

間もなく宇都宮勢が昌賢を救うために駆けつけてくる。城攻めの陣の背後を突かれたならば大事だ。城攻めに失敗し、昌賢を討ち漏らしたならば、三カ月を越える包囲戦を展開した意味がなくなってしまう。

「小栗城を攻め潰す！　わし自らが赴く！　城攻めの者たちにはそう伝えよ！」

成氏は決断した。短期間で城を落とすより他にない。

足利成氏と与党の軍勢は、大雨の降りしきる中、泥濘と化した低湿地に腰まで浸かりながら進み、小栗城の土塁にとりついた。

土塁もまた大雨によって泥の壁と化していた。手や足をかけるとヌルヌルと滑る。晴れがましい戦のために美々しく作った鎧兜があっと言う間に泥まみれとなった。

意外なことに、抵抗らしい抵抗はほとんどなかった。公方勢の軍兵は間もなく実城（本丸）に達した。そしてそこで彼らは驚愕の事実を知った。

三

「昌賢がおらぬ、だと……！」

大雨の降りしきる本陣で、成氏は思わず采をポトリと取り落とした。

水たまりが広がった地面に物見の兵が折り敷いている。大粒の雨が彼の周囲で波紋を広げていた。

「昌賢入道は、昨夜のうちに城を落ちていたものと思われまする！」

成氏は茫然として言葉もない。脇に控えた簗田持助が手を振って物見を下がらせた。

「……どうやら、我らの総掛かりを覚られたようですな」

攻城側が大軍を動員すれば、当然、高所にある城から丸見えとなる。いよいよ落城寸前と見た昌賢は、夜陰と大雨に乗じて、小貝川を舟で秘かに脱したのであろう。

「公方様」

簗田持助は向き直って低頭する。

「頑なに籠城を決め込んでいた昌賢が、自ら城を落ち申した。ということは昌賢は、この地で戦う意義はもはやないと考えた……ということではございまするまいか」

「なにが言いたいのだ」

「籠城していた昌賢の目論見は、おそらく、公方様の大軍をこの地に惹き付けておくことにあったはず」

「それは余とて見抜いておったわ。ならばこそ余は、兵を割いて各地に送り、上杉に与する者どもを討ち果たすように命じた」

「いかにも左様にございましょう。なれど鎌倉は手薄にございまする。昌賢は、我らを鎌倉より遠く引き離すために、小栗城のごとき片田舎に籠もったのではございまするまいか」

「むむっ」

成氏は一声唸って考え込んだ。

「だとしたら、なんだ？　昌賢は、もはや我らをこの地に惹き付けておかずとも良くなった、ということか？」

「鎌倉が危ういのではございませぬか」

成氏はハッとなった。

「へ、兵を引けッ。鎌倉に戻るぞ！」

簗田持助は退き陣の支度に取りかかった。小荷駄奉行と陣奉行を呼んで指図する。

ともあれ小栗城は落ちた。成氏方はその事実を盛んに喧伝し、自軍の意気の盛んな様子を訴えた。

その喧伝に対抗するかのようにして、白井長尾昌賢は下野国の只木城に姿を現わした。今度は只木城に籠城して、足利成氏軍に抗戦しようというのだ。

足利成氏は、この老体の執拗さに苛立ちながらも鎌倉へと向かう。しかし、鎌倉への着到は間に合わなかった。

六月十五日、今川範忠率いる〃幕府軍〃は、鎌倉を守っていた里見勢と印東勢を粉砕し、一挙に鎌倉を制圧した。この攻勢には伊豆にいた扇谷上杉道朝も加わっている。

かくして、滅亡寸前まで追い込まれていた上杉一門は危急を脱した。一転して攻勢に転じると、たちまちにして相模国の全域と武蔵国の南部を回復した。

白井長尾昌賢の粘りが、ついに功を奏したのだ。足利成氏の鎌倉への転進は間に合わなかった。成氏は鎌倉回復を熱望しつつ、古河城に留まり続けることとなる。

六月十五日、太田源六郎資長は相模国から内海（江戸湾）ぞいに武蔵国へと進撃していた。今川勢が鎌倉に突入したという報せは、この時はまだ届いてはいない。

鎌倉の制圧は今川範忠と東海道五カ国の兵に任せてある。太田勢は東へ進み、海に行き当たってからは北へと進んだ。〝今川勢の長蛇の行軍を横から突こうとする敵〟を排除するためであった。

太田勢は二日前の六月十三日、足利成氏に与する武蔵国の国衆、江戸朗忠と合戦に及んだ。

その際、山内上杉家の被官、豊島勘解由左衛門尉とその弟、平右衛門尉に率いられた豊島勢が、北から江戸勢を攻めている。太田勢は豊島勢と合力して江戸朗忠を討ち取った。

太田勢はさらに北上を続ける。江戸朗忠の領地を占領するためだ。

資長は大軍勢に護られて進むことを嫌う。理由は、いつものように「窮屈だ」からだ。供揃の十数騎と徒武者と雑兵の三十人ばかりを連れて、太田勢の本隊から離れて進んだ。お供をする英泰は大変だ。物見を周囲に走らせて、敵が潜んでいないかどうかを確認せねばならない。

もっとも資長は大敵にぶつかったなら逃げる。臆病だからではない。やっても無駄だと判断したことは、戦を含めて、一切やらない男だからだ。

強敵を前にして一目散に逃げてくれる主君であれば、多少の無理をさせても安心していられる。英泰はそう考えている。

内海には大小の河川が流れ込んでいた。その中でもひときわ大きな大河——浅草川の川面に大堂伽藍（がらん）が映っていた。

「なんだ、あの寺は」

資長は朱色の柱や軒材の鮮やかさに目を奪われている。

「浅草寺（せんそうじ）にございましょう」

英泰は答えた。内海の最奥に建つ大伽藍といえば、金龍山浅草寺しか考えられない。

金堂や塔の巨大さもさることながら、その門前に広がる町もまた、大きい。川岸には桟橋が無数に造られていて、何十艘もの船が停泊していた。今まさに一艘の船が帆を上げて湊（みなと）を離れ、内海へ出ようとしている。帆の白さと眩しさが目にしみるようだった。

浅草川は葛西で利根川とつながっている。利根川を目指して遡上していく川船も見える。川船は、帆に受ける風力と、岸まで伸ばした綱を引かれることで流れに逆らって遡上していく。綱は人と牛が引いている。川岸には彼らが歩むための道が造られてあった。

資長は賛嘆しきっている。

「鎌倉の前浜にも湊があるが、これにはとうてい及ばぬ」

引き寄せられるように馬を進めていく。

「しかし不思議ではないか。なにゆえこのような僻地に、かくも大きな湊があるのだ。東山道からも、東海道からも外れておるのに」

この時代の東山道は、上野国から東の下野国へ延びて、次に陸奥（むつ）国に向かって北上していく。

東海道は、相模国から船によって安房国や上総国へ向かう。

武蔵国はどちらの街道からも外れた〝陸の孤島〟なのだ。

武蔵国の巨大な平野は、縄文時代には海であった。室町時代でもなお、雨が降るたびに一国が丸ごと湿地帯になる。農耕や陸運にはまったく向かない劣悪な土地だ。武蔵府中や秩父盆地など高台の土地にのみ、集落と田畑が造られていた。

だからこそ資長は浅草湊の繁昌ぶりに驚いている。ちなみに繁昌とは元々、寺に参詣者が大勢押し寄せている様を表した言葉だ。

「まるで関東の富が残らずこの湊に集っておるかのようだ」

門前町の境界らしき木戸があった。その奥には道が真っ直ぐに、浅草寺の山門に向かって延びていた。

道の両脇に商家と家屋が建ち並び、商人と職人たちが仕事に精を出している。荷を運ぶ馬や行商人たちも大勢行き来していた。道幅は五間（約九メートル）は間違いなくあるが、それでもなお、荷と荷が、肩と肩とが、ぶつかりそうになっている。それほどまでに大勢の人々が集まっていたのであった。

これらの商人と職人の中には、鎌倉の戦（今川軍の乱入）を嫌って逃げてきた者もいたはずだが、そこまでは資長も察することができない。

資長は馬を進めていく。木戸をくぐり抜けようとした。

すると薙刀を手にした行人包の男たちが二十人ばかり駆け寄ってきた。

「待て、待てィ」

手を広げて道を塞ぐ。

行人包とは禿頭（とくとう）（坊主頭）を白い布で覆うことをいう。行人は寺に仕える半僧半俗の男のことだ。

行人たちは袖無しの僧衣を着て（僧侶特有の長い袖を故意に切り離してある）、その下に腹当（鎧の一種）を着けていた。表向きには僧侶の姿だが、内実は雑兵そのものだ。

「どこへ行かれる！」

行人の頭目とおぼしき大男が大道の真ん中で仁王立ちとなった。背丈は六尺（一八二センチ）ほどもある。さらに一枚歯の高下駄を履いていた。資長は馬に跨がっているのに、目の位置はほとんど変わりがなかった。

資長はさも面白そうに笑みを含んで行人たちの顔を順に見た。英泰は、いかん、と思った。資長の笑みは、悪気はなくとも他人を小馬鹿にしている様に見える。あるいは本当に小馬鹿にしているのかも知れないが。微笑みかけられた側の人間を憤激させる笑顔なのであった。

案の定、行人たちの顔つきがみるみる険しくなっていく。

それを尻目に資長は答えた。

「我らは相模国守護、扇谷道朝入道の家人である。害意があっての推参ではない。通してもらうぞ」

「通しはせぬ」

大入道の行人はなおさら踏ん張った。

「浅草寺は守護不入の地。検断不入の地にござる。武蔵国守護の山内上杉様ならびに守護代の総社長尾様とて、故無く立ち入りのできぬ場所！　弁えられよ！」

「ほう？」

武蔵国守護代の総社長尾忠景は、白井長尾昌賢の子だ。当然に資長は良く見知っていた。

「孫六であっても入れぬと申すか」

資長は忠景のことを日頃呼び慣れている名で呼んだ。総社長尾忠景は仮名が孫六左衛門尉で、官途名が修理亮である。普通の人間ならば「修理亮様」と呼ぶ。よほどの近親でない限りは。

行人たちは愕然とした。――この男は武蔵国守護代と肩を並べるほどに高い身分であるらしい――と察して、まずいことをしてしまったのではないかと、急に焦りだした。

資長は相手の気持ちなどには忖度しない。白々しくも見える晴れやかな笑顔だ。

「孫六も入れぬ所にこのわしが押し入ったりしたならば、さぞや孫六が機嫌を悪くするだろう。よし、今日のところは引き返そうぞ」

　大入道は冷や汗など滲ませながら低頭した。

「お聞き届けを頂き、かたじけのうござる……」

「折を見てまた来よう。次は、誰と来れば入れてもらえるのだ？」

「先触れをお出しいただけますれば……」

「左様か」

　資長は馬首を返すと、英泰たち供揃を引き連れて木戸を離れた。海岸線に沿って元来た道を引き返していく。

「英泰」

　資長は英泰を呼んだ。

「あの寺の地頭は誰か、知っておるか」

「存じませぬ」

「調べろ。寺とはいえども寺領を治めておるのは、別当か地頭だ」

　寺は、領地や荘園からもたらされる富で経営されている。領地や荘園とは農村のことに他ならない。百姓たちと田畑を盗賊から護り、年貢を徴収し、寺まで輸送する仕事は、武装した者たち（すなわち武士）にしか務まらない。こうした武士を別当や地頭と呼んだ。

　別当や地頭は、武士の棟梁（武蔵国ならば山内上杉家）に仕えると同時に、荘園主（本所。この場合は浅草寺）にも仕えている。二重の権力構造の下にいる。

この時代の日本が抱えていた問題は、武士のほうの権力構造——室町幕府や関東公方——が、瓦解しかけている、という点にある。

そここそが資長の付け目であった。資長は野望を胸に秘めたまま、手勢を率いて相模国へと戻っていく。途中、西に小山が見えた。内海に突き出している。

「あれはなんという山か」

資長が質すと、徒武者の中に知っている者がいた。

「紅葉山（もみじやま）と心得まする」

「紅葉山か……」

なるほど山の上には広葉樹が生えている。秋にはきっと見事に色づくことであろう。

その山からは川も流れだしていた。資長は鋭く目をつけた。

「川が流れているのであれば、山の上にも水の手があるな」

「紅葉川にございまする」

徒武者が言った。川を挟むようにして漁師の集落がある。漁師たちが紅葉川の真水で網を洗っていた。資長は馬を進めて漁師たちに近づいた。

漁師たちは資長とその手勢を見ても、格別に取り乱した様子も、恐れた様子もなかった。漁師の中でいちばん身形（みなり）の良い男が立ち上がり、前に踏み出してきて低頭した。

「長谷寺様のお代官様でござるべぇか」

「長谷寺？　いいや我らは違う。ふむ、ここは長谷寺の荘園なのか」

「へい、左様で」

長谷寺は鎌倉にある寺だ。天平時代に奈良の長谷寺から勧請されたと伝わっている。これほどに古い寺は日本中を捜しても多くはない。

「して、この地はなんと呼ばれておるのだ」

地名を質したのだが、漁師にはいま一つ、理解できなかったようだ。

「江戸、と、呼ばれておりますけんど……」

江戸とは河口を意味する普通名詞である。

紅葉川の河口よりも、利根川の河口のほうが江戸と呼ばれるのに相応しい。しかし資長は深くは考えなかった様子だ。

「江戸か。良き所だな」

「へ、へい……」

この侍はいったい何をしに来て、何を言っているのだろう――という顔で漁師は資長を見上げている。

資長は漁師と別れて馬を進めた。英泰が振り返ると、茫然と突っ立って見送る漁師の姿が見えた。

「英泰」

資長に呼ばれて振り返る。

「父にも、この景色を見せねばなるまい。だが父は、わしの言には耳を貸すまい。お前の口から父に告げるのだ。お前は存外、父よりの信任が篤いようだからな」

「いや、けっしてそのような……」

「謙遜などいらぬ。父を連れ出して浅草寺と紅葉山とを見せるのだ。わかったな」

「心得ました」

資長がなにを考えているのかはよく分からない。

資長の主従が相模国に戻ると、鎌倉はすでに今川勢によって制圧されていた。鎌倉を守備していたのは里見勢だ。分倍河原の合戦で上杉勢を大いに苦しめた軍勢も、今川勢と東海道五カ国の大軍には太刀打ちできなかった。

資長の記憶に、大国今川の強勢ぶりが深く刻み込まれた。

かくして関東公方足利家と、関東管領上杉一門との抗争は、次の段階へと進むことになった。関東の東西分裂統治の固定化である。

四

今川勢は鎌倉に居すわり続けている。この軍事力が無言の威圧となって関東に一時の静寂がもたらされた。

四カ月に及んだ戦役で、足利成氏軍、上杉軍ともに疲弊しきっている。兵糧も軍資金も底をつき、兵を動かしたくともそれが叶わぬ状況となってきた。

両軍ともが、戦線と支配領域の整理に取りかかった。敵地の深くに取り残された領地や城を放棄し、戦線を可能な限り単純化しようと図ったのだ。

糟屋の館に太田家の面々が集っている。梅雨も終わって夏の盛りだ。蟬時雨(せみしぐれ)が喧しく聞こえてくる。そろそろ夕刻だが涼しくなりそうな気配はまったくなかった。

主殿の広間の板敷きに、太田道真、大和守資俊、源六郎資長、その弟の図書助資忠が、車座になっている。部屋の隅にはいつでも諮問に答えられるように英泰が侍っていた。

皆、額に汗を滲ませ、装束の襟に汗の染みを広げていた。行儀の悪い資長などは、襟を広げて団扇(うちわ)を使っていた。

道真が一同を見た。

「今川勢のおかげで冷や汗を搾られることはなくなったが、今度は暑さで汗を搾られるわい」

「酒をお持ちいたしましょうか」

図書助が気を利かせて言った。

「いや、酒は後にしよう。水も……この酷熱だ。用心したほうがよいな」

道真は、水は必ず沸かしてから飲むように心掛けている。しかも冷めないうちに飲む。生水こそが疫病の源であると看破していたのだ。

さりとて、夏の盛りに熱い湯を飲むのもつらい。

そこへ一人の若い武士が濡れ縁を渡ってやって来た。広間の戸口の外に座って低頭した。

「お持ちいたしました」

道真は「おう。入れ」と命じた。

若い侍は面を伏せたまま静々と足裏を滑らせて入ってくる。色白で細面、涼やかな顔だちの美丈夫だ。眉は凜々しく、目が大きくて睫毛（まつげ）が長い。手には大きな紙を掲げている。

その紙を車座の男たちの真ん中に広げた。

そこには武蔵国の図が描かれていた。資長は早速に見入っている。前屈みになって双眸をカッと見開いていた。

「これは？」

扇子を抜いて指し示し、父の道真に質した。何に興味を惹かれたのかは、英泰からは見えない。

「まぁ待て。その前に、皆に引き合わせておく」

道真は若い侍にチラリと目を向けた。

「曾我兵庫助である。近ごろ召し抱えた」

若い侍、曾我兵庫助は、まるで道真の影のように控えめに座っている。一同に向かって深々と低頭した。

「曾我兵庫助にございまする。お見知り置きを願わしゅうございまする」

大和守資俊は「うむ」と答えた。

図書助資忠は軽く会釈を返した。

資長はまったく眼中にない。地図だけを熱心に見つめている。

英泰は見ている。曾我兵庫助は資長に無視されていると気づいた。美しい顔が一瞬歪んだように見えた。

だが兵庫助は、すぐに表情を消して目を伏せた。

曾我一族は鎌倉時代から名の知れた御家人で、富士の巻狩における曾我兄弟の仇討ちはよく知られている。

曾我一族の領地は相模の西方にあった。相模国の名家が太田家の家来となったのだ。太田家の権勢が相模国全体に及ぶようになったことの証左であろう。

太田家も上杉家と同様に室町幕府から派遣されてきた役人だ。本貫地は丹波国にある。東国武士から見れば余所者だった。それが今ではこうやって、鎌倉以来の武家を従えている。まことにめでたい話ではあった。

「これはなんでござる、父上」

資長が地図の一点を指して質した。まさに傍若無人。道真が新たに召し抱えた家来を紹介しているというのに、まったく調子を合わせる気はない。

叔父の大和守は苦々しい顔をしている。源六郎めが、また始まった、などと考えているようだ。

「お答えいたしまする」

慎ましげに目を伏せたまま曾我兵庫助が答えた。

「武蔵国、五十子の河岸にございまする。両上杉様は、この地に陣をお築きなさいまする」

「陣だと?」

資長はまた地図を睨んだ。五十子は足利成氏の拠点の古河城から西へ十一里（四十四キロメートル）ばかり。利根川を遡った対岸にある。

今度は道真が答える。

「利根川のそのあたりは川底が浅い。瀬渡りができる。なんとしても塞いでおかねばならぬのだ」

利根川は関東一の大河で、河底も深く、大軍勢が容易に渡ることはできない。船を雇って何十往復もしなければならなかった。

まず馬を運ぶのが一苦労だ。軍馬は気が荒い。小舟の上で大人しくしていない。さらに兵糧や秣、消耗品の矢などを運ぶのにも苦労をさせられる。軍勢の規模が大きくなればなるほどに、渡河が難しくなるのだ。

だからこそ徒歩で川を渡ることのできる場所は重要になる。攻めるにしても守るにしても、どうでも確保しておかねばならぬのだ。

その道理はもちろん資長にも理解できる。しかし、川の手前側に陣地を造るという弱気な戦略が理解できない。

「なにゆえ川の向こうに踏み出して陣を築かぬのです」

「いずれはそうなる。五十子は仮の陣所だ」

道真はサラリと答えた。五十子のことはどうでもいいと思っているのか、扇子の先で地図の各所を示しはじめた。

「京より下向された新管領は、上州平井に入っておわす」

山内上杉房顕が関東の新たな統治者として乗り込んできた。

「我ら上杉一門の主従は、上野と武蔵の両国を守るため、利根川に沿って城を築くことになった」

道真は息子の資長に目を向けた。

「お前の献策があってのことだ。わしもこの目で浅草寺を見たぞ」

英泰が約束どおりに道真を連れ出したのである。

道真は利根川の下流の浅草寺を扇子で示した。

「利根川の流れの、海に注ぎ出る江戸（河口）に浅草寺がある。その門前町と湊には、上方、西国、陸奥はもとより異国からも荷が運ばれてくる。そして浅草の上流には――」

道真の扇子の先が太日川（おおいがわ）を遡って、下総国の古河を指した。

「公方のおわす古河城がある。公方は古河を制することで、上野、下野、常陸、下総の舟運を押さえておる。これらの国々の大名と国衆は誰であれ、公方の許しがなくては荷も米も運べぬのだ」

日本は律令の昔から世界でも有数の物流大国であった。京や奈良に置かれた政権による一極集中の政治体制であったからだ。

物流の発達は商業を振興させる。自給自足社会から脱皮する。自分で作る手間をかけずとも、良い物を買って手に入れることができるのだから当然だ。

物流に頼る社会が完成したとなれば、物流の支配者となった者が、社会の支配者となる。

「公方は、戦に強いだけではなく、知恵者でもあらせられる」

道真は言った。

「ならばこそ我らは、公方の目論見を挫かねばならぬ」

扇子の先が再び川を下って河口を指した。

「浅草寺を押さえる。――そのためには、ここだ」

示された地図の一点に山が描かれていた。

「利根川の〝江戸〟を占めることで、浅草寺に掣肘(せいちゅう)を加える。かくして浅草寺は我らに従うであろう」

「江戸に城を築くのでございまするな」

資長が眼光鋭く父を見つめる。道真は頷き返した。

「そのとおりじゃ。すでに長谷寺との折衝を進めておる。江戸の地を我らの兵糧料所とするのだ」

室町幕府には『半済令(はんぜいれい)』という法令があった。戦時下の農地からあがる年貢の半分は、荘園主ではなく武家の懐に納められる、という法だ。治安維持のために出動した武家が、軍事予算として税を徴収することを認めている。

武士が年貢の半分を受け取るその土地のことを『兵糧料所』と呼ぶ。いずこの土地を、どの武士団の兵糧料所にあてがうのか、その決定権、任命権は本来、関東公方が握っている。

関東公方を上杉一門（と援軍の今川家）は鎌倉より追い払った。となればすべては上杉一門の〝お手盛り〟で決することができる。自分たちで自分たちの兵糧料所を定めることができるのだ。

逆に言えば、足利成氏が公権力を取り戻したならば、上杉一門はすべての利権を剝奪されて貧乏役人の身分に戻される――ということでもある。この戦いは絶対に負けられない。

「だが……」と疑念を呈したのは大和守であった。

「扇谷上杉家は相模の守護職。されど浅草寺は武蔵国にござる。武蔵の守護職は山内様。守護代は総社長尾家でござるぞ。山内様（房顕）と修理亮（総社長尾忠景）様がお気を悪くなされぬであろうか」

「手は打ってある。昌賢入道殿の同意をとりつけた」

「なんと！　昌賢入道殿は武蔵の要衝を我らにお譲りくだされるのか」

「扇谷上杉の側で押さえてくれるのであれば、かえって助かる――との話であった。山内様は京都より下ったばかりで実権はない。総社長尾の修理亮殿は昌賢入道殿の息子だ。昌賢入道殿が『うん』と言えばそれで通る」

戦乱による政治の混乱は、実力者への権力の集中を促す。そして独裁をもたらす。その独裁者が白井長尾昌賢なのだ。

「その代わりに……」

「代わりに？　昌賢入道殿はなんぞ駆け引きを持ちかけてこられたのか」

「その通りじゃ。武蔵国はあまりにも広大、修理亮殿の手には余る。昌賢入道殿と山内上杉の本軍は五十子の築城や下野国での対陣におおわらわで、武蔵南部にまでは手が回りかねておる。そこで我ら扇谷上杉に武蔵国の南部を守ってもらいたい、とのことであった」

扇谷上杉家の領国、相模国は、今川勢のお陰で平穏を取り戻した。扇谷上杉の面々は、暇といえば、暇なのだ。

「しかし」と、大和守は難しげな表情を浮かべた。

「我らに、なにをさせようというお考えなのでござろうか」

「河越に城を造って欲しい、とのことであった」

道真は地図の一点を示した。そこには〝河越〟と墨書してあった。

武蔵国の河越は重要な土地である。鎌倉脇往還が南北に延びている。その街道は鎌倉より発し、武蔵府中、河越を経て、上州平井（山内上杉家の居城）に達する。さらに北へ進むと、総社や白井など、長尾一族の城砦に行き着くのだ。

大和守は良い顔をしなかった。

「江戸と河越に城を造るのか。二つも一時（いちどき）の築城となると、たいそうな物入りとなろうぞ」

大和守は軍事よりも内政を得意としている。築城にかかる貫高を頭の中で計算している様子だ。

道真は「なんの」と不敵にほくそ笑んだ。

「河越に築城がなった暁には、扇谷上杉に入城してもらいたい、とのことだ。つまるところ河越は我らの城となる」

「なんと!」

「昌賢入道殿としても、背に腹はかえられぬのであろう。我ら相模の軍兵を武蔵国内に招いて合力させねば、公方様の軍勢に競り負けてしまう」

「なるほどのう。つまり河越は、我らを招き寄せるための餌か」

「食いついたならば放さぬぞ」

道真と大和守の兄弟は声を上げて笑った。

山内上杉家の弱みに付け込んで武蔵国の一角を手に入れようというのだ。火事場泥棒に近い——と、話を聞きながら英泰は思った。

英泰は、その場の人々に目を向けた。

図書助資忠は目を泳がせている。話についてゆけないのであろう。

資長は地図を熱心に見つめている。例によって極端なのめり込みようだ。目をカッと見開き、穴が空くほどに図面を凝視し、父と叔父の会話も耳に入っているのかどうか怪しい。

そんな資長を曾我兵庫助が冷やかな目で見下ろしている。その整った白い顔には表情というものが感じられない。薄暗い部屋の中に能面がポツンと浮かんでいるかのようであった。

第八章　江戸城築城

一

両上杉の大敗で始まった享徳四年（一四五五）は、七月に改元され、康正元年となった。その間に白井長尾昌賢の奮闘があり、今川軍による鎌倉占領があり、関東公方足利成氏の古河城への動座があった。

目まぐるしく攻守の入れ代わった一年が終わり、正月が巡りきて、康正二年（一四五六）になった。

扇谷上杉家と、家宰の太田家は、江戸城築城に向けて動き始めた。

太田家が最初に手をつけたのは武蔵国内に別の拠点を造ることであった。扇谷上杉家は相模国の守護職で、武蔵国に検断権（治安維持や年貢の徴収などの公務を行う権利と義務）を持っていない。領地や館も所持していない。

まずは武蔵国内に扇谷上杉家と太田家の拠点を造ることが急務だ。だがこれは『神奈川県警の警察署を東京都内に造る』ような話である。あるいは神奈川県の税務署の支部が東京都内につくられて、都内の住民や企業から神奈川県が税金を徴収するような話だ。はっきり言えば無茶苦茶である。

なにゆえそんな無茶苦茶が許されたのかといえば〝関東公方府が崩壊したから〟である。関東公方、足利成氏は、鎌倉を追われて古河へ動座した。関東全域を支配する役所が忽然(こつぜん)として消えてなくなったのだ。東国の首都であった鎌倉府が機能を停止したのである。

関東の武士たちも、庶民たちも、関東に荘園を持つ公家や寺社も、すべての人々が途方にくれた。新しい形で関東を治めてくれる権力者の登場を、皆が待っていたのだ。

扇谷家と太田家は、その声に応えるべく動きだした。悪く言えば弱みにつけこんだのである。

太田一族とその伴類(ばんるい)（一族郎党）は武蔵国の品河(しながわ)を占拠した。

武蔵国守護、山内(やまのうち)上杉家の依頼をうけての活動であるから、ここまでは合法――とまでは言わないけれども、少なくとも衝突は起こらなかった。

「問題は寺だぞ」

太田資長(すけなが)は下無川(しもなしがわ)の川岸に立って呟(つぶや)いた。

下無川は別名を目黒川という。〝しもなしがわ〟が縮められて〝しながわ〟となった。下があるなら上もある。上無川という川があった。こちらは〝かながわ〟と呼ばれていた。下無川の川面には多くの材木が浮かべられている。城作りのための用材だ。

生木では建物を造ることはできない。伐(き)り出してきた木を水に浸けて樹脂を抜き、次には芯まで乾燥させて、ようやく材木となる。釘や鎹(かすがい)を刺すことができるようになるのだ。樹脂でブヨブヨの生木に釘は刺せない。

城を建てようとするならば、まずは大量の木を水に浮かべて脂抜きをすることから始めなければならない。安定した水量を持つ川の確保が必要で、そのために太田家が目をつけたのが品河であったのだ。

太田家が整備した品河の町は、武家の屋敷や根城とはとても思えぬ、職工たちの飯場のごときたたずまいであった。男たちが寝泊まりするための小屋が無数に建てられている。炊き出しの釜が据えられ、炊煙が何本も上がっていた。太田家の政庁を思わせる建物などは、どこにも見当たらなかった。

資長は英泰の姿を探した。英泰は木場に立ち、帳づけ（台帳に記録すること）しながら職工たちの仕事を差配していた。川面(かわも)に造った貯木場には数えきれないほどの木が浮かべられていたが、それらの一本一本についても記帳している。

「ううむ」

細かな仕事を苦手とする資長は、見ているだけで頭が痛くなってしまう。

「何か仰いましたか」

英泰が資長に気づいて土手を上がってきた。

「なんぞ、我らの仕事に至らぬところがございましたか」

「いいや。お前たちは良くやっておる。ふむ。番匠も集めたようだな」

番匠とはいわゆる大工のことである。ちなみにこの頃の〝大工〟は現場監督を指す言葉だ。

「手抜かりはございませぬ」

「で、あろう。……となると、手抜かりはこちらにある」

「なんぞ懸案が出来いたしましたか。江戸荘の本所の長谷寺様がウンと言われぬのでございましょうか」

太田家が城作りのために目をつけたのは江戸荘の紅葉山で、その地は鎌倉の長谷寺の荘園であった（荘園の持ち主を本所という）。

実は武士は他人の所有地（それこそが荘園）に城を建てることが許されている。戦争や内乱など安全保障上の問題が発生したならば軍事基地をつくる。そのために他人の私有地を徴用する。それ自体は違法ではなく、日本の朝廷が武家政権に託した公務であった。

しかし土地を奪われる側とすれば喜ばしい話ではない。当然に軋轢が生じる。

江戸荘の持ち主の長谷寺との折衝に当たっているのは太田資長だ。資長は、この男にしては珍しく、難渋そうな表情を浮かべている。

「長谷寺の堂衆とは、話がつきそうなのだけれどな……」

寺院の運営を担当する僧侶は〝堂衆〟や〝僧坊衆〟などと呼ばれる。住職など高僧たちは世俗のことに関わらない。

「江戸荘の地頭は、江戸一族が務めてきたが、この前の戦で追い払ってやった」

江戸氏は足利成氏に味方した。太田家は、豊島(としま)一族と合力して江戸氏を征伐した。武蔵国豊島郡を支配する豊島一族は山内上杉家の家臣である。ただ今のところ扇谷上杉家と共闘している。

「長谷寺とすれば、荘園の年貢が納められさえすれば、文句は言わぬ。我らが江戸荘の地頭となることには……好い顔はしなかったが、悪い顔もしなかった」

資長は袖の中で腕を組んだ。

「好い顔をせぬのは浅草寺(せんそうじ)だ。困ったことだぞ。浅草寺に『うん』と言わせねば、我らが江戸に城を造る意味がなくなる」

紅葉山(もみじ)に城をつくり、浅草寺を支配下に収める。それが太田家の構想だ。だが、武家の思惑など浅草寺はとっくに見抜いている。自治独立を守るため、陰に日向(ひなた)に抵抗してくる。

「浅草寺は銭を持っておる。門前町の繁昌ぶりを見たであろう」

内海（江戸湾）に面した浅草湊は、海上運輸と河川運輸の中継地だ。海の上を運ばれてきた荷が、浅草寺の湊で川船に移し替えられて、荒川、入間川、利根川などを遡上し、関東各地に運ばれて行く。秋には逆に、関東各地の年貢米が川を下ってきて、浅草湊で大型船に移されて、京畿や西国に運ばれてゆく。

荷を移す手数料だけでも膨大な収入となる。そのうえ、すあい金や船堂前（港湾使用料と入港税）も徴収する。

「銭を持つ者は気も大きくなるものだ。浅草寺の堂衆め、我ら武士を舐めきっておる」

英泰も困ったことだ、と感じている。算用に明るい彼は、太田家の逼迫ぶりを誰よりも理解していた。

「築城には、まだまだ銭がかかりまする。銭を集めねば職工への賃金も滞りまする」

資長に恨めしげな目を向ける。資長は、野放図なようでいて明敏だ。

「このわしが職人や用材を無闇に集めすぎたからこうなった――と責める目つきだな」

「滅相もない」

英泰は首を横に振ったが、内心の思いは、まさにそれだ。

曾我兵庫助がやってきた。いつも冷徹で能面を思わせる無表情。姿勢も装束も実に端正なたたずまいである。

兵庫助は資長の前で蹲踞し、面を伏せた。

資長は曾我兵庫助に挨拶の暇も与えずに質した。

「父は、なんと申しておったか」

資長の礼儀の無視ぶりには英泰ですら時々、驚かされる。ところがそれでも曾我兵庫助は、表情をまったく変えずに答えた。

「家宰様（太田道真）のお言葉をお伝えいたしまする。五十子陣と河越城の築城で手いっぱい。江戸の築城に回せる銭はない——との、仰せにございまする」

太田家はただ今、家中をふたつに分けて、河越と江戸の築城に取りかかっている。江戸と河越は遠く離れている。意志の疎通のために使いの役目を果たしてくれる者が必要だ。昨今、道真が召し抱えた曾我兵庫助が、その役に任じられていた。怜悧で物事に動じぬ性格が道真に買われたのだろう。太田家や資長にとって都合の悪い話でも、言葉を濁さずに淡々と伝える。

道真が江戸城築城のために予算を割いてくれるつもりがないことは、わかった。ならばと資長は質す。

「山内様は、なんと仰せであったか。我らによる江戸の築城は、武蔵国守護たる山内様の手伝い普請だぞ。ご斟酌があっても良かろう」

「白井長尾様のお言葉にござる。『江戸の築城は扇谷家が始めたこと故、山内家は与り知らぬ。扇谷家で金策をするが筋である』との由にございまする」

「昌賢入道が、そのような物言いをしたのか」

資長は憤慨する前に呆れている顔つきだ。曾我兵庫助は冷たい表情のまま答えた。

「長尾左衛門尉（さえもんのじょう）様のお言葉にございまする」

「あやつか」

長尾左衛門尉景信は昌賢入道（長尾景仲）の嫡男だ。昌賢入道の隠棲後、白井長尾家の当主となった。

この景信と太田家の仲は（ことに資長との仲は）良くない。

「あやつめ、何かと言えば太田家を煙たがって、突っかかってくる」

英泰は、

——それはあなた様の物腰や口の利き方に難があるからでしょう。

と思ったのだけれども、口には出さなかった。

そこへ列をなして敗残の将たちが姿を現わした。

甲冑は泥と土埃で汚れている。頭や顔に晒（さらし）を巻いたり、傷んだ足を引きずって歩む者もいた。

「千葉（ちば）千葉介（ちばのすけ）家の者どもか」

英泰は「ハッ」と答える。

「下総国の市川城を攻め落とされ、武蔵国へと逃れて参った者たちにございまする」

資長は「ふむ」と頷いて、思案する顔つきであったが、

「腹を空かしていることだろう。哀れである。炊き出しをしてやれ」

と、いかにも自分が大腹減らしらしい物言いをした。

その事件は昨年の秋に起こった。下総国の大名、千葉家の本宗家が滅亡したのだ。武蔵国南部へ進出した扇谷上杉家にとっても大いに肝を冷やす出来事であった。

関東には〝関東八屋形〟と呼ばれる大名たちがいる。千葉家はその中でも筆頭と尊称された家柄だ。

当主の千葉千葉介胤直は上杉方の与党であったのだが、東関東は足利成氏の分国（勢力圏）である。千葉家の周囲は成氏方によって囲まれており、さらには戦の権化のごとき猛将、武田信長が房総に怒濤の侵攻を続けていた。

千葉氏の庶家の千葉（馬加）康胤は、この状況を鑑みて、あくまで上杉方にこだわる千葉宗家を見放した。足利成氏に内通したうえで決起して宗家を襲撃した。千葉家重臣の原一族もこの謀叛に加わった。

古河の足利成氏は、反乱軍への援軍として簗田持助を派遣した。武田信長もここぞとばかりに暴れ回った。

千葉宗家は居城や支城を次々と攻め落とされ、一族や重臣たちを戦死させた。ついに追

い詰められた千葉千葉介胤直は、八月十二日、重臣たちともども自害して果てた。

千葉胤直の甥の、七郎実胤と次郎自胤の兄弟は、上杉方の保護を求めて武蔵国に逃れた。たまたま品河に拠点を設営中だった太田家を頼って逃げ込んでくる。資長の目の前を歩む武者の列は、敗残の千葉千葉介家の家臣たちだったのだ。

上杉方にとっても、千葉千葉介家の滅亡と、足利成氏の勢力拡大は黙過しがたい。

資長は兵庫助に質した。

「千葉の兄弟は山内様を頼りに行ったのであろう？　五十子の山内様は、なんと仰せであったか」

「頼ってきたことをお褒めになり、『ひとまず身を休めよ』との仰せにございました」

「山内様の家中は相も変わらず腰が重い。千葉の者どもの身になって考えてみよ。身を休めておる場合ではなかろうに」

資長は口が悪い。ついつい英泰が擁護に回る。

「山内様も五十子での対陣で手一杯。しかもただ今の山内様（新当主の房顕）は白井長尾家と反りが合いませぬ」

山内家の家督相続問題で、房顕は白井長尾家に排斥されて京に追われた。白井長尾家は房顕の兄の憲忠を擁立したのだ。

ところがこの憲忠が足利成氏に殺されてしまったので、白井長尾家は仕方なく房顕を擁立し直した。

房顕とすれば「どのツラを下げて」という思いであったろう。当然に関係はまったく改善されていない。

上杉一門の総大将と副将がこの有り様では、勝てる戦も勝てない。

「北武蔵の対陣で、山内様は苦戦をしておられるのか」

資長は曾我兵庫助に質した。曾我兵庫助はまったくの無表情で、

「為す術もなく押されまくっております。下手をすると、五十子陣の陥落もありえましょう」

と答えた。

両上杉家が窮地に立たされつつあることは、事実であった。

鎌倉を失陥して古河城への動座を余儀なくされていた足利成氏だったが、ここにきて運気が好転してきた。成氏に敵対していた宇都宮家で政変が勃発したのだ。

宇都宮家の当主、宇都宮等綱(ひとつな)は、足利成氏が那須家と小山家を偏愛することに立腹して、成氏と断交、両上杉への加担を決めた。

ところが宇都宮家の家臣団は等綱の決断をよしとはしなかった。等綱は自分一人の好悪の感情を優先して、家中全体の行く末を考慮していない、と考えたのだ。

親族にして重臣の芳賀景高が決起した。等綱の嫡男、宇都宮明綱を擁立して謀叛を起こす。下野国には、鎌倉以来の武士団、紀党、清原党が盤踞していたが、彼らも芳賀景高に同調した。かくして謀叛軍は宇都宮等綱を追放した。

この政変によって足利成氏は、下野国の三大名（関東八屋形のうちの三家）小山氏、宇都宮氏、那須氏を支配下に収めた。

下野国は当時の東国では最も多くの米が採れた。米の採れ高に比例して農村人口も多かった。

日本三戒壇のひとつは下野国国分寺に置かれたし、後の世の話だが、キリスト教の伝道師も、東日本の拠点となる教会を下野国に造った。中世の下野国は東国の中心だった。だからこそ下野国の大名だった足利尊氏が天下を取ったのである。

足利成氏は下野国の国力を手に入れた。この勢いにおそれをなした東関東の諸勢力は、雪崩を打ったように古河城に帰順した。千葉家の反乱劇も、こうした出来事の一環で起こった。

資長は陣小屋に踏み込んだ。算用方の役人が帳合をするための部屋で、文机が並んでいる。突然入ってきた資長に驚き、役人たちが平伏するが、資長は無視して「関東の地図を出せ」と命じた。

英泰が持って来た地図を文机に広げる。

「下野国から西へ向かって、東山道が延びておる」

地図に描かれた街道の線を辿る。下野国と上野国の国境に新田郷があり、新田岩松氏が領地としていた。分家の世良田家ともども成氏方の有力な与党だ。分倍河原の戦いでは太田家と激戦を繰り広げた。

「岩松の領地と城は、上野国（上杉分国）に打ち込まれた成氏方の楔の如き様相であるな」

確かに、そのように見える。

「公方の戦ぶりは、わかりきっておる。一点に兵を集めて錐のように揉んでくる。今回もまた同じであろう」

資長の問いに兵庫助は目を伏せたまま答えた。

「ならばこそ両上杉様は、利根川の川岸に五十子陣をこしらえて、耐え抜くお覚悟でございまする」

資長は「フン」と鼻を鳴らした。

「上杉方のやることも、いつも同じだ。鶴の両翼の如くに、兵をどこまでも大きく広げてゆく」

自分の腕を左右に広げて羽ばたく真似までした。

「軍兵を五十子陣に集めず、河越やこの江戸に分散させておる。五十子陣の正面で押し負けるのは当然のことぞ。親父殿も、昌賢入道殿も、工夫が足りぬ。同じ失態を繰り返す」

「皆に聞こえておりまする。お言葉を謹みなされませ」

英泰は慌てて止めた。曾我兵庫助は聞こえなかったふりをした。


曾我兵庫助は関東の情勢を資長たちに伝えると「家宰様の許に戻りまする」と言って、去っていった。

資長はまたしても「フン」と鼻を鳴らした。

「あの者の報せを聞いておると、こちらの心まで冷えてくるぞ」

「言葉を飾らぬ人柄だからでしょう。山内様はまったく当てにならぬ——という一事だけは、痛いほどに伝わって参りました」

「我らは我らで銭を集めよ、ということであったな。親父殿も山内様も冷たい。あちらがそういう心づもりならば、こちらも勝手にさせてもらうとするか」

「金策のあてはございますのか」

資長はしかめ顔だ。

「やはりここは浅草寺に出させるのが一番だ。銭はあそこにあるのだ。銭を持っている者に銭を出させるのが、世の道理であろう」

「いかにして浅草寺に銭を吐き出させましょう」

「思案はある。そもそも我ら武士がこの世にあるのは、なんのためだ？ 悪党どもの乱妨より人々の暮らしを守るためであろうが。我らが武器を携えることが許されるは、悪党どもを成敗するためぞ」

資長は小者を呼んで馬を連れて来るように命じた。陣小屋を出て、引かれてきた馬の鞍に上った。

「浅草寺が我らを頼らざるを得ないように仕向けてやる。浅草寺の坊主どもに『どうかこの銭を使って寺をお護りください』と言わせるのだ」

いったいどうやって。英泰の耳には、資長が法螺を吹かしているようにしか聞こえない。

「ともあれ浅草寺に行って参る。留守を頼むぞ。それと炊き出しを絶やしてはならぬ」

「職人たちに食わせるだけでも精一杯でございまするぞ」

「千葉の落武者を飢えさせておいたなら、必ず暴れ出すぞ。飯を食わせて寝かせるのだ。落武者どもの気を鎮める方法は、腹を満たしてやることしかない」

資長は警固の郎党を引き連れて浅草寺に向かった。

二

浅草寺は大河の岸辺にある。この大河のことを、武蔵国南部の人々は浅草川と呼んでいる。対岸の下総国の人々は隅田川と呼ぶ。さらにつけ加えると、川の上流部の人々は入間川と呼んでいる。

川はひとつなのに、名前を複数持っている。つまりそれは、行き来の少ない異なる文化圏で暮らす人々によって共有されている川、ということであり、それほどまでに巨大な河だ、という証明であった。

水主たちが舟を操っている。櫓のきしむ音がする。その音を耳にして資長は、ふと、若き夏の日を思い出した。

——あの娘、名はなんと申したか……。

舟賊鮑丸の一人娘。今となっては名も面影も忘れている。日に焼けた若い肌に滴る汗の感触と濃い体臭だけが鮮烈に思い出された。

資長は感傷に浸ることはなかった。

結城合戦で水主や漁師の暮らしは踏みにじられ、地下人は盗っ人に身を堕とすしかなかった。しかし上杉一門の奮戦と関東公方府の再興によって地下人の暮らしも旧に復したはずだ。鮠丸の娘も、生きているのならば、漁師の女房にでもなっているはずなのだ。

──この平穏こそ、守らねばならぬ。

資長は浅草寺の門前町に入った。

この時代の寺院の門前は市場を成している。広場に床店（いわゆる屋台）が並んでいた。商人の住居を兼ねた商家も建ち並んでいる。河岸には上方や西国、異国からの荷が下ろされている。

遠国から来た行商人たちは浅草湊（みなと）で売り物を仕入れて、各地の村々を巡って歩く。

町の木戸には、行人包の僧兵たちが立っていた。手には六尺棒を持ち、一枚歯の高下駄を履（は）いている。袖無しの黒衣の下には鎧を着けて、なんとも恐ろしげな姿であった。

資長とは、もうずいぶんな顔なじみだ。折衝のために何度も足を運んだからである。

「太田の若殿様がお見えじゃ」

僧兵たちはサッと折り敷いて道を譲った。

資長は馬上から声を掛ける。

「その方どもに質す。門前町で一番の大福長者は誰か」

唐突に質されて、僧兵たちは互いに顔を見合わせた。頭分の一人が答えた。

「竹河屋の女将（おかみ）が、たいそうな羽振りでございます」

「女将？」

「女主（おんなあるじ）が切り盛りをしている見世（みせ）でございまして……」

「なるほど。では、案内しろ」

するとと僧兵たちが、またもや顔を見合わせた。

「何をしておるか。早う案内せよ」

僧兵の頭分が困り顔になって資長に問い返した。

「若殿様は、竹河屋の女将に会いにお行きなさるので？　それは、ちょっとばかり、いかがなものかと……」

「なんの支障があるのだ」

「実は、あの女将は――」

声をひそめて素性を語る。聞いているうちに資長の顔つきも変わった。

「そは、まことか」

「まことにございまする」

資長は少し思案して、

「ならばこそ会いに行こう。案内せよ」

そう命じた。

竹河屋の稼業は土倉であった。土倉業とは、客の荷物を与かって保管する倉庫業のことだが、つまりは質屋と同じ業態である。金貸しだ。また、土倉の多くが酒を商っていた。なぜ金貸しが酒を商うのかというと、金貸しの起源は〝種籾貸し〟であり（出挙という）大量の米を扱っていたからだ。余剰米がなければ酒は作れない。

この時代の商業はすべて、座に加入することで許可される。酒の座元は大和国の三輪大社だ。座に加入していることの印である酒林（三輪山の杉から採った葉で作る杉玉）が店先に下げられてあった。

見世には大勢の男たちが出入りしている。河岸に面した荷揚げ場から酒樽を担いで倉に運び入れていた。重い樽を軽々と担いでいる。これだけ大勢の荒くれ者たちを束ねているのだ。この見世の主、たいした女傑に相違なかった。

建物には床が上げてあり、蔀戸が嵌めてある。資長は部屋で待つ。濡れ縁を回って女主がやってくる。戸口の濡れ縁に座って低頭した。

「竹河屋の主にございます」

挨拶をしてから立ち上がって、入ってきた。資長の正面に片膝を立てて座る。この時代の女人の正座はこの座り方だ。庶民でも袴を穿いているので裾が割れる心配はない。

資長は狩衣姿で胡座をかいている。女主の挨拶を受けて、

「扇谷上杉家の家宰、太田道真入道の子、源六郎である」

と名乗った。

女主は顔を上げて資長の顔を真っ直ぐに見た。それは礼儀にも典礼にも外れた行為であった。

――なるほど、ただ者ではないな、と資長は思った。

年齢は不詳だ。二十代の娘のようにも、四十代の大年増（おおどしま）のようにも見える。顔は若々しいが、貫禄がただごとではない。整った顔だちだが険がある。どちらかというと男顔だ。目が大きくて鼻筋が通っている。黒髪を〝垂らし髪〟にせずに結い上げているのが珍しい。異国（とつくに）の風体に倣っているのであろうか。

「なんと呼べばよいか」

資長は質した。女人の名は、家族や夫にしか明かさないものだ。

「竹河屋、と、お呼びください」

女将は、険のある顔には似合わぬ、涼やかな美声で答えた。

何もかもが、ちぐはぐな、おかしな印象の女人であった。

にもかかわらず、ちぐはぐな印象が絶妙の均衡で、奇跡的に美しく纏（まと）まって見える。

――やはり、ただ者ではない。

資長は更めて思った。

「左様ならば竹河屋に物申す」

資長は口調を更めた。

「金子を用立ててもらいたい」

竹河屋は高利貸しでもある。表情をまったく変えずに問い返してきた。

「いかほどお入り用にございまするか」

「あればあっただけ良い」

竹河屋は眉根（とはいえ眉は剃っているが）を少しばかり曇らせた。

「質草（担保）は何をご用意してくださいまするか。それによってお貸しできる貫高が異なりまする」

「質草は、この浅草寺の門前町じゃ」

「なんと？」

「わしに銭を貸したならば、返済は、浅草寺門前町の冥加金によって払われる」

冥加金とは、商家の儲けの中から町の所有者に納められる上納金（法人税）のことだ。

竹河屋は露骨に不機嫌な顔つきとなった。

「妾を相手にお戯れにございまするか。この竹河屋、お武家の若君の悪ふざけにつきあっている暇はございませぬ」

「戯れてなどおらぬ。否、戯れていられるだけの猶予もない。知っての通りに我ら両上杉は、川の東岸の公方勢と戦をしておる」

浅草川の対岸の下総には、太田家の宿敵の武田信長が勢力を扶植している。成氏に与した馬加と原の勢力もいる。

「戦には銭がかかる。そなたも一時は武家の女房であった女。ならば、武家の勝手向きはわかるであろう」

竹河屋の顔にますます険が走った。

「妾のことを、お調べになったのでございまするか」

「調べずとも聞こえてくる。そなたのような育ちの者は、東国では珍しい」

「京では珍しくもございませぬ。洛外の村々を訪ねれば、妾のような育ちの者が何十人も、苫小屋で朽ち果てておりましょう」

「公家の娘は、それほどまでに、世にあぶれておるのか」

「あぶれておりまする。なんでしたならば、年頃の姫を若君様にお引き合わせいたしましょうぞ。先方も嫁入りのあてのない厄介者（家の世話になっている者）。羽振りの良い武家にならば喜んで輿入れをいたしましょうぞ」

「否、やめておこう」

「なにゆえにございまするか」

「公家の娘が、皆、お主のように気が強いのでは困る。わしは寺育ちゆえ、気の強い女は苦手じゃ」

竹河屋は呆気にとられた顔をしたが、すぐに口元を押さえて笑った。

「何を申されますやら。公家の娘は気が強いとの仰せか。妾の気が強いとすればそれは東国の風儀に染まったからじゃ。我が夫(つま)を戦で殺され、独り身で生きてゆかねばならなくなったのじゃ。たいがい肝も据わろうぞ」

「そなたの夫は公方方に攻め殺されたのだぞ。ならば我らに手を貸せ。夫の仇を討ってくれようぞ」

「心得違いをいたすな。妾は清家(清原藤原家)の女(むすめ)。そして今は商人じゃ。夫が死んだ後は、武家とは縁を切っておる。……しからば」

竹河屋は表情を改めた。

「こちらも高利貸しが商いなれば、喜んで銭をお貸しいたしましょう。ただし、質草次第にございまする」

話が最初に戻った。

「我らは銭を必要としている」

資長も、この男にしては珍しいことにくどくどと説いた。真面目な顔で竹河屋を凝視した。

「銭は浅草寺に吐き出させようと思うておった。だが、浅草寺の坊主は吝(しわ)ン坊だ。銭を寄越さぬ。よって門前町の商人に吐き出させることに決めたのだ」

「その銭、何を求めるためにお使いなさる。馬か。武具か」

「米を買う。炊き出しをして、兵に食わせる」

女主はちょっと意表を突かれた顔をした。

「それだけにございまするか」

「いちばん大事なことだぞ。浅草寺にとっても、お前たち商人にとっても、だ」

資長は唇を尖らせた。

「兵を飢えさせておけば暴れ出す。暴れる者が襲いかかる相手は銭を持っている者たちだ。この浅草寺の門前町など良い的じゃ。必ず押し寄せて参ろう」

「それは恐ろしい話。なれど我らに不安はございませぬ。悪党どもは両上杉様が御成敗してくださいましょうから」

治安の維持が守護や守護代の仕事であろう？　という顔を、竹河屋の女主は、した。

「兵どもは水じゃ」

「水？」

「左様。溢れる水を、我ら両上杉が手で掬(すく)おうとも、水は指の間から流れ出してしまう。討っても討っても群盗が減らぬのは、これがゆえだ」

「ならばなんとなさる。我らに黙って乱取りをされておれ、とでも？」

「兵を統(す)べるためには、兵を納めておく容れ物がいる」

「それは、なんでございましょう」

「城だ。城を造って兵を容れる。放っておけば群盗となること間違いなしの者どもを城に容れ、我らの軍兵となす。浅草を守る術はそれしかない」

「一挙両得の策でございまするな」

「とにかく銭を貸せ。腹を空かせた者どもが今にも暴れ出しそうなのだ」

「なるほど、我ら商人の身を守るためにございまするな」

「一万貫よこせ」

江戸時代に貫高制から石高制へと変わった際、銭の一貫は米の一石に換算された。ちなみに米の一石は、平均的な大人が一年で消費する米の量だ。

一万貫の銭は、一万人を一年間食わせ続けることのできる米に相当する。

竹河屋は「ほほほ」と笑った。

「そのような大金は、手前の見世を底まで浚っても出て参りませぬぞ」

「浅草寺の庫裏と、門前町の土倉を底まで浚えば出てこよう。坊主と商人をお前の口で説得するのだ。任せたぞ」

「そのようなことを、勝手に任されましても――」

「お前にできぬのであれば、他にできる者を探し出して、その者に任せる」

資長は脇に置いてあった太刀を摑んで立ち上がった。そして背を向けて出て行った。

竹河屋の女主は無言で考え込んでいる。やがて見世の手代を呼んだ。

顔を出した男に命じる。

「土倉から銭瓶を出して、品河の太田様にお届けなさい。二百五十貫、あるはずじゃ」

手代は四十代後半で、この見世と女主を支えてきた古株だった。目を剥いて驚いている。

「倉の銭を残らず出せ……いう、お命じにござりやすか」

「そうや。そして太田様にはこう伝えなさい。『お約束した一万貫には遠く及ばぬが、残りは必ず、遠からぬ日に納めにあがる』とな」

手代はますます驚愕して、腰を抜かしそうになった。


「竹河屋から銭が届いたか」

資長は英泰に質した。英泰は、これがどういう由来の大金なのか理解できずにいる。

「届きました。残りの九千七百五十貫もいずれ届けるとの口上にございました。して、どういう子細なので？」

資長は事情を説明しないから困る。そしてやはり説明しようとはしなかった。

「この銭で近在の米をあるだけ買い占めて炊き出しをしろ。村々をくまなく当たって、隠し米を差し出させるのだ」

「それでは百姓が暴れだしまする」

「それでもやるのだ。米を集めたならば四方に噂を流せ。『品河の太田の館に行けば飯にありつける』となさいます」

「我らに米を取られて飢えた百姓衆が押し寄せてきたなら、なんとなさいます」

「炊き出しの飯を食わせてやれ。代わりに仕事をさせる」

「ははぁ……。城造りの人手を集めるための策でございましたか」

「それと、千葉七郎と次郎の兄弟も呼び寄せろ」

千葉家の謀叛で逃げてきた宗家の若君二人だ。

「どうせ五十子陣では、たらい回しにされているのであろう。太田家が援軍を出してやると約束してやれば品河まで出向いて来よう」

「口約束ならばいくらでもできまするが、援軍を出す余裕などございませぬぞ？」

武士が約定を違えたならば、信用が地に落ちてしまい、のちのち困ったことになる。次からは誰も約束を信じてくれなくなる。

「援軍を出すための銭は竹河屋が運んでくる。案ずるな。言われた通りにしろ」

自信たっぷりに言い切られても困ってしまう。いったい何を考えているのか、さっぱりわからない。

ともあれ、命令が遂行されないと資長は激しい膨れっ面になる。地団駄まで踏み出して手がつけられない。

英泰は言われた通りにすることにした。

三

関東公方、足利成氏は、上野国の世良田郷、長楽寺に布陣している。

利根川の対岸には低い丘陵地が見える。万を越える軍勢が集結し〝両飛雀〟の旗が林立していた。両上杉の本陣、五十子陣であった。

戦は足利成氏方の優勢で推移している。あとひと押しすれば五十子陣は崩れる。五十子を攻め落とした後は利根川に沿って西進し、上野国と武蔵国とを分断する。この二国は山内上杉家の地盤だ。軍勢が行き来できないように国境(くにざかい)を寸断したうえで、両上杉に与する者たちの城や館を各個撃破する。

成氏はこのような戦略を立てていた。

問題なのは、東関東と西関東の間を流れる大河、利根川だ。船で兵馬を渡している最中に攻撃を受けたならば、ひとたまりもない。

しかし五十子の付近は川底が浅いので徒歩での渡河が可能だ。晴天が続いて水嵩が減ったところを見計らい、総攻撃を仕掛ける手筈であった。

そこへ急使が駆け込んできた。

「簗田様よりの報せにございまする！『仇敵扇谷上杉勢が、千葉七郎、次郎の兄弟を擁して、東武蔵に兵を集める兆しあり』との由にございまする！」

成氏は煩わしげな顔をした。

「千葉の落武者など捨ておくがよい。簗田には、千葉の内紛を片づけたならばすぐに帰陣せよと申しつけたはずだぞ。重ねて左様に命じて参れ」

使いの者は「ハッ」と答えて走り去った。

簗田中務丞持助は、下総国の市川城にいる。

この城には先年の十二月まで千葉七郎実胤と次郎自胤の兄弟が籠もっていた。簗田持助の采配で攻め落としたばかりだ。惜しむらくは兄弟を取り逃がしてしまったことである。それが今、大きな瑕瑾（かきん）となりつつあった。

簗田持助はこの年、三十四歳（満三十二歳）。足利成氏の生母は持助の姉である。血縁もあって持助が足利成氏政権で重きをなしている。

市川城の主殿に物見（偵察）の騎馬武者が馳せ戻ってきた。濡れ縁の階（きざはし）の下に片膝をついた。

「千葉の落武者兄弟が、隅田川対岸の赤塚と石浜に砦を構え、立て籠もりましてござる！」

持助は戸口まで出てきて質した。

「しかと確かめたのか」

「この目で確かめてござる！　赤塚砦には兄の七郎実胤、石浜砦には弟の次郎自胤の旗が立っておりました」

「落武者の兄弟に、土塁をかき上げるだけの銭があるとは思えぬが」

「扇谷上杉家の家宰、太田家が手を貸しておりまする。否、太田家が造った砦に兄弟を籠もらせたと見るが正しかろうと存じまする！」

「ご苦労だった」

持助は物見を下がらせた。入れ代わりになるようにして、白髪頭の老将がズカズカと広間に踏み込んできた。

「聞こえましたぞ。我ら、早速に兵を出し、落武者兄弟を討ち取るべし！」

過激に豪語したその人物は武田右馬助信長だ。これから戦が始まることが嬉しくてたまらぬ、という顔つきだった。黄ばんだ歯を剝き出しにして笑っている。しかし目は笑っていない。味方の目で見てもおぞましい男であった。

出陣を迫る信長に、持助は「じゃが……」と難色を示した。

「公方様は、我らに引き上げをお命じじゃぞ」

「何を言われる！　ここで兵を退くとは、愚かな！」

「愚かとは何事。わしに対する物言いか、それとも公方様への雑言か」

信長は無視してまくし立てる。

「放置しておかば、太田の与党が増えるばかりじゃ。雑草は、はびこらぬうちに刈り取るに限るッ。手がつけられなくなってからでは遅いッ」

馬加康胤と原胤房も入ってきた。千葉家の内紛を起こした首謀者たちだ。二人とも四十歳前後の年恰好。すでにして赫々たる武功を重ねた老武者(おいむしゃ)(功労者)だ。しかも馬加康胤は足利成氏のお気に入りでもあった。

ちなみに『胤』の一字は千葉氏の通字であり、胤の字をもつこの男たちによる内紛の正体が〝家督相続争い〟だったことがわかる。

馬加康胤が叫んだ。

「我らも武田殿に同心でござる！　七郎と次郎の落武者兄弟の息の根を止めることこそが肝要！　毒蛇の生殺しは、いずれ我らに災いをもたらしましょうぞッ」

馬加と原の二人とすれば、千葉宗家の血を引く者は生かしておけない。きちんと殺しておかねば安心できない。

武田信長は、といえば、相模半国守護職の座を扇谷上杉家に強奪されてからというもの、扇谷上杉家を目の敵としている。

「わしが上総の大名になれるか、なれぬか、馬加殿が下総の大名となれるか、なれぬか、そして公方様が両上杉を倒せるか、倒せぬかは、この一戦にかかっておるのだッ」

馬加と原も、「討つべし！」「撃って出るべし！」と気勢を上げた。

こうなると簗田持助は弱い。もともと簗田家は小領主である。武田家や千葉家よりも本来の身分は低い。「出陣は許さぬ」と断固として命じることはできない。

臍を曲げた者たちが上杉方に寝返る事態だけは、避けなければならないのだ。

結局、簗田持助は、武田勢と馬加、原勢の渡河進軍を容認した。

総勢で二千を数える軍勢が市川湊から船で対岸へ渡り始めた。

急報は早馬をもって品河に届けられた。

「太田殿！　ただちに手勢を送って迎え撃ちましょうぞ！」

主殿の広間でいきり立っているのは、千葉兄弟の兄、七郎実胤だ。

まだ十五歳。元服したばかり。千葉宗家は壮年世代が全員殺されてしまったのだ。弟の次郎はもっと若い。十歳だ。つき従う落武者たちが守護しているが、戦力として期待できない。

十五歳の若武者、実胤は、自分が子供だとは思っていない。この年頃の若者は自分を大人だと感じているものだ。

「渡河の最中に襲いかかれば、敵を河中に追い落とすことも、たやすい！」

すでに鎧を身にまとっている。全身の小札を鳴らしながら訴えた。

広間の端で聞いている英泰も、もっともだ、と感じた。敵は大軍である。渡河中を襲う以外に勝つ方策は思いつかない。

しかし広間の上座に座っている資長は、まったく乗り気ではない、という顔つきだった。なにやら眠たそうでもある。旧暦の正月は春だ。

「太田殿！」

七郎はますます言葉を強くした。

「千載一遇の好機到来にございまするぞッ。太田殿の仇敵、武田信長を討ち取ることも叶いましょう！」

資長は下唇を突き出して、なにやら思案しているようにも見える顔となった。

「公方方を討ち取る好機ならば、これから何度も巡ってこようぞ」

「なんたる仰せで」

「武田と馬加と原たちは、浅草川のこちら側を荒らしまくって引き上げるであろう。我らは、今は、手を出さぬほうが良い」

「なにゆえ」

資長は例によって面倒くさがって、自分の思案を説明しようとはしない。

「千葉次郎殿とその家人たちには『石浜砦より決して出るな』と使いを出しておく。そこもとも赤塚砦に籠もってくれ」

驚いて声もない七郎実胤の顔をチラリと見て、

「敵方は兵糧も乏しく、すぐに引き上げるゆえ、案ずることはないのだ。赤塚砦は十日や二十日では落ちぬように造ってある」

「落城や討ち死にを恐れておるのではござらぬ！　父や叔父たち、一族の仇を討てぬことを、口惜しく思うておるのだッ」

「焦ることはないと申すに。物事には順序というものがある。今の敵方は、千葉宗家を滅ぼしたことで勢いにのっておる。立ち向かえば、勝てるにしても、兵を多く損なう。千葉宗家の再興には兵がいるであろうが？　ここで馬加や原と兵の潰しあいをしても、お主ら兄弟に益することなど何もないのだ」

「上杉の殿方は、どうしてこうも悠長なのでござるか！」

「それを言われると、返す言葉もない」

七郎実胤は荒い鼻息を噴きながら資長を睨みつけている。資長は素知らぬ顔で片手まで振った。

「急いで赤塚砦に戻らねば、砦を囲まれて入れぬようになるぞ」

「きっと、謀叛人に勝つ策があるのでしょうな！」

「きっとじゃ」

七郎実胤は憤然として広間から出て行った。

英泰はその後ろ姿を見送って、資長に質した。

「よろしいのですか。七郎様の物言い、的を射ていると思われまするが……」

「敵が川岸に上るところを討てと申すか。かまわぬ。今回は見逃してやれ」

「敵の渡河をみすみす許すのでございまするか。そのようなことをして、なんの益がござるので？」

「浅草寺の堂衆と、門前町の商人たちを怯えさせるためだ。武田や馬加たちには存分に暴れさせ、浅草が戦乱の巷となったことを知らしめる。さすれば坊主も商人も、我らを頼りとせずにはいられなくなる。『江戸に城を造るための金を出せ』と命じれば、喜んで差し出すであろうよ」

英泰は「あっ」と叫んだ。資長はしたり顔で続ける。

「浅草寺の堂衆や門前町の商人たちが強気なのは『この地が戦乱に巻き込まれることはない』と勝手に思い込んでおるからだ。公方の軍兵に蹂躙されれば、彼奴めらの考えも改まるであろう」

「し、しかし……、万が一、公方方に浅草寺を乗っ取られたなら、なんといたしまするか。江戸城は、いまだ柱の一本すら立てておらず、砦は赤塚と石浜のふたつのみ」

「敵は二千の兵で川を渡ってくるらしいが、この近在には二千の兵に食わせる米など、どこにもないぞ。我らが炊き出しのために買い占めたのだ。忘れたか」

「あっ、左様でしたな」

この時代の兵糧は現地調達がほとんどであった。出陣した先で〝半済令〟を根拠として強奪する。

軍兵は、出陣先にあるはずの米をあてにして進軍してくる。当然、今回の公方勢もそうであろう。成氏には半済令を発給する資格がある。

「ところが浅草寺の米倉や、門前町の穀屋にあたっても、籾米の一粒も出てこぬ。彼奴めらは食い詰めたうえで、すごすごと向こう岸に帰るしかなくなるのだ」

資長は腹をさすった。

「飯の話などしておるから腹が空いてきたではないか。どうしてくれる」

英泰としては、「知りませぬ」としか答えようがない。別のことを質した。

「我らが買い集めた兵糧を奪い取ろうと敵が攻めてきたならば、なんとなさいます。敵は大軍。品河の館では守りきれませぬ」

「敵に奪われぬように工夫すればよかろう」

「どのような工夫か、お聞かせくだされ」

「米が敵の手に渡らぬよう、さっさと百姓や職人どもに食わし尽してしまえ！　炊き出しだ！　わしも食うぞ！」

英泰は呆れて物も言えない。

四

公方勢が南武蔵に来寇したという報せは、早馬をもって両上杉の本陣――五十子陣に届けられた。

折り返し、急使が品河に走る。使者が携えてきた文を一読するなり、資長は顔をしかめた。

品河の主殿には実弟の図書助資忠がいる。資忠は兄の顔つきを見て不安にかられた。

「兄上。五十子陣からの返書には、なんと……?」

「うむ、これはいかんぞ。修理亮が泡を食ってしまったらしい」

「総社長尾の修理亮忠景殿が?」

総社長尾修理亮忠景は、白井長尾昌賢入道の次男だ。自身の身分は武蔵国の守護代である。武蔵国の治安維持に責任を持つ立場であった。

ただ今は主君の山内上杉房顕に従い、父や兄とともに五十子陣にいる。その忠景が五十子陣を離れて武蔵国の救援に赴くと騒ぎだした――というのだ。文にはそう記されてあった。

「馬鹿者めが。総社長尾家とその軍兵は、山内様を支える柱石ではないか。五十子陣はただでさえ公方勢に押されておると申すに、その陣を離れてどうするのだ。下手をすれば、それを契機として五十子陣が攻め落とされてしまうぞ」

資長は立ち上がり、主殿の外へと向かった。使番の騎馬武者を呼びつけた。

「五十子陣まで使いに走れ。『武蔵に攻め寄せてきたる敵勢は、品河の太田勢のみにて退けるゆえ、くれぐれも加勢は無用』と伝えよ。書状をしたためている暇はない。そなたが口頭で伝えるのだ。急げ！　馬を何頭乗り潰そうともかまわぬ。総社長尾の出陣を止めるのだ」

使番は「ハッ」と答えて厩へ走った。資長は振り返った。主殿の広間には黒衣の英泰も控えている。

「英泰、聞いてのとおりだ。急がねばならなくなった。敵が腹を空かせて往生するまで待っておれぬ。無理にでも戦に勝たねばならなくなったぞ」

「なれど」

英泰は首を傾げた。

「いかにして敵に勝ちまするか。我らに軍兵はございませぬ」

扇谷勢は五十子陣で足利成氏と対峙している。さらに太田家には、河越城の築城という仕事まで課せられていた。太田家の手勢は河越にいる。

まさかこの時、公方の軍勢が武蔵南部に攻め込んでくるとは予想していなかったのである。下総の千葉家が食い止めてくれると信じていたからだ。

この時期に謀叛を起こした馬加康胤と原胤房の戦略眼を褒めるべきであろう。二人の目論見通りに扇谷上杉家と太田家は、滅亡の窮地に立たされている。

「豊島郡の豊島兄弟はどうした。武蔵府中の大石は？」

どちらも山内上杉家の重臣である。援軍としてあてにできるのは、この二家ぐらいしかない。

「豊島のご兄弟も、大石遠江守様も、五十子陣におられまする」

「この地におるのは我らと、千葉の兄弟に従う落武者だけか。なんとも頼もしい軍兵だな」

英泰としては胃の痛くなる思いだ。絶望で目の前が暗くなってきた。

ところがである。資長だけは涼しげな顔つきで思案している。そして呟いた。

「ひとつ、工夫をせねばならぬなぁ」

「どのような」

「我らの手元にあるのは銭と米だけだ。それを元手にして勝つのだ」

「商人のような物言いにございまする」

「左様だ。この戦の勝利、竹河屋が貸してくれた銭をつかって買い取るといたす。戦商いだ」

資長は主殿を出て行った。

図書助資忠は英泰に顔を向けた。

「兄上が何を仰せになったのか、お前には、わかるか？」

英泰は返事に困った。

五

武田信長と馬加康胤は石浜砦を果敢に攻めたてている。

「無理押しに攻めよ！　敵を休ませてはならぬッ、攻め続けよ！」

信長は声を嗄らし、兵を叱咤して回った。

南武蔵に侵攻した二千の兵が一日に消費する米は、五石と五斗五升（約八二〇キログラム）にも及ぶ。膨大な米を調達して兵に食わせ続けなければならない。

ところが調達可能な兵糧米は、近在のどこを探しても見つからなかった。下総や上総から取り寄せようと思っても、川船によって運べる米には限度がある。手持ちの兵糧を食いつくしたならば、公方勢は川の東に退却するしかなくなる。飢餓は目の前に迫っていた。

唯一の望みは敵方の兵糧米を奪い取ることだ。兵糧米は砦の中に貯えられている。砦を攻め落としさえすれば、当座の米は入手できる。

とまでした。

武田信長は全身が炎になったかのごとくに督戦した。自ら城柵に近づいて弓矢を放つこ

「攻めよ！　攻めよ！」

しかし石浜砦は落ちない。千葉宗家の落武者たちは、幼い次郎を守って奮戦する。

千葉宗家の武将と兵たちは、馬加家と原家の突然の謀叛で混乱しているうちに、領地と城のすべてを奪われた。しかし武蔵まで逃げてきて太田家の庇護を受け、ようやく態勢を立て直すことに成功したのだ。

そうとなれば関東八屋形の筆頭と謳われた底力が物を言う。千葉家の落武者たちは一転、目覚ましい奮闘を見せつけて、信長の猛攻をはね除け続けた。

「こんな小城がなぜ落ちぬ！」

本陣に戻った信長は歯嚙みしながら地団駄を踏んだ。

馬加康胤と原胤房も戻ってきた。二人とも顔色がよろしくない。馬加が言った。

「兵糧の入手が上手く進まぬ。浅草寺は話にもならん。門前の木戸を閉ざし、行人どもを配して一歩も譲らぬ構えだ」

「浅草寺は兵糧を融通せぬ、との返答か！」

信長は激怒して本陣より出て行こうとした。慌てて馬加が止める。

「どこへ行かれる！　よもや浅草寺では、ござるまいな」

折衝ではなく略奪を始めそうな勢いだ。それはまずい——という理性が馬加にはある。浅草寺は日本有数の大寺院であり、多くの人々の信仰を集めている。武士にも、百姓にも、船頭たちにも信者はいるのだ。信者を敵に回したならばますます面倒な話になってしまう。馬加はこの時代の人間であるから当然に仏罰も信じているし、地獄の存在も信じている。縁起も担ぐ。

商人たちが乱世で略奪を防ぐためには、寺社の庇護を受ける必要があった。『浅草寺の商人から略奪をすれば浅草寺の観音様の罰が当たるぞ』と脅すことで、自身と商品を守っていた。

信長は憤然として床几に腰を下ろした。馬加と原も座る。沈鬱な空気が本陣を包んだ。まさに八方塞がりであった。

一騎の騎馬が駆けてきた。蹄の音が本陣の前で止まり、鎧武者が馬を降りて駆け寄ってきた。

「申し上げまする！」

鎧武者は膝をついて言上する。

「敵とおぼしき大軍が、こちらに向かって参りまする。兵数、およそ千五百！」

武田信長、馬加と原が、鋭い目を向ける。

奥の陣幕をまくり上げて、簗田持助も入ってきた。

「大軍だと？　上杉方が五十子陣の兵を割き、送って寄越したのか……？」

簗田は突然の事態にうろたえている。信長に向かって問い詰める。

「南武蔵には上杉方の兵はおらぬ――と、そこもとは申したはずだぞ！」

大軍が来援すると知っていたなら、この進軍を許しはしなかったのに、と言わんばかりの顔つきだ。馬加と原も、予想外の展開になすすべもない。

信長一人だけは、歯を剝き出しにして、せせら笑っている。

「まことに重畳！　これにて公方様の御勝利、疑いなしじゃ！」

「何を申すか」

簗田は憤然として踏み出す。

「兵糧も乏しい我らじゃぞ。いずれ下総に退かねばならぬ。河を渡るところで背後を敵に突かれたならば総崩れじゃ！」

生きて帰れるかどうかもわからなくなってきた。

それでも信長は嫌らしい顔つきで笑っている。

「わかっておらぬな簗田殿。とくと考えられよ。……我らに引き寄せられて、両上杉は軍兵を割いて寄越したのだ。すなわち五十子陣の兵は減じた、ということである。わしが『公方様の御勝利、疑いなし』と申したはそれがゆえだ」

簗田持助が「あっ」と叫んだ。合点がいった。

「五十子陣に集まった上杉方の兵を散らすため、この地に攻め込んだ――と申すのか」

「こうなることも見越したうえでの出陣じゃ」

「なぜ、最初の軍議の時に、それを申さぬ」

「我ら自身を囮として、敵に食いつかせる策じゃぞ？　臆病者が反対するやも知れぬと案じて黙っておった……のだが、簗田殿の豪勇を前にしては、いらぬ気遣いでござったなァ」

　厭味な口調と物言いである。いちいち余計な一言が多い。簗田は憤りを隠さずに、しかし黙り込んだ。

　馬加康胤が「うむ」と頷いた。

「なるほど。我らの目算は外れたが、結果として、五十子陣の戦いに勝利をもたらすに相違ない」

　原胤房も、謀叛を起こすだけあって腹が据わっている。傲然と踏み出してきた。

「こうとなれば、敵勢を迎え撃ち、手柄を立てるにしくはなし！　簗田殿、我らの奮戦をしかと御覧じろ！　公方様へのお申し次を願いたし」

　この地で敵の大軍を引きつけて、その結果、公方軍全体の勝利に繋がるのであれば大手柄だ。

　世間から謀叛人との誹りを受ける馬加と原にとって、今いちばん欲しているのは大手柄である。赫々たる武功を打ち立てて、世間を瞠目させ、悪口を黙らせるより他にない。

「敵はたったの千五百！　我らは二千。一騎当千の強者揃い！　のう、馬加殿、武田殿！」

いかにも、と馬加康胤が頷き返した。武田信長は、元より戦を厭うものではない。

「ようし！」

簗田持助も腹を括った。

「上杉の弱兵、恐れるに足らずじゃ」

そもそも上杉家は公家の出身で戦には弱い。実際に上杉方は昨年の開戦以来、敗北を重ねている。足利成氏勢は負け知らずで突き進んできたのだ。鎌倉の失陥は相手が今川勢だったから仕方がないと割り切って、上杉勢を侮る気分は公方勢全軍に共有されていた。

「撃って出るべし！」

諸将の意見は合致して、公方勢は上杉勢を迎え撃つべく移動を開始した。

すでに夕刻が迫っている。

六

図書助資忠は鎧と兜を着け、馬に跨がって陣頭に出てきた。斜め後ろでは陣僧の英泰が馬に乗っている。図書助は振り返って英泰の顔つきを見た。

「これは、なんとしたことだ。我らの兵はどこにおる」

英泰はたいへんに困った顔つきで答えた。

「御前におる者どもが、軍兵にございまする……」

図書助は野に集まった者たちの顔を見た。

江戸城の築城のために集められた男たちだ。大工や職人、畚運び(もっこはこび)や版築(はんちく)（土を突き固めて土塁などを造る工法）などの力仕事のために集められた者たちであった。焚き出しの飯にありつくために来た食い詰め者も混ざっていた。

鎧などは着けていない。手には作事（工事）に使う棹を持っている。棹には麻布を巻きつけて、その布地には墨で〝両飛雀〟の紋が描かれていた。

棹を持っているならまだしもで、それすら手にせぬ者もいる。彼らは何故か、食事に使う椀を持っていた。

「こ、この者どもを率いて戦をすると申すのか……。どうやって戦うのだ？」

英泰はまたしても返答に窮した。資長が何を考えているのか、わからない。

――たいへんな兄上をお持ちになられましたなぁ……。

英泰は図書助のために心を痛めた。

そろそろ日が暮れようとしている。

鎧姿の資長が床几にドッカと腰を下ろしている。図書助たちとは半里ばかり離れた野原だ。

「お前は、元は赤井若狭守の家人か」

ひげ面の中年男たちが資長の前で大胡座をかいている。鎧を身に着けているけれども、その鎧は酷く傷んでいる。縅糸がところどころほつれて、草摺が千切れかけていた。それでも男たちは、傲然と胸を張っている。

他にも、

「拙者は一色伊予守の家人にござる」

「我らは吉見蔵人佐が郎党！」

古鎧を身につけて、錆槍を抱えた武者たちが次々と名乗りを上げた。

打ち続く戦乱で主家を滅ぼされ、浪人の身に堕ちた者たちばかりだ。背に腹は換えられず、身分を隠して焚き出しが目当ての力仕事に従事していた。この危急にあたって、あわよくば侍身分に取り立ててもらえぬものかと、隠し持っていた甲冑と武具を身につけて、集まってきたのであった。

皆、酷く痩せているが、焚き出しの飯にありついたおかげで肌の血色は取り戻している。目にも闘志を漲らせていた。

資長は鷹揚に頷き返した。

「よしよし。今宵の働き次第では、いかようにも取り立ててくれようぞ」

ひげ面の浪人が身を乗り出す。

「約定していただけまするか?」

「確かに約束したぞ」

「皆の者も、ただ今の若君のお言葉を聞いたな?」

落武者たちは「おう!」と声を揃えた。

資長は腰を上げた。

「ならば早速にも戦いに参るぞ。皆、弓矢の心得はあろうな」

「いうにゃ、いうにゃ!(言うには及ぶまい)」

武士は別名を弓取ともいう。弓術は武士の身分に生まれた者なら必ず習得する技だ。

太田家の家人たちが弓と箙を運んできた。浪人たちは皆、勇んで弓を摑み取り、箙を腰に下げた。資長は馬に跨がる。

「我に続け。敵は公方の重臣どもじゃ。相手にとって不足はあるまいぞ」

夜空を見上げる。

「今宵は月も出ていない。天佑、我にあり。皆、続けッ」

野良犬のごとき武士団を率いて資長は進軍を開始した。一路、石浜砦を目指す。

石浜砦の周りには武田信長と公方の軍勢が布陣している。

英泰と図書助が率いる職工たちの集団は、資長より先に立って石浜砦を目指していた。

十人に一人の割合で松明(たいまつ)を持たせている。月のない闇夜だったが進むのに困難はなかった。

椀を手にした者たちは、棒切れなどで椀を叩いて鳴らしだした。カンカン、カシャカシャと乾いた音が夜空に虚しく響いている。

「なんのために、こんなことをさせておるのだ」

図書助が英泰に質すが、英泰にもわからない。

「兄上様のご下命にございますれば」

そう答えるより他になかった。たまに鬨(とき)の声を上げさせる。その時だけは威勢がよさそうに見えなくもない集団となった。

「敵勢が押し出して参ったぞ」

簗田持助が夜の野原を遠望して、言った。

石浜砦の周辺は一面の湿地帯である。荒川や隅田川の洲になっている。夜だけれども見晴らしは悪くない。敵勢は松明を掲げ、鬨の声を上げている。実によく目立った。

「なるほど、およそ千人の軍勢だな」

カシャカシャと騒がしい音が聞こえてくる。武具が擦れる音だろうと簗田は考えた。

「夜戦（よいくさ）を仕掛けてくるつもりか」

ここは山内上杉家の地盤だ。敵には土地勘がある。上杉方が闇に紛れての奇襲を策すのも当然だ。

「おのれ。我らを富士川の平家に見立てておるか。虚仮（こけ）にしおって」

武田信長が馬を寄せてきた。

「小癪な上杉勢め。蹴散らしてくれようぞ。いざ簗田殿、押し太鼓を打ち鳴らされよ」

「心得た」

この場の総大将は簗田だが、武田信長は足利成氏の軍配をも預る名軍師だ。戦歴では当代一流である。簗田は素直に従った。

太鼓の音が夜空に響き始める。法螺貝も吹かれた。

馬加康胤、原胤房の手勢が「わあーっ」と喚声で答えた。諸隊が前進を始める。広大な中州だ。進軍を妨げるものは何もない。

上杉勢は今頃になって公方勢の存在に気づいたらしい。急いで松明を消している。兵たちの姿が闇の中に消えた。

「馬鹿めが、もう遅い。居場所は覚えたわ」

武田信長は嘲笑した。麾下の騎馬武者に突撃を命じる。甲斐国主の時代より引き連れていた古参の者たちの他に、上総で新たに召し抱えた家臣もいた。騎馬隊が塊となって襲いかかった。

大工や職人、百姓たちが「わあっ」と悲鳴をあげた。敵が攻め寄せる馬蹄の響きが地を伝わってくるのだ。たちまちにして怖じ気づいた。

「逃げろーッ」

算を乱して逃げ始める。あまりの逃げっぷりに図書助がうろたえた。

武士ならば、一度や二度は迎撃を試みる。そのうえで『勝てない』と見て取ったならば、逃げる。ところが職工と百姓は迎え撃つことなど考えもしない。

「どうするのだ、英泰ッ」

「我らも逃げまするぞ」

「逃げるだと？　敵を目の前にして、一当りもせずにか！」

「ここで踏みとどまったならば、敵中に取り残されて討ち取られまする！」

英泰は図書助の馬の手綱に手を伸ばした。無理やりに引く。馬首を返してから馬の尻を叩いた。馬は図書助を乗せたまま敵に尻を向けて走りだした。

職工と百姓たちは棹も椀も放り出して逃げてゆく。群生した葦の原をかき分けて逃げる。隠れる。

足元は濡れた砂地で、武田信長の騎馬武者は蹄を取られて上手く走ることができなかった。

「ええい、こうまで足元が軟弱では……！」

泥や砂に馬の脚が深くはまったら大事だ。骨が折れることもありえる。武田信長と騎馬隊は手綱を緩めるしかない。

難渋する武田隊を尻目に、馬加隊と原隊の徒武者（徒歩の鎧武者）が浅瀬の泥を撥ねながら進軍してゆく。

「上杉勢は逃げたぞ！　追い詰めて討ち取れ！」

兵を率いる将が叫んでいる。兵たちも葦の原をかき分けて進んだ。

信長は、鋭い勘働きと経験から、不吉な兆しを察している。

――物見の報せでは、敵の総数は千五百であった……。

逃げて行った敵は、せいぜい千人だ。残りの五百はどこへ行ったのか。

馬加と原の手勢は、先を争うようにして進んでいく。

――よもや……、我らを誘き出そうとする策では……？

最後尾に控えていた簗田の本隊も進軍してくる。簗田持助は慎重な性格だが、兵たちが逸っている。簗田の采配に関係なく、前へ前へと押し出して来た。

上杉勢（のように公方勢には見えている）は脆くも崩れてゆく。馬加勢、原勢、簗田勢は警戒の様子も見せずに深追いした。

その時、戦場の南――江戸内海の広がる渚の方角から軍兵の気配が伝わってきた。

――さてこそ、敵の横槍じゃわ！

武田信長は敵の意図を理解した。

ところがである。逃げる敵を追うのに夢中の諸隊は気づかない。自分たちの足音や武具の音がうるさくて敵の接近する音が聞こえないのだ。

昼間ならば、兵の誰かが目で見て、敵の存在に気がつくはずだが、夜の闇の中ではそれも期待できない。

信長は近臣の騎馬武者に命じた。

「簗田殿に報せて参れ！」

騎馬武者は「はっ」と答えて走り去った。その後ろ姿はすぐに見えなくなった。闇が深い。

軍勢の気配はますます近づいてくる。パンッ、パンッと、弓弦の鳴る音がした。風を切って矢が飛来する。武田の騎馬武者が跨がる馬に刺さった。馬は嘶（いなな）いて棹立ちになった。

「敵襲！」

配下の者たちが騒ぎだす。

信長は、乱戦には慣れている。

「鎮まれッ。駆け違いに射る！　我に続けッ」

混乱時には将兵をひとつの方角に走らせるのが良い。全員で走っているうちに自然と統制が取れる。何もせずに混乱させておくのが一番まずい。

信長は敵に向かって走りだした。

騎馬武者とは馬で移動しながら弓矢を射る者をいう。流鏑馬こそが騎馬武者の武芸だ。敵に急接近し、矢を放つ。

武田騎馬隊の接近に気づいた敵の兵は、蹴散らされないように密集しようとした。その間、行軍は停止する。信長は騎馬突撃によって敵の移動を妨げることで、簗田や馬加が奇襲に対処するための時を稼ごうとした。

——上杉の弱兵が如き、甲斐の黒駒の敵ではないッ！

武田家は甲斐国守護職の家柄だ。甲斐国は名馬の産地である。武田信長も元は甲斐国守護。伝（つて）を頼って取り寄せた名馬を家臣たちに与え、精強なる騎馬隊を作り上げていた。

ところがである。渚に向かって進むうちに、足元はますます軟弱になってきた。河口の湿地は信長が想像した以上に深い。名にし負う甲斐の黒駒も難渋させられている。馬体が大きいだけに体重も重い。無敵の肥馬が、かえって弱点をさらけ出してしまった。

〝江戸〟とは本来、河口を意味する普通名詞である。武蔵国の〝江戸〟には、上野国を源流とする利根川、武蔵国西部を源流とする入間川（隅田川）、秩父を源流とする荒川、下野国を源流とする太日川（ふといがわ）などの大河が注ぎ込んでいた。

この一帯の原野、湿地、野原のすべてが〝江戸〟すなわち河口なのだ。見渡す限りに広がる超巨大な三角州なのであった。

敵の放つ弓矢の音は闇の中で響き続ける。矢は次々と飛来した。信長は歯噛みした。

「この泥濘は思慮の外であった！」

戦の名人だけに、不利な状況下では、意地を張らない。

「ここはいったん退けッ、湿地より抜け出すのじゃ！　乾いた土地を踏めッ」

騎馬隊が有利に戦える場所を探す。

敵の進軍する音が迫ってくる。高台を探して右往左往する武田勢の目の前を通り過ぎて、馬加や簗田の隊に迫っていく。

「矢を切らすな。弓の達者が大勢で押し寄せたかのように見せかけるのだ」

資長は浪人たちに命じた。

浪人たちは弓矢が使える。しかしその後ろに従うのは、江戸城の造成に集まった職工と百姓だ。武士は最前列の者たちだけだ——と見破られたなら、即座に攻め込まれる。

湿地の彼方の敵陣で鐘の音がした。太鼓の音は進軍の合図で、鐘の音は凶事を報せる合図だ。戦の局面によって鳴らす音を変える。

「公方勢の本隊が我らに気づいた！　敵が態勢を立て直す前に攻め込む！　命を惜しむな！」

すると浪人の一人が、

「どうせ一度は捨てた命じゃ。いまさらなにを惜しむものか」

悪態をついて、不敵にも笑みを浮かべて見せた。

主家の滅亡とともに死ぬことの叶わなかった武士は生ける屍。自棄っぱちになった浪人集団は、命を省みずに進む。

「じゃが、拙者たちは歳をとって夜目が効かぬ」

浪人の声に馬上の資長が答えた。

「わしの目には見えておる。敵陣は二町の先にある！　かかれッ」

資長は采を振り下ろした。

「敵じゃあッ、横に回り込まれたッ」

奇襲に晒された簗田隊は大混乱だ。敵の姿は闇に溶け込んで見えない。弓弦の鳴る音ばかり盛んに聞こえて、山なりの遠矢が雨のように降ってきた。

「敵は、いずこじゃッ」

「篝火を焚け！」

慌てふためく将兵を簗田持助は叱責した。

「たわけ事を申すなッ、こちらの姿を照らしだすつもりかッ」

松明も篝火も、遠くの敵を見つける役には立たないばかりか、こちらの様子を敵に知らせる照明となってしまう。

矢は、山なりの遠矢から、直線で飛ぶ近矢に角度が変わっていく。敵が迫ってきた証拠だ。

遠くでは馬蹄も轟いている。実はそれは武田信長の騎馬隊がたてた音だったのだが、奇襲に怯えて混乱した者たちの耳には、敵の騎馬武者が斬り込んでくる音に聞こえてしまった。

矢は休みなく打ち込まれる。馬蹄の轟きは止まない。周囲は漆黒の闇。雑兵の陣の端から恐怖に耐えかねて崩れ始めた。

さらには北からも、軍勢の迫り来る音が聞こえてきた――。

英泰と図書助が率いる集団は、あいも変わらずに逃げまどっている。

馬加康胤は手勢を率いて執拗に追い回していたが、さすがに「おかしい」と気づいた。

「鎧も着けぬ地下人（庶民）ばかりではないか！」

職工と百姓の擬態だとようやく気づいたのだ。原胤房も馬で馳せ寄ってきた。

「これは囮じゃ！　我らは誘き出されたのだ！」

しまった、と二人で歯噛みしているところへ、急使の騎馬が駆けてきた。

「簗田中務丞よりの使いにござる！　本陣が敵に襲われておりまするッ。ご両所には急ぎお戻りくだされたし！」

「やはり、敵の企てだったか！」

馬加康胤は手綱をきつく引いて馬首を返した。

原胤房は使者に質した。

「武田右馬助殿はいかがした」

「わかりませぬ！　本陣は乱戦に巻き込まれてございまするゆえ」

原と馬加は舌打ちをした。

急いで戻らなければならない。とはいえどもこの闇だ。軍旗を振っての合図は使えない。兵の目には旗が見えない。

退き鐘を鳴らせば、全軍が一斉に後退を開始するけれども、兵たちが「負け軍だ」と勘違いして、総崩れとなる心配もあった。

手勢の隅々にまで使いを走らせて事態を呑み込ませ、隊の向きを変えねばならない。

おおいに時を費やした後で、ようやく陣形を整えた。馬加康胤は采を振り上げた。

「これより簗田中務丞殿を救いに駆けつける！　今度こそ、大手柄間違いなしじゃ。進めッ」

馬加の手勢は湿地と川砂を踏んで進み始めた。勢い込んで攻めてきた時には気にならなかったが、虚しく引き上げるとなると、途端に泥濘が気に病まれてきた。歩きにくくて疲労が溜まる。重い足どりで進んでいく。

戦の喧噪が近づいてきた。

「今度の敵も、地下人をかき集めた擬兵と見えたり！　武士の数は少ないぞ」

たった今まで擬兵を追い回していた馬加だ。どんな闇夜でも、さすがに二度は騙されない。

「どこまでも我らを虚仮にしおって！　蹴散らしてくれるッ、我に続けぇッ」

馬に鞭を当てて走りだそうとした、その時――、

先ほどから簗田持助が気にかけていた〝北から聞こえる軍兵の音〟が大きくなって迫ってきた。

「なんじゃ！　またしても擬兵かッ？」

パンッ、パンッと弓弦の音が連続して、鋭い矢が飛んできた。

「ぐわっ」

矢を胸に受けた雑兵が呻いた。馬加の前に倒れ込む。驚いた馬が跳ねた。

軍兵の音はますます大きくなって近づいてくる。馬加の近臣が指差して叫んだ。

「敵は〝九曜〟の旗を掲げておりまするッ」

「なにィ」

九曜紋は千葉家の家紋だ。

七郎実胤の叫ぶ声が聞こえてきた。

「逆臣馬加！　父の仇、伯父の仇、覚悟せよッ」

若い少年の甲高い声だ。

千葉七郎実胤は赤塚砦に籠もっていたのだが、資長の報せを受けて駆けつけてきたのだ。率いるのは千葉宗家の家臣たちである。正真正銘の武士団だ。謀叛人の馬加と原とを討ち取るべく突撃する。

馬加康胤の頭にカッと血が上った。

「小童(こわっぱ)！　返り討ちにしてくれるッ」

弓を構え、矢をつがえて馬を走らす。もはや簗田持助の救援どころではない。

馬で駆け違いつつ矢を放つ。馬加が放った矢をくらって敵の騎馬がドウッと転落する。

一方で敵の矢も、何本も馬加の鎧に刺さった。

「馬加と原の手勢は千葉七郎が引き受けてくれる。我らは簗田持助を探せ」

資長は浪人たちに命じた。

しかし月のない暗夜である。関東平野には方角の目印となる山もない。奇襲に特有の乱戦が二度、三度と繰り返されれば、もう、西も東もわからない。

そのうち潮が引くように、敵兵の姿が見えなくなった。

「……簗田は逃げたか」

資長は馬の足を止めた。ひげ面の落武者が資長を見上げて質した。

「どうなさる」

「敵が逃げたのならば、我らもこの地に用はない。退き鐘を鳴らせ。引き上げるぞ」

この夜の合戦は、敵味方ともに、誰がどこで誰と戦い、なにがどうなって、どういう決着がついたのか、まったくわからぬうちに物別れとなった。横槍を仕掛けた千葉七郎実胤隊によって公方の軍勢は寸断され、簗田持助は旗本に護られながら退却し、浅草湊で船を雇って退却した。武田信長は、負け軍と決まれば踏みとどまって戦うほどの忠義心はない。いずこともなく馬を走らせて逃れた。馬加康胤と原胤房も多大な犠牲を払いつつ下総へ帰還した。

太田勢と千葉勢は、逃げる敵を追って敵将を討ち取ることはできなかった。勝利したとはいえども兵の数では劣っている。日が昇ればこちらの大半が地下人の擬態だと露顕してしまう。

「敵が逃げてくれたのならばもっけの幸いだ。『上杉方が勝利した』という評判こそ大事にするべきである」

資長はそう宣言して品河に戻った。

千葉七郎実胤は不満であっただろうが、仇敵に一矢を報いたことで溜飲(りゅういん)を下げた。千葉宗家の面目を取り戻すことはできたのだ。

七

資長は浅草寺門前町の竹河屋にいる。

「勝ち戦、おめでとうございまする」

門前町の土倉衆が板の間に並んで低頭した。土倉衆とは土倉を所持する豪商たちのことで、門前町の商人地を自治しつつ、商業の方針を定めている。

土倉衆の膝の前には、銅銭が詰まった銭瓶(ぜにがめ)がいくつも並べられていた。代表して竹河屋の女主が言上する。

「この地を戦乱よりお救いくださるお武家様は、太田様をおいて他にはいらっしゃいませぬ……土倉衆一同、そのように合点いたしました。冥加金をお受け取り願いまする」

白髪頭の商人が続けて口を開く。土倉衆の総代だ。

「なにとぞ浅草湊と、門前町をお守りくださいますよう、お頼み申し上げまする」

一同が一斉に低頭した。

資長は頷き返した。

「もとより、民の暮らしを守ることこそが武士の務めじゃ」

簗田たちの渡河をあえて見逃して、浅草の地を荒らさせたことなど、おくびにも出さない。

「我らは紅葉山に城を築く。戦が始まったならばそなたたち商人にも入城を許す。敵の乱妨から、銭や売り物を守ることが叶うであろう」

「手前どもにとっても守護の城となりましょう」

白髪頭の総代はすかさずお追従(ついしょう)を言った。

「お見事に、浅草寺の堂衆と、商人たちの心胆を寒からしめましたね」

竹河屋の女主が言った。資長が何をしたのか、お見通しという口調であった。

資長は腕枕で横たわりつつ竹河屋の庭を眺めている。どこでも、誰の前でも、たちまちにして寛(くつろ)ぐという不思議な特技を資長は持っている。

「浅草寺と門前町は、太田様の手中に落ちたも同然にございまする」

「心にもないことを申すな」

資長は身を起こして女主の顔を見た。

「利根川の川上には古河がある。浅草湊の商いは、古河の公方が首を横に振った途端に立ち行かなくなる。違うか」

「よくぞおわかりで」

「我ら上杉は、舟運を使っての商いの、川下側を収めたに過ぎぬ。古河の公方を追い落とし、川上をともに収めねば、関東の商いを手に入れたことにはならぬ」

竹河屋の女主は優美な笑みを浮かべている。しかしその目には鋭い光を宿していた。

「お武家様が戦に決着をつけてくださらねば、我らは安心して商いができませぬ」

「そう遠からぬうちに、公方を追い落としてくれようぞ」

資長は腰を上げた。

「わしは紅葉山におる。普請の指図じゃ。用があるならいつでも参れ」

女主は低頭した。

「立派なお城のできあがることを祈念しておりまする」

「おう。日ノ本一の城を造り上げてみせようぞ」

資長は鼻息も荒く、出ていった。

この作品は二〇一八年一月徳間書店より上下巻で刊行されたものを文庫化した上巻です。

徳間文庫

騎虎の将 太田道灌［上］

2021年1月15日 初刷

著者 幡大介

発行者 小宮英行

発行所 株式会社徳間書店

東京都品川区上大崎三−一−一 〒141−8202
目黒セントラルスクエア

電話 編集〇三（五四〇三）四三四九
販売〇四九（二九三）五五二一

振替 〇〇一四〇−〇−四四三九二

印刷
製本 大日本印刷株式会社

ISBN978-4-19-894618-0 （乱丁、落丁本はお取りかえいたします）